尋秦記

新編
完整版

Vol.
07

黃易

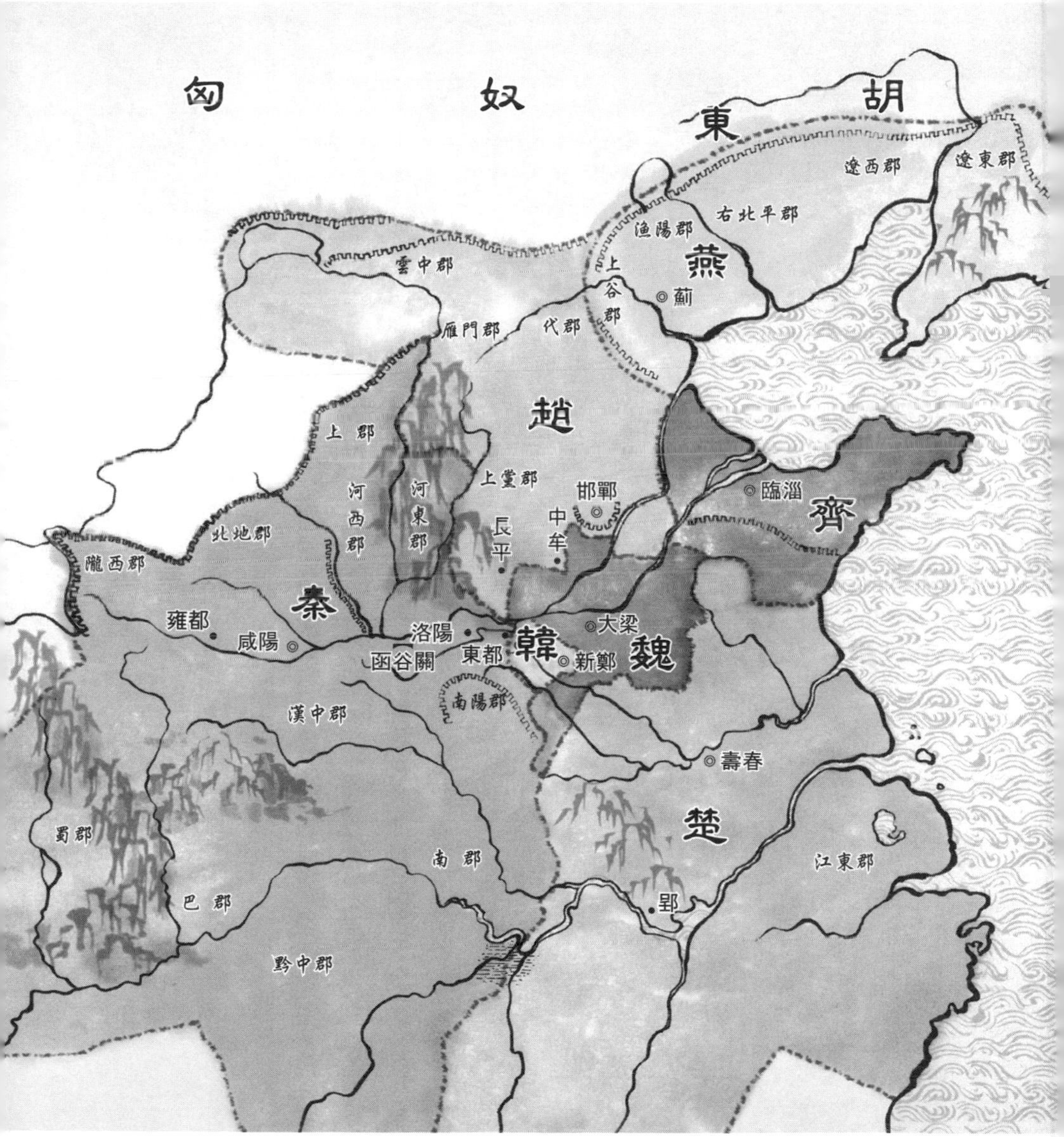
匈
奴
東
胡
遼西郡
遼東郡
右北平郡
漁陽郡
燕
上谷郡
薊
雲中郡
雁門郡
代郡
趙
上郡
河西郡
河東郡
上黨郡
邯鄲
臨淄
齊
北地郡
隴西郡
長平
中牟
秦
雍都
咸陽
洛陽
函谷關
東都
韓
大梁
新鄭
魏
漢中郡
南陽郡
壽春
楚
蜀郡
南郡
江東郡
巴郡
郢
黔中郡

戰國七雄分佈簡圖

尋秦記

卷07

目錄

第一章　三絕名姬

嫪毒站在廳堂中心，陪他的還有韓竭和四名親衛。

陶方負起招呼之責，見項少龍來了，退入內廳。

嫪毒劈頭歎道：「少龍你怎可這麼不夠朋友？」

項少龍與韓竭等打個招呼後，把他扯往一旁低聲道：「這種美人兒，小弟還是不接觸爲妙。昨晚金老大故意在我們兩兄弟面前暗示石素芳對小弟有意，擺明是要引起嫪兄嫉忌之心，更使我深感戒懼，所以推掉今晚的約會，嫪兄明白我的苦心嗎？」

嫪毒愕然半晌後，老臉一紅，道：「我倒沒有想過這點，嘿！石素芳充其量不過是較難弄上手的藝伎，何來資格離間我們，項兄不要多心了。」

項少龍心知肚明他是言不由衷，並不揭破，低聲道：「照我看這是蒲鶮的毒計，千萬不要小看美麗的女人，是可使人連國家都亡了的，妲己、褒姒都是這種傾國傾城的尤物，有時比千軍萬馬更厲害，更使人防不勝防。若我到蒲府赴宴，石素芳必會佯裝看上我，同時又勾引嫪兄，倘我們心中沒有準備，你說會出現怎麼樣的情況呢？」

嫪毒既充好漢了，自不能半途而廢，硬撐道：「少龍放心好了，我嫪毒可說是在花叢裡打滾長大的，甚麼女人未遇上過。她來媚惑我，我自有應付的手段，保證不會因她而傷害我們的感情。哈！不若我們拿她來做個比試，看誰可把她弄上手，卻絕不准爭風妒嫉，致著了蒲鶮的道兒。若能俘擄她的芳心，反可知道蒲鶮暗裡的勾當。」

項少龍心中暗笑，知道嫪毒始終不是做大事的人，見色起心，不能自制。哈哈一笑，道：「此正爲我要推掉嫪兄今晚酒局的理由，俾可讓嫪兄施展手段，把石素芳弄上手。」

嫪毒歎道：「現在我當然不會怪責少龍，只是石素芳指明要有少龍在才肯來赴宴，以她一向的脾性，到時拂袖就走，豈非掃興之極。」

項少龍正容道：「看！這就是蒲鶮設計的陷阱，不愁我們不上當。你究竟要我怎麼辦？」

嫪毒有點尷尬道：「我現在希望少龍走上一趟，看看石素芳可弄出甚麼把戲來，說不定我會弄點藥給她嚐嚐，使蒲鶮偷雞不著反蝕把米。」

項少龍暗罵卑鄙，不過想起自己亦曾餵過趙后韓晶吃藥，雖不成功，亦不敢那麼怪責嫪毒了，因爲說到底石素芳也曾不安好心，道：「若這麼容易弄她上手，她早被人弄上手很多趟了。這種出來拋頭露臉的女人，自有應付這些方法的手段，給她揭破，反爲不妙。」

嫪毒拉著他衣袖道：「時間無多，少龍快隨我去吧！」

項少龍在「盛情難卻」下，只好隨他去了。

離開烏府，所取方向卻非嫪毒的內史府，項少龍訝然詰問，嫪毒歎道：「早前知道少龍不肯來，我便使人通知蒲鶮，由他去探石素芳的心意，豈知她立即說不來了。嘿！所以我不得不來求少龍出馬。現在是到杜璧在咸陽的將軍府去，至於石素芳是否肯見我們，仍是未知之數。」

項少龍暗忖男人是天生的賤骨頭，美麗的女人愈擺架子，愈感難能可貴。嫪毒一向在鶯燕界予取予攜，現在遇上一個不把他放在眼內的石素芳，反心癢難熬。

和蒲鶮接觸多了，愈發覺這人手段厲害。

項少龍經過多年來在古戰國時代中掙扎浮沉，又不時由紀嫣然這才女處得到有關這時代的知識，已非初來甫到時的「菜鳥」。更因他是來自二十一世紀的人，故能從一個超然的角度去看待這時代的一切。

三晉建侯和商鞅變法可說是眼前時代的大轉捩時期，變化之急劇，即使後來的二千多年，除了鴉片戰爭後列強侵華那段悲慘歲月，也難有一個時期可與之比擬。

在這人轉變的時代裡，春秋五霸先後蛻去封建的組織而變成君主集權的戰國七雄。更重要的是好些在春秋時代末葉已開始的趨勢，例如工商業的發達、都市的擴展、戰爭的激化、新知識階層的崛興、思想的解放，到此時加倍顯著。

其中最影響深遠的是大商家和大企業的出現，這些跨國的新興階層，憑著雄厚的財力，跑南奔北，見多識廣，又是交遊廣闊，對政治有著無可比擬的影響力。

佼佼者當然是有異人而奇貨可居的呂不韋，其他如自己的太岳丈烏氏倮，冶鐵成業的郭縱，以及正密謀推翻小盤的蒲鶮，都是可翻手為雲、覆手為雨、叱吒風雲、由商而政的大商家。

甚至琴清亦因承受擅利數世的丹穴，躋身成為秦室王族，可獨立自主，保持貞潔，得到秦人景仰，若換過是個普通女子，有她那種美麗，早成了不知哪個權貴的姬妾。

而為應付戰爭和政治的競賽，文與武逐漸分途，一切開始專業化起來，像王翦和李斯便是兩個好例子。

若要把兩人的職權調換，保證秦政大亂，而匈奴則殺到咸陽城下。

專業化之風吹遍各地，就兵士方面，戰國之兵再非像春秋時代臨時徵調的農民兵。至乎有像渭南武士行館那種團體的出現，專習武技和兵法以供統治者錄用。

所以無論外戰內爭，其激烈度和複雜性均非以前所能比擬。

小盤日後之所以能統一六國，皆因其出身奇特，使他沒有一般長於深宮婦人之手的繼承者諸般陋習，才能在這變化有若奔流湍瀨的大時代脫穎而出，雄霸天下。

不過像他般雄才大略的人確是世所罕有，所以他死後再沒有人可壓下這種種改變的力量，致大秦朝二世而亡，非是無因。

思量間，已到了位於城西杜璧的將軍府大門外。

項少龍也很渴望可以再見到石素芳，美女的引誘力確是非凡，縱然明知她心懷不軌，但仍忍不住想親近她，這正是蒲鶮此計最厲害的地方。

成功的商家最懂揣摩買家顧客的心意，實是古今如一。

大廳正中，擺了一圍方席，繞著方席設置六個席位。

項少龍較喜歡這種團團圍坐的共席，傾談起來甚爲親切。

杜璧親自把項少龍、嫪毒和韓竭三人迎入廳內，眾衛均留在外進，另有專人招呼。

杜璧的態度是前所未有的熱烈，使人很難想像他以前冰冷和吝於言笑的態度。

項少龍當然明白他的心意，假若他們眞能刺殺小盤，又成功嫁禍給呂不韋，便可設法爭取項少龍這集團的人過去，因爲那時成蟜已變成合法的繼承者。

王齕、王陵等人在無可選擇下，也只好支持成蟜。

至於嫪毒，一來他現在很有利用價值，二來杜璧根本不大把他放在眼內，像王齕般不信他能弄出甚麼大事來，所以一併巴結。

嫪毒最關心的是石素芳會否出席，問道：「石小姐……」

杜璧笑道：「內史大人放心好了，蒲爺已親自去向石小姐說話。唉！女人心事難測，她其實對內史大人也有很好印象的，只是有點惱項大人爽約，才擺擺架子吧！內史大人切勿見怪。」

嫪毒挽回少許面子，回復點自信，登時輕鬆起來。

此時蒲鶮來了，隔遠打出一切妥當的手勢，杜璧忙邀各人坐下來，只空出項少龍和嫪毒中間的位子，當然是留給石素芳的。

俏婢們先奉上酒饌，又有美麗的女樂師到場助興，弦管並奏。不旋踵舞姬出場，妙舞翩翩，可惜項少龍、嫪毒和韓竭三人志不在此，無心觀賞。

舞罷，眾姬和樂師退出大廳，剩下侍酒的六個華衣美女，都是上上之姿。比起上來，咸陽的公卿大臣，除呂不韋外，沒有人在排場及得上杜璧。

韓竭順口問道：「蒲爺在咸陽有甚麼生意呢？」

蒲鶮笑道：「有少龍的岳丈大人在，哪到我來爭利。」

眾人自知他在說笑，杜璧笑道：「我這位老朋友做生意，就像伊尹、呂尚治國之謀，孫武、吳起的兵法，商鞅之爲政，教人佩服得無話可說。」

蒲鶮謙讓道：「還說是老朋友，竟要昧著良心來吹捧我，不過說到做生意，蒲某最佩服的有三個人，第一個是少龍的太岳丈烏氏倮，他養的牛、馬多至不能以頭數計，而要以山谷去量。第二位是魏國經營穀物、絲綢和漆器的白圭，荒旱時期問他借糧，比向大國借貸還要方便。第三位是猗頓，他倉庫裡的鹽足夠全天下的人吃上幾年。至於呂不韋嗎？仍未算入流。」

項少龍心道「來了」，蒲鶮的厲害正在於不著痕跡。像這番蓄意貶低呂不韋的話，既漂亮又有說服力。

韓竭笑道：「不過呂不韋卻是最懂投機買賣的人，押對一著，就受用無窮了。」

眾人知他意之所指，哄然大笑。

韓竭自那晚呂不韋壽宴露過一手後，一直非常低調，似怕搶了嫪毐的光芒，但其實識見、談吐，均非嫪毐能及。

項少龍淡淡道：「蒲爺不也是投機買賣的專家嗎？」

蒲鶮苦笑道：「項大人大人有大量，不要再揭我蒲鶮的瘡疤，今趟我眞的輸得很慘，早知學齊國的仲孫龍，改行專放高利貸，只要聘得有項大人一半本事的高手去負責收帳，可保證錢財滾滾而來，免了遇上如令岳丈那種賭林高手的危險。」

這次連項少龍都忍不住笑起來，生意人的口才果是與眾不同，生動有趣多了。

嫪毐卻只關心石素芳，問道：「石小姐會否不來呢？」

杜璧笑道：「大人放心，愈美麗的女人愈難伺候，石小姐雖寄居敝府，但到現在我只見過她兩回，像現在般同席共膳尙是首次！全靠沾了三位的光哩！」

嫪毐見秦國大將這麼吹捧他，大感光采，忙舉杯勸飲。

項少龍只作個狀，沒有半滴酒沾唇。

蒲鶮訝道：「項大人是否嫌酒不合意呢？我可使人換過另一種酒。」

項少龍微笑道：「若蒲爺前幾天給人伏擊過，恐怕亦會像在下般淺嚐即止。」

蒲鶮尚要說話，嫪毐的眼亮起來，直勾勾看著內進入門的方向。

眾人循著他眼光望去，包括項少龍在內，立即目瞪口呆。

只見石素芳在兩名女婢扶持下，裊娜多姿地步入廳堂。

最要命是她看來剛沐浴更衣，只把烏亮的秀髮往上一挽，以一枝木簪固定，不施脂粉，身上一領薄薄的白羅襦，袖長僅及掌背，露出水葱般的纖指，下面是素黃色的長裙，長可曳地，再沒有其他飾物，卻比任何姿色遜於她的女子的華服濃妝要好看上百千倍。

眾人不由自主站起來，均泛起自慚形穢之心。

石素芳神情冷淡，微一福身，在項、嫪兩人間席位坐下，各人這才魂魄歸位，陪她坐下來。

嫪毐揮退要上來伺候的豔婢，親自爲她斟酒，看來色授魂與下，早把項少龍的警告全置於腦後。

項少龍嗅到她身上的浴香，不禁憶起初會紀嫣然時美人浴罷的醉人情景，登時清醒過來，同時瞥見杜璧亦是神魂顛倒，但蒲鶮卻在暗中觀察自己，心中大懍，愈發不敢低估這長袖善舞、識見過人的大商家。

人的野心是不會滿足的，呂不韋的商而優則仕，正代表蒲鶮的心態，所以才能置美色於不顧。

杜璧一向對紀嫣然暗懷不軌之心，自然亦擋不了石素芳驚人和別具一格的誘惑力。

石素芳低聲謝了嫪毒，接著清澈晶亮的秋水盈盈一轉，不獨是嫪毒，其他人無不生出銷魂蝕骨的感覺。

嫪毒一直苦候她光臨，但到她坐在身旁，一向對女人舌粲蓮花的他竟有不知說甚麼話才好的窘迫感覺。

石素芳主動敬眾人一杯，別過頭來淡淡道：「項大人爲何忽然又有空呢？」

項少龍給她明媚如秋陽的眼神逼得有點慌了手腳，舉杯苦笑道：「我因不想說謊話來搪塞石小姐的垂問，只好自罰一杯，請小姐放過項某人。」

蒲鶮大笑道：「石小姐若知項大人是冒著生命之險來喝這杯酒，必會心中感動。」

項少龍痛飲而盡後，放下酒杯，只見石素芳眼中掠過異采，接著避開他的目光，追問蒲鶮剛才那番話的原因，待蒲鶮解釋清楚，石素芳欣然道：「是素芳失禮，陪項大人飲一杯吧！」

說是一件事，做又是另一件事。嫪毒見石素芳的注意力全集中到項少龍身上，酸溜溜的要向她勸飲。

杜璧笑道：「且慢！我們的石小姐向有慣例，每逢飲宴，只喝三杯，現在已有兩杯之數，嫪大人定要珍惜。」

嫪毒更不是味道，又不敢表現出有欠風度，惟有乾笑兩聲，改口稱讚起她的歌藝來。

石素芳不置可否地聽著，當嫪毒讚得太過分，便淺淺而笑，看得嫪毒這花叢老手渾身內外都癢了起來，偏又拿她沒法。

韓竭劍術雖高，在這情況下亦幫不上忙。

當嫪毐說到石素芳歌舞之精，前無古人時，石素芳「噗哧」笑道：「嫪大人實在太過譽了，比之先賢，素芳的歌舞不過是靡靡之音，只可供大人等消閒解悶之用。先賢舞樂，卻有定國安邦之義。舜作『韶』，禹作『大夏』，武工作『大武』，被孔丘列為六藝之一，豈是我等女子所能比較。」

嫪毐顯在這方面所知有限，愕然陪笑，再說不下去。

項少龍在這方面比之嫪毐更是不如，心中微懍，隱隱感到石素芳的出身來歷大不簡單。

石素芳平靜地道：「各位聽過這個故事嗎？楚文王死後，遺下一位美麗的夫人，公子元想勾引她，卻苦於沒有門徑，於是在她宮室旁建了一所別館，天天在那裡舉行執羽的萬舞，希望把她引出來。一天，她終於出來了，公子元還以為引得她動心了。」

說到這裡，賣個關子，住口不說。

她說話口齒伶俐，口角生春，抑揚頓挫，恰到好處。項少龍也不由聽得入神，嫪毐更不用說。

不過這美女風格獨特，渾身是刺，並非那麼容易相處。在她面前，很易令人生出自卑的感覺。

杜璧歎道：「這楚文王的遺孀當然沒有心動，公子元怕是表錯情了。」

美女當前，杜璧忍不住表現一下，好博取她一個好印象。

唯一可說的話，都給杜璧說了，嫪毐再沒有插言附和的機會。

項少龍暗叫不好，嫪毐已被這美女完全控制於股掌之上，若再來一招向自己示好，表示單獨垂青於他，必會惹起嫪毐的妒意，破壞自己和嫪毐現在「蜜月期」式的良好關係。

韓竭微笑道：「請小姐開恩，告訴我們故事的結局吧！」

石素芳那對勾魂的翦水雙瞳，滴溜溜的掃過眾人，柔聲道：「那夫人哭道：『先君舉行萬舞，原是爲修武備，現在公子不拿它來對付敵人，卻拿它用在未亡人的身邊，那可奇了！』公子元聽罷，羞慚無地，馬上帶領六百乘車去攻打鄭國。」

眾人均感愕然，她這故事隱含暗貶自己的歌舞乃墮落之音的意思，故不堪別人讚賞。含意既深遠，又充滿哀傷的味道，使人對她立即改觀，很難再只把她當作一個普通的出色歌姬。

蒲鶮哈哈一笑，沖淡不少僵著的沉凝氣氛，道：「石小姐識見之高，迥異流俗，蒲某受教了。」石素芳的美眸轉到項少龍處，淡淡道：「素芳來前，不知諸位大人在談論甚麼話題呢？」

項少龍正在用心細嚼石素芳那個故事，揣測這令他莫測高深的美女所說故事背後的用意，聞言如夢初醒，忍不住搔頭道：「嘿！好像是有關做生意的事吧！」

眾人見他神情古怪，哄笑起來。

石素芳亦掩嘴而笑，神態嬌柔道：「那話題定是因蒲爺而起的哩！」

嫪毒看得妒意大作，搶著道：「小姐料事如神，正是如此。」

項少龍心中苦笑，石素芳甫一出席，便把場面控制，像嫪毒這種平時口舌便給、辯才無礙的人，對著她只能間中附和兩句，而自己亦感到不知說些甚麼才好。這樣的女子，尚是首次遇上。

杜璧笑道：「蒲老闆說起他最佩服的三個生意人，就是烏氏倮、白圭和猗頓，不知石小姐最佩服的又是哪三個人？」

石素芳抿嘴一笑，道：「有這麼多高賢在座，何時輪得到小女子發表意見？不如請嫪大人先說吧！」

嫪毒看她看得神不守舍，一時間竟不知她和杜璧在說甚麼話，尷尬地支吾以對。

韓竭見主子有難，連忙拔刀相助，道：「不如由我先說，在下最佩服的是孫武，不但留下稱絕古今的兵書，當年還以區區數萬吳軍，巧施妙計，深入險境，大破兵力十倍於他們的楚兵，直搗郢都，可謂前無古人、後無來者。」

項少龍不由心中暗唸「前不見古人，後不見來者，念天地之悠悠，獨愴然而涕下」的詩句。暗忖只有親身體會過那時代戰爭的人，方明白孫武那場仗是多麼了不起。

杜璧嘿然道：「哈！竟給韓大人把我心裡的話說了出來，我生平也是最佩服孫武。」

石素芳明媚的秀眸來到嫪毐臉上，後者忙道：「孫武雖是絕代兵法大家，但始終只是效力於某君某主，嫪毐最欽佩的卻是晉文公，安內攘外，成就霸業，其功業尤在齊桓公之上。」

石素芳無可無不可地道：「原來嫪大人是胸懷大志的人。」

蒲鶮和杜璧交換個眼色，顯像項少龍般聽出石素芳在暗諷嫪毐想當國君。

嫪毐還以爲石素芳讚賞他，洋洋自得起來。

項少龍感到有點氣悶，酒席裡的六個人，人人均各懷異心，沒有半點開心見誠的味道，不但話不投機，還有種牛頭不對馬嘴的情況。忍不住道：「我和嫪大人剛好相反，胸無大志，我佩服的人多不勝數，卻很難舉出單一個人來。好了！該輪到石小姐。」

蒲鶮卻搶先笑道：「我最佩服的是項大人，揮灑自如得教人無處入手，難怪連管中邪都要在你百戰寶刀下俯首稱臣。」

嫪毐臉色微變，雖明知蒲鶮捧項抑己，但項少龍確是處處奇兵突出，絲毫不因石素芳厲害的言詞落在下風，而自己則進退失據，要不起妒忌的心，實是難矣哉！

韓竭插言道：「不知石小姐心中的人，是哪位明君猛將？」

眾人均大感興趣，等待石素芳的答案。

石素芳秀眸像蒙上一層淡淡的薄霧，輕吟道：「師之所處必生荊棘，大兵之後必有凶年。爭地以戰，殺人盈野；爭城以戰，殺人盈城。明主猛將，背後代表的只是人民的苦難，怎會有使素芳心服的人。」

今趟連杜璧都吿吃不消，啞口無言。

反是項少龍忘了眾人間敵我難分的情況，訝然道：「可憐無定河邊骨，猶是深閨夢裡人。所謂一將功成萬骨枯，戰爭從來只屬少數人的榮譽，想不到小姐有此體會。嘿！爲何你們都以這樣古怪的眼光望我？」

他說出頭兩句之時，石素芳已嬌軀一震朝他瞧來，蒲鶮等無不動容。

至此項少龍才知又一時口快，盜用「後人」的名句。他對詩詞雖所知有限，但知道的都是流傳最廣，也是最精采的名句。

韓竭皺眉道：「『可憐無定河邊骨，猶是深閨夢裡人』，兩句話道盡戰爭的殘酷，只是不知無定河究竟在何國何境？」

項少龍避開了石素芳瞪得大無可大、異采漣漣的秀目，老臉一紅道：「那可以是任何一條河，所以叫作『無定河』。」

杜璧仔細看他一會兒，長歎道：「難怪紀才女獨垂青於項大人。一將功成萬骨枯，不過戰爭自古以來從未平息過，不是你殺我，就是我殺你，誰也沒有辦法。」

嫪毒見項少龍引得石素芳霍然動容，大感氣餒，亦難壓妒恨之心，岔開話題道：「石小姐仍未說出心中服膺的是哪個人哩！」

石素芳緩緩由項少龍處收回目光，淡淡瞥了嫪毒一眼，然後望往堂頂橫樑處，幽幽道：「在楚國有一個人，據說楚王知他才德，派人去聘他爲相。他便問來使道：『聽說楚王有一隻神龜，死去三千多年了，楚王把牠藏在巾笥裡。這隻龜究竟寧願死了留下骨頭受人珍藏呢？還是寧願活著在爛泥裡拖尾巴？』來使於是答道：『當然是寧願活在爛泥裡拖尾巴。』那人便說：『去吧！我要在爛泥裡拖尾巴呢！』」

眾人聽得面面相覷，不明白她爲何忽然說出另一個故事來。

項少龍心念電轉，暗忖究竟有哪位先賢會有個這麼灑脫於名利的故事，只恨所知有限，除了儒、墨、道、法的幾位大家尚記得名字，驀地靈光一閃，拍案叫道：「原來小姐心儀的是最善用詭奇譬喻解說玄妙道理的莊周，難怪這麼愛說故事了。」

眾人這才想起莊周，登時對項少龍刮目相看。

石素芳更是目泛異采，訝然朝他頻行注目之禮。

這正是今古之別，在這時代，竹簡、帛書均要靠人手抄寫，故流傳不廣，只屬少數人的專利，哪像二十一世紀的人，不但可輕易看到任何書刊，更有電子書，與古代知識難求，實有天淵之別。

石素芳奇道：「原來項大人對莊周也有研究，小女子環顧古今，尚未找到有人如他般的超卓明見，只有他才眞的悟透人生，漠視生死、壽夭、成敗、是非、毀譽的差別，超脫世間一切慾望的束縛、一切喜怒哀樂的縈繞，視自己與天地萬物爲一體，再不有『我』或『非我』之分。」

今趟輪到項少龍等齊齊動容，只從她對莊子的理解，可推知美女的智慧是如何超卓。

韓竭肅然起敬道：「敢問小姐是何方人士？」

石素芳秀眸射出無盡的哀色，輕柔地道：「亡國之民，再也休提。」

本是帶著一腦色慾之想而來的嫪毐，此時亦邪慾全消，心神顫動。

石素芳忽地站起來，退後兩步，施禮道：「雖尚欠各位一杯酒，但只好待異日補上，素芳現在只想退往靜處，思索一點問題，各位請了。」

蒲鶮欲言又止，終沒有出言挽留，神情複雜之極。

項少龍望著她無限美好的背影，暗忖此女無論才學和美貌，均足以與紀嫣然和琴清相比，但顯然沒有她們的好運道。

他驀地下了決心，無論如何不再與她接觸，因爲他已對她生出敬重之心，故不忍因敵對的關係而傷害她。

雖然她成功惹起嫪毐對自己嫉忌之心，他亦無心計較。嫪毐要怎樣對付他就任他怎樣好了。

第二章　小人服了

回到烏府，項少龍心中仍不時想起石素芳這名奇特的女子。

滕翼、荊俊、烏果、趙大四人正和紀嫣然在商議，人人神色凝重。

紀嫣然見夫君這麼乖，肯在初更前回來，露出一絲笑容，道：「我們正在研究如何把潛來行刺政儲君的刺殺團找出來，若任由他們行動，實在太危險了。」

滕翼皺眉道：「問題是我們不能把這事情公開，只能暗中去做，愈少人知道愈好，否則國興的身分會暴露出來。」

荊俊冷哼一聲，道：「我不信任國興。」

紀嫣然抿嘴笑道：「我們也不會輕易相信國興，但總該給他一個機會，讓他證實自己的話。」

項少龍在荊俊旁坐下，笑道：「這叫棄暗投明，改邪歸正，浪子回頭金不換。小俊要記著寬恕比仇恨需要更大的勇氣和愛心。」

眾人哪聽過這類詞句和說話，呆了起來。

紀嫣然欣然道：「夫君大人今晚心情不錯，是否得到石素芳的青睞？」

項少龍想起石素芳，歎一口氣道：「石素芳只可以奇女子去形容，我看她對男女之情一點興趣也沒有，她喜愛的是莊周，不屑於自己的歌藝，對事物有深刻獨到的看法，弄得嫪毒像老鼠拉龜，無處著手，沒趣之極。而小弟則敬而遠之，報告完畢，才女滿意嗎？」

聽他說到「老鼠拉龜」，紀嫣然早笑得喘不過氣來，荊俊等無不莞爾，不過對項少龍層出不窮的新詞妙句，他們早習以爲常。

烏果歎道：「有誰比項爺的說話更生動？幸好我隨項爺久了，拾了點牙慧，成功把小薇薇追上手，不負荊爺之望。」

項少龍這才曉得烏果追求周薇，原來有荊俊在後面支持，轉向趙大道：「你和一班兄弟在咸陽過得寫意嗎？」

趙大露出感激之色，點頭道：「我們從未嘗過這麼風光的日子，只要亮出項爺的名堂，連仲父府的人都要給我們面子，芳夫人又讓我們挑選美姬，成家立室。唉！夫人實在太早離開我們哩！」說到趙雅，眼睛紅起來。

滕翼怕勾起項少龍的傷心事，岔開話題道：「我們決定把一批人調入咸陽來，負責尋找這批危險的死士。另外又通知昌文君，要他立即把事情報上儲君，後天是春祭之期，我怕敵人會在春祭趁儲君離宮時下手。依照慣例，到渭水的路線早經擬定，不能更改，刺客若要雜在夾道歡迎的民眾內，是極難被發現的。」

項少龍忽地虎軀一震，想起自己在二十一世紀時曾多次保護政要，可說是反恐怖行動的專家，在此事上豈非可學以致用，大派用場？

眾人見他神情古怪，還以爲他想到甚麼驚人的事，愕然看他。

項少龍無意識地揮揮手，興奮地道：「今次春祭的保安措施，由我全權負責，明天早朝後，小俊陪我去視察出巡往春祭地方的路線，就讓我們和這批來自各國的刺殺菁英，各師各法地正面大門一場，看看誰有更高的神通。」

見眾人都呆瞪著他，項少龍微笑道：「蒲鶮此招最毒辣處，是假若儲君在赴春祭場時出事，我和昌文君將是殺頭之罪，一石數鳥，照我看蒲鶮的厲害處，絕不下於呂不韋，只是欠了點運氣，像我和管中邪那次決戰般，押錯了成蟜吧！」

接著站起來伸個懶腰，道：「今趟他們亦是欠缺了運氣，因爲仍是遇上我項少龍。」

次晨，項少龍如常在雞鳴前起來練刀，然後到王宮去，由於特別早了點，所以爭得少許時間往見小盤。

小盤或許是秦室歷來最勤奮的君主，一邊吃早點還一邊聽李斯的報告，以應付一會兒後的廷議。見項少龍到，小盤忙免去禮節，著他坐在下首處，肅容道：「蒲鶮和杜璧眞斗膽，竟敢對寡人圖謀不軌，國興將功補過，大將軍看看該怎樣賞賜他吧！」

項少龍與李斯對望一眼，笑道：「微臣還是歡喜儲君喚我作太傅，喚微臣作大將軍，好像要隨時帶兵打仗的樣子。」

秦國內，恐怕只有項少龍敢這樣和小盤說話。

小盤哈哈笑道：「只要見到太傅，寡人愁懷盡去。」轉向李斯道：「李卿！給太傅看看我們應黑龍而鑄造的新幣。」

李斯欣然把新鑄錢幣送到項少龍几案上。

項少龍拿起一看，錢作圓形，中間有圓孔，文爲半兩，隱見抽象的龍紋，卻與心中的龍有頗大的分別。

李斯退回席去，歎道：「紀才女確是名不虛傳，其改朝換制的建議書，不但切實可行，還顧及整個政治經濟的革新，且訂下進行的日期，輕重緩急，無不恰到好處，絕不擾民，請告訴才女，李斯佩服得五體投地。」

小盤顯然極寵信李斯，笑道：「李卿太謙讓了，整個建議李卿亦出了很多力，與紀太傅同樣立下大功。」

李斯忙跪叩謝恩。

小盤沉吟片晌，對項少龍道：「今次刺客來咸陽，太傅有甚麼方法應付？」

項少龍欣然道：「儲君放心，賊子唯一可乘之機，是趁儲君明天祭河神時行動，以有心算無心。但現在既讓我們得悉此事，整個形勢便扭轉過來。微臣會與昌文君緊密合作，粉碎敵人的陰謀，保證儲君不損半根毫毛，還可讓六國有分參與此事之徒，認識到我們的手段。」

小盤對他敬若神明，大喜道：「有太傅負責此事，寡人還有甚麼放心不下的。」

項少龍道：「但儲君須答應明天將由微臣全權處理，否則妙計難施。」

小盤哈哈笑道：「那寡人明天便做太傅一天的下屬，任憑太傅吩咐好了。」

李斯感受到兩人間毫無懷疑的信任和眞誠，露出會心的微笑。

早朝開始時無風無浪，但到呂不韋提出要把鹽鐵官一分爲二，立即引起激烈的爭論。

項少龍聽了半天，勉強明白個梗概。原來在孝公以前，秦國幾乎所有工商業均由官府壟斷，但由於社會生產力的迅速發展，經濟結構方面發生深刻的變化，最重要是私人經營的崛起。

爲了應付局面，秦室成立官署機構，分門別類去管理各種工商業，其中最重要的是鹽鐵官，分別關係到民生和軍事兩方面的問題。

但隨著秦國的擴展，東方一些先進的冶鐵中心逐一落入秦人之手，鹽鐵官事務日趨繁重，更有走私鹽、鐵以牟暴利的情況，兼且鹽和鐵基本上是兩不相干的事，呂不韋故有此議。

問題在呂不韋的提議主要是想起用他的人來負責秦國經濟、軍事的兩道命脈，所以昌平君、李斯等出言拖延，好等黑龍出世，借勢一舉把這兩個職位囊括過來。

拖延自比反對容易，最後仍是沒有定論，小盤下令再作研究後，早朝就此結束。

項少龍回到官署，滕翼和荊俊整裝以待，候他去探察明早小盤出巡的路線。

項少龍道：「情況如何？」

滕翼道：「國興剛來報到，烏果陪他去見其他將領頭目，據他說對刺客一事，仍未有眉目。」

荊俊道：「我和昌文君商量過，他說可隨便找個藉口，例如有內侍偷了王宮的東西私逃，把全城封鎖起來逐家逐戶搜索。自商鞅的連坐法生效，知情不報者罪同，應該很容易把有問題的人找出來，但若這些人躲在杜壁的將軍府又或某些大臣府內，當有一定的困難。」

項少龍道：「千萬勿要輕舉妄動，我們要裝出對此事完全不知情的樣子，更要教國興不要去偵察，以免打草驚蛇。」

滕翼笑道：「三弟對明天儲君的安全問題，似乎很有把握呢！」

項少龍微微一笑，把趙大找來，吩咐他依言去通知昌文君和國興後，與滕翼和荊俊出發上路。

離開咸陽城，沿著官道往渭水上游進發，只見草原小丘，無窮無盡地伸展，連接穹蒼，不由精神一振，遊目四顧，一時連此行的目的都差點忘掉。

碧綠的小湖與青葱的綠草，流光溢彩，清麗迷人。草原上不時見到牧人趕著一群群的牛、羊和馬，更使大地充滿生氣和熱鬧。

滕翼指著一座長滿樹木的小石丘，道：「若藏身其上，暗置強弩，可射中由官道經過的任何目標。」

項少龍由迷人的景色驚醒過來，吩咐荊俊在帛卷上記下各處可供刺客利用的戰略地點。雖是午後時分，但當來到穿越密林的路段，晨霧仍未盡散，空氣中水分充盈，視野有點模糊不清。

滕翼色變道：「看天氣明日將有大霧，對我們非常不利。」

項少龍淡然道：「我看卻並非完全無利，至少我們知道敵人該趁去程之時霧氣最濃的一刻下手，而不會揀選回程，其次是霧大有利於黑龍的出世。」

荊俊崇慕地道：「三哥顯是胸有成竹。」

項少龍欣然道：「我的兩位好兄弟，你們聽過『誤中副車』的故事嗎？」

滕、荊愕然齊聲道：「誤中副車？」

項少龍這才想起「誤中副車」發生在小盤成爲秦始皇之後，張良僱用力士刺殺秦始皇，投擲大鐵椎砸錯車子的故事，忙補救道：「那將是明天會發生的事，只要儲君躲在另一輛車內，我們可安心把敵人引出來，加以殲滅。」

滕、荊兩人同時叫絕，至此項少龍再無心情察看沿途地勢，虛應其事一番後，到渭水與正在那裡負責操演黑龍的紀嫣然會合，一起返城去。

回到烏府，已是黃昏。踏入大門，陶方通知他伍孚剛來了，正在東廳等他。

紀嫣然半認真地道：「刺探的人來了，不過勿要隨他到醉風樓去，莫忘你兩晚沒有陪伴我們，再不早點休息，看你哪還有精神去應付刺客。」

項少龍哂道：「就算我有足夠精神，也不會浪費在那些女人身上，我項少龍早擁有整個天下，除卻我的嬌妻們外，再沒有任何東西可使我動心。」

紀嫣然甜甜一笑，放他去了。

到了東廂，看到伍孚等得坐立不安，心中好笑，迎上去道：「伍樓主實不該來的，說不定會給嫪毒和呂不韋的人懷疑呢！」

伍孚早備好說詞，謙卑道：「項大人放心，小人非常謹慎小心。」

兩人坐下後，伍孚低聲道：「儲君知道那事後，有甚麼反應？」

項少龍心中好笑，淡然道：「當然是龍心大怒，但礙在太后分上，只能暗中提防，待找到證據，才與嫪毒算帳，那時看太后怎樣護他。」

頓了頓續道：「儲君對樓主的忠義，非常欣賞，正考慮怎樣賞你。」

伍孚大喜道：「只要可爲儲君和項大人辦事，小人便心滿意足，絕不會計較賞賜。」

項少龍故意道：「不若弄個職位讓樓主過過做官的癮吧！但你的醉風樓卻須交給別人打理，因爲從沒有當官的人可兼營妓院副業的，說出來也不好聽，況且樓主早賺夠了！」

伍孚喜翻心兒，眉開眼笑道：「那只是件小事，蒲爺一直想買我的醉風樓，如若事成，小人把賣出的錢分一半給大人，小人知項大人不會把此許錢財放在眼內，卻代表小人一點心意。」

項少龍暗忖這個禮也算重了。忽然心中一動，想到伍孚此子其實是想處處逢源，那無論何方得勢，他亦可得到利益。

有了這樣的理解後，便覺得這「小人」不是全沒有利用的價值。尤其當明天黑龍出世，必會震驚朝野，此長彼消下，小盤聲望遽增，像伍孚這種看風使舵的人，自該明白該靠向哪一方。

伍孚又諂媚道：「項大人若對小人樓內哪位姑娘有興趣，只要一句話，小人立即把她送來伺候大人，即使美美我也有辦法。」

項少龍訝道：「你不怕呂不韋嗎？」

伍孚歎道：「怕都沒法子，美美現在以死威脅，不肯做呂不韋的姬妾。當然啦！若我有美美的姿色，亦不肯嫁入仲父府去。」

項少龍大感意外，原來單美美只是畏於呂不韋的權勢，而非心甘情願隨他，登時恨意全消，湧起憐意，問道：「呂不韋對這事怎樣處理？」

伍孚苦笑道：「他有甚麼辦法？不就是對我威逼利誘。可憐嫪毒又對我諸般威嚇，小人夾在其中，晚上沒有一覺好睡，項大人只須看看我的樣子便清楚。」

項少龍細察他臉容，果是兩眼陷而黑，非常憔悴，微笑道：「既知如此，何必當初？呂不韋何有人性可言，但樓主卻偏要幫他來騙我，是否自尋煩惱？」

伍孚先是呆了一呆，接著臉上血色盡褪，顫聲道：「我不明白大人的說話。」

項少龍微笑道：「連莫傲也騙不到我，伍樓主自問比之莫傲高下如何？」

伍孚撲跪地上，駭然道：「項大人誤會小人，若小人有欺騙……」

項少龍截斷他道：「千萬不要又生又死的誓神劈願，否則說不定我會替天行道，還你公正的誓願。」

伍孚慘然道：「請相信小人，小人真的……」

「鏘！」

百戰寶刀離鞘而出。

伍孚嚇得滾了開去，滿額豆子般大的冷汗，臉若死灰。

項少龍好整以暇把寶刀放在身旁几上，若無其事輕鬆地道：「實不相瞞，呂不韋和嫪毐身邊均有我佈下的人，所以本人方能無所不知，無所不曉。只要樓主再說一句謊話，我項少龍就拿這刀把你的頭斬下來，拿到鬧市示眾，犯的當然是欺君之罪。」

伍孚發呆半晌，頹然道：「小人服了！」

第三章　龍出渭河

立春日。

天尚未亮，咸陽城大部分的子民百姓，人人換上新衣，扶老攜幼，往渭水上游處參與盛大的春祭。道上絡繹不絕，卻是井然有序。

在滕翼、荊俊、國興三人指揮下，都騎軍全體出動，沿途守衛，維持秩序。所有可偷襲路上車隊的制高點均有人把守，戒備森嚴。

若有刺客，只有利用道旁的林木掩護來進行刺殺行動。

朱姬、呂不韋和一眾公卿大臣，天尚未亮便到王宮與小盤會合，先在宗廟祭祀先王，才乘輿出發。

小盤在昌文君和一眾禁衛高手的掩護下，依計沒有坐上插有王旗的華麗馬車，化身成其中一名禁衛，混在大隊中出發。

王輿內換上假扮小盤的荊善，此子身手的靈活可媲美荊俊，實爲應付突變的最佳人選。項少龍還怕他有失，特別在馬車廂壁內加上鐵板，像二十一世紀的防彈車。

大隊開出宮門，出城後沿渭水而上。人民夾道歡呼，表示對君主的支持和愛戴。

兩隊分別有近百多人的禁衛軍，牽著惡犬，徒步在官道兩邊的山野密林，先做地氈式的搜索，防止敵人藏身林內，發放冷箭。

烏家戰士則化裝成平民，混雜在人群間，像二十一世紀的便裝密探般監視群眾內可疑的人物。

項少龍策騎在王輿之後，不斷指揮禁衛的行動，把二十一世紀學來的那一套，發揮得淋漓盡致。

在大隊禁衛軍開路下，王輿領先而行，所到處群眾紛紛讓路，跪地叩拜。

車隊兩旁由兩行禁衛保護，外一排手持高盾，內一排備有弩箭，在防守上可說無懈可擊。項少龍墮後十多個馬位，與小盤、李斯、昌文君等並騎而馳。

小盤欣然望著左方山丘上的都騎正向他們打出表示安全的旗號，欣然道：「太傅的部署，教寡人大開眼界。」

李斯笑道：「任刺客三頭六臂，照我看亦要無從下手，知難而退。」

項少龍望往上方，看著繚繞空際的晨霧，微笑道：「敵人既是精心策劃，必有應變之法，照我猜主要的突擊會來自上方，只要攀上樹頂，可以矢石一類的武器突襲攻擊，假若我們沒有準備，在混於群眾裡的刺客支援下，又有明顯的目標，他們說不定眞能得手呢！」

小盤、李斯和昌文君望往沒入迷霧裡的樹頂，無不心中生出寒意。

項少龍續道：「前面有個雲杉林，無論下手或逃走，均爲最理想的地點，若要動手，該是那處。」

小盤大感刺激，眼中射出熾熱的光芒，反是李斯和昌文君緊張起來，再沒有興趣談笑。

項少龍暗忖秦始皇畢竟是秦始皇，膽量比一般人大得多。一夾馬腹，往王輿追上去。

先頭部隊開進雲杉參天的官道內。霧氣更濃，視野到十多步外便模糊不清。

大隊未至，鼓樂聲首先傳來，民眾紛紛拜倒路旁，候車馬經過。

歡頌聲中，王輿開進林內。

禁衛們早得吩咐，打醒精神，準備應付突然而來的襲擊。

項少龍反平靜下來，眼睛找到混在民眾內的烏果，交換個眼色後，知他沒有發現，並不奇怪。敵人若連僞裝的本領也沒有，根本不用來。

當一批高手下了死志，決定要行刺某一目標時，將成爲一股可怕之極的力量。

項少龍向四周的鐵衛發出命令，烏言著等立即散開少許，追在王輿後，提高警惕。

半里長的林路，像世紀般漫長。出乎眾人意料之外，到林木逐漸稀疏，快將出林時，仍未有刺客出現。

渭水流動的聲音，在前方隱隱傳來。接著豁然開朗，大河在前方流過，霧氣只是薄薄一層，似爲大地蒙上輕紗。

項少龍正鬆一口氣時，異變突來。

奇異的鳴聲起自道旁，項少龍仍弄不清楚是甚麼一回事時，護翼王輿的禁衛紛紛掉下馬來，接著是速度驚人的硬物猛撞在車廂壁上的可怕響音。駕車的御者不知給甚麼厲害武器連頭都劈去，倒下車來，拉車的八匹馬浴血倒地。車廂外壁碎裂飛濺，聲勢駭人。

道上的群眾立時亂成一片，四散奔逃，一時哭聲震天，敵我難分。

項少龍大喝一聲，拔出百戰寶刀，朝前衝去。

幾個人由道旁撲出來。「轟」的一聲，其中一人以重鐵棍硬把車門搗開，此時最接近王輿而未有受傷的禁衛仍在十步之外。

「呀！」

其中一個想衝往車上的人面門中箭，仰翻地上。

眾鐵衛弩箭齊發，偷襲者紛紛中箭斃命，只其中兩人翻身往後，沒入疏林內，避過弩箭。

項少龍等圍了過去。十多道人影分由兩旁逃走，朝渭水奔去。蹄聲轟鳴中，眾衛狂追而去。

項少龍來到被撞開的車門旁，大叫道：「穩定群眾！」

眾人依令執行，項少龍瞥往車內，只見荊善探出再沒有半點血色的臉孔，咋舌道：「幸好嵌了鐵板，否則小子再沒有命了。」

項少龍定睛一看，地上散佈十多片圓形的鐵輪，鋒緣又薄又利，閃閃生輝，不過此時都崩開缺口。再望往倒在車旁地上血泊內的近三十名禁衛，無不當場斃命，怵目驚心，破裂的盾牌散佈道上。這種以臂力擲出的圓輪，比弩弓的殺傷力更驚人，連盾牌都起不到作用。再看馬車廂壁，木板碎散，露出被撞凹的鐵板，不禁倒抽一口涼氣。其中兩個鐵輪飛進車內，反撞時割開荊善的甲胄，幸好只是割損少許皮肉。

大隊停下來，受驚的民眾被趕到一旁，遠離現場，由烏果負責察查，看看是否仍有刺客混雜其中。

小盤等來到項少龍旁，見到劫後的慘況，均大感駭然。此時昌文君遣人來報，刺客跳進大河裡，游往對岸，只擊斃三個人。

項少龍跳下馬來，檢視被射殺的四名刺客，每人至少中了三箭，均是當場殞命，沒有甚麼可供追查的線索。

王齕、王陵、嫪毐、呂不韋等公卿大臣這時慌忙趕到，見到荊善由車內走出來，均大感愕然。

小盤脫掉頭盔，露出龍顏，臉寒如冰地對管中邪道：「立即給寡人搜城，若再有凶徒留在城內，你這都衛統領就不用當了。」

目光落在遍地的屍身上，慘然道：「給寡人厚葬撫恤遇害者！」

不忍再看，拍馬朝春祭場馳去。

雖是發生了刺殺慘劇，但大部分人都不知道出了甚麼事，氣氛依然熱烈。

當小盤、朱姬、呂不韋和一眾公卿大臣登上祭臺，鼓樂喧天而起，分佈在左岸近十萬群眾伏地齊聲高呼：「萬歲！」

滕翼和荊俊指揮都騎，負責維持秩序。自商鞅變法後，戰國七雄中，要以秦人最守規矩。縱是這種場面，仍是秩序井然。

項少龍等因有「前車」之鑑，怕再有刺客混在群眾內，築起人牆，把所有人隔在安全的距離之外。

霧氣又濃重起來，於大河上凝結聚散，令人感受到大自然神秘迷離的一面。

在臺下的項少龍留心觀察臺上杜璧和蒲鶮的表情，只見兩人雖神情如常，但卻不時有些顯示內心不安的小動作，知道兩人對刺殺失敗，正不知所措，茫然若失。

「蓬！」

小盤接過火把，燃著臺上巨鼎內的火種，烈焰沖天而起，煙霧奔上天空，沒入水霧裡。

全場肅靜無聲。

小盤展開祭文，朗讀起來。

只見他昂然而立，氣度沉凝，確有君臨天下的威儀。

滕翼此時來到項少龍之旁，低聲道：「聽說小善差點沒命，想不到刺客如此厲害。」

項少龍猶有餘悸，道：「若目標是我，恐怕我早沒命了，誰想得到對方竟有如此可怕的武器。」

滕翼凝望迷霧鎖江的渭水，完全看不到對岸的情景，推了項少龍一把，道：「來了！」

項少龍本來甚麼都看不到，給他提醒，遊目四顧，果然發現河水不知給甚麼攪動，竟開始翻騰起來，煞有氣勢。

近岸的人開始發覺異樣的情況，駭然指點。

臺上呂不韋等人人目瞪口呆，不明所以地朝河水看過去，站在較後的群眾紛紛翹首觀看，小盤朗讀祭文的聲音漸被哄亂的人聲蓋過。

驀地一條黑黝黝的龍尾在霧中深處探出水面，冒上近半丈，猛地拍回水面，濺起漫空水花，濃霧竟像給拍散了。

項、滕兩人想不到紀嫣然會來此一招，其生動處比之以前初演時的「死龍」，實有天淵之別，齊嚇了一大跳。

岸上群眾和臺上的將領大臣均爲之駭然大震，譁聲四起。

更有人嚇得雙膝發軟，或跪或坐，倒在地上。

眾衛仍是驚魂未定，連忙擁在小盤身前，更有人拔劍彎弓。

小盤大聲喝止，喊道：「水出神物，不得妄動，違令者斬。」

昌文君等當然制止諸衛，以免「發生慘劇」。

河水旋又平靜下去，十多萬君民，人人屏息靜氣，呆瞪河面。

倏地驚叫連起，只見在濃霧深處，見首不見尾的黑龍再現神蹤，載浮載沉，翻波激浪，好一會兒後沒進水裡去。

項少龍等一齊喊破喉嚨的叫道：「黑龍出世，天降神物，我大秦得水德以興。」

昌平君帶頭先跪下來，接著人人學他跪下，連呂不韋、管中邪等也被現場熱烈的氣氛感染得跪下去。

沿河近五里的岸邊，全是對河膜拜的人。最後只得小盤一人昂然立在臺上，面對大河，高舉雙手，形象突出至極點。

在萬眾期待中，黑龍又再出現。

巨大的龍頭，在小盤前三丈許處冒出來，又再沉下，如是者三次之後，整條龍浮上了水面，長達十多丈，尾巴不住拍打河水，看得人人膽戰心驚。

黑龍忽地發出石破天驚的吼叫聲，連項少龍等明知只是多人齊聲喊叫的效果，亦為其神似而歎為聽止。

黑龍兩眼突然噴出火焰，向小盤叩頭般把龍頭上下擺動三次，然後施施然沒入水裡。

王齕乘機大叫道：「水出祥瑞，儲君萬歲。」

眾人回過神來，齊喊：「黑龍萬歲！儲君萬歲！」

歡呼聲潮水般起落漲退，山鳴谷應，十多萬人沸騰起來，氣氛熱烈至極點，黑龍卻再沒有出來。

呂不韋、管中邪、杜璧、蒲鵠、嫪毒等人面面相覷，瞪目以對，一時間都不知該怎樣去看待眼前這令人驚心動魄的異事。

打鐵趁熱，朝內朝外對黑龍祥瑞甚囂塵上之際，在小盤返宮途中，紀嫣然扮作聞風趕來，向小盤攔路獻上鄒衍的《五德終始說》。

戲劇性的攔途獻書掀起另一番哄動，此時朝臣和人民的情緒再也不受任何人控制。一批批的朝臣將領主動入宮參見小盤，宣誓效忠，咸陽城鞭炮聲響處處，人民在街上歌舞歡呼，輪番到王宮大門外跪拜。

在項少龍的提議下，小盤把王宮的閱兵場開放，還三次出來接受民眾的歡呼。保安當然是嚴密至極點。

呂不韋和嫪毒措手不及下，雖心中懷疑，亦束手無策。

黑龍的出現，比十套《呂氏春秋》加起來的威力更凌厲，小盤的聲望一下子提升至前所未有的巔峰。

當日未時末申時初，王綰、昌平君、李斯、王齕、王陵一眾重臣大將入宮晉見小盤，建議秦室正式採用鄒衍的《五德終始說》作爲國書，並請正式策封紀嫣然爲尊貴的「女師」，負責起草改朝換代、以應祥瑞的「新政」。

整件事的策劃者項少龍，也想不到黑龍的威力如此厲害，連很多本投向呂不韋的朝臣，亦改而投向小盤。

小盤立即召開臨時朝會，在廷上由紀嫣然宣讀新政。廷內文武百官，人人神色興奮，呂不韋和朱姬卻是驚異不定。不過在這種被蒙上神秘迷信色彩的氣氛裡，誰都不敢忤逆天命所歸的小盤。

美絕人寰的紀才女穿上華麗暗金紋的黑色長服，頭戴高冠，寶相莊嚴的首先宣佈渭水為「德水」。由於渭水乃黃河的一截河道，換言之整條黃河都變成德水。

因冬季屬水德，故以冬季開始的十月分為歲首，作為一年之始的第一個月。

接著是「色尚黑」。五行配五色，水為黑色。於是服飾、旌旗改以黑為主色。

跟著是「度以六」。五行水與術數之六相應，故以後各種器物用「數六」以為度。

例如符、法冠皆六寸，而輿六尺。六尺為步，乘六馬。

項少龍眼看著由自己一手策劃出來的盛事，激動得頭皮發麻。沒有人比他更清楚此事對秦王朝的深遠影響，也在中國歷史上留下千載不滅的痕跡。

秦統一中國後，分天下為三十六郡，正因三十六乃六的自乘數。

又如遷天下富豪於咸陽的數目為「十二萬戶」，十二萬正是六的兩萬倍。

最後是最關鍵的政制改革，就是藉紀嫣然之口，實行李斯精心構想出來的「三公九卿」制，以強化小盤的中央集權。

把以前因呂不韋弄權而導致的官制紊亂、王令難行的局面扭轉過來。

表面看去，大多數人仍能保持本身的權力，嫪毐甚至權力大增，但暗裡卻成了以嫪毐制呂不韋之勢，而小盤則再次抓牢兵權和財政。

呂不韋仍任丞相，昌平君改左丞相爲太尉，馮劫當上御史大夫，合稱三公。三公職權分明，丞相乃文官之長，上承君主命令，掌金印，佩紫綬，協助秦王處理全國政務。等若變相否定呂不韋充滿攝政大臣意味的「仲父」身分，丞相並非是作爲君主的對立體而出現，而是處處上承君王的旨意，加強王權的權威性。

昌平君的太尉則是協助小盤掌管全國的軍務，使秦國的軍隊有了統一的指揮，無形中削掉蒙驁、杜璧等對屬下軍隊很高的自主權。

這改革等若把以前左丞相一職和大司馬結合，又等若把徐先和鹿公兩人的權力併爲一職，通過昌平君，小盤可以直接控制天下最強大的秦軍。此職也是金印紫綬。

三公之末的御史大夫，更是李斯這超級腦袋嘔心瀝血構思出來削呂不韋權力的妙策。

表面上，御史大夫似是李斯以前的長史，爲小盤處理一切奏章命令，只多了監察臣下的職權。但當紀嫣然詳述職權，指明舉凡丞相有權處理之事，御史均可過問，而御史監察之權，卻非呂不韋丞相所有。於是變成以御史大夫牽制丞相，明捧暗削地減低呂不韋的影響力。

馮劫以前掌管律法，爲人公正不倚，由他來擔當此職，無人敢作異議。由此可看出小盤用人精到之處。

嫪毐則由內史陞爲九卿之首的奉常，掌管宗廟禮儀，下有太樂、太祝、太宰、太史、太卜、太醫和六令丞。可說這是個位高但卻沒有實權的職位，最適合嫪毒「假閹宦」的身分，也給足朱姬面子，以免惹起她的反感。

嫪毒原本的內史一職，由嫪毒的兄弟嫪肆替上。

小盤從項少龍處得知此人不學無術，只是個好漁色的庸材，故一點不擔心他。況且內史一向只管都城三大軍系與王宮的文書往來，要作惡也做不出樣子來。

昌文君當上九卿次席的郎中令，負責整個都城的防務，換言之，禁衛、都衛和都騎三軍變成他的統屬。其他衛尉、太僕、廷尉、典客、宗正、治粟內史、少府七卿中，以廷尉、治粟內史和少府三職最重要，分別由李斯、王綰和蔡澤出任。

李斯等若連陞數級，掌管全國的刑罰司法，爲全國最高的司法官，下有正、左、右三監。嫪毐的客卿令齊和茅焦分別坐上左、右監之位。

治粟內史是財務大臣，負責全國賦稅和財政開支。

少府管國內工商業，亦是要職，像蔡澤這種重臣，小盤也不得不好好安撫他。

對外戰爭方面，王齕、蒙驁、王陵和王翦被策封爲四大上將軍，而項少龍、安谷傒和杜璧三人仍爲大將軍，只有他們七個人有率領大軍征戰的權力。

這可說是個含有妥協性的政治改革，最得益的是小盤，其次是嫪毐，呂不韋卻如啞子吃黃連，有苦自己知。

但因現在朱姬和王綰等一眾大臣支持小盤，呂不韋惟有黯然消受。

黑龍此一著天馬行空般的奇兵，加上接踵而來的「攔途獻書」，一下子把呂不韋從權力的極峰至少摔下幾級，以後再不能像以前般隻手遮天，爲所欲爲。

小盤宣佈退朝，群臣高呼「萬歲」，接著人人趕回家去，沐浴更衣，好參與今晚在王宮舉行的春宴。而立冬日也成爲秦國的新年。

第四章　以德報怨

項少龍本想溜走，卻給陞了官興奮得要死的李斯硬扯他去見小盤，紀嫣然卻沒地好氣，自行返家去。

今趟雖未可言全勝，卻是天大的轉機，王齕、王陵、昌平君、昌文君等情緒高漲，擁著大功臣項少龍入內廷見小盤。

小盤見眾人來到，由龍座走下來，兩眼感動得紅了。

項少龍有點神智迷糊的看著小盤龍行虎步、氣勢逼人的朝他走來。忽然間他感到小盤非常陌生，但又親近得像自己的兒子。那種極端相反的感覺，激起他無比奇異的情懷。

尚有幾年，小盤便要加冕爲王。而他與這未來的秦始皇的關係，將要畫上休止的符號。他是不能不走，因爲他不想沾染六國軍民的鮮血，對戰爭他已深感厭倦。

小盤的實際年齡是十九歲，完全具備一代霸主那種高踞眾生之上的威儀和氣概。他雖比項少龍矮了大半個頭，但肩寬背厚，手足粗壯，方面大耳，尤其是一對龍目，連項少龍被他望來時都感心寒。

以前的徐先、鹿公在知道他不是呂不韋的孽種時，立即死心塌地；現在的王陵、王齕對他矢志效忠，自非無因。蓋小盤正是那種天生具有服人魅力的政治領袖。可想見當他正式加冕爲王時，將更不得了。

小盤來到項少龍身前，一把緊執著他雙手，喜叫道：「太傅啊！我們成功了。」

李斯等圍著兩人，高聲道賀，人人都有點胡言亂語。

一直以來，君主和權臣的鬥爭，鮮有可在不動干戈下完成的。但正因要出黑龍這漂亮的一招，立即把呂不韋辛苦經營多年的勢力削減大半，又把他可能暗中策劃的叛亂粉碎。如此兵不血刃的取得驕人成果，誰不感動莫名。

在現今的情勢下，要舉兵作亂，根本是沒有可能的，連咸陽的平民都會起義來支持小盤，更不要說一向忠於王室的軍隊。

項少龍微笑道：「臣下也好該休息一下，請儲君賜准。」

小盤歎道：「寡人雖是千萬個不情願，但也只好如太傅所願，不過一旦有起事來，太傅定要回來助我。」

項少龍如釋重負道：「文有昌平君和李廷尉，武有兩位上將軍，儲君看著辦吧！」

眾人哄然大笑。

因項少龍等若說，沒有事最好不要來煩我。

李斯笑罵道：「項大人不要笑在下，在項少龍跟前，李斯永遠是你由趙國回來時在城外初遇的李斯。」

小盤道：「太傅準備何時回牧場暫休？」

聽到他特別在「暫休」兩字加重語氣，各人均露出會心微笑。

項少龍反手握緊小盤的雙手，感到兩人的血肉連結在一起，答道：「待掃平邱日昇的武士行館和小俊成婚後，我便回牧場去，依儲君之言暫休，該仍有十多天會留在咸陽。嘿！我要回家沐浴更衣，好參加今晚的春宴。」

小盤依依不捨放開項少龍的手，感觸道：「我嬴政之能有今日，實拜太傅所賜。」以他一國之君的身分，肯說出這種話，眾人無不動容，只有項少龍才真的明白他意之所指。

當日只知調戲婢女的頑童，誰想得到竟是日後一統天下、千古一帝的秦始皇？

宮門外擠滿來「朝聖」的民眾，見項少龍出來，立即歡呼四起。

蹄聲響起，國興領著一隊親兵由旁邊衝出來，隔遠向他施禮。

項少龍見國興一身軍服，像變成另一個人般威風凜凜，不禁記起荊俊初穿官服的樣子，心裡不由對國興多生幾分親近的感覺。

國興來到他旁，陪他往烏府馳去，低笑道：「卑職在門外等了一段時間，剛才嫪毒和呂不韋分別出來時，民眾都大喝倒采，氣得兩人臉都黑了。但項大將軍一出來，卻博得最多的采聲。」

項少龍看著穿上新衣的小孩在道旁放擲鞭炮和互相追逐嬉戲，心情前所未有的閒適舒暢。

小盤終於穩固了他的王位，以後只有他找人算帳，像呂不韋、嫪毒之徒，適堪配作給他練拳的對手。

國興道：「項爺請相信小人，小人以後是死心塌地跟定大人了。」

項少龍聽他改變口氣，擺出家將的姿態，欣然道：「十來日後我會返回牧場，由小俊暫代我的職位，你好好跟著小俊幹吧！這是你和他最佳的修好機會。」

國興點頭答應，壓低聲音道：「那些刺客有五個人逃出來後，到了杜璧的將軍府去躲避都衛的搜捕。聽邱日昇的口氣，他們會扮作我們武士行館的人，今晚去參加春宴。」

項少龍奇道：「難道他們以為今晚還有機會行刺？又或不知道入宮赴宴者是不准攜帶武器的嗎？」

國興道：「邱日昇還沒這麼大膽，只是希望藉這批人來重振行館的威風。」

項少龍淡淡道：「也好！就讓我今晚落落邱日昇的臉吧！若非礙於嫪毒，今天我就去把他的行館拆了。」

國興聽得心驚膽戰，暗忖幸好自己「改投明主」，否則將是受盡凌辱的其中一個。

國興又道：「聽說今早單美美想上吊自盡，幸好給人救下來。」

項少龍現時對單美美只有同情而無惱恨，但此事卻不宜插手，只好歎一句心有餘而力不足。忍不住問道：「單美美的心是否向著嫪毒？」

國興神神秘秘地道：「這事恐怕只有她本人清楚，但醉風樓婢僕間流傳著一個消息，是單美美眞正看得上眼的人是項爺你。」

項少龍嚇了一跳，失聲道：「這事定是弄錯，否則為何我沒有任何感覺。」

國興聳肩道：「女人心最難測的，或者是傳錯了吧！」

這時已到烏府，國興施禮走了。項少龍想起自己幸福溫暖的家庭，立時把單美美的事置諸腦後。

剛踏入府門，手下告訴他醉風樓的紅阿姑楊豫來找他，正在東廳等候。

項少龍大感愕然，隱隱猜到該與自殺未死的單美美有關，心中暗歎。他差點想使人去把楊豫遣走，但終硬不起心腸，矛盾地掙扎一番，才到東廳去。

美女洗盡鉛華，身穿素服，樣子比她濃妝豔抹更順眼，雖比不上前晚的石素芳，但其清秀之色已屬罕有。

到現在他仍弄不清楚這位歡場美女心底內的玄虛，她是否只因屈於呂不韋的權勢，不得不暗害自己？抑或她眞的愛上管中邪或許商，才甘心爲虎作倀？在這充滿陰謀詭計的環境裡，他學曉不會輕信任何人，同時學懂了以種種手段去對付例如伍孚和國興等敵人。

楊豫見他來到，大喜離座迎來。

項少龍眞怕她縱體入懷，若給婢僕看到，報與烏廷芳等諸女知道，那就跳進黃河那德水內也洗不清。

人的心理是這樣，他去醉風樓胡混，紀才女等可以不見爲不知，但若把風流帶回家裡，就是另一回事。

項少龍連忙施禮，道貌岸然道：「豫姑娘請坐。」

楊豫乃揣摩男人心意的專家，甜甜一笑，橫他大有深意的一記媚眼，退返座內，待項少龍在側旁坐下，才蹙起黛眉，輕歎道：「美美今早上吊自盡，幸好我們一直防她做出蠢事，及時把她救回，但頸項處多了一道可怕的瘀痕，會有好一陣子不能出來見客。」

項少龍皺眉道：「豫姑娘來找項某人，難道認爲我可爲她效勞嗎？」

楊豫歎一口氣，道：「妾身也知這樣來找項大將軍，不給你掃出門外已對妾身非常客氣。只是美美和妾身比親姊妹還要好，其他人又畏懼呂不韋權勢，噤若寒蟬。現在咸陽城內，只有大將軍一個人不把呂不韋放在眼內，美美和楊豫走投無路，惟有厚顏來求項大人。」

項少龍苦惱道：「美美不是一向和嫪大人相好嗎？現在他權勢大增，假若他肯娶美美，而美美又心甘情願的話，呂不韋該很難反對。」

楊豫露出不屑之色，「呸」一聲道：「嫪毒算甚麼東西？充其量只是太后的面首男寵，他出來鬼混可以，一個月前有人送了他兩個歌姬，結果給太后派人活生生打死，大將軍請說還有誰敢嫁入他的內史府去？」

項少龍聽得愕然以對，想起呂不韋壽筵時朱姬充滿妒意的怨毒眼神，整個人寒浸浸的。

朱姬變得太厲害了，自莊襄王被呂不韋害死，她的心理便很有問題，但仍想不到她變成這麼可怕的一個女人。

楊豫續道：「何況美美對他只是虛與委蛇，本來她確是迷上了他英俊的外表和風采，但自聽過白蕾說及有關他以前喪盡天良的壞事，現在只餘下憎厭之心，再無歡喜之情。」

項少龍心想白蕾定是由韓闖處聽來有關嫪毒的惡行，以韓闖的爲人，必會添鹽加醋，口舌不饒人。不過嫪毒亦是「罪有應得」。

楊豫神情忽轉溫柔，含情脈脈的瞧著他道：「只有項爺的聲譽最好，就算是你的敵人，也說不出項爺做過甚麼壞事。初時我們是不明白，後來見我們這麼一再開罪項爺，項爺仍體諒我們是逼不得已，還和顏悅色相待，我們心中都非常感激。」

項少龍苦笑道：「好人最難做，坦白說，呂不韋要納美美爲妾的事，我實在很難插手，且沒有插手的理由。」

楊豫胸有成竹地道：「項爺至少有兩個方法可幫助美美，最簡單當然是由項爺把美美納爲小妾。不過我也知這是強人所難，還會使項爺和嫪大人不和。」

項少龍歎道：「另一個辦法又如何？」

楊豫咬著下唇道：「助她逃離秦國。」

項少龍不解道：「助她離國對我可說是輕而易舉的事。只要我吩咐下去便可辦到，但問題是像她這麼動人的美女，到任何一處都會有人垂涎她的美色，豈非逃出虎口又進狼口嗎？若遇上盜賊或流氓，她的遭遇更不堪想像。」

楊豫喜道：「項爺肯點頭就成了，美美在魏有位仰慕她的王族公子，曾多次派人來求美美到大梁去，只要項爺使人給他送出消息，教他派人到邊境來迎接，美美的安全就不會有問題。」

項少龍心中一動，道：「那王族公子是誰？」

楊豫壓低聲音道：「是以前在咸陽當質子，後來逃回大梁的太子增。」

項少龍暗忖原來如此。看來單美美並非真的喜歡他，但若成爲太子妃，怎都好過當呂不韋的洩慾工具。

項少龍自己知自己事，絕不能硬著心腸見死不救，苦笑道：「好吧！你教美美在小樓裝病，誰都不要見，今晚趁所有人去參加春宴，我派人來把她連夜送走。另外我再遣派快馬去知會太子增和龍陽君，唯一要動腦筋的地方，是要佈局成美美自行逃走的樣子，以免牽累豫姑娘和其他人。」

楊豫大喜撲入他懷裡，眼都紅了。

項少龍駭然道：「若你想感謝我，快給我坐好。」

楊豫不顧一切在他嘴上重重吻一口，才移開少許，熱淚泉湧地嗚咽道：「妾身和美美結草銜環，仍不足以報項爺不念舊惡的大恩大德。」

項少龍敢肯定這非是另一個陷阱，否則楊豫便是演技派的超級巨星。況且此事自己根本不用親身參與，想害自己亦無此可能。

與楊豫商量了聯絡的細節，順口問道：「你爲何不和美美一道走呢？」

楊豫忸怩地瞧他一眼，欲言又止，最後垂下螓首，秀臉紅紅的，神態誘人之極。

項少龍恍然道：「原來豫姑娘愛上了管中邪。」

楊豫搖頭道：「怎會是他呢？他是個冷血無情的人，每次和人家歡好後，立即將人家趕走，說不慣與人同眠，這樣的男人，只有呂三小姐會看上他。」

項少龍哂道：「對呂娘蓉他自然不會這樣，我知道了，定是許商那個傢伙，他的確長得很好看。」

楊豫咬著唇皮沒有作聲，神情卻是苦惱和無奈，好一會兒才道：「到哪裡還不是一樣，假設呂不韋逼我做妾，我只好認命。但美美比我堅強多了。唉！說出來恐怕項爺不會相信，但我卻不願有任何事欺騙項爺，美美的上吊只是我和美美想出來的假局，好拖延呂不韋。」

項少龍頹然道：「我已非常小心，但仍是給你們騙了。」

楊豫誓願道：「現在再沒有隱瞞，本來妾身根本不敢奢想來找項爺，但美美卻說只有項爺有能力幫她，而且定會幫她，因爲她明白項爺是天生俠義的眞正英雄。」

項少龍再次苦笑道：「她看得我這冤大頭準確極了。」

楊豫拭去淚痕，露出迷人的笑容，道：「美美說，若項爺不要她，就把她送走好了，唉！現在咸陽城誰家女子不想入項爺的門？」

項少龍心叫厲害，像楊豫這類「專業」女性，要討好一個男人，確是出色當行，教人明知是假話，仍感到非常受用。至少還有歸燕、呂娘蓉，甚至嬴盈都是不想嫁給他項少龍的。

項少龍見時間無多，既要安排單美美逃離咸陽的事，又要趕往王宮赴宴，更怕紀嫣然等誤會，忙把楊豫請了起來，送出門外。

楊豫翩然去後，項少龍第一件事是找來趙大，由於他曾隨趙雅在大梁住過一段長時間，熟悉當地的情況，讓他去負責這件事最合適。

單美美這麼開溜，最不幸的人是伍孚，將可逼他進一步靠攏自己，成為另一只在呂不韋集團內的有用棋子。

趙大還以為是甚麼危險任務，聽到只是把單美美送往魏境，欣然答應。

到項少龍回到後宅，以為紀嫣然等盛裝以待，豈知眾妻婢正逗兒為樂，且身穿便服，一點也沒有去參加春宴的意思。

項少龍奇道：「你們不去趁熱鬧嗎？」

紀嫣然懶洋洋躺在臥几上，斜靠軟墊，慵倦不勝道：「夫君大人好像忘掉是誰舉起那條龍尾拍打德水整個早上，又在廷上罰站罰唸書罰足整個時辰。本來也想去的，但浴罷忽然甚麼力氣都失去，只想甚麼都不做，更沒有閒情去想夫君大人為何和醉風樓的姑娘閒聊大半個晚上。」

項少龍既是憐意大起，又是差點給氣壞，跪下來在她臉頰香一口，向烏廷芳道：「你們呢？」

趙致撇撇小嘴道：「嫣然姊不去，我們哪還有興致？」

項少龍心中有點明白，舉手投降道：「神明可鑑，我項少龍與楊豫往日沒有任何私情，今天亦是如此，她之所以……」

紀嫣然探手掩著他的大嘴，笑道：「不要疑心，我們只是鬧著玩吧！」

烏廷芳吃吃嬌笑，媚態橫生道：「但不去赴宴卻是眞的，見到呂不韋我便想起……唉！都是不說了。」

瞧她神情一黯，項少龍立即想起趙倩和春盈等心愛的人兒，明白她的意思。

田貞、田鳳兩人走過來，把他挽起，服侍他沐浴去了。

穿著妥當，來到大廳，滕翼和荊俊正和陶方閒聊著等候他。

項少龍道：「單美美的事趙大通知了你們嗎？」

滕翼點頭道：「只是小事一件，能氣氣呂不韋，害害伍孚，總是樂事。」

荊俊哂道：「單美美正因看清楚這點，才不愁你不答應，不過這女人眞的長得很美。」

項少龍給他提醒，立時對楊豫打個折扣，自己太容易朝好的一方面設想。

陶方道：「剛才我見過圖先，他問我黑龍是否少龍你想出來的，我不敢瞞他，圖先要我告訴你，他眞的服你了，這絕計比斬呂不韋兩記百戰寶刀更厲害。呂不韋回府後暴跳如雷，也猜到我們在裝神弄鬼，卻全無辦法，圖先說以呂不韋的性格，可能會鋌而走險，教我們更要小心。」

項少龍心中一懍，頷首受教，因爲自己確有點被勝利沖昏頭腦的飄飄然感覺，非常危險。

滕翼笑道：「管中邪抓了一批人，不過據我看都是無辜者，他還想拿這批人去頂罪，卻給我們的廷尉大人接收過去，不准他毒打成招，今趟管中邪也算失威了。」

荊俊苦惱道：「我只要見到國興就心中有氣，三哥還偏要我去教他辦事，唉！」

項少龍抓著他胳膀扯他過來，正容道：「知錯能改，善莫大焉，小俊就當作做一次好心，給他一個機會吧！」

滕翼長身而起道：「時間差不多，我們入宮吧！」

項少龍道：「記得帶你的墨子劍，今晚會是好戲連場。」

陶方訝道：「怎會有這種事？這是大秦的國宴，沒有儲君點頭，誰敢生事？」

項少龍一拍掛在腰上的百戰寶刀，笑道：「我們就是有儲君點頭的人，好省下異日去挑武士行館的腳力。」

滕、荊兩人這才明白。

項少龍帶頭朝大門走去，哈哈笑道：「黑龍出世，乃天命的安排，際此大喜日子，我們提早給邱日昇『開年』如何？」

滕、荊、陶三人笑著追上來，與他跨出門外。

十八鐵衛和三人的親隨早備馬等候。四人上馬，旋風般馳出大門，望王宮的方向趕去。

整個咸陽城籠罩在迷離的夜霧裡，詭異得有若鬼域。項少龍想起即可返回牧場過些安樂日子，心情豁然開朗。

自趙倩等不幸命喪客地後，他從未試過像眼下般忘憂無慮，再沒有像被無形的重擔子壓得透不過氣來的感覺。

第五章　利益結合

項少龍與滕、荊兩位兄弟及陶方四人在親衛護翼下，朝王宮進發，忽地前方蹄聲驟起，暗霧中一騎在前方狂馳而來，後面追著十多名騎士，似把長街當作競賽的走道。

滕翼大喝道：「來人停馬！」

前面騎士已來至燈籠光映照的範圍內，只見他滿身鮮血，大叫道：「大將軍救我。」

眾人定睛一看，赫然竟是國興。國興想伸手勒馬，顯已支持不住，側身由馬上墜往左方。

就在戰馬煞停，國興快要肩撞地上之際，弓弦聲響，一枝勁箭由後邊騎士手上發出，準確得難以置信的由國興後頸透入，前頸穿出，到國興掉到地面，已成爲一具毫無生命的屍體。

縱使以項少龍一向的反應迅捷，仍看得頭皮發麻，且睚眥欲裂。

十八鐵衛全體祭出弩弓，迅速上箭。

那批人奔至國興倒地處，紛紛勒馬停定，帶頭者管中邪正把強弓掛回馬背上，大聲道：「項統領見到了，國興畏罪潛逃，下屬不得不執行王令，把他射殺。」

項少龍渾身冰冷，同時湧起滔天怒焰，「鏘」的一聲，拔出百戰寶刀，冷喝道：「管中邪你竟敢當著本人眼前，射殺我都騎副統領？」

管中邪的親衛立舉鐵盾，擋在他面前，形成盾牆。

管中邪好整以暇笑道：「項統領請勿誤會，且聽我詳細道來，卑職奉有儲君之令，追緝今早蓄意刺殺儲君的凶徒，竟發覺凶徒由武士行館館主邱日昇勾結前來咸陽。現在邱日昇和凶徒全體落網，由仲父親自審問，只有國興拒捕逃走，項統領清楚看到，若認為卑職有失職之處，大可在儲君、仲父和太后駕前提出來說好了。」

接著喝道：「給我搬屍！」

項少龍一時不知該如何應付，大喝道：「不准動他！」

管中邪佔盡上風，大笑道：「項統領有命，卑職怎敢不依，我們走！」

拍馬掉頭便去。

那批都衛策馬緩退十多步後，才齊聲呼嘯，紛掉馬頭，追著管中邪去了。

項少龍等面面相覷，目光最後落到勁箭貫頸，倒斃血泊中的國興屍身旁。

陶方歎道：「我們終是低估了呂不韋，這一著確是毒辣之極，不但殲滅武士行館，同時落了我們和嫪毐的面子；還可把矛頭直接指向嫪毐，甚或杜璧和蒲鶮。」

滕翼肅容道：「呂不韋說不定還會乘機藉此事鬧大，對付嫪毐和他的手下。」

項少龍搖頭道：「他絕對動不了嫪毐，小俊你著人為國興辦理身後事，同時保護他的家人，我立即進宮面見儲君，看看該如何應付此事。」

一夾馬腹，往前馳出，再不忍見國興的慘狀。

一直以來，管中邪雖是他的敵人，但他對管中邪尚存三分惺惺相惜的心意。在這一刻，他只想將他碎屍萬段，再沒有絲毫可惜的感覺。

通往王宮的大道上，只見車水馬龍，公卿大臣們似像一點都不曉得咸陽城刻下的腥風血雨，興高采烈的往赴春宴。

抵達宮門時，遇上昌文君，後者神色凝重，迎上來道：「儲君正要找少龍。」

項少龍驀地記起一事，登時汗流浹背，向滕翼道：「咸陽城今晚定是插翼難飛之局，趙大和單美美……」

滕翼劇震道：「我曉得了！」掉頭便去。

項少龍忙吩咐昌文君派出一隊禁衛，跟去保護滕翼，然後入宮見駕。

心中對國興的死仍是難以釋然，自己確被勝利沖昏頭腦，也不想想在咸陽城內呂不韋的勢力是多麼龐大。以他的精明，怎會想不到小盤的被刺，杜璧、蒲鶮兩人一定脫不了關係。現在呂不韋拿下邱日昇，擺明是要對付嫪毒。

不過他卻清楚知道，或者由歷史上早知道在嫪毒公然造反前，呂不韋仍奈何不了嫪毒。與呂不韋這種人對敵，一個不小心，便要吃上大虧。

想到國興剛棄暗投明，卻給管中邪活生生在自己眼前射殺，那種憤恨及無奈的感覺，使他恨不得立即盡起烏家精兵，殺進仲父府去。

小盤此時正在書齋內，和昌平君、李斯、王齕、王陵四個心腹大臣大將說話，神色出奇地冷靜，見他來到，欣然道：「太傅免禮。」

項少龍勉強壓下心中波濤洶湧的情緒，在王齕下首坐好，沉聲問道：「眼前情況如何？」

王齕答道：「管中邪剛才對武士行館發動突襲，常傑和安金良當場被殺，邱日昇給他們用棍把右手骨敲碎，行館的二百多名核心武士全被擒拿，另外還審訊了兩名受傷的刺客，證據確鑿，使邱日昇沒得抵賴。」

對面的李斯道：「那些人被送到我那裡去，包括邱日昇在內，都一口咬定是嫪毒指使的。由於渭南武士行館之所以能夠重開，全賴嫪毒大力保薦，所以嫪毒今次很難置身事外。」

小盤道：「我找太傅，是要大家商量一下，是否正好藉此事除去嫪毒？」

項少龍心中恍然，小盤雖被迫接受自己安排以嫪制呂的妙計，事實上他對嫪毒鄙屑厭恨至極點，因爲嫪毒等若把朱姬由他身邊搶走。

在很大的程度上，小盤恨不得有機會深深的傷害朱姬，以洩心中怨憤。現在黑龍出世，他再不像以前般那麼懼怕呂不韋，所以更覺這想法極具誘惑力。只要他項少龍略一點頭，小盤傳令下去，比小盤更恨嫪毒的呂不韋會立即派人殺盡嫪毒的家將，眞箇閹了他，再屈打成招，才交給李斯這古代大法官處理。

朱姬本身並無實力，若小盤不站在她那一方，呂不韋確可爲所欲爲。

項少龍沉聲道：「嫪毒現在哪裡？」

昌文君答道：「他和大批心腹家將躲進甘泉宮去，太后曾兩次派人來召儲君，均給儲君婉拒了。」

項少龍至此方知形勢險惡，事情來得太快，呂不韋肯定早知邱日昇與此事有關，故竟揀了春宴舉行之前動手，教所有人都措手不及。

眾人目光落到他身上，顯是知道小盤心意，故既不敢反對，可能亦不想反對，特留待他說出能左右未來秦始皇的決定的話，事實上項少龍也找不到反對的有力理由。

只見小盤龍目生輝，一瞬不瞬地瞪著自己，充滿渴望和期待。

小盤對他終有異於對其他人，儘管威權日增，最後仍是死心塌地的尊重他的看法。

歎一口氣後，把管中邪當著自己面前射殺國興的事說出來。

眾人同時色變。

王陵大怒道：「這眞是太過分了！」

項少龍冷靜地道：「這裡沒有半個人會爲嫪毐之死歎一口氣，但我們卻不能不思量接踵而來的後果。」

接著向李斯使個眼色，這是要李斯表現他是否夠朋友的機會。現在小盤最信任的人，除他項少龍外，當數李斯，其他人都差了一截。

李斯乃極爲精明的人，自知項少龍心意，肯定地微一點頭，道：「若此刻除去嫪毐，最受打擊的當然是太后，這事若發生，太后將威信蕩然，再難親政主事，在那種情況下，只要呂不韋聯結朝中大臣，說不定可眞的成爲輔政大臣，那我們憑黑龍辛苦弄出來的形勢，將盡付東流。」

王齕沉聲道：「我們大可推舉少龍以太傅身分輔政，尤其少龍今早護駕有功，兼之有黑龍出世，王綰和蔡澤等該知誰是眞主，呂不韋要扭轉形勢，恐也扭轉不來。」

昌平君同意道：「沒有人比少龍更適合做輔政大臣了。」

項少龍苦笑道：「儲君和諸位這麼看得起我，我自然很高興，不過呂不韋今趟驀然向嫪毐發難，固是怕我們革除管中邪之職，但亦未必眞把矛頭直指太后，可見定是另藏禍心，最後目的仍是要對抗我們那條黑龍。」

小盤沉吟片晌，點頭道：「連我們都曉得邱日昇和杜璧、蒲鶮暗中勾結，呂不韋沒有理由不知道，但今趟他只針對嫪毒，一句不提杜璧和蒲鶮，其中確有點問題。」

李斯色變道：「會否是呂不韋已與杜璧和蒲鶮達成秘密協議，犧牲邱日昇以扳倒嫪毒和太后，那只要再……嘿！」

眾人同時色變。

昌文君失聲道：「廷尉大人的話絕非沒有依據，因爲蒲鶮由祭場返回來時，被呂不韋邀上他的車同坐，說不定他們在車內達成協議。」

這就是政治了。儘管看似不可能，但在形勢劇變下，敵對的人會因權衡利害而變成合作者。

在呂不韋的立場來說，他與嫪毒和朱姬已是勢不兩立，以小盤和項少龍爲首的政治集團更是和他仇深似海。若他不是有蒙驁的實力在支撐他，早連性命都丟掉。但假若他與以成蟜爲中心的利益集團結合，聲勢自然大是不同。

小盤神色凝重道：「寡人倒沒有思及此點。」

王陵吁出一口涼氣，道：「白黑龍出世，呂不韋和杜璧等都慌了手腳，在力圖扳回大勢下，這樣做毫不稀奇。爲今的問題在於我們對嫪毒看不順眼，是否該乘機放倒他而已。」

眾人眼光再次落回項少龍身上。

項少龍開始又感到宿命的無可改變，嫪毒是註定了不會這麼快敗亡的，所以眾人才忽然有呂、杜聯手這樣的想法冒出來。

對呂不韋來說，成蟜的威望比小盤至少差幾條街，杜璧和蒲鶮亦遠比不上王齕、李斯和自己等人，所以假若成蟜取代小盤爲秦君，就只有被他操控的分兒，而絕無自主之力。由此可見他對小盤這「兒子」已徹底失望。

微微一笑，道：「嫪毒算甚麼東西？眼前我們最大的敵人是呂不韋，故暫時最聰明的做法，仍是留嫪毒以制呂不韋，然後再設法清除成蟜等人，那時就毋須愁呂不韋還有甚麼作爲了。」

小盤仍有些不甘心，皺眉道：「我們有甚麼方法對付成蟜？」

項少龍笑道：「那還不簡單，著他領兵出征趙國，他和趙人的關係就無所遁形了。」

眾人同時拍案叫絕。

這就是情報的重要，若非項少龍深悉蒲鶮和趙國大將龐煖的關係，便難以想出這條妙計來。

小盤呆了一呆，接著哈哈大笑，道：「沒有比這更簡單直接的方法了，但卻須等待時機，現在黑龍才出世未久，寡人仍須一段時間去鞏固權位。」

李斯當上廷尉後，身分大是不同，一改以前的韜光養晦，發言道：「既是如此，我們該讓嫪毒清楚知道呂不韋要毀了他，那他和呂不韋更勢成水火。」

王陵慎重地道：「此事有利有弊，可以想見太后會由這次事件而清楚嫪毒的力量太過單薄，且會在以後不顧一切爲他爭取更大的權力。」

王齕哂道：「無論她如何力爭，總輪不到他去當大將軍，可以有多大作爲？」

小盤長身而起，眾人慌忙肅立躬身。

小盤意氣飛揚道：「寡人立即去主持春宴，項太傅可帶一隊禁衛，把太后和那假閹宦護送來宮參與春宴，今天算他氣數未盡好了。」

接著冷哼一聲，逕自去了。

眾人忙追隨左右。

項少龍想起要去見朱姬，立感頭痛。誰想得到忽然節外生枝，希望自己「放大假」的計劃，不要因此而被打亂便謝天謝地了。

項少龍領著十八鐵衛和小盤最精銳的其中一個五十人組成的禁衛兵團，風馳電掣來到甘泉宮外，一隊都衛橫裡衝出，攔著去路。

項少龍早知管中邪會著手下包圍甘泉宮，拔出百戰寶刀，大喝道：「誰敢阻我項少龍！」

鐵衛、禁衛一聲吶喊，祭出盾牌、弩弓、長矛，組成陣勢，把項少龍護在正中，弓、矛前指，疾衝過去。

都衛哪敢反抗，雞飛狗走，散往兩旁。

甘泉宮的吊橋升起來，宮門緊閉。

項少龍等來到護著宮城的小河旁，勒馬停定。

管中邪領著許商和五、六十名都衛迎上來，前者冷然道：「項統領不是去了參加春宴嗎？」

項少龍想起國興，恨不得一刀把他殺掉，待他來到近處勒馬停下，微笑道：「假若項某向管大人擲出飛針，不知管大人有多少成把握可以避過？」

管中邪和許商同時色變，目光落在他故意垂貼馬身的右手去，前者勉強擠出一個笑容，道：「項統領說笑，卑職當然只有受死的下場。」

項少龍淡淡道：「兩位最好不要妄動，我項少龍更非說笑，你們這樣把甘泉宮團團包圍，已犯下冒犯太后的大罪，我若要把你們處決，誰敢說我做得不對。」

許商回復冷靜，從容道：「項大將軍誤會了，我們只是奉仲父之命來保護太后吧。」

項少龍裝作恍然道：「原來如此，那你們給我立即撤走，保護之責，由此刻交給本大將軍好了。」

管中邪閃過怒容，垂頭道：「謹遵大將軍之命。」

大喝道：「全部撤走！」一扭馬頭，轉身馳去。

蹄聲驟起，瞬間所有都衛走得一乾二淨。

項少龍朝甘泉宮門叫道：「嫪大人請放下吊橋。」

軋軋聲中，吊橋降下。

項少龍囑眾人收起武器，帶頭昂然馳入宮內。甫進宮門，嫪毐和韓竭、令齊、嫪肆等迎上來，人人全副武裝。

項少龍跳下馬來，伸手與嫪毐相握，笑道：「嫪大人請恕少龍來遲之罪，太后是否受驚了？」

嫪毐現出感激神色，低聲道：「這事……」

項少龍著手下在廣場等候，搭著嫪毐肩頭，朝主殿走去，輕鬆地道：「我知道邱日昇的事後，立即進宮見駕，力陳邱日昇勾通外人行刺儲君之事絕對與嫪大人無關，儲君方知錯怪大人，命我立即來接太后和嫪大人入宮參與春宴。」

嫪毒劇震道：「少龍眞夠朋友，我嫪毒必不會忘記，唉！我眞不明白邱日昇爲何竟會做出如此蠢事來，對他有甚麼好處呢？」

項少龍低笑道：「對他當然大有好處，對杜璧和蒲鶮更是大大有好處，只是嫪兄就半分好處都沒有了。」

嫪毒恍然大悟道：「這天殺的狗種，被人捉了還想陷害我。」

兩人步入殿內，只見朱姬立在殿心，俏臉含霜，鳳目生威，狠狠盯著項少龍，似要把怨氣全發洩在他身上。

項少龍拜倒地上，行了臣下之禮，朗聲道：「項少龍奉儲君之命，特來迎接太后到王宮主持春宴。」

朱姬冷笑道：「那忤逆子還記得我嗎？」

嫪毒嚇了一跳，賠笑道：「太后……」

朱姬冷喝道：「不用你插嘴！」

嫪毒大感尷尬，同時噤若寒蟬，再不敢搭嘴，垂首立在一旁。

項少龍站起來，微微一笑道：「太后誤會儲君，他是剛知此事，故派出微臣和禁衛到來迎駕。」

朱姬仍下不了這口氣，光火道：「項少龍你身爲都騎統領，見到有人斗膽包圍哀家的甘泉宮，竟不把這些人當場拿著，還有臉來見哀家？」

項少龍深深看進她眼內，苦笑道：「太后也不是第一天認識呂不韋吧？太后若怪責儲君和我項少龍，豈非親者痛、仇者快？若太后連嫪大人和小臣都不信任，還可相信甚麼人？」

嫪毐忙道：「是的！少龍確是微臣肝膽相照的朋友。」

朱姬愕然半晌，幽幽地瞅了項少龍一眼，好像在說我總是鬥不過你的那模樣，又淒然道：「是的！哀家可以信賴的人愈來愈少，不過哀家再沒有赴宴的心情，你和嫪奉常去吧！但我卻要你立誓保證奉常的安全。」

項少龍斷然道：「少龍敢以項上人頭擔保儲君已明白邱日昇一事與嫪大人絕無關係，但少龍仍要懇請太后入宮赴宴，否則徒教卑鄙小人暗中得意，以爲成功損害太后和儲君間的和諧關係。」

朱姬嘲弄地道：「和諧關係？唉！不過哀家也好應和王兒詳談一下。」

項少龍催促道：「請太后起駕！」

朱姬猶豫半晌，再歎一口氣，道：「少龍你陪我坐車，哀家有些話要問你。」

項少龍偷眼往嫪毐望去，只見他垂下頭去，而妒忌之色，則難以遮掩的一閃即逝。

不由心中歎息，嫪毐你的心胸實在太窄了，怎能辦大事呢？連我這救命恩人你也這樣對待，可知你的本性是多麼要不得了。

第六章　功虧一簣

朱姬吩咐項少龍坐到她身旁，透過簾幕凝望窗外流水般逝去的咸陽夜景。

主街上擁滿慶祝春祭和因黑龍出世而雀躍歡欣的秦人，家家戶戶張燈結綵，鞭炮之聲不絕於耳，分外襯托出朱姬空虛無著的心境。

自從莊襄王異人過世後，朱姬從未快樂過。她的一生是由呂不韋造就出來的，但也正因呂不韋而毀去，恐怕連她自己都弄不清楚和呂不韋間的恩怨。

嫪毒雖看似非常風光，但由始至終他只是被各方面利用的一隻棋子。想不到以朱姬的精明厲害，一旦迷戀起男色來，竟會糊塗至此。

正心中感歎時，朱姬香唇輕吐道：「少龍！我往後該怎麼辦呢？」

恍惚間，項少龍像再鑽入時空機器裡，回到昔日在邯鄲和朱姬初相識時那段日子，心中一顫道：「太后……」接著不知該說甚麼話才好。

朱姬別轉嬌軀，定神瞧著他道：「對不起！」

項少龍愕然道：「太后何出此言？」

朱姬垂下螓首，淒然道：「我自己都不知自己在做甚麼，但有些時候，我真恨不得有人可把你殺了。」

項少龍知道她是指允准管中邪和自己決鬥一事，搖頭道：「我絕不會怪太后的，無論怎樣，我都不會怪你。」

朱姬嬌軀劇顫，抬頭往他望來，好一會兒後，忽然道：「那條黑龍究竟是眞是假，求你不要瞞我。」

項少龍立時無名火起，知道朱姬仍在爲嫪毒打算，冷冷道：「當然是眞的，要假能假得來嗎？」

朱姬呆望他一會兒，又別過頭去瞧往窗外，苦笑道：「少龍你生氣了，有時我眞希望你可以打我、罵我，那人家還會好受一點。」

頓了頓續道：「我太熟悉你了。只從你剛才答話的神態，就知道那是條假龍，這麼厲害的計策，定是你想出來的，沒有人比你更會裝神弄鬼了。」

項少龍心中一熱，湧起連自己也難以明白的情緒，湊到她小耳旁，柔聲道：「此刻我眞想狠狠揍姬后一頓！」

朱姬嬌軀劇顫，「啊」的一聲轉過身來，眼中射出複雜難明的神采。

項少龍差點要封上她香唇，馬車倏地停下，原來已抵達王宮。

項少龍心中暗歎，命運畢竟是不能有分毫更改的。

朱姬抵達宴場時，小盤、呂不韋和群臣如常地熱烈歡迎她，大家像從沒有發生過任何事情般。

蒲鶮、杜璧均有出席，且神色平靜。

假若邱日昇有機會到此一看，定會爲自己的犧牲覺得不值。

項少龍卻因國興之死心情大壞，坐入李斯和昌平君那席時，沉聲問道：「管中邪在哪裡？」

李斯兩人聽他語氣不善，嚇了一跳，齊問道：「少龍想怎樣？」

項少龍此時已找到坐於他下方隔開五席的管中邪，正和呂娘蓉、許商、連蛟並坐細語。

昌平君爲緩和氣氛，笑道：「三絕才女果是名不虛傳，一曲雖罷，但我耳內仍像繚繞著她動人的歌聲。」

項少龍深吸一口氣，道：「我要殺死管中邪！」

兩人大感愕然，一時無言以對。李斯只能道：「少龍三思！」

此時小盤、呂不韋和一眾大臣正輪番向朱姬敬酒，剛告一段落，各自坐好，千多人的大殿堂靜了下來，等待朱姬說話。

項少龍怒氣上湧，倏地起立。眾人眼光立時被吸引，集中到他身上去。

項少龍豪氣沖天而起，揚聲道：「微臣上趟與管大人比武一事，因管大人劍斷而止，今見管大人另佩寶刃，忽感手癢，望能與管大人再比試一場以作助興，請儲君與太后賜准。」

大殿突然靜下來，人人臉現錯愕神色，顯是沒想到項少龍會有此一著。

事實上前兩次比武，項少龍都是被迫作戰，只有今次因心憤國興之死，主動出擊。

就在此刻，每個人都知道項少龍是對管中邪動了眞怒，決意把他殺死。

呂不韋臉色微變，冷哼一聲，搶在小盤和朱姬之前答道：「今晚乃大喜之日，不宜妄動刀兵，少龍若因私人恩怨……」

一聲長笑，起自嫪毒之口，只聽他陰惻惻道：「仲父此言差矣，上回難道是仲父大悲之日嗎？爲何仲父卻一力主戰？」

呂不韋雙目厲芒爍閃，狠狠盯嫪毒兩眼，正想回敬，管中邪長身而起道：「項統領果然眼利，看出卑職新佩的齊國名劍『射日』非是凡品，不易折斷，故動了雅興，若儲君、太后和仲父賜准，中邪樂於奉陪。」

小盤哈哈一笑道：「這才是我大秦的好男兒，請太后賜准。」

朱姬定睛看項少龍好一會兒，秀眸射出感激之情，點頭道：「我大秦向以武力衛國，兩位卿家正體現了我大秦的尚武精神，准予所請。」

項少龍知道朱姬會錯了意，以爲自己是因她受辱而要拿管中邪出氣，不過這時哪管得那麼多，謝旨後，與管中邪同時離席往殿心走去。

所有人都感受到那種壓得人透不過氣來的凝重氣氛，這是兩人第三次交手，管中邪兩次均落在下風，今趟能否扳回敗局？

在某個程度上，項少龍今次確是冒險了一點，或可說不值得去冒這麼的一個險。

管中邪第一次勝不了項少龍，皆因他認爲犯不著因一個他以爲命不久矣的人而受傷。第二次卻輸在對百戰刀法全無認識而措手不及，但仍能藉劍斷逃生，甚至分毫無損。

現在管中邪已對百戰刀法有了應付的經驗，而且定然拚力死戰，冀能保命，在這種情況下，鹿死誰手，確是未知之數！

所以李斯才勸他三思。

但這時的項少龍卻完全忘掉生死榮辱，只感到若任由殺死國興的凶手繼續在眼前逍遙自在，便很對不起剛要效忠自己的手下。

在這一刻，他成爲一個眞正的劍士，其他一切全不在考慮之列。

管中邪並非呂不韋，沒有任何一部歷史書或電影說過他可以活過今晚夜。

座上的呂娘蓉臉色蒼白如死，沒有人比她更清楚項少龍此刻不殺管中邪誓不罷休的心態。

剛才管中邪和許商、連蛟三人才在談論當著項少龍眼前射殺國興一事，那時她便渾身不安，知道項少龍絕不肯嚥下這口氣，但仍想不到項少龍甫進場即向管中邪憤然搦戰。

項少龍尙有一個考慮的因素，是管中邪的箭術殺傷力太大，若將來公開對陣，只要他扳開強弓，己方便不知誰能保命，故若可早點除去他，等若先救回自己或滕翼、荊俊等某一人的性命。

這在潛意識裡深藏的恐懼，促使他不惜代價，務要先殺死管中邪。

兩人向小盤和分坐左右的呂不韋、朱姬施禮後，分了開來，各按劍柄刀把，隔開丈許，冷然對峙，由於兩人身分特別，故在王宮內可佩帶兵器。

直至此刻，仍沒有人發出任何聲音。

刀劍尙未出鞘，整座大殿卻因眾人的肅默和山雨來前的凜冽氣氛，變得寒冷肅殺，似乎口鼻之間壓力陡增，使人難以呼吸暢順。

兩人像研究獵物般，狠狠對視一會兒，管中邪微微弓起背脊，催發氣勢，更使人心情拉緊得透不過氣來。

項少龍雙目寒芒閃動，卻沒有像上回般把百戰寶刀連鞘握在手上，使人想不通他爲何竟不學上次那樣把刀鞘派上用場。

只見他猛地踏前一步，管中邪整個背脊弓起來，像一頭要擇人而噬的惡獸，比上次對上項少龍時，信心與氣勢都以倍數增強。

項少龍夷然無懼，這些天來，他每天在雞鳴前起來練刀，覺得自己的狀態達到自從乘坐時空機前來之後，從未臻達的最高峰。假若今晚勝不過管中邪，以後休想勝過他。

當然！這只是一種純粹的感覺，實情或者非是如此。

就在此刻，項少龍百戰寶刀離鞘而出，化作精電激芒，劃破虛空，卻予人一種輕靈飄逸的奇異感覺，與上趟的雷霆萬鈞，似若雨暴風狂之勢相比，更令人感到難以形容。

管中邪顯然大出意外，不過他當然不能像其他人般去細意揣摩欣賞，立往前飆出，拔劍、運劍，迅速格架。

兩人的出手，均迅似奔電，使人差點看不清楚。

「噹！」

管中邪猛退三步。但高手如韓竭、許商等輩，均看出管中邪是故意後退，以靈巧的步法和戰術，化解和損耗項少龍驚人的百戰刀法。所以管中邪雖連退三步，卻沒有露出絲毫敗象。

項少龍想不到管中邪會採取這種戰術，不由窒了一窒，待要接連強攻時，管中邪雙目厲芒一閃，舌綻春雷，狂喝一聲，有若平地起了個焦雷，跨步欺身，射日劍疾施反擊，先沉腕往下，再斜挑而起，取的竟是項少龍小腹處，使項少龍難再以砍劈應付。

一直屏息靜氣的近千觀者，見管中邪這一劍去勢凌厲無匹，更感駭然得難以作聲。

項少龍冷哼一聲，橫移一步，幻出重重刀浪，封閉胸腹的空間。

「嗆」的一響，兩人乍合倏分，誰都佔不了絲毫便宜。

管中邪心中狂喜，知道已掌握應付項少龍驚人刀法的戰略，就是避免硬拚，以輕靈翔動去對付他的堅凝沉實。當下哪還猶豫，射日劍趁主攻之勢，使出細膩綿密，有若織女穿梭的手法，水銀瀉地的向項少龍攻去。

項少龍神情肅穆，沉腰坐馬，心中湧起因悲國興之死而來的慘痛情緒，竟硬以百戰寶刀橫砍直劈，把管中邪逼在刀影之外。

一時刀光大盛，奇奧變幻，使人無從捉摸。

管中邪雖竭力避免與他的寶刀相碰，仍不免刀劍交擊。

場中雖只是兩雄相爭，但眾人仿似在旁觀看千軍萬馬的慘烈衝殺，而至屍橫遍野、血流成河的淒厲景況。

這時項少龍心中只有一個想法，就是要迅速殺死管中邪，其他一切再不重要，包括自己的生命在內。

他不知呂不韋的奸謀有多少是與管中邪有關，但此人的才智不會遜於莫傲，否則單憑勇力，呂不韋豈肯把呂娘蓉下嫁給他。

一天殺不死管中邪，他休想有好日子過。所以每一招無不是進手殺敵的招數，以命搏命。

「鏗鏘」之音響徹殿堂。由小盤以下，無人不為兩大高手慘厲的戰況而看得膽戰心驚。

「噹！」

聲特別的激響後，管中邪終被項少龍的以攻為守逼退開去。

項少龍在氣機牽引、彼退我進下，一聲長嘯，挺刀攻去，森森刀浪，隨他衝前的步伐，潮湧浪翻般捲往管中邪。

管中邪心中首次湧起無以爲繼的感覺，剛才那番急攻，本有十分把握可置項少龍於死地，可是對方每一招都是以命換命的打法，所以雖是破綻處處，但除非自己肯陪項少龍一起送命，根本無法利用那些破綻乘隙進攻。

旁人或者不明白項少龍爲何捨刀鞘而不用，但他卻痛苦地清楚知道，此正是項少龍高明之處。自上趟自己敗北之後，曾痛定思痛，一直在鑽研如何對付項少龍右刀左鞘的奇異戰術，而且還頗有成果。因爲刀攻鞘禦進退間難以專注，亦影響攻守的靈動，這使他想得破解之法。但今次項少龍捨鞘不用，登時又使他早擬好的如意戰術落空。

但他亦是了得，當機立斷，先退後攻，爭回主動，不讓項少龍發揮出百戰寶刀的驚人威力。豈知項少龍穩守三尺之地，竟硬生生憑凶厲無匹的刀法，應付了他一波又一波的攻勢。到他攻勢已至強弩之末，再難以保持強勁，終給項少龍一刀劈退。

此消彼長下，怎還擋得住項少龍長江大河、驚濤裂岸的百戰寶刀。

森寒殺氣，隨項少龍的寶刀，漫罩而來。那種駭人的感覺，凝成重若泰山的心理壓力，緊鎖管中邪的靈魂和肉身，首次使他泛起難以力抗的感覺。忽然間，他清楚知道項少龍已到了刀法大成的宗師境界。

殿內的人更是呼吸頓止，靜得落針可聞。

百戰寶刀又由無數刀影化合爲一，疾劈敵人。

管中邪心膽已怯，一時間竟看不出項少龍的後著變化。

「噹！」

人影乍分。

管中邪踉蹌急退時，項少龍刀光再盛，著著搶攻，絲毫不予對方扳回敗局的機會。

呂不韋方面人人色變。

呂娘蓉尖叫道：「停手！」竟撲了出來，不理其他人喝止，朝兩人奔去。

眾人無不大驚失色。

「鏘、鏘、鏘！」項少龍倏地飛退。

管中邪顯然中招，長劍脫手墜地，步履踉蹌，仰後剛好倒入呂娘蓉懷裡，兩人同時坐倒地上。

項少龍大叫可惜，這一刀傷得管中邪雖重，卻仍要不了他的命。皆因怕誤傷呂娘蓉，故提早在對方仍有餘力之時痛下殺手，為此予管中邪一線之機，差了一點點方能取他性命。

兩人身上同時現出血漬。管中邪的血漬在左胸口，連甲冑都被砍破，可見他是在危急時勉強避開貫心之厄。但沒有幾個月工夫，休想復元過來。

項少龍的血漬則在左臂彎間和大腿處。

呂娘蓉尖叫道：「中邪！你怎樣哩？」

管中邪臉色蒼白如死，卻咬緊牙關，朝項少龍道：「中邪受教，此刀永不敢忘。」

呂不韋跳起來喝道：「還不趕快救人治傷！」

項少龍心中一陣疲累，想不到在這樣的優勢下，仍給呂娘蓉一記意外的變化打破他的如意算盤，以後恐難再有這麼理想的機會了。

第七章　五國合縱

翌日，項少龍藉口療傷休養，率領嬌妻愛兒和十八鐵衛返回牧場，滕翼親自帶兵護送，且又得到小盤和昌平君同意，項少龍不在之時，由滕翼代掌軍符，同時以烏果接替國興的職務。

若在以前，必過不了呂不韋那一關。但現在只要小盤不反對，軍職的委任調動便操在昌平君這太尉手上。

當然，呂不韋仍是有實權的丞相，只不過由於現在的職務界線分明，有些事他若要插手便是越權。沒有人肯放棄已得的權力，所以呂不韋才做最後掙扎，要與杜壁和蒲鶮連成一氣。

鬥爭仍是方興未艾。

馳出咸陽城，紀嫣然拍馬來到項少龍身側，關心地道：「她們要我詢問夫君大人的傷口是否還在疼痛？」

另一邊的滕翼笑道：「嫣然自己不想知道嗎？」

紀嫣然嬌嗔道：「二哥笑人家！」

項少龍見她神態百媚千嬌，動人之極，不由心曠神怡，微笑道：「些許皮肉之傷，何足掛齒。」

滕翼若有所思地道：「你們回牧場後，至緊要小心戒備，我怕呂不韋鋌而走險，再施暗襲，又或通過杜壁和蒲鶮遣人來對付你們。」

紀嫣然道：「儲君和昌平君正研究如何落實兵制，自從呂不韋登場後，妄用先王對他的寵信，使將兵不遵商鞅君定下來的規法，又私掌璽符，調動軍隊。若革此陋習，呂不韋休想再遣兵來對付我們。要嘛！只好出動家將門客了。」

秦國自商鞅變法，君主對軍隊控制極嚴，施行璽、符、節的制度。

璽即君主的御印，任何軍令政務，沒有蓋上御印均屬無效。但由於小盤尚未加冕，故必須加蓋太后朱姬的璽印才算有效。

符是虎符，以銅鑄成，背刻銘文，一分兩半，分由君主和將官持有，必須由君主發給，驗合無誤，方可調動兵將，但因呂不韋的專橫，又以興築鄭國渠和應付連綿戰事等爲藉口，使蒙驁等虎符不還。很多時更以他的相印代替小盤和朱姬的印璽，擾亂和取代君主的權力。

節是指君主發出的通行證，凡遠程的軍隊調動，須持節方能暢通無阻。

璽、符、節本是三者缺一不可，否則不能生效。凡五十人以上的軍隊調動，均須遵行此法。但呂不韋權高壓主，由莊襄王時代開始，逐漸打破這成規，現在小盤藉黑龍的聲勢，終得入手撥亂反正。

滕翼皺眉道：「對蒙驁這類長期屯守邊塞的大將，仍是沒有多大作用。」

紀嫣然笑道：「雖管不到璽、符、節俱備的戍邊將領，但至少我們不用擔心會有大軍來侵犯牧場，加上桓齮的速援師，怕也該有些好日子過吧！」

項少龍開懷笑道：「不過若紀才女想用溫泉水滑洗凝脂，路途上還是小心點好。」

紀嫣然吟哦道：「溫泉水滑洗凝脂，唉！夫君眞雅得教嫣然心動呢！」

項少龍意興大發，高唱「溫泉水滑洗凝脂，始是初承恩澤時」，一邊拍馬去了。

接著的一段日子，項少龍過著寫意的時光，每日練刀後與妻婢愛兒遊山玩水，又或勤練騎射之術，閒來則研習《墨氏補遺》上卷的兵法，或和紀才女討論天下大勢，增加各方面的知識和認識。看著寶兒一天比一天強壯增高，那種滿足快樂確非其他事情可以替代。

岳丈烏應元則忙於照應塞外的烏卓，不時外出辦貨。

陶方每隔一段時間便親返牧場，告訴他咸陽最新的消息。

期間他只回咸陽兩趟，分別爲主持荊俊和鹿丹兒盛大的婚宴，以及參加楊端和與嬴盈的婚禮。

不知不覺間夏去秋來，這天王陵和昌平君忽聯袂來牧場見他，久別相逢，大家自是非常高興。

晚宴後，王陵和昌平君與他在大廳閒聊，前者正容道：「儲君還有個許月足十七歲，該是納儲妃的時間了。呂不韋力主納齊國的小公主爲妃，我們正極力反對。」

項少龍早知兩人遠道而來，必有天大重要的事情，聞言道：「太后又怎樣看待這事呢？」

昌平君苦笑道：「該說是看嫪毐有甚麼看法和想法，上月太后忽然到了雍都去，而在此之前她已有十多天沒有參與朝會，嫪毐變成她的代言人。」

項少龍心中暗歎，當然知道朱姬是避往雍都，以免替嫪毐產子一事給人察知。沉聲問道：「嫪毐有陪她去嗎？」

王陵搖頭道：「沒有！現在他與呂不韋爭持激烈，怎肯輕易離開？」

看兩人臉色，就知他們對朱姬忽然離開咸陽一事生出懷疑。

他試探道：「你兩人心中的儲妃人選是何家小姐？」

王陵道：「王齕孫女美秀，今年剛滿十五歲，生得花容月貌，又品性嫻淑，知書識禮，沒有其他女子比她更適合做儲妃。」

項少龍同意道：「若是如此，確非常理想，不過最好先安排儲君和她見上一面，儲君看得入眼，我們才好說話。唯一擔心是太后不同意。」

昌平君道：「這正是我們來找少龍的原因，我們曾就此事多番請示太后，而太后臨離咸陽之際，曾對儲君說她不在之時，一切事可由少龍爲她代拿主意。」

項少龍愕然道：「竟有此事？」

王陵道：「這是儲君親口說的，太后還告訴儲君，她最信任的是少龍的眼光和識見。」

項少龍忽地醒悟過來，知道定是嫪毐心中另有人選，朱姬拗他不過，又知若依嫪毒之言，必會與小盤關係更趨惡劣，故將此事推到自己身上。

在眼前的情況和關係下，即使嫪毒亦不得不賣帳給他項少龍。

項少龍欣然道：「那就照你們的主意辦，唉！你們是否要把我押返咸陽呢？」

兩人聞言莞爾。

昌平君忽又岔開話題道：「信陵君和安釐王先後於兩日內死了。太子增繼位爲魏王，王后正是單美美。」

項少龍心中一顫，他和信陵君雖是敵非友，但仍爲他的死訊而神傷。此後平原夫人和少原君的日子定不好過。

王陵道：「廉頗果然潛逃楚國，據說是龍陽君放他一馬，否則恐怕要成爲無忌公子的陪葬品。」

項少龍竭力不去想這些無奈的事，問道：「呂不韋最近有甚麼動靜？」

昌平君歎道：「呂不韋現在和嫪毒三日一小吵，十日一大吵。蒙驁則領兵攻韓，連取十五城，威望遽增。燕人和趙人又開戰了，趙人用李牧爲帥，燕人哪是對手，武遂和方城先後給李牧攻下。幸好趙王怕李牧勢大，下令他按兵不動，否則說不定早攻入燕京去呢！」

項少龍想起太子丹，頭都大了起來，訝道：「齊、燕沒有開戰，反是趙、燕爭鋒，這究竟是甚麼一回事？」

王陵道：「我們都弄不清楚，照看仍是土地之爭。燕人自從聯楚制齊後，又想取回以前給趙人奪得的土地，故再起爭端。」

昌平君補充道：「現在蒙驁密鑼緊鼓，在呂不韋的支持下準備進攻魏國，我們都極不贊成，因此事遲早會惹來另一次五國合縱，但蒙驁在外，呂不韋力言若不繼續用兵，將難以保持強勢，東三郡亦難以穩守，我們很難駁倒他。兼且韓、魏兩國結成聯盟後，確是蠢蠢欲動，心懷不軌。王齕現在趕赴趙國邊境坐鎮，以令趙人難以妄動。」

昌平君道：「儲君曾多次提起，希望少龍領軍出征，免致蒙驁聲勢日盛，使我們更難動搖呂不韋。」

項少龍苦笑道：「讓我們先處理好儲君納妃一事吧！杜璧和蒲鶮近來又有些甚麼把戲？」

王陵道：「仍是在戮力擴張，成蟜藉口應付邊防，不斷招兵，兼之背後有蒲鶮的財力支持，終有一天會出亂子。現在我們在東方戰事頻繁，誰都沒空去理會他們。」

項少龍歎道：「喝酒吧！這些事終有一天可圓滿解決，明天我和你們回咸陽如何？」

兩人大喜。

三個月後，朱姬由雍都返回咸陽，眞箇接受項少龍的意見，不顧呂不韋反對，讓小盤冊封王齕孫女王美秀爲儲妃，舉行婚禮。

事了後項少龍返回牧場。

翌年，蒙驁在王齕和楊端和的支援下，大舉進攻魏國，連取酸棗、燕、虛、桃人、雍丘、山陽等二十城，置東郡，使原本的東二郡多添一郡。

同期燕王喜派出大將劇辛攻趙，爲趙將龐煖所殺。趙人正要攻燕時，聞得魏人爲秦兵大敗，驚懼下與燕人議和。

此時齊人亦蠢蠢欲動，龐煖見勢不妙，深恐前後受敵，主動奔走各國，再一次組成趙、楚、魏、燕、韓的五國合縱軍，在魏國發動攻勢，大敗蒙驁，而威震當時的絕代名將李牧，則兵壓王齕，教他不敢往援，軍情頓呈緊急，秦國朝野震動。

小盤接報後立即遣人急召項少龍回咸陽，忽然間，項少龍年多來的安樂日子，終告結束。

紀嫣然等知他這趟免不了要帶兵出征，怎也要隨他同返咸陽，希望與他多廝聚一些時間。

甫進城門，遇上同是久休復出的管中邪。

管中邪雖比以前消瘦，但神采如昔，傷勢完全恢復過來，更難得是見到項少龍仍露出笑容，淡然道：「卑職奉命在此恭候大將軍，請大將軍立即入宮見駕。」

旋又低聲道：「大將軍那一刀教曉了卑職很多以前不知道的東西。」

項少龍很想問他「例如是甚麼東西」，終還是忍住了，囑妻兒們返回烏府後，與管中邪並騎馳往王宮。

咸陽城的氣氛明顯地緊張起來，路人行色匆匆，處處可見巡邏的軍隊和運載糧草的隊伍，頗有山雨欲來前的緊張氣氛。

秦人對五國聯軍，是前敗未忘，新敗又正臨身，實有談虎色變之感。

管中邪又道：「卑職定了下月迎娶三小姐，恐怕大將軍喝不到卑職那杯喜酒了。」

項少龍苦笑道：「希望有命回來喝管大人和三小姐的喜酌吧！」

管中邪雙目閃過嘲弄之色，笑而不語。

項少龍心中暗恨，卻又奈何不得他。

誰都知道這趟迎戰壓境的五國聯軍，幾乎是處於完全捱打、有敗無勝的局面。能將敵人勉強擋著，已可還神作福。最不妙的是蒙驁剛被聯軍打敗得一塌糊塗，士氣消沉，自己此時去接手撐持，困難處可想而知。

兩人再沒有交談，直抵王宮。

小盤獨自在書齋等他。

未來的秦始皇名義上是十八歲，還差四年加冕正式爲王，長得更威猛壯健，見項少龍來到，離座搶前緊握他雙手，遣退下人，拉他到一旁坐下，沉聲道：「師父救我！」

項少龍嚇了一跳道：「沒有那麼嚴重吧！」

小盤苦笑道：「形勢不妙之極，五國軍隊會師函谷關外，七戰七勝，大破蒙驁，現在函谷失守。最不利是王齕在趙國邊境對著李牧也頻頻失利，處於苦守狀態下，這趟若師父不能擊退聯軍，我大秦勢危矣！」

項少龍忽然間又感到小盤變回九年多前在趙宮那個頑童，心中湧起濃烈的感情，很自然地引用諸葛亮《出師表》的名句，道：「臣鞠躬盡瘁，死而後已！」

小盤劇震道：「千萬不要提個『死』字，現在只有師父能力挽狂瀾。」

內侍來報，太后和眾臣齊集內廷，恭候聖駕。

兩人忙離開書齋，來到內廷。

除朱姬外，與會者包括呂不韋、馮劫、昌文君、王陵、李斯、王綰、蔡澤、嫪毒、雲陽君嬴傲和義渠君嬴樓，後兩人近年外遣到地方上治事，這次聯袂返回咸陽，可見形勢非常危急。

朱姬見到項少龍，一對美目立時亮起來。她胖了少許，體態更是惹人遐思。

呂不韋見到項少龍，表面神態欣然，但項少龍卻清楚感到他心中正存有幸災樂禍之意。

行過君臣之禮後，義渠君嬴樓報告道：「這次聯軍會師，分別是趙軍八萬、楚軍十五萬、魏軍十二萬、燕軍五萬、韓軍十萬，總兵力達五十萬之眾，攻破函谷後便按兵不動，築壘堅守，等待後援物資，現在蒙上將軍後撤三百里，憑德水天險緊守河道，若再失守，敵人可長驅而入，如若沿水而來，三十天可抵咸陽。」

項少龍方知形勢險惡至如斯地步。

昌平君接著道：「現在我們在各地調動兵員，集師十五萬，加上蒙上將軍手上的十二萬兵，總兵力達二十七萬之眾，以之堅守可算有餘，退敵卻嫌不足。」

小盤皺眉道：「沒法再抽調更多兵馬嗎？」

王陵稟報道：「敵人計劃周詳，由趙人、楚人分別牽制王上將軍和安大將軍，使他們難以分兵馳援，老臣想盡辦法，勉強湊集這麼多人，其中很多還是老弱和訓練未足的新兵。」

項少龍一聽下倒抽一口涼氣，暗忖蒙驁的敗軍加上這批新兵、老兵，這場仗還用打嗎？

朱姬道：「項大將軍對此形勢有何看法？」

項少龍不答反問道：「未知聯軍是否有統一指揮的統帥？」

呂不韋沉聲道：「我們對聯軍的情況所知極少，其兵力多寡只是約略的猜測，據看該是以趙將龐煖為帥，此人精通兵法，實是李牧之外我大秦的最大勁敵。加上他們籌備多時，又有上趟未竟功而退的教訓，故這次我們再難以用計退敵，一切全要仰仗少龍。」

項少龍心中叫苦時，忽地想起若此仗敗北，敵人勢將兵臨咸陽，但此事顯然從未在歷史上發生過，那豈非說此仗必贏無疑？想到這裡，立時信心遽增。

說到底，他最怕的人是李牧，至於龐煖卻至少沒有畏懼心態，但也不敢輕視。再想深一層，既然命運註定此戰怎麼都不會輸得連咸陽都要被圍，自可放手大幹。

自己出身自特種部隊，頗懂奇兵之道，以精銳勝平庸，不若依足一貫作風，或有些微勝算。想到這裡，豪氣橫生，哈哈笑道：「微臣已有定計，只不知各國統兵將領又是何人？」

眾人見他忽地變成另一個人般，均大感訝異。

小盤答道：「趙人是龐煖和司馬尚，楚人是武瞻，魏人是新崛起的大將盛年，燕將、韓將分別是徐夷則和韓闖。」

項少龍苦笑道：「除了龐煖、司馬尚和盛年外，其他都是熟人。」

幸好沒有龍陽君。在這個時代，最好的朋友隨時會變成想置自己於死地的敵人。

呂不韋驚疑不定，又難以置信地道：「少龍似是胸有成竹，不過要知敵人勢大，以蒙上將軍之能，亦連吃敗仗，少龍萬勿輕敵。」

馮劫亦道：「龐煖最近大顯威風，大破燕軍並斬燕方大將劇辛，絕不能輕忽視之。」

雲陽君嬴傲道：「項大將軍究竟有何破敵之計？」

聽他語氣，顯然並不看好項少龍。

其實連昌平君、李斯和王陵這些一向對項少龍信心十足的人，亦在為他擔心。秦人雖是天下無敵，但早給合縱軍打怕了。

項少龍無意間望了朱姬一眼，剛好她正緊盯著他，目光一觸，兩人同時迴避。

嫪毒看在眼內，神情立時不自然起來，插言道：「項大人從未試過正式領兵出征，若掉以輕心，恐怕會招致敗績。」

只聽他說話神態從容自若，便知他權力大增，信心十足。

項少龍暗忖我在二十一世紀受訓時，你這傢伙還不知在哪裡投胎做人，哪輪得到你來評我，表面當然謙和地道：「要敗敵實難比登天，退敵則非難事。」

眾人大訝。

朱姬問道：「若不敗敵，如何退敵？」

項少龍淡然道：「關鍵處仍在田單，現在五國聲勢大壯，他自然不敢妄動，但假若五國失利，他會乘機入侵燕、趙，那時燕、趙勢將被迫退兵，合縱軍不攻自破。此事仲父該最清楚，不如由他解說。」

呂不韋知他暗諷自己與田單勾結，心中大恨，強笑道：「少龍這番話不無道理。」

蔡澤道：「大將軍尚未說出使合縱軍陷於不利之法！」

項少龍暗叫天才曉得，表面則信心十足，道：「戰爭勝敗，非是空口白話可說個分明，否則擅於作空言談兵的趙括當不會有長平之敗，不過若儲君任微臣爲統帥，先要允准微臣三個請求，否則此仗有敗無勝。」

未待小盤發言，朱姬欣然道：「少龍有話請說。」

嫪毐眼中妒色更濃。

壞蛋終是壞蛋，在這種國事爲重的情況下，項少龍又於他有大恩德，但他仍只是爲私人的利益緊張著意。

項少龍豪氣橫生，正容道：「首先是將兵的問題，我要滕翼和桓齮兩人做微臣左、右副將，同時在都騎和速援師分別抽調一萬和兩萬精騎，至於已調集的十五萬人，微臣則要去蕪存菁，減至七萬人，就此十萬之數，足可破敵。」

眾人想不到他竟會自請裁減兵員，大感愕然。

嫪毐恨不得有機會在朱姬面前挫折他，皺眉道：「敵人兵力龐大，五十萬之數還是初步估計，說不定對方仍在陸續增兵，現今少龍還把兵力裁減至十萬，儘管加上蒙上將軍的十二萬兵員，總兵力仍未及敵人之半，這一仗如何能打？」

呂不韋點頭道：「嫪奉常這番話不無道理，少龍三思才好。」

項少龍心中湧起頗覺荒謬的感覺，他休假前呂、嫪兩人鬥生鬥死，爲何忽然間又似同一鼻孔出氣？

小盤對項少龍的信心近乎盲目，道：「大將軍必有他的道理，可否解說一二？」

項少龍從容笑道：「兵貴精而不貴多，五國聯軍人數雖眾，始終各軍互不統屬，在指揮和合作上肯定問題叢生，所以臣下針對此點，精簡兵員，不但可提高效率，又可增強士氣。何況用兵講求鬼神莫測、兵不厭詐之術，人多兼兵員質素低，只會使微臣指揮不靈，反而招致敗績。」

昌平君和王陵首先表示同意，兩大軍方要員表態，其他人哪還有話可說。

李斯問道：「對於蒙上將軍的十二萬人，大將軍是否會重新整編？」

項少龍斬釘截鐵道：「這是必然的，不過微臣需要親自察看他們的情況，方可作出決定。」

朱姬對項少龍的信心僅次於小盤，欣然道：「少龍的第一個請求通過了，不知第二個請求是甚麼呢？」

項少龍淡淡道：「第二個請求是必須把蒙上將軍由前線召回咸陽，指揮之權全交到微臣手上，否則此戰不打也知必輸無疑。」

這下連王陵和昌平君都要面面相覷。

要知蒙驁雖連吃敗仗，但卻未曾敗得難以翻身，可算非常了得。兼之他用兵經驗遠勝項少龍，有他在前線助陣，縱使項少龍兵敗，亦不致任敵人長驅而來，所以誰都不敢輕率同意。

呂不韋臉上現出怒容，正要說話，小盤冷然道：「大將軍此說有理，軍無二帥，寡人完全同意。」

呂不韋急道：「老臣認爲應調遣蒙上將軍退守第二線，始是萬全之策。」

王綰、嫪毐、蔡澤等表態贊同此議。

項少龍微微一笑道：「由函谷到咸陽都是最前線，何有第二線可言？只有放手給微臣展開敵人意想不到的戰術，微臣才可以少勝多，擊退強敵。」

朱姬道：「少龍究有何妙法退敵？」

項少龍恭敬答道：「這正是第三個請求，兵書有云，『將在外，君命有所不受』，故敢請太后、儲君和仲父予微臣絕對的信任，無論聽到甚麼風言風語，均一概不予理會。因爲此役將會出現先敗後勝的局面，又是敵人先長進而後慘退之局。故在戰爭開始的階段，切勿因小敗而失去對微臣的信心。至於微臣所採禦敵之策，請恕微臣賣個關子，否則洩露出去，就要不靈光了。」

小盤拍案歎道：「大將軍確是非常之人，兵未動已對全盤形勢估計入微，三天後寡人登壇拜將，我大秦國的興亡，全交到大將軍手裡了。」

就是這幾句話，使項少龍肩負指揮全面大戰的重任。

臨時會議完畢，項少龍再和小盤、呂不韋、昌平君開了一個小組會議，研究在作戰各方面有關糧食、後援等的細節，又議定由烏果負責運送補給，項少龍才能脫身。

剛出宮門，嫪毐在後方追來，客氣過後，嫪毐與他並騎而馳，裝出歉然之色，道：「剛才小弟只是以事論事，少龍切勿介懷。」

項少龍心中暗罵，嘴上答道：「嫪兄太小覷我項少龍，這算得甚麼一回事呢？」

嫪毐歎道：「但有一事，我眞的在怪責少龍。」

項少龍愕然道：「甚麼事？」

嫪毐苦笑道：「少龍為何把美美送往大梁？至少該知會小弟一聲呀！」

項少龍以苦笑回報道：「因為我怕嫪兄反對，當時擺明嫪兄爭不過呂不韋，與其便宜那奸賊，不若讓美美到她歡喜去的地方。嫪兄還要怪我嗎？」

嫪毐沉吟半晌，點頭道：「少龍坦白得令我難以接受，但又不得不接受。唉！想不到現在我權勢大增，反得不到心愛的女子，一得一失，教人惆悵。」

項少龍明白他暗指要看朱姬臉色做人，首次觸覺到他內心的感受。

無論嫪毐如何壞透，總是一個人，有他內在的真誠和感觸。生命總有很多無奈的事，例如他面對的敵人，其中有很多是曾經把盞言歡的好友。最密切的莫如韓闖，假若要被迫殺了他，自己會有甚麼樣的感受？

第八章　間諜衛星

回到官署，找到滕翼，著他派人去急召桓齮回咸陽商議。豈知荊俊此時聞風而至，知道自己沒分隨行，怎也不肯罷休。

任項、滕兩人軟硬兼施，例如說他新婚燕爾，不宜出征；又或需要他在咸陽統率都騎一類的話，都打他不動。

最後項、滕兩人只好屈服，由項少龍再入宮面見小盤，任命荊俊為另一副將，都騎則由昌平君兼管，以趙大暫代副統領，才把此事平息。

接著到城外軍營，挑選精兵，老弱者一概歸還地方，新兵交由蒙武、蒙恬訓練。

那晚桓齮趕來，三兄弟加上他和烏果，攤開地圖，只是行軍的細節，便研究了一晚。早上各人小睡片晌，分頭行事。

項少龍入宮再與小盤舉行會議，除昌平君和呂不韋外，還有王陵、嫪毒和太后朱姬。

呂不韋雖恨不得殺死項少龍，可是為切身利益，絕不想項少龍輸了這場關係到秦室強弱存亡的關鍵性戰役，故表現得非常合作。

到此刻，項少龍才知秦國是多麼富強，在糧食、武器、車馬各方面的供應沒有一點問題，任他項少龍要多少，有多少。

會議完畢，呂不韋、朱姬和嫪毒先後離開，項少龍向小盤、昌平君和王陵道：「現在敵人連戰皆捷，五國齊心，氣勢如虹，若我貿然與敵決戰，必敗無疑。唯一之法，是先令敵人生出自大之心，然後誘之深進，兼以焦土之法，把沿途鄉縣居民完全撤離戰線。待敵人補給線無限地拉長，遠離後勤基地，才利用險峻的山地密林，以奇兵突襲，勝則窮追猛打，打不過則迂迴撤走，藉此摧毀敵人銳氣，待時機成熟，再與敵人主力展開決戰，那這一仗就至少有九成勝利的把握。」

三人的眼睛同時亮起來。

項少龍道：「敵方主將中，大半是深悉微臣的熟人，知我一向勇猛不畏死，聞我領軍而來，必會猜我立即搦戰，我就如他們所願，並小敗而退，佯作築壘緊守。此時夏天將盡，秋冬即來，敵人不想錯過時機，必在冬季前發動猛攻，希望至少攻下逼近咸陽的外圍戰略城市，我就在蕞城部署一切，候他們在冬季前來攻，只要能勝上一場，他們必因懼怕路上積雪難行給斷去補給，所以必須立即退兵，那將是我們啣尾窮追的機會。」

王陵擊節歎道：「難怪鹿公生前常推許少龍爲白起以後猶有過之的猛將，只聽少龍所說的戰術，便知你用兵如運刀，知彼知己，百戰不殆。」

項少龍苦笑道：「說來容易，實行起來卻要小心翼翼，不容出錯。幸好聯軍主帥並非李牧，否則必不會中計。」

小盤欣然道：「太傅就算對上李牧，我看仍不遑多讓，唉！寡人今晚該有一覺好睡了。」

呂平君道：「少龍凱旋回來，我會在醉風樓擺十來席酒，爲你祝捷。」

談笑一會兒後，項少龍返回官署，赫然見到項寶兒在廣場和眾都騎玩耍，愛妻、愛婢全由牧場來了，還有久違了的周良，見到他立即跪伏地上，高聲道：「周良幸不辱命，帶了鷹王回來。」

項少龍大喜道：「鷹王在哪裡？」

周良昂然而起，撮唇發出充滿音樂感的嘯叫，破風聲由上而至。

項少龍嚇了一跳，仰頭上望，只見一隻雙翼展開達五尺的灰黑獵鷹，俯衝而下，靈巧如神地落在周良肩上，精光駭人的鷹目冷冷觀察周遭的人與物。

項少龍深吸一口氣，道：「這鷹王不須以鐵鍊鎖足，頭眼蒙罩嗎？」

周良傲然道：「當然不用，否則怎算鷹中之王，小人費了一年工夫把牠尋到，再費上兩年工夫日夕訓練，才敢帶牠回來見項爺，剛聽得項爺後天要領大軍出戰函谷，周良願追隨項爺，憑鷹王爲項爺探敵虛實，保證可建奇功。」

烏廷芳拉著周薇來到項少龍旁，笑道：「鷹王生具靈性，好像懂得周良的話似的，我們剛才無論躲到哪裡去，都給這頭神鷹輕易找出來，連躲在屋內，牠都懂由窗門看進來，好玩極了。」

項少龍暗忖等若多了個間諜衛星，在高空偵察敵情。大笑道：「既有鷹王，這場仗可立於不敗之地了。」

周良再大叫一聲，鷹王振翼而起，望空沖去，瞬間變成一個盤旋的小黑點。

鷹王在晴空盤旋飛舞，下方林野間是綿延無盡的秦國大軍。

秦國的兵種，主要分爲陸軍和水軍。而後者無論在發展和重要性上，因著實際的需要，遠遠及不上前者。

陸軍又細分爲車兵、騎兵和步兵三個兵種。車兵在戰國時代，比之春秋時代的作用已大大減弱，但在某些情況特別是平原作戰，作用仍在，例如衝陷敵陣，打亂敵軍隊形，又或以之佈成活動的壁壘，抵擋敵軍的衝擊等等。

不過項少龍針對函谷至咸陽一帶以山地爲主的形勢，他本身又不擅用車兵，故在今次出征完全棄而不用，只以騎兵、步兵爲主。

自項少龍的百戰寶刀面世，小盤命人依其型制大量生產，經清叔親自指點工匠，煉製出一批厚背長刀，雖遠及不上加了鉻料的百戰寶刀，但已大大增強秦國騎兵衝鋒陷陣時的斬劈能力，今回尚是首次派上用場。

出征的十萬人，騎兵佔三萬餘，來自都騎和速援部隊兩軍，還有一千烏家的精兵團子弟兵。這批騎兵，正是項少龍的主要作戰力量。

步兵分輕裝步兵和重裝步兵兩種，他們是在各自郡縣經過一定嚴格訓練的正規軍。輕裝步兵不穿鎧甲，持弓、弩等武器，戰時居前排，專事遠距離殺敵之責。

重裝步兵身著鎧甲，以戈、矛、鉞、鈹等長兵器與敵人近身搏殺。

在項少龍的遠征軍中，輕裝步兵佔三萬人，重裝步兵佔四萬人。

在這時代裡，戰爭的優劣勝敗，除整體的策略運用外，就是看將帥如何發揮出各個兵種的特長和相互間的協調。

至於軍隊的組編，則取部曲制：五人爲一伍，五十人爲一屯，以此而上，到五千人成一曲，五曲爲一部。故一部是二萬五千人，項少龍的軍隊實力就是四部了。

依照秦制，各級軍將均可擁有自己的直屬衛隊，一般爲所統兵力的十分之一，像現在項少龍便可由以前的三千親兵增至一萬人。

由於戰事頻繁，統軍大將如蒙驁和王齕，縱使兵歸朝廷，親兵團仍不會解散，其作用是保護將帥級人馬的安全，所以當年蒙驁可以調人襲擊牧場。故一旦成爲領軍大將，不但地位提升，手上實力亦大幅增強。

項少龍的軍事知識主要來自二十一世紀，雖有研玩墨子兵法，卻不守成規，把混合兵種分開來，與荊俊、滕翼領騎兵先行，桓齮則率步兵在後，接著是烏果統領的輜重騾馬隊。

由於他打定主意誘敵深入，桓齮和烏果的主力軍到蕞城便留下來，一邊堅固防務、築壘佈阱，另一方面由桓齮訓練兵員熟習地勢，既免去長途行軍之苦，又可疏散附近鄉村的住民，讓他們安全撤往後方的高陵、芷陽等大城邑。

行軍本是戰爭的頭等大事，幸好直至前線，走的是秦國境內安全的官道，加上有鷹王探路，所以長驅直馳，迅捷異常。

五天後，項少龍的騎隊越過蕞城，右方是酈山、竹山等大山脈，前方遠處則是華山，地勢開始起伏不平。項少龍爲了保持軍隊的士氣體力，每天清晨出發，午後紮營休息，所以士卒並不辛苦。

由蕞城朝東再走十天，終抵華山。若抱著遊玩之心，沿途確是勝景無窮。

際此夏日炎炎之際，翠樹爭榮，野花吐豔，景色幽絕。可惜眾人均無心觀賞，在這峰巒拱峙、溝壑縱橫的險要路途上，有時一邊是斷崖峭壁聳入青天，另一邊則是可使人馬粉身碎骨的萬丈深溝，德水在左方遠處腳下轟隆流過，只好小心翼翼，以免行差踏錯。

周良變成項少龍的貼身隨從。鷹王不時飛回來落在他肩上，人禽的親密令項少龍大爲欽羨。

他現在愈發明白為何秦人攻東方六國易，而六國攻秦則難比登天。秦國憑的是腳下的天險，而他今趟之所以能巧施妙計，憑的止是險惡的地勢。

五國其實亦處在戰爭的狀況中，互相猜疑。只因秦人威脅太大，才暫時罷戰聯手攻秦，這樣的組合，勢將難以持久。

所以換過他是龐煖，縱沒有氣候的問題，也要一有機會，立即揮軍直攻咸陽，以免夜長夢多，不戰自潰。故此他是不愁龐煖不入彀的。

走了五天山路，來到一處地勢較平坦處，在山花爛漫的原野上，遇上蒙驁奉召回京的隊伍。項少龍、滕翼、荊俊和蒙驁在帥帳內舉行移交兵符、文書的簡單儀式。

蒙驁明顯比以前衰老，滿臉風霜，黑首轉白，神態客氣而保持距離。

他不厭其詳地細述前線敵我的形勢，語氣頗不樂觀。到最後下結論道：「龐煖此子不愧東方有名的兵法家，現在枕兵函谷，擺明是等我們大軍來援才一舉擊破，再乘勢直搗咸陽，現在見到少龍只是輕騎而來，可見已看穿龐煖心意，不會與他全面交鋒，老夫甚感欣悅。」

項少龍暗讚他不愧名將，只一眼便看穿自己的意圖，微微一笑，沒有答話。

蒙驁忽地歎一口氣，低聲道：「我可否和少龍說上兩句私話？」

滕翼等都是知情識趣的人，忙退往帳外。

蒙驁仰望帳頂，有點不知從何說起的神態，好一會兒後，再歎一口氣道：「我蒙驁從不肯低聲下氣求人，故一向不為秦人所喜，直至得仲父提拔，才有機會大展抱負，縱橫沙場，南征北討，建下功業。」

項少龍點頭道：「每個人有他的際遇和立場，這個我是明白的。」

蒙驁收回往上望的目光，深深凝注著他道：「我蒙驁只得兩個兒子，少龍曾救了他們一次，老夫希望少龍在將來也不要捨棄他們，老夫自會有所回報。」

項少龍心神劇震，知道蒙驁看穿蒙武和武恬投向自己。

蒙驁苦笑道：「呂不韋終鬥你不過，龐煖今次亦不能討好，但少龍必須小心李牧，此人乃軍事上不可多得的良才，百戰百勝，從未有過敗績，縱使長平之後，我們仍不敢輕言攻趙，正因有此人在。少龍此戰若勝，儲君必委以攻趙重任，遇上此人，可得千萬小心。」

項少龍聽得頭皮發麻，王齕是這麼說，現在蒙驁又這樣講，回咸陽後須立即教小盤把王翦調回來，那自己就不用和這值得任何人尊敬的絕代名將對陣沙場。

蒙驁再歎一口氣，起身告辭，出帳去了。

次日拔營出發，到了離秦軍退守處五十里許的連綿山丘，項少龍下令結營爲陣，構築防禦工事，截斷西行的唯一通道。

此時前線的守將程均聞訊趕來，拜見新任的頂頭上司。

眾人在一個坡頂視察形勢，程均做簡略報告。

項少龍道：「若我估計無誤，合縱軍會於我們抵達後發動猛攻，盡力破壞防禦，打擊我軍的士氣，所以這幾晚你們須分批撤退。」

程均駭然道：「萬萬不可，若我軍後撤，由於士氣低落，誰都不願留下來等死，只要敵方再加猛攻，必不戰而潰。且敵人輕騎迅捷，若啣尾追來，我們恐有全軍覆沒之險。」

項少龍微笑道：「程將軍所言甚是，不過我正是要讓他們以爲我經驗不足，故犯此致命的錯失。而最大的問題，是要退而不亂、退而不損。」

程均愕然。

滕翼道：「我們第一批撤退的只是傷病老弱的兵員，同時向我軍宣揚援軍已至，還要誇大爲三十萬大軍，由王翦與我們項人將軍統率，如此必能安定軍心，不致產生混亂情況。」

程均聽得目瞪口呆。縱使兵不厭詐，但騙的總是敵人，如此連自己人都要欺騙，確是少有，但又不得不承認是穩定軍心的妙法。

項少龍乃大秦家傳戶曉的傳奇式英雄人物，雖無赫赫軍功，卻是秦軍崇拜的對象，聲譽極隆；而王翦則是戰功彪炳，名震西北疆域，若此兩大名將聯手領軍來援，還不士氣大振。

項少龍微笑道：「我和滕將軍會陪程將軍在入夜後潛回營地安排一切，程將軍和貴屬盡量爭取休息時間，養足精神，待會才好行事。」

程均明白過來，欣然去了。

項少龍和滕、荊兩人，領周良、十八鐵衛和烏家子弟兵，馳出營地，研究附近的地形，看看如何設伏，以在撤兵的情況下，抵禦敵人輕騎的追擊。

到黃昏時返回營地，吃過飯後，與程均朝前線陣地潛去。

鷹王飛上星空，先一步搜索敵人的偵騎探子，竟先後發現八起敵人，都給他們先一步避開。

程均見天下間竟有這麼靈動的飛行哨探，登時拜服不已，對項少龍更是信心大增。

秦軍的營寨設在一處高丘之上，緊扼往西入秦之路，背山面原，只見十許里外燈火如星光，漫山遍野盡是敵營，使人見而心寒。

項少龍抵達後，程均如命發出項少龍作為先頭部隊領軍先來，王翦大將隨後將至的消息，果然士氣大振，人人摩拳擦掌，準備反攻。

此時滕翼和周良率領一千精於攀山越嶺、黑夜作戰的烏家精兵團，隱伏於山隘要道，憑藉鷹王的銳目，將敵人攀山越林潛來的探子進行清剿，以免洩出撤兵的秘密。

項少龍把百多將領全召到身前來，鼓勵一番後，下令立即把傷病老弱者撤走，眾人還以為他是體恤下情，歡天喜地領命去了。

到天明時，項少龍送走近三萬人，只留下九萬較精壯的隊伍，守在高壘深溝的最前線。程均陪他到處巡視，登高處極目遠眺，敵我雙方的形勢展現眼前。

只見敵我都在丘陵高處立營設寨，利用樹林山勢、亂石丘壑等種種天然條件，砍木立柵，成為有效抵禦矢石的防守工事，又挖出長達數里的壕坑，形成彼此對峙之局。

蒙驁所揀立寨之處，非常有利，一邊是黃河，以水為障，另一邊是懸崖峭壁，飛鳥難渡，河崖間近五里的山地，全是一重又一重的柵欄和壕溝，每個高起的山頭，都設立堅固的木寨，近百個木寨互相呼應，防守上可說無懈可擊，難怪能和合縱軍對峙多月。

程均指著靠近敵營大河處泊著的十多艘樓船，道：「這全是魏人的船隻，把糧食、裝備、兵員源源運來，其中有大批攻營破寨的器具，使我們此處的形勢不妙之極。」

滕翼道：「他們發動過多少趟大規模的攻擊呢？」

程均道：「只在開始時有過兩次大規模的強攻，但給我們千辛萬苦擊退了，雙方均有很重的傷亡。」

項少龍目光越過分隔雙方一望無阻的平原，馳想著程均所說慘烈的攻防戰，又想起韓闖、徐夷則等老友可能正在彼方窺視他們，不由百感交集。

滕翼看著敵方綿延無盡的營帳和如海旌旗，深吸一口氣道：「難怪蒙上將軍要吃敗仗，看敵人的營寨佈置，可知敵方主事者深悉兵法。現在敵人兵力在我方五倍以上，只要施行火攻加上夜襲，不出十天可攻破我們的壘寨，由此推知他們按兵不動，只是等待我們援軍的來臨，好趁人疲馬乏之時，一舉擊敗我們而已！」

項少龍望往高空上盤旋的鷹王，程均則指點出五國的兵力分佈和旗幟的式樣。

項少龍猛吸一口氣，拋開所有令他煩擾的念頭，下令道：「事不宜遲，大後晚我們佯作大軍剛到，引敵來攻，並在寨內堆放柴草，放火燒寨以阻截敵軍，再分批撤退。」

滕、程兩人轟然領命。

第九章　誘敵深入

次日，滕翼折返由荊俊把守的後防基地，安排後天疑軍來援的事宜。

項少龍照例巡視營地，登高觀察敵陣，見對方安靜得不合情理，奇道：「他們是否一直是這個樣子？」

程均恭敬答道：「只是近十天才變得這麼安靜，此前日夜都不停的派兵來滋擾，但多是不過兩、三萬人的小股行動。」

項少龍大感不對勁，心中一動，道：「敵人若到了對岸，是否可遠遠繞往上游，再渡河包抄我們的背後？」

程均道：「蒙上將軍早想及此點，故沿河設置烽火臺，若見敵蹤，會立刻示警。何況德水河闊水急，兩岸處處高崖，又沒有橋樑，敵人縱有此心，怕亦難以辦到。」

項少龍始終放不下心來，向另一側的周良道：「派鷹王到對岸四處看看，能夠飛遠點更好。」

周良欣然領命去了。有了鷹王後，周良像脫胎換骨般變成另一個人。

程均見項少龍不相信自己的判斷，神色不自然起來。

項少龍見狀笑道：「程將軍勿將此事放在心上，戰爭之道，千變萬化，總離不開『出奇制勝』四字真言。龐煖既享有盛名，自是有本領的人，所以我才要防他有我們意料之外的奇兵。若我沒有猜錯，龐煖定在敵後我們探子難以抵達的河段架起臨時的浮橋，以粗索對抗湍流，完成渡河壯舉後，又把浮橋收起，移往我們後方上游的對岸去，依樣葫蘆地架起浮橋，讓軍隊迅速渡江。哈！難怪他們怎都要等我們援軍開來才進攻。」

程均聽得啞口無言，暗忖你是大將軍，自然愛說甚麼都可以。

項少龍指著右方一處靠山的密林道：「若我是龐煖，會使人先把戰車等重型器物藏在林內，覆以樹枝、樹葉，到攻襲我們時可把距離縮短一半。」

程均道：「末將會留神的。」

項少龍啞然失笑道：「程將軍有否想過一把火把它燒了呢？」

程均愕然道：「那片密林地近敵陣，陷坑戰壘處處皆是，如何可以接近放火？」

項少龍遙指左方的高山道：「爬上那座山就可以投下火種，不過此策運用的時機最重要，假若在敵人來攻時發動將可生出最大的效用。」

程均一震道：「末將明白了。」

兩人又研究了抵擋敵軍的種種策略。因爲至少在接戰時尚要撐上幾天，始可佯作敗退，否則誰會相信？

此時周良帶鷹王回來，興奮的道：「大將軍確是料事如神，看鷹王盤飛的範圍，對方至少有近十萬人潛近對岸我們後方上游十五里處，正準備渡河過來偷襲。」

程均立時汗流浹背，羞愧道：「末將立刻去加強那處的防禦。」

項少龍笑道：「且慢！這豈非等若告訴對方我們識破他們的秘密行動嗎？」

仲手想撫摸鷹王，只見牠鷹嘴立時轉過來做出要啄咬的架勢，嚇得項少龍連忙縮手。

周良歉然道：「這是小人蓄意教導牠不要接近其他人，大將軍請見諒。」

程均卻急切敵方奇兵偷渡的事，佩服得五體投地的問道：「末將該怎麼辦？若讓敵人潛到後方，斷我退路，再前後夾擊，情況險惡至極點。」

項少龍暫不答他，向周良道：「周兄負責監視對岸敵軍動靜，白天可以休息，入夜後須加倍留神。」

周良欣然道：「那小人現在是否該回帳和鷹王睡覺去呢？」

項少龍大笑道：「正是如此！」

周良去後，項少龍對程均道：「程將軍不用擔心。燒林和對付渡河敵兵由我安排，你只要管好營寨，著所有人白天輪流休息，到晚上才有精神應付敵人。」

驀地一陣鼓響，來自敵陣。

只見數百輛戰車衝了出來，後面跟著以萬計的步兵，緩緩逼近。

項少龍道：「敵人已知我們的援軍到了，所以開始疲勞攻勢。」

轉向程均道：「現在程將軍明白爲何只許輪流休息了。」

程均心悅誠服道：「末將受教了。」

項少龍心中好笑，自己勝在多了二千多年的軍事知識。隨便在古代的著名戰役挑一兩條妙計出來，就可順利應用。

當下與十八鐵衛潛出營地，沿岸往上游馳去。果如程均所說，每隔十里許憑高築有烽火臺，臺高約五丈，臺頂豎立一枝三丈高木桿，桿頂吊有橫板，可上下仰俯，供燧卒攀高望遠。橫板每端綁有一個塞滿柴草的大籠，若見敵蹤，白天放煙，晚上舉火，按預定訊號顯示來敵人數與距離遠近等情報。臺上又設有擂鼓，都是遠程通訊的有效手段。

不過在項少龍特種部隊的立場來說，趁月黑風高之際，只要藉浮木等物，橫過黃河，要解決這些烽火臺的燧兵並非不可能的事，想到這裡，心中一震，已知道敵人在等待甚麼了。

他們在等月黯無光、烏雲蓋天的黑夜。只有在那種環境下，他們才可進行奇兵渡江的突襲行動。

項少龍來至周良所指上游二十里許處的地方，發現該處水流轉緩，崖岸亦沒有如他處險峻，最適合建立渡江的臨時浮橋。而那裡正好有一座烽火臺，可見蒙驁在設立這些烽火臺時，確曾下過一番心思。

他心中有數，趕返營地去。敵我雙方的喊殺聲響徹前線，不過營地裡的秦兵早習以爲常，獲准休息者人人倒頭大睡，對震耳戰鼓聲和廝殺聲置若罔聞。

項少龍四處巡視，鼓舞打氣，感到自己就像到前線勞軍的國防部長，所到處人人歡呼，士氣陡增。

在古代的戰役裡，士氣可以直接決定戰爭的成敗。

回到帥帳時，周良正以鮮兔肉餵飼鷹王，原來他怎麼都沒法入睡。

項少龍笑道：「不用擔心，一日天氣晴朗，敵人都難以渡江，所以不用緊張。」

周良舒一口氣道：「那就好多了。」

項少龍返帳倒頭大睡，夢到紀嫣然等諸女和項寶兒，又夢到久無音信的琴清，醒來時才知思念之苦。

當晚敵人加強攻勢，以投石機擲出巨石，摧毀秦軍第一重木柵，又把陷坑填平，秦軍被迫撤往半里後的第二重防線，加強實力，勉力把敵人擊退，雙方互有死傷，當然以敵方主攻者的傷亡數字大得多。

次日黃昏，荊俊率領一支二千人的都騎精銳，來到營地，向他報告諸事就緒，撤走的傷病兵員，已在往蕞城的路途上，大軍可於今夜開來。

項少龍與荊俊說了敵人渡河之事，荊俊道：「朝霞風、晚霞雨，看天色這兩晚定會下雨，要來該是這兩晚。這事可交給我去辦，敵人沒有一晚工夫，怎都建不起長可橫江的大浮橋。」

旁邊的程均道：「荊將軍準備怎樣做？」

荊俊想了想，道：「我會把該處烽火臺的燧兵撤走，敵人若夠膽子渡河過來，我就趁他們在河中進退不得時發動猛攻，只要在那裡佈上數十臺投石機，必可教他們飲恨德水。」

項少龍讚道：「小俊果然長進多了，此事交由你去全權負責。記緊要帶同周良去。」

又把荊善召來，囑他和烏光、烏達和丹泉三人帶備火種，入夜後攀山過去放火燒林。

兩組人分別出發後，滕翼的「疑兵」來了。

只見漫山遍野燈火點點，其中大半是綁在空騾上的風燈，以數千人製造出數萬人的聲勢。是夜果是烏雲蓋天，卻又密雲不雨，最利偷襲。

項少龍登上前線高臺，敵方聚集大批車馬步兵，投石機以千計，正準備大舉進攻，偏是左方密林處全無動靜，可想像在交戰當兒，若忽然由那裡殺出大批生力軍，必可突破己方堅固的防線。

戰鼓聲響，魏軍帶頭進攻，由右方緩緩逼來，氣氛立時吃緊。

接著左方靠岸處，韓兵亦開始朝己陣推進，立時聲勢大增。

五國聯軍經過不斷合作，在配合上確是無懈可擊，難怪每趟對壘，秦軍都要吃敗仗。

戰鼓再起，敵陣衝出近千乘戰車，由中路殺來，後面隨著以萬計的弓箭手，由於沒有投石機一類笨重裝備，後發先至，轉瞬趕過兩翼的韓軍和魏軍，直逼而來。

戰車長闊均在十尺上下，兩側有兩個大輪，由四匹駿馬拖拉，速度奇快，予人有很大突破力的感覺，轉瞬間衝過填平的陷坑，越過被破壞的第一重防線，登上平原遠處的坡丘。

項少龍正要下令迎頭痛擊，敵車忽然停下來，且把駿馬解下，再將一輛輛戰車聯結起來，形成一道長達兩里的營壘。

最奇怪是每隔三丈許，就露出一道可容三人攜手通過的間隙，使人難以明白有何作用。此時對方的步兵飛奔而至，躲在車陣後，彎弓搭箭，防止秦人出寨反擊。

由於車陣在矢石射程之外，項少龍等毫無對抗辦法。

程均歎道：「大將軍所料不差，敵人此舉，旨在斷去我們前路，若敵兵從後方攻來，我們定難逃全軍覆滅的命運。」

此時又見有車隊開來，卻非一般戰車，而是笨重的運糧車，只看其緩慢的速度，八頭騾子都拖得舉蹄艱辛，便知車上是裝滿石頭一類的東西。

項少龍和程均終於明白早先車陣留下的間隙通道，是要讓這些石頭車通過，好建立另一重更逼近己陣的車陣。

若讓對方建立起車壘，恐怕第二重防線今晚就要被攻陷。

由於對方早有戰車和箭手掩護，築車為陣確有成功的機會。

殺聲由兩翼傳來，左右兩邊的敵人開始發動強攻。

項少龍縱目四顧，約略估計，敵人至少投入二十萬人於今晚的衝擊戰中，實力在己方一倍以上，若被衝破營壘，己軍確只餘待宰的分兒。

敵方處五色帥旗高起，擺開陣勢，可想像韓闖正是其中一人。

程均等十多將領人人臉色發白，顯爲敵人高明的戰術和壓倒性的兵力震懾。

項少龍計算時間，下令道：「召集一批萬人的盾牌兵和弓箭手，預備投石車，當左方密林起火時，立即出寨進擊，破去敵人車陣。」

當下有人領命去了。殺聲再起，一隊近千人的步兵由車陣後衝出，以火箭射來。

秦軍營地立時矢石齊發，抵擋敵人。

形勢慘烈之極，本是黑沉沉的天空全被火炬光照得血紅一片。

項少龍還是初次身歷古代的大型攻防戰，既熱血沸騰，又是心中愴然，那感覺怎都不能作出具體的形容。

敵方百多輛運石車和投石車穿過車陣逼來時，右方密林忽地起了幾處火頭，迅速蔓延。果如項少龍所料，無數伏兵由林內驚惶奔出，佔了大部分都是機動性最強的騎兵。

程均等精神大振，對項少龍信心陡增，反之敵方則慌亂起來。

秦軍戰鼓驟起，寨門大開，盾牌兵分成三組，佈陣於前，箭手居後，趁敵人車陣未結成之前，發動反擊。

左右同時衝出兩隊各萬人的騎兵，對敵人展開衝殺，以牽制敵人兩翼的大軍。一時數萬人投入鏖戰，殺得屍橫遍野，血流成河。

項少龍到此刻才知秦軍的勇猛和精銳，甫一接觸，立時把敵人的先頭部隊衝散，殺得對方棄車而逃，最要敵人命的是他們的運石車和投石車反成了己方的屏障，使箭手能逼近對方的戰車陣後，向陣腳未穩的敵人做遠程攻擊。

戰鼓再起。秦軍箭手此時蜂擁而出，接應己方騎兵撤返營地，留下橫七豎八的石車和仍被焚燒的戰車，瓦解了敵人第一波的攻勢。

項少龍知道對方為配合濆河攻來的突襲軍，必然不肯罷休，而己方前線的木柵和木寨亦有多處被投來的大石摧毀或被火箭焚燬，遂下令把主力撤往最後的第三重防線。

此時右方的密林全陷進熊熊烈焰裡，照得整個戰場火般通紅。敵人退卻後，佈在中場的五、六萬敵軍，又在擋箭車、檑木車、衝擊車的掩護下，分由左、右、中三路攻來，發動第二階段進攻的浪潮。

攻防戰就在這種驚心動魄的情況下進行著。

傷兵不斷被運離營地，第二重防禦線快要失守時，天已大明，敵人筋疲力盡下，只好退卻。

荊善等此時安然歸來，使項少龍放下心頭大石。接著後方傳來捷報，荊俊於敵人架設浮橋渡河之際，發動猛襲，摧毀浮橋，還令對方折損近萬人。

秦軍聞此消息，立時士氣大振。但項少龍心裡自知敗局已成，連今夜都捱不過，遂下令分批撤走，卻不忘虛張聲勢，不讓敵人看破己方的意圖。

剛吃過早飯，敵人又發動攻勢，顯然尚未知道渡河兵吃了大虧。

支撐到黃昏時，第二重防線終被攻破，全面撤退的時間終於來臨。

項少龍是最後一批離開的人，整個營寨陷進火海裡，還蔓延往附近山頭，教敵人難以追擊。亦只有這等險惡山地，方可以這種手段阻延追兵。

合縱軍果然中計，啣尾追來。項少龍又在扼守往西通道的第二線堅壘硬擋合縱軍五天，待大軍撤往安全地帶，才燒營逃走，沿途以陷阱尖樁遍佈道路，教敵人快騎難以全速追趕。

此後數次接戰，均佯作敗退，到退返蕞城時，項少龍已知勝券在握。

第十章　蕞城之戰

桓齮出城三十里來迎接他們。這時原本由一萬都騎和二萬速援部隊組成的騎兵隊，只剩下約兩萬人，可見沿途追逐戰的激烈。

離開山區，踏足於蕞城向東的廣闊平原，四面群山環繞，黃河的渭水河段在北方五十里外由西往東流去，由於山嶺重重，除非攀上高峰，否則便看不到大河奔湍的壯觀景色。由函谷關至此，足有三百里的路程。

項少龍和桓齮並騎而行，大軍朝蕞城開去，前者見沿途的防禦工事做足功夫，所有制高點均設有以土石築成的堡壘，滿意道：「小齮果然有本領，只看這裡顯示出來的陣勢，足可教龐煖心驚肉跳。」

桓齮得他讚賞，歡喜道：「大將軍在前線出生入死，我怎能躲在這裡只享清福，現時蕞城加入後撤回來的軍隊，總兵力達十五萬之眾，人人養精蓄銳，更清楚大將軍親自殿後，好讓他們安抵蕞城，又知大將軍旨在誘敵西來，使敵人變成疲軍，再予痛擊，故現在人人摩拳擦掌，願為大將軍效死命。」

後面的荊俊一向與桓齮言笑不禁，笑罵道：「小齮原來這麼狡猾，竟懂得散播謠言，幸好這些謠言有激勵士氣的作用，否則定要依軍法把你處置。」

眾人笑了起來。

桓齮向少龍身後的周良打個招呼，讚道：「周兄今次立了大功，現在軍中人人稱你作鷹神，只要見到你，沒有人憂心會給敵人突襲。」

周良笑得嘴都合不攏，摸著肩上的鷹王，謙虛一番。

談笑間，項少龍等越過護城河，由放下的吊橋進入城內。

入目的場面立時嚇了項少龍他們一大跳。

城內軍民全擁到主街兩旁，夾道歡呼，如癡如狂。就像他們已大勝凱旋而回，事實上眞正的大會戰尚未發生呢！

三天後，合縱軍的先頭部隊到達蕞城平原東面的地區。

桓齮趁他們人疲馬乏，又不熟地形的弱點，不分晝夜對他們輪番衝擊突襲，又放火燒營、燒糧，合縱軍硬被迫退二十多里，才站穩陣腳，但已折損過萬人，對士氣的打擊尤爲嚴重。

項少龍等藉此爭取到休息復元的時間，終日在蕞城外排練陣法。

項、滕兩人從墨子兵法內選取最有利於在這種封閉式環境中發揮的「螃蟹陣」，就是不將兵力按常規集中於正面作「正兵」，而是將兵力集中於兩翼來發動進攻的「奇兵」。

由於他們是背城而戰，「正兵」可借助高牆上的投石機和居高臨下的弩箭增加防衛力，故不懼敵方做正面主力的衝擊。而兩翼的奇兵，則由最精銳的都騎與速援兩支騎兵做主力，他們的厚背大刀，最適合這種衝鋒砍劈的任務。

敵人今次西來，沿途盡是山區，笨重的攻城車和投石機都要棄置途中，減少了對秦軍的牽制威脅。目前唯一對合縱軍有利的條件，只在佔優勢的人數上。

現在已進入秋季，合縱軍若不能在嚴冬來臨前攻破蕞城，勢要陷身於冰封雪蓋的窘境中，動輒是全軍覆沒之局，所以項少龍不愁他們會築壘堅守。

故只要項少龍肯出城應戰，龐煖等只會謝天謝地，希冀能速戰速決。

十天後，合縱軍再次往蕞城推進，緩緩進入蕞城之外廣闊達五十里的平原上，在邊緣山區設營立帳，又以戰車結成防禦柵壘。

項少龍下令停止一切擾敵的攻擊，任由敵人立穩腳步。

大戰即來的氣氛，拉緊敵我雙方每一個人的神經。

再三天後，五國聯軍全部抵達，項少龍等在城牆上望去，表面看來，對方確是軍容鼎盛，全無疲憊之態。

桓齮留神看了一會兒後，笑道：「若論兵將質素與訓練，合縱軍除趙軍外，其他四國均遠不及我，今趟蒙上將軍之所以會吃敗仗，皆因連年交鋒，他的作戰方式早給龐煖等摸透。所以很容易採用種種針對性的措施，從而獲得勝利。」

頓了頓又道：「王翦上將軍曾說過，縱觀近代名將，只有白起和李牧兩人作戰從無成法，又不遵成法，教人無從測度，其他人總是有跡可尋。而現在王上將軍應該把項大將軍加進這名將榜上去。」

項少龍笑罵道：「小子愈來愈懂逢迎捧拍之道。」

眾人說笑一會兒，氣氛輕鬆起來，滕翼道：「敵人雖有損折，兵力仍有五十萬之數，不過我並不因此擔心，對方始終各懷異心，難以衷誠合作。兼之這裡氣候、水土尤不利於例如楚人的南方軍，我們又把附近的溪流、水井以沙石堵塞，使他們這些疲兵更是困苦，故雖有五十萬人，其實可以二十萬的兵力視之，與我們相去不遠，且我們則有堅城作護持，更不怕久戰，而對方必須倉卒發兵，盡力爭取時間，優劣之勢，不言可知。」

桓齮極目遠眺，道：「敵陣中傳訊騎兵由中往左、右兩方馳去，顯是去召集將領，聚往中軍會議，看來敵人快要大舉進攻了。」

項少龍心中一動，淡淡道：「照我猜只是擺個樣子出來給我們看的，若我是龐煖，又眞的兵強馬壯、士氣如虹，何不索性擺出疲弱之態，引我們出城進攻，現在這樣擺出威猛姿態，適足顯示他們內心虛怯，怕我們去攻襲他們。」

程均這時已對項少龍視爲天將，聞言同意道：「兵書有云：『士馬驍雄，示我以羸弱；陣伍齊肅，示我以不戰。』大將軍的看法極具明見。」

桓齮、滕翼、荊俊同時動容。

荊俊立即請命出戰，項少龍怕他有失，命桓齮作爲輔翼。

半個時辰後，城門大開，兩人各領一隊兩萬人的步騎與投石車混合組成的部隊，越過平原，衝擊敵陣。項少龍和滕翼則領軍壓陣，好於必要時掩護他們撤退。戰至黃昏，連破敵方數個營寨，才收兵回城。

翌日，輪到敵人派軍前來搦戰，秦軍閉門不出，只以箭矢回答，敵人無奈退去。

進行了三天這種互有傷亡的拉鋸戰後，到第四天清晨，合縱軍終失去耐性，以新造好的攻城車、檑木車發動全面的攻城戰。

項少龍仍堅守不動，等到敵人勢疲力乏，全面退卻，才傾巢而出，在城外佈成早先定好的陣勢。

合縱軍此時雖不願意作戰，但因不想放過會戰的良機，更懼怕給秦軍衝擊，遂全面出動，在平原另一邊佈下戰陣。

項少龍和滕翼登上中軍的一座小丘上，觀察敵方部署。

朝陽昇離東山，陽光普照下，敵我雙方的兵器甲盔閃爍生輝，點點精芒，漫佈兩邊平原，瀰漫著大戰一觸即發的氣氛。

合縱軍的兵力明顯減少，約有四十萬之眾，分成五大陣。兵力主要集中在中央，以步兵為主，前方是戰車，後陣為騎兵，成前、中、後三陣。

左、右兩陣則是快速的騎兵。

中央的步兵又依兵種分作九個小陣，最前三陣是盾牌兵和輕裝步兵，其他六陣是攻擊主力的重裝備步兵，每陣達二萬人，分持弩、槍、劍、盾、拒馬、矛、戟等遠程防禦或攻堅的武器。每隊佔地大小、相互間的距離，均暗合某一戰陣法規，絕非烏合之眾。

滕翼歎道：「三弟雖是初次領兵，但每趟均料敵如神，像眼前般避開敵人中央的主力，把重兵置於兩翼，確是高明之至。現在即使龐煖知道不妥，亦難以變陣。何況他更不知我們的騎兵每人配備至少具有百戰寶刀一半厲害的厚背大刀，保證可讓對方兩翼持劍作戰的騎兵吃上大虧。」

敵陣戰鼓忽轟天而起，集結在前陣的三組近三千乘戰車，在步兵的緊隨下，一聲發喊，開始推進。

周良肩上的鷹王感染到那種兵凶戰危的氣氛，拍翼低鳴。

項少龍下令堅守，鼓聲立響，傳訊兵則以旗號知會兩翼的桓齮和荊俊。

就在快將進入射程之時，三千輛分六排而來的戰車，前兩排忽地加速，朝前衝來。每乘戰車除御手和乘車兵卒外，還跟了一隊車屬步兵，各有職責。

御手驅車，乘車兵則配備弓、弩、矛、鉞等兵器，距敵遠時用弓弩，近戰則以矛、鉞格鬥；而車屬步兵則緊隨戰車，與戰車密切配合，互相掩護接應，以擴大殺傷和防禦力。

戰車上的御手和戰士因不用步行，均戴重盔穿堅甲，不怕一般箭矢，戰馬亦然，在戰場上確有任意縱橫莫之能禦的氣概。若給它們衝入陣來，戰鬥隊形休想再能保持完整，此時若對方後援繼續攻來，不敗者幾稀矣。

一時雙方鼓鳴人喊，箭矢交飛，殺聲震天。

敵方兩翼的騎兵各分出一萬人來，掩護中鋒隊的兩翼。

大戰終告拉開序幕。

項少龍待對方完全進入射程內，才下令城上的投石機發動。漫天巨石，立時往敵人衝來的戰車投去。人仰車翻下，仍有近百輛戰車衝近陣前來。

項少龍一聲令下，前線秦軍潮水退後，露出後方無數陷馬深坑，敵車哪想得到秦軍有此一著，登時車翻人陷，給秦軍乘勢擊殺。

城上箭如雨下，失去戰車掩護的徒步兵卒紛紛倒地，慘狀令項少龍不忍卒睹，又無可奈何。

在戰場上，不是你死就是我亡，何來仁心容身之地。

此時敵方兩翼騎兵殺至。項少龍再著旗手打出旗號，左、右兩翼騎兵群集而出，人人手持大刀，把持劍的敵騎砍劈得潰不成軍，人仰馬翻，狼狽不堪。

秦軍鐵騎一向優於東方十卒，現加上最利馬上衝擊的新武器，更是勢不可擋。

項少龍中軍在粉碎敵人首輪攻勢後，開始推進，向敵人第二輪攻來的戰車步卒迫近數百步，又佈成陣勢，以投石機和箭矢對敵人進行遠距離攻擊。

此時敵方兩翼騎兵狼狽潰敗，敵方中央軍怕失去兩翼掩護，陷進三面受敵的窘境，連忙撤退。豈知戰車在前衝時雖勢不可擋，但轉動卻不靈活，近半戰車在急忙掉頭下碰撞一團，混亂之極。這也難怪合縱軍，誰估得到兩翼的騎兵敗得這麼快和這麼慘。

項少龍知道時機來臨，下達全面進攻的命令。

首先是桓齮和荊俊的左、右兩支騎軍各兩萬人，啣著敵人敗軍的尾巴由兩翼殺去，接著是兩翼的六萬步兵隨在騎兵後由兩側向敵陣推進。

項少龍親領由四萬步兵、一萬騎兵和一千烏家子弟組成的中央軍，開始對敵人後撤的中軍加以衝擊，殺得敵人屍橫遍野，血流成河，慘厲至極。

兩翼騎兵以雷霆萬鈞之勢破入敵陣，合縱軍慌亂起來，亂勢像波浪般擴展，波及全局。

龐煖等心知不妙，擂鼓鳴號，下達全軍繼續挺進抗敵，但卻已由主動變成被動。

當合縱軍堪堪將秦軍抵擋著時，項少龍和一千烏家子弟如飛殺出，立似虎入羊群，擊潰合縱軍最具實力的中軍。

此時合縱軍敗勢已成，就算孫武復生，白起重臨，亦難挽回敗局，只半個時辰，楚軍首先後撤，這一舉動立使合縱軍變成四分五裂之勢，陣勢大亂。

合縱軍紛紛棄械捨甲而逃，再沒有頑抗之力。

秦軍啣尾窮追二十餘里，斬敵達八萬之眾，俘虜二萬餘人。

五國合縱擊秦，從未嘗過如此慘敗。

當夜項少龍在山地紮營，準備養足精神後，明天繼續追擊敵人，好收復所有失地。忽然手下來報，擒到敵方的大將。

項少龍連盔甲都來不及穿好，出營一看，赫然見到滿身血污的韓闖垂頭喪氣地被押至帳前，見到項少龍慘然笑道：「項兄請給我一個痛快好了。」

項少龍大吃一驚，喝道：「立即鬆綁！」

手下對他無不敬若天神，聞言立即割斷繩索。

項少龍使人爲韓闖療治傷口，一切妥當後，邀他入帥帳用膳。

韓闖苦笑道：「少龍此戰，將名動天下，聲威直追白起當年，我韓闖敗得口服心服。」

項少龍歎道：「各爲其主，這一戰大家都是無可奈何。韓兄今晚就睡在這裡，明早再乘馬返回貴國吧。」

韓闖一震道：「少龍私放敵將，罪名可大可小，我怎過意得去？」

項少龍誠懇地道：「此事哪還理得這麼多。我會將韓兄的隨從一併交還韓兄，韓兄必須盡快逃離秦境，現今之勢，我們是不得不乘勝追擊。」

韓闖本就是貪生怕死的人，得此生機，感激涕零，道：「要走不若今晚走，唉！少龍眞夠朋友。」

項少龍當夜送走韓闖和他近千親衛，到次日清晨，一邊把俘虜遣往蕞城，一邊啣尾追敵。途中龐煖雖重整合縱軍，但由於士氣渙散，兵器、糧食同缺，不出三天被全部擊退。

項少龍長驅直進，以有如破竹之勢重奪函谷關，粉碎東方五國合縱抗秦的美夢。

項少龍使人重築工事，加強函谷關的防守力。

過了冬天，小盤派來特使，宣讀由小盤和朱姬簽發的聖諭，把項少龍策封爲上將軍，其他將官全加官一級，桓齮和程均同時陞爲大將軍，滕、荊兩人亦晉升將軍之列，周良則破格被擢陞爲副將，其他人無不論功行賞，士兵獲發三倍糧餉，登時皆大歡喜。

除程均留守函谷外，項少龍等被召回咸陽述職。此戰使項少龍名揚天下，聲勢尤在王齕、蒙驁之上，與王翦並列爲西秦兩人新虎將。

第十一章　凱旋而歸

項少龍等登上小盤遣來的樓船隊，逆流駛往咸陽，免去路途跋涉之苦。隨船而來的竟有紀嫣然、趙致、周薇和鹿丹兒，令項少龍、烏果和荊俊喜出望外。烏廷芳這愛子如命的慈母，爲了要在家陪伴項寶兒，沒有隨來，田氏姊妹自然也要留下。

眾人暢敘離情。

在艙廳晚宴時，項少龍問起琴清，紀嫣然神色一黯道：「華陽夫人上月去世，清姊有信回來，說要爲夫人守孝一年，順便處理她家族生意，暫時不回咸陽了。」

正和荊俊交頭接耳、卿卿我我的鹿丹兒得意地道：「三哥還未謝我，今趟若非我鹿丹兒纏得儲君難以推拒，你現在哪能左擁紀才女、右抱致姊姊呢？」

眾人見她已爲人婦，仍是那副少女的天眞神態，爲之莞爾。

周薇歎道：「自你們出征後，我們不用說了，事實上整個咸陽由上到下都擔心得要命，街上的人失去笑容，怕合縱軍兵臨城下，直到捷報傳來，全城歡喜若狂，人人擁往街上，徹夜歌舞，不斷高叫儲君和項爺的名字，更深信是黑龍護佑，才有這奇蹟般的戰果呢！」

眾人深覺榮耀和感動。

鹿丹兒的矛頭忽然指向桓齮，擺出長輩大姊姿態道：「小齮你今趟回咸陽，好該成家立室，此事我自有安排，你只要聽我吩咐就成了。」

烏果失聲道：「若聽荊夫人的安排，豈非是盲婚啞嫁？」

登時惹來哄堂大笑。

鹿丹兒狠狠瞪著烏果，紀嫣然道：「聽說呂不韋聞得你們大勝的消息，連續三天都食不下嚥，在我們起程前他率人到新設的東郡去，但我們卻懷疑他另有圖謀，說不定是去見成蟜和杜壁等人。」

滕翼問道：「呂不韋現在和嫪毒的關係又是如何？」

鹿丹兒搶著答道：「他們兩人倒沒甚麼，在管中邪和呂娘蓉婚宴上還態度親密，有說有笑，但下面的人卻鬥個不亦樂乎，現在都衛軍明顯分作兩個派系，一邊是管中邪和許商，另一邊是韓竭。而許商和韓竭又因醉風樓的楊豫爭風，吵鬧不休。」

轉向項少龍道：「昌平君教我先告知各位，他要在醉風樓爲你們設祝捷宴。」

桓齮最關心自己一手訓練出來的速援師，問起蒙氏兄弟和小王賁的情況。

趙致道：「小賁被儲君陞爲將軍，派去東疆馳援王齕。李牧確是非凡，每戰皆捷，若不是王上將軍坐鎮，恐怕東方四郡早告陷落。」

滕翼問起蒙驁，紀嫣然歎道：「他被召回咸陽後病倒了，呂不韋這無情無義的人對他非常冷淡，現在呂不韋大力栽培管中邪、許商、趙普和連蛟，最近派管中邪和趙普等去攻打韓國，聽說還佔了一座城池呢！」

項少龍大感頭痛，呂不韋始終有權有勢，現在又勾結上成蟜等人，更是難以對付。管中邪乃文武全才，若變成另一個蒙驁，異日造起反來，將爲禍更烈。

眾人談了一會兒，各自回艙房休息。

兩女歡天喜地伺候項少龍沐浴更衣，到了榻上時，紀嫣然低聲道：「太后又到了雍都去，陪行的還有嫪毒和茅焦，夫君可猜到是甚麼事？」

項少龍劇震道：「她又有喜了嗎？」

這是她爲嫪毒生的第二胎了。

項少龍等在咸陽城外渭水旁的碼頭登岸，樂隊奏起歡迎的樂曲，小盤與昌平君等文武百官早在岸上等候多時。

返回王宮路上，人民夾道歡呼喝采、鳴放鞭炮，家家戶戶張燈結綵，氣氛熾烈，沸騰著秦人的感激和熱情。

儲君和項少龍的名字，被叫個不絕。

在小盤的領導下，各人先往宗廟拜祭秦室的列祖先君，並爲陣亡戰士致哀，然後宣佈當晚舉行國宴，同時犒賞將兵。

接著小盤在內廷和項少龍舉行會議，參加的還有小盤另外三個心腹王陵、李斯和昌平君。

小盤這時名義上是十九歲，實際是二十二歲，已完全是個成年男子的模樣。他長得雖比項少龍要矮上半個頭，但以一般人標準來說已算魁梧。且由於他肩寬背厚，沉著自信，目光深邃莫測，那種君臨天下的威勢，確能教人慴服和甘於爲他效命。

他只是隨便坐下，其逼人而來的氣度，足可使人生出俯首跪拜的衝動。

眾人再向項少龍祝賀，小盤欣然道：「項卿究竟喜歡寡人稱你爲太傅還是上將軍？」

眾人哄聲大笑。

項少龍失笑道：「還是太傅聽來順耳一點。」

小盤搖頭歎道：「勝而不驕，我大秦恐只太傅一人而已，太傅此戰奠定我大秦統一天下的基礎，又為寡人挽回天大面子。現在誰都不敢在背後說寡人待太傅過厚。」

昌平君笑道：「呂不韋在少龍厚待韓闖一事上大造文章，儲君只回他一句『絕無此事』，就擋著呂不韋的唇槍舌劍。異日有人問起，少龍也可以此名句作答。」

項少龍心中湧起暖意。

小盤道：「只是小事一件，就算放了韓闖又如何？此人能有多大作為？這適足顯示太傅不似呂不韋那種無情無義的人。但異日若拿到李牧，太傅千萬不可以放過他。」

項少龍想起說不定要和最可敬與可畏的李牧在戰場相見，不由心中一沉。

王陵知他心意，笑道：「暫時該不會有這種情況，現在李牧正移師攻齊，不但擊退想趁機奪取趙人土地的齊兵，還攻下齊人的饒安，使王齕得以喘一口氣，李牧確是了得，此人一天不除，終成我們東進的最大障礙。」

李斯道：「今次少龍大展神威，即使孫武復生，這一仗怕都不能勝得更爽脆漂亮。」

項少龍謙讓一番後，心中一動，道：「現在儲君君威大振，該是把王翦召回來的時候了。」

昌平君道：「儲君正有此意，所以準備派蒙武、蒙恬兩兄弟到魏國作戰，待他們有了經驗，便可接替王翦。但若於此時輕舉妄動，說不定這握有戍邊大兵權的要位會落入呂不韋和嫪毒的人手上去。」

小盤壓低聲音道：「現在蒙驁病得很厲害，前天寡人去探望他，他說了一番稱讚太傅的話，看來頗有悔意。」

項少龍遂把蒙驁當日請自己照顧蒙武兄弟的事說出來。

小盤興奮起來，道：「待太后回來，寡人要爲太傅封侯，太傅的權位怎都不可以低過呂不韋。」

項少龍見有外人在座，不好說出拒絕之言，淡淡應了。

還有三年將是小盤舉行加冕禮的大日子，只希望在那一天來臨之前，不用與李牧對陣沙場，就謝天謝地了。

脫身後，趁離國宴尚有三個時辰，項少龍返回烏府。

只見烏府外擠滿歡迎他的鄰里人士，剛進大門，廣場上鞭炮轟鳴，充滿喜慶的氣氛。

烏應元親領族人出迎，搶前抓著項少龍的手，激動地道：「我烏家終出了一位威震當世的名將，我高興得不知該說甚麼才好。」

項寶兒捂著耳朵，衝入他懷內。烏廷芳和田氏姊妹也連哭帶笑撲過來，項少龍又疼又哄，擁著妻婢愛兒，進入宅內，先拜祭烏家祖宗，沐浴更衣，再到大廳接受族人恭賀。

紀嫣然、趙致、善蘭、鹿丹兒等換上華服，出來招呼親友。

滕翼、桓齮、趙大等全回來了，更增添喜慶的氣氛。

周良因鷹王建功，在烏家身分大是不同，鷹王更成了比項少龍更受注目的主角，孩子都圍著牠指點讚美。

烏廷芳纏在項少龍旁，不住撒嬌撒癡，他這位嬌妻雖年過二十歲，但容貌神態仍嬌癡若初遇時的少女模樣。

項少龍找個機會，與滕翼商量道：「我準備向儲君提議，辭去都騎統領一職，以後得要仰仗二哥了。」

滕翼笑道：「三弟該知我對仕途沒有興趣，照我看不若由小俊接手，輔之以烏果，另外還可多提拔兩個人。」

項少龍道：「就周良和趙大吧！其他鐵衛亦可安插到都騎裡，不用隨我們返牧場以致無所事事、荒於嬉戲。」

滕翼點頭同意，事情決定下來。

烏應元走過來把兩人扯往一角，道：「我上月由塞外回來，你們的義弟王翦確是智勇雙全的猛將，匈奴人全不是他的對手。」

頓了頓續道：「匈奴人在北塞一向縱橫無敵，男女老少皆長於騎射，勇猛凶悍，來去如風，又耐苦寒。豈知先敗於李牧之手，再重挫於你們四弟。現在烏卓已在北海附近建立山城，鄰近一向受匈奴欺凌的弱小民族均來依附，最好再調一千我們的子弟兵去，增強實力，就更有發展的把握。」

項、滕兩人不迭點頭答應，露出嚮往的神色。

只有在自己的國度家園，才有眞正的自由和幸福。

當晚在王宮內由小盤主持祝捷宴，全城居民均獲贈酒食。對小盤來說，項少龍打勝仗就像他自己打勝仗，特別滿足和高興。

項少龍自然成爲宴會中上角，杯來盞去，宴會舉行至一半早醉得不省人事，連怎樣離開都不曉得。次日醒來，才發覺睡在未來秦始皇的龍榻上，原來是小盤堅持要如此相待。

紀嫣然等都留在宮裡，等候他起來。

到小盤回來，與項少龍等共進午膳，頗有一家人相敘的親切味兒。

項少龍向小盤提出由荊俊當都騎統領，烏果、周良、趙大爲副的提議，小盤一口答應，笑道：「區區一個都騎統領，實不該由上將軍兼領。」

項少龍又乘機提出想返回牧場好好過一段安適日子，小盤雖不願意，但也只好答應。

膳後項少龍率妻兒返回烏府，睡了一個午覺，醒來時精神大振。

紀嫣然三位嬌妻和田氏姊妹正坐在榻旁閒話家常，說的是項寶兒的趣事，樂也融融，聽得他的心都融化了，倍感甜蜜溫馨。比對起戰爭的冷酷殘忍，這實在是個溫暖情深的天堂。

眾女見他醒來，忙伺候他起身。

紀嫣然低聲在他耳旁道：「圖管家約你黃昏到老地方見面，昌平君則在醉風樓訂了個別院，囑你今晚去赴宴。唉！昌平君難道不知你回來後尚未有時間在家陪伴妻兒嗎？」

旁邊的烏廷芳嬌嗔道：「你今晚不回來，芳兒就不會上榻睡覺。」

項少龍差點要立下誓言，待保證早去早回，兩女才回嗔作喜。

久別勝新婚，箇中情況，可以想見。

又和項寶兒玩了一會兒，這才「微服出巡」，往會圖先。

在秘巢見面後，圖先寒暄幾句，轉入正題道：「少龍這趟大展神威，擊退五國聯軍，亦打亂呂不韋的部署和陣腳，兼之蒙驁病重，使他不得不改變策略。現在他不但勾結上杜璧、蒲鵠等人，更設法拉攏嫪毒，要做垂死掙扎。」

稍頓續道：「老賊對儲君已完全死心，知道儲君加冕之日，將是他敗亡之時，所以他定會在那日之前，孤注一擲叛上造反，此事不可不防。」

項少龍皺眉道：「現在儲君威權日增，嫪毒亦不會輕易信他，呂賊能弄出甚麼把戲來？」

圖先歎道：「有利則合，問題是嫪毒亦想造反。要知嫪毒實乃萬惡不赦的流氓和無賴狂徒，雖得朱姬恩寵，但在秦人心中，只是由家奴而躍居披著宦者外衣的倖臣，除了像呂不韋這麼別有居心，還有誰肯依附支持他。在這種情況下，呂、嫪兩人再次狼狽爲奸並非絕無可能。他們的關係當然不會持久，謀反成功之日，就是他們決裂之時。」

項少龍苦惱道：「難道朱姬會坐視嫪毒陰謀去推翻自己的兒子嗎？」

圖先歎道：「朱姬已是陷溺極深，而且嫪毒對女人有特別手段，朱姬又貪一時的風流快活，陰差陽錯下，使嫪毒聲勢日盛，結黨營私。少龍出征後，嫪毒以眾卿之首的身分，事無大小均積極參與，還以『假父』自詡，其心可見。」

項少龍啞然笑道：「『假父』？眞虧他想得出來，先是呂不韋，後是嫪毒，難道沒想過要騎在國君頭上，只會招來殺身之禍嗎？」

圖先唏噓道：「有多少人像少龍你般懂得功成身退。聽陶公說，儲君加冕之日，就是你們將避隱塞北之時，不知肯否讓我圖先一族，也依附於少龍驥尾之後呢？」

項少龍正容道：「能與圖總管並騎馳騁於漠北大草原上，是少龍求之不得才對。」

圖先感動地伸手與他緊握，　時說不出話來。

項少龍問起仲父府的情況，圖先道：「我差點忘掉一件事，齊國最近來了兩位劍手，均為『稷下劍聖』曹秋道的弟子，一名任千里，另一名房永，很少出外露面，態度神秘。若我沒有猜錯，他們該是田單應呂不韋請求，派來咸陽準備在必要時刺殺少龍的高手。」

項少龍訝道：「既是如此，他們怎會讓圖兄得悉身分？」

圖先哈哈一笑道：「皆因我廣佈眼線，偷聽得許商和他們的私話，才能據此猜到田單那方面去，現在呂、田兩個最恨的人是少龍，就算不為利益，亦要去少龍而後快。」

項少龍失笑道：「想殺我的人還少嗎？是了，許商是否在和韓竭爭奪楊豫呢？豈非呂、嫪的美美之爭，由他們延續下來？」

圖先冷哼一聲，道：「還有甚麼好爭的，呂不韋已嚴令許商不得與韓竭爭風，故此我才猜到呂不韋是要勾結嫪毒。哼！韓竭這小子當了官後，愈發囂張，一言不合就出手傷人，由於有嫪毒撐腰，儲君都不敢拿他怎樣。不過現在韓竭已對楊豫失去興趣，因為醉風樓來了一位姿容更勝單美美的美人，此女確是我見猶憐，兼且又聲明賣藝不賣身，哪個男人不想得之而後快。」

項少龍失聲道：「真有賣藝不賣身這回事嗎？誰能保得住她呢？」

圖先道：「只憑她『玲瓏燕』鳳菲之名，足可保住她的清白，不過她來的時候真巧，是在少龍回咸陽的前三天。現已在公卿大臣間引起很大的哄動，人人均爭相擁往醉風樓去。」

項少龍皺眉道：「圖兄是否在暗示她是來對付我的呢？」

圖先歎道：「鳳菲乃三大名姬之首，很得各國權貴敬重，聽說本是宋國的公主，不知為何會淪落風塵，照說該沒有多少人能唆使得動她，不過防人之心不可無，少龍還是小心點好。現在東方六國，最想殺的人是少龍你。」

項少龍苦笑道：「問題是我今晚要到醉風樓去，希望那群損友不是挑了她來陪我就好。」

圖先笑道：「若她肯來陪酒，少龍更要小心，因爲她到咸陽這麼久，仍未試過答應爲誰陪酒。」

項少龍苦笑一會兒，呻吟道：「美女就是有那種魔力，我們男人雖明知對方不安好心，但不管怎樣，總是試圖發掘她們另有好處，而忘了她們可能只是徒具美貌，實藏歹心。」

圖先微笑道：「你見過鳳菲就明白了。她肯定是內外俱美、蕙質蘭心的絕色尤物，或者只因立場不同，才會變成居心叵測的敵人。幸好少龍對美色一向極有定力，鳳菲縱有陰謀，亦將派不上用場。」

再談幾句，兩人告別分手。

項少龍忽然很想往探正病重的蒙驁，但因要赴昌平君的宴會，只好把此事擱至明天。

第十二章　玲瓏美人

項少龍與十八鐵衛來到醉風樓時，伍孚親自恭迎，把他請進偏廳，遣走下人後，跪地叩頭。

項少龍早見慣他的小人作風，昂然而立，沒好氣道：「樓主免禮，今次又有甚麼把戲？」

伍孚惶然起立，恭敬道：「小人哪還敢在上將軍前作奸使詐，今趟是有重要消息要向大爺面陳。」

項少龍坐下來，道：「坐下再說！」

伍孚戰戰兢兢地坐下來，先左顧右盼，生怕仍有人留在偏廳內的樣子，低聲道：「呂不韋有陰謀要害死王齕和大爺你。」

項少龍失笑道：「他當然這麼想，但辦不辦得到卻是另一回事。」

伍孚很委婉地道：「小人是在長期偷聽下，一點一滴地串連起來，方能識破他們的陰謀。」

項少龍想起他偷聽的銅管，半信半疑地道：「單美美已成爲魏國王后，呂不韋還來這裡幹嘛？」

伍孚道：「大爺有所不知，半年前我在楚國以重金買來一位國色天香的越女白雅雅，呂不韋對她頗爲迷戀，故不時到醉風樓來盤桓。現在雅雅已代替美美，成爲四花之首。唉！美美的離開，害得我差點沒命，當然！小人絕不敢怪責項爺，小人是該受罰的。」

項少龍不耐煩地道：「不要拐彎抹角，快說！」

伍孚壓低聲音，湊近了點道：「首先他們是要對付王上將軍，由於王上將軍在趙境作戰，各方面都要靠杜璧和成蟜支援，而呂不韋正是要藉杜璧之手，在李牧與王齕作戰之際，抽王上將軍的後腿，那後果可想而知了。」

項少龍由於不知那處的情況，從沒有想過這種可能性，色變道：「李牧不是去了和齊人作戰嗎？」

伍孚道：「那只是誘王上將軍深入趙境的毒計吧！」

項少龍駭然道：「你爲何不早點將這麼重要的事說出來，就算我不在咸陽，你也可找昌平君說呀！」

伍孚歉然道：「一來小人只聽得一鱗半爪，未敢肯定。到前天楊豫告訴小人，許商在他面前誇口大爺你命不久矣，我的思緒清晰起來。許商當時說，大爺你此仗之勝，正種下你將來敗亡之果。楊豫不解問他，他只說任大爺如何厲害，總鬥不過李牧，便沒有再說下去。於是小人想到只有害死王齕，大爺你方須與李牧在短期內一決雌雄，所以……」

項少龍霍然起立，道：「你去告訴昌平君，我要遲點才到。」

言罷匆匆離去，飛馬入宮求見小盤。

小盤正和愛妃王美秀下棋取樂，見他這般惶急來到，知有急事，立即在內廷接見他。

當項少龍把伍孚的猜測說出來，小盤色變道：「此計確是歹毒之極，可見一天不除成蟜，寡人仍是地位難穩。」

小盤接著召來近衛，吩咐立即派出快馬，持節趕往上川警告王齕小心防範。諸事妥當後，未來秦始皇神色凝重道：「若王上將軍發生不幸，我們立即對付成蟜和杜璧，好去此心腹之患，那時寡人就要看呂不韋怎樣收場。」

接著露出笑容，低聲道：「儲妃有喜了！」

項少龍忽然驚覺他確已長大成人，衷心賀喜。

小盤苦惱道：「趁現在呂不韋和太后都不在咸陽，最好先幫這孩子取個好名字，那就輪不到他們來取了，師父有甚麼提議？」

項少龍衝口而出道：「那定是叫扶蘇了。」

小盤愕然看了他半晌，項少龍心中叫糟，這未來秦始皇點頭道：「名字倒也特別。但還須一個女兒的名字才成，那時無論生男生女，都有名字了。」

項少龍鬆一口氣道：「我只想到男孩的名字，看來這胎該是男嬰，所以不用另想女名。」

小盤默默把扶蘇唸了數遍，欣然道：「若生的是兒子，就叫扶蘇吧！」

項少龍又知自己以所知的歷史去影響未來的歷史，心中怪怪的，乘機告辭離宮，趕到醉風樓時，已比原來約定的時間遲了大半個時辰。

出乎料外地除昌平君兄弟、李斯、桓齮、荊俊、王陵、烏果、周良等人外，還有王綰、蔡澤、嬴傲和嬴樓在列，顯示這些人已靠攏往以小盤爲首的政治派系。滕翼因要陪伴妻兒，來了片刻便走了。

楊豫、歸燕和白蕾與醉風樓有點姿色的美妓全體出動，採人盯人策略，每女伺候一人，氣氛熱烈。

項少龍位居首席，越國美女白雅雅早在候他到來，此女身穿楚服，年約十八歲，長得果是花容月貌，不比單美美遜色，不但氣質絕佳，最動人是溫婉可人，一對俏目總含著無限情意，兼之聲音甜美溫柔，確是不可多得的尤物，難怪仇爭能以她去應付痛失單美美的呂不韋了。

但想起她最終的命運可能是成爲呂不韋的姬妾，又心中惻然。

項少龍尚未坐好，給人連罰三杯，駭得他舉手投降道：「再喝下去，恐怕項某要立即給抬走，請各位格外開恩，饒了我這趟吧！」

王綰笑道：「昨晚項大人喝了超過二十杯才倒下來，今晚怎都要再喝七杯，我們或可饒你遲來之罪。」

正爭持間，白雅雅嫣然一笑道：「讓雅雅代上將軍喝這幾杯罰酒吧！」

眾人轟然叫好。

蔡澤笑道：「罰酒必須先進項上將軍之口，然後由我們的雅雅代喝。」

眾人又再起鬨。

白雅雅「嚶嚀」一聲，倒入項少龍懷裡，秀眸半閉，俏臉霞燒，一副小鳥投懷的模樣。

項少龍雖經慣這類戰國時代式的風流陣仗，但由於這青春煥發的美女充滿新鮮熱辣感，亦大感刺激，借點酒意，在眾人鼓掌喝采中，荒唐一番，飽嚐她香唇的銷魂滋味。

眾人這才放過他。

嬴傲笑道：「聽說龐煖戰敗後，其他合縱國均指他冒失深進，白白錯失挫敗我大秦的良機，以致聲威大跌，看來他們很難再組成另一次合縱。」

嬴樓接口道：「輸了敗仗，人人均推卸責任，今趟蕞城會戰，走得最快的是楚人，也成了其他人責難的目標，弄得很不開心，五國該有好一段日子難以協調了。」

李斯拍掌道：「今晚只談風月，不談公事。太尉為少龍安排的一場玲瓏燕舞，該可開始吧！」

昌平君向坐於末席的伍孚打了個眼色，後者忙去安排。

荊俊笑道：「只看我們廷尉大人比三哥還緊張，當知鳳菲的吸引力哩！」

眾人同聲附和，弄得一向不涉足風月場所的李斯不知所措、尷尬萬分。

項少龍整個人輕鬆起來，感受到各人間洋溢著的交情。

白雅雅此時靠過來，湊在他耳旁細語道：「項爺不念舊惡，助美美小姐去當她的魏后，我們醉風樓的姊妹都非常感激呢！」

項少龍低聲道：「此事豈非全城皆知了？」

白雅雅含笑道：「好事傳千里嘛！現在只要項爺勾勾指頭，人人都會爭著來為項爺侍寢哩！」

項少龍怎會相信，只是歸燕便對自己恨之入骨。

白雅雅橫他一記媚眼，含羞道：「只不知雅雅能否得項爺恩寵？」

項少龍見她媚態橫生，最要命她看來又是如此秀逸嫻雅，不由心中一蕩，低聲道：「今晚不行，待我看看吧！」

白雅雅吹了一口氣到他耳內，輕嚙他耳珠道：「白天也可以的，那項爺的夫人就不會知曉了。」

項少龍想起家中賢妻，立時清醒過來，剛要婉言拒絕，伍孚一臉無奈地走進來，吸引了所有人的注意力。

昌平君知道不妙，道：「美人兒是否怪我們遲到？」

伍孚苦著臉道：「看來是這樣子。菲小姐回了別院睡覺，小人說盡好話也不起作用。」

出奇地眾人不但一點不覺得她在擺架了，還甘之如飴地認爲是理所當然的事。

昌文君笑道：「都是少龍惹出來的禍，開罪了我們的玲瓏美人兒，我提議由少龍去道歉，把她哄回來。」

項少龍失聲道：「甚麼？」

李斯不知如何興致特高，竟贊成道：「玲瓏美人明天便要到魏國去，少龍你快去設法。」

桓齮大訝道：「你們究竟是賀項上將軍還是只爲見玲瓏燕？」

昌平君等齊聲大笑，場面混亂之極，相當有趣。

項少龍生出好奇心，勉爲其難地長身而起，歎道：「小弟儘管去試試看，若給轟回來，你們可不能怪我。」

眾人鼓掌聲中，項少龍隨伍孚出門而去，走了幾步，荊俊、烏果和昌文君三人追出來，要到門外隔岸觀火。

項少龍給那種愛鬧的氣氛感染，振起當年二十一世紀鬧事打架的豪情，昂然領著三人，由伍孚帶路，朝後宅去了。

在醉風樓後院一個幽靜的角落，池塘旁有座小木樓，花香飄送中，古雅別緻。

伍孚道：「鳳菲就住在那裡，她的貼身小婢很凶，剛才便是她把我擋著的。」

荊俊訝然道：「她難道不知你是大老闆嗎？怎敢對樓主不客氣？」

伍孚道：「她是儲妃特別請回來在太后壽宴上表演助興的，小人怎敢開罪她們？」

項少龍明白過來，放下一半心事，乾咳一聲道：「你們看我的！」

才走了一步，給昌文君一把扯著，叮囑道：「聽說鳳菲身輕如燕，頗有兩下子的，上將軍莫要被她踢落池塘。」

三人同時幸災樂禍的大笑起來，形狀惹厭之極。

項少龍低罵一聲，拂開昌文君，挺胸朝小樓走去。

木門應手而開，樓下小廳靜悄無人，項少龍虎目一掃，見到通往二樓的樓梯，深吸一口氣壯壯色膽，一逕拾級登樓。

木梯在腳下「咿呀」作響，確令人有點提心吊膽。

上面傳來清脆的聲音，喝道：「誰？」

項少龍故意不答，待來至二樓，剛好一個俊秀童子由房間掀簾走出來，與他打個照面，兩人同時愕然。

項少龍想不到撞上的非是俏婢女而是俏童子，對方卻想不到會有個陌生男人摸上樓來。

項少龍迅快瞥內裡一眼，但因門簾深垂，自然看不到甚麼。

想想也覺好笑，短短兩年間，先後遇上三大名姬，至少其中之一是要取他項少龍之命，然後她們又走了。

春秋戰國是個輝煌獨特而又非常開放的時代，縱使各國征伐不休，但分分合合間，齊人可以去魏，魏人可以入秦，燕人南來，楚人北上，出賣所學以求功名富貴，又或遊歷講學，百家爭鳴，萬花齊放。

像鳳菲這類名重當世的名姬，超然於國爭之上，到甚麼地方都備受尊崇，愛發脾氣就發脾氣，要擺架子就擺架子，若非親眼目睹，確很難想像。

三大名姬先後造訪咸陽，正代表咸陽成爲天下文化薈萃的中心之一，引得她們因種種原因到這裡來。

思量間，俏童子怒喝道：「你是誰，怎可隨便闖入人家小姐閨房？」

項少龍見「他」充滿敵意的守在房門處，神色不善，微微淺笑道：「在下項少龍，特來向鳳小姐請罪。」

那顯是女扮男裝的俏童子呆了一呆，定睛打量他好一會兒後，轉身撥開少許簾子，低聲稟告道：「小姐！是項少龍呢！」

裡面沒有任何反應。

項少龍早預了她會擺架子，並不感尷尬，朝俏童子踏前兩步，差點碰上童子的面龐。

俏童子眉頭、鼻子同時皺起來，牛似嫌項少龍身帶異味似的，卻沒有罵出口來，例如怪他無禮，俏臉似嗔非嗔，非常可人。

項少龍不由心中一蕩，低聲道：「若姑娘肯讓路，我便進去見鳳小姐；但若姑娘不允許，在下只好立即離開。」

他故意提高聲浪，好讓裡面的鳳菲聽得一清二楚。

俏童子顯然不是項少龍的對手，立時手足無措，不知該怎樣對待他。

一陣溫柔嬌美的女聲在房內響起道：「小妹請讓項大人進來一敘吧！」

俏童子應了一聲，垂首退往一旁，讓出進房之路。

項少龍報以微笑，這才跨過門檻，掀簾入房。

想不到內間比外廳還闊大，三面軒窗，左方以竹簾隔開秀榻所在的起居處。鳳菲席地而坐，背靠軟枕，身前放了張長几，上面擺著張五弦琴，予人優雅寧逸、舒適溫馨的感覺。

三大名姬之首正仰起一張瓜子形的面龐朝他瞧來，寶石般的明眸配上白裡透紅的皮膚，那種有諸內而煥發於外的秀氣逼人而來，看得項少龍眼前一亮。

但她最引人處卻是一股楚楚動人、我見猶憐的氣質，那使他深深地想起遠在楚境壽春的李嫣嫣。只要是懂憐香惜玉的男人都不忍心傷害她。她只是隨便坐在那裡，已把女性優雅迷人的風姿美態表露無遺，嬌小玲瓏的動人胴體，更使人泛起把她覆蓋在體下的念頭，難怪連圖先都對她大感心動。

在誘惑男人這一項上，她確勝過石素芳和蘭宮媛。

兩人互相打量時，外面女扮男裝的小妹道：「小姐！要茶還是酒呢？」

項少龍搖頭道：「不用客氣，我是特來向小姐請罪，不敢打擾小姐的清淨心。」

鳳菲「噗哧」笑道：「清淨心？人在塵世，何來清淨心呢？項大人請坐。小妹給客人奉茶。」

項少龍坐下來時，壓下要渾身打量她的慾望，眼觀鼻鼻觀心，正要說話，鳳菲柔聲道：「項大人今趟來請罪，並不似大人一向作風，不知是被人逼來，還是自願要來呢？」

項少龍愕然道：「我和小姐乃初次見面，爲何小姐卻像對項某非常熟悉？」

鳳菲盈盈一笑，徐徐道：「項少龍乃東方六國權貴間最多人談論的人物，鳳菲早耳熟能詳。何況來秦前又曾聽魏國美美夫人提起大人，怎都該對大人有個印象吧！」

項少龍一呆道：「鳳小姐今趟故意拒絕表演，是否……嘿！是否……」

鳳菲似是大感興趣，鼓勵道：「人人何必吞吞吐吐？有甚麼放膽直言好了。」

項少龍苦笑道：「我想問小姐是否故意使手段引我前來一見，我因怕唐突佳人，所以才會欲言又止，教小姐見笑了。」

鳳菲發出一陣銀鈴般的嬌笑，黑白分明但又似朦朦朧朧的眸子橫他一眼，舉起春葱般的左手，低頭看著尾指光閃閃的精巧銀戒，柔聲道：「項大人猜得沒錯，但怕仍估不到鳳菲此來是不安好心。這銀戒乃魏國巧匠所製，能彈出毒針，把毒液注入人體，若部位恰當，中針者迅即毒發身亡。」

項少龍愕然道：「既是如此，鳳小姐為何要告訴我？」

鳳菲若無其事的脫下指環，扔在地上，含情脈脈似地道：「因為我改變主意哩！直至來秦見過嬴政後，妾身才明白為何先後有商鞅、公孫衍、張儀、甘茂、樓緩、范睢、蔡澤、呂不韋、項少龍、李斯等眾多人才，甘為秦室所用。而趙國空有李牧、廉頗而仍連場失利，信陵君落得飲毒酒而死，韓非則在韓國投閒置散，燕人無自知之明，齊人奢華空想，楚人耽於逸樂。東方六國大勢去矣，我鳳菲何必要枉做小人，還得賠上性命？」

項少龍想不到她說出這麼一番有識見的話來，搖頭歎道：「鳳小姐確是奇女子。不過我仍不明白小姐為何如此坦白，若小姐不說出來，此事誰都不會知曉。」

鳳菲欣然道：「你這大傻瓜，因為人家已看上你，所以才提醒你。現在項大人乃東方諸國欲殺之而後快的對象，所以千萬不要相信任何人，包括你曾施以恩惠的朋友在內。」

項少龍愕然看著她，一時說不出話來。

鳳菲抿嘴笑道：「大人切勿誤會，看上你並不等於傾心於你，只是覺得你確是名不虛傳的英雄人物，日後我亦很難忘記你，就是那樣罷了！」

項少龍既鬆一口氣，又感到有點失落。鳳菲比「三絕女」石素芳更令人難以揣測。

鳳菲目光移往窗外，柔聲道：「夜了！項大人除非要鳳菲侍寢，否則妾身就要到夢鄉尋找在亂世所欠的美夢。明天清晨，我將起程離秦了。」

項少龍差點衝口而出要她留下來，以免失去這錯過了可能抱憾終身的機會，但想起家中賢妻，惟有起身告辭。

李斯等今晚恐怕要失望了。

剛走下樓梯，荊俊撲進來道：「蒙驁過世了！」

第十三章　巧佈陷阱

蒙驁喪禮後，荊俊正式陞爲都騎統領。由於他現在入贅鹿家，軍方各大要員看在鹿公情面，無不大力支持。

烏果、趙大和周良爲副，使都騎清一色隸屬儲君的系統，不像都衛般由呂不韋和嫪毐兩黨互相牽制，互相抗衡。

當然！假若呂、嫪勾結，又自當別論。

十八鐵衛卻因小盤慧眼賞識，成了他的禁衛頭領，地位大大提高。

桓齮仍然負責速援師的訓練，蒙武和蒙恬辦妥父喪，立即領兵出征魏國，以報魏人參加合縱軍之仇。

基本上，秦國仍是採取遠交近攻的策略，就是安撫楚、齊、燕三國，只對三晉用兵。

項少龍乘機倦勤，與滕翼兩家人返回牧場，每天練刀術、習騎射，閒來遊山玩水，弄兒爲樂，好不寫意。

春去夏來，這天回到隱龍別院，收到琴清派人送來的書信。原來這俏佳人定下歸期，將在秋初返回咸陽。信中雖無一字談情，但偏是情焰愛火溢於言表，可見這美女修養之高，使項少龍這粗漢更深生愛慕。

陶方不斷把消息帶到牧場來。

呂不韋甫回咸陽，又到巴蜀去，令人大惑不解。

嫪毐和太后朱姬亦返回咸陽，嫪毐態度更是囂張，連昌平君和王陵等一眾重臣都不放在眼內，事事抬出朱姬出來，小盤惟有苦忍。

管中邪在韓地打了幾場勝仗，獲陞爲大將軍，隱隱代替了蒙驁的地位，但聲威和實權當然仍有所不及。

蒙武兄弟在魏亦連戰皆捷，攻下魏人的朝歌，聲望大振，成爲新一代戰將的新星。

最令項少龍擔心的是王齕果然中計，趁李牧移師攻齊，出兵攻打趙人的上黨，項少龍只望小盤派出的人能及時警告王齕，否則腹背受敵，情況不妙之極。

就在他憂心忡忡之際，五月末噩耗傳來，王齕在上黨被李牧大敗，王齕當場戰死，王賁和楊端和領著殘軍退守上川。

項少龍最不希望的事終於發生。

呂不韋再次奸謀得逞，而項少龍幸福的日子亦告完蛋大吉。

項少龍飛騎來到咸陽宮，感到一片愁雲慘霧。

自十六年前信陵君率領五國聯軍在邯鄲城外大破秦軍，秦人從未曾有過像王齕那種級數的大將陣亡於戰場上，今次打擊之鉅實是難作估量。

項少龍來到書齋時，王陵、李斯、昌平君、嫪毐、王綰、蔡澤等一眾大臣在門外等候小盤召見。

王陵雙目通紅，整個人像衰老了幾年般，使項少龍清楚感受到他的年邁衰朽，那是以前從未有過的感覺，令他很不舒服。

他迎上項少龍低聲道：「儲君不肯見我們，只說等你來再說。我看你先進去見儲君，再喚我們進去吧！」

嫪毒顯是在偷聽，憤然道：「這是大家該好好商量的時候，儲君怎可反把自己關起來，讓我和少龍一起進去。」

眾人均泛起厭惡神色。

項少龍拍拍嫪毒肩頭，沉聲道：「讓我先代各位進去探聽情況，儲君的心情就是我們現在的心情，大家都應諒解的。」

無論嫪毒如何專橫，暫時亦不敢開罪項少龍，打消主意道：「我們在這裡等候吧！太后也該來了。」

項少龍聽他沒幾句話就搬朱姬出來，心中鄙惡，逕自入書齋去。

小盤背著門口面窗而立，動也不動。

項少龍尚未說話，小盤淡淡道：「我們的人還是去遲一步，教奸徒毒計得逞。」

項少龍想不到小盤不但沒有半點哀傷，還比平常更冷靜，一時反說不出話來。

小盤轉過身來，微微一笑，道：「我剛發出命令，命成蟜和杜璧立即率兵進攻上黨，待會師父離開書齋，請告訴他們寡人因悲痛王齕之死，忽生急病，嫪毒必會派茅焦藉治病為名來探察虛實，我們便可利用茅焦之口把嫪毒騙倒。」

項少龍一震道：「呂不韋眞的和嫪毒勾結嗎？」

這可是在史書上從沒說過的事呢！

小盤冷笑道：「太后要我封嫪毒爲長信侯，與呂不韋同級，而呂不韋竟不反對，師父說這是甚麼一回事？」

頓了頓再道：「我數次要召王翦回來，都給呂不韋和嫪毒聯手阻止，沒有太后的允准，我這身爲人君的沒有一件事可以做出來。現在我們的軍隊全被牽制在三晉境內，咸陽除了三大軍系外，就只有速援師，總兵力僅在十二萬人間，根本無力征討成蟜和杜璧，所以惟有假病引他們來攻，再由師父收拾他們，捨此再無別法。」

項少龍歎道：「儲君眞的長大了。」

小盤仰望上方，淒然道：「自娘被人害死後，我的一切都是給逼出來的，再沒有任何人情道理可說。」

項少龍陪他歎一口氣，步出書齋，眾人圍攏起他時，項少龍頹然道：「儲君病倒了！」

小盤這一「病」，詐足三個月，早朝都交由朱姬處理。

項少龍則和桓齮大事徵兵，把速援師增至五萬人，終日在咸陽城外操練，又以成蟜東來的假想行軍路線，鞏固防禦措施和通訊系統。

到雪融季節，消息傳來，成蟜聽得「乃兄」病重的消息，不但違命不攻上黨，還與趙人議和，接著與杜璧集兵十五萬，悄悄繞過沿途城市，奔襲咸陽。

成蟜的叛軍乘船先抵咸陽之北，方潛往咸陽。

項少龍一直密切注意他們的動靜，連夜抽調兩萬都騎，加上五萬速援師，在預定好的理想地點伏擊成蟜大軍。

另外又放出煙幕，說咸陽的軍隊開赴蕞城演習。所以當成蟜大軍臨境的消息傳來，整個咸陽城震動起來。

小盤這時眞的要躺在榻上，只有昌平君、李斯等心腹知道是甚麼一回事。

嫪毐和朱姬均顯得不知所措，顯示他們並不知道成蟜和杜璧會舉兵公開造反。

呂不韋仍是避地巴蜀，使人不知他在打甚麼主意，總之不會有甚麼好事。

咸陽的亂況自然由眼線報告給成蟜和杜璧知道，使他們更加輕敵疏忽。這也難怪他們，誰猜想得到未來秦始皇早在四個月前便知道他們會造反呢？

對付像杜璧這等能征慣戰的將領，要在某處埋伏突襲，根本是沒有可能的。因爲他必有先頭部隊，肯定前路沒有問題，主力大軍才會繼續推進。

項少龍卻有他的妙策，他把大軍一分爲二，由桓齮和荊俊各領一萬人，佈在咸陽城外隱蔽之處。而他和滕翼則率領餘下的五萬精兵，藏在遠離成蟜行軍路線的密林裡，靜候獵物的來臨。

這天天氣良好，成蟜的先頭部隊來到咸陽城北百里許處，由於聽到守軍不會出城迎敵，只準備死守城池的消息，成蟜和杜璧並沒有特別加強戒備。

此時項少龍正和滕翼在一處坡頂的草叢內，遠眺在五里外經過、像一條長蛇般壯觀的敵軍情況。

滕翼笑道：「假若呂不韋知道現在成蟜是打正『討伐呂、嫪，拯救王兄』的旗號進軍咸陽，必會氣得吐血而亡。」

項少龍細察對方鼎盛的軍容，盔甲鮮明，旗幟飄飄，隊伍井然有序，搖頭道：「我看呂不韋早猜到成蟜是養不熟的，才故意要借成蟜之手除去儲君和我們，也除去嫪毒和太后。那時他可召回管中邪和蒙氏兄弟兩支大軍，一舉幹掉成蟜和杜璧，他便可自己坐上王位去。」

滕翼失笑道：「還是三弟比較了解這奸賊，說到玩弄手段，除三弟外，沒有人是他對手。」

項少龍微笑道：「今次該說是呂不韋非是儲君的對手才正確。」

滕翼歎道：「他終於長大了。」

這時周良領鷹王來報，敵人的後衛部隊終於經過。

項少龍知時機已至，一聲令下，全體騎兵出動，藉密林掩護，啣著敵軍尾巴掩去。

他們計算得非常精確，當敵人歇下來生火造飯時，就是他們佈圍停妥的時刻。

成蟜的護後部隊果然完全不虞有敵來攻，竟在一處山坡之地結營，立腳處就是往咸陽的官道，兩旁長滿鬱鬱蒼蒼的樹林，五萬人的營帳密佈坡頂和坡腳。

在他們尚未有機會於高處設置望哨時，項少龍和滕翼的五萬精騎已無聲無息的沿林而至。

項少龍是受過嚴格軍訓的人，知道在眼前情況下絕沒有仁慈容身之所。故狠下心來，下達全殲敵人的命令，趁暮色蒼茫之際，把五萬敵軍團團圍了個水洩不通，然後等待攻擊的時機。

東方發白，敵人起身活動，吵吵嚷嚷地大聲說話談笑，一邊準備用早飯。

項少龍一聲令下，擂鼓聲響，五萬精騎由密林衝殺出來，發動全力以赴的猛攻。

戰事變成一場幾乎沒有反抗的屠殺，敵人扔下手中的飯碗，連馬都來不及牽，就隻身倉皇逃命。幾次衝擊下，護後部隊潰不成軍，所有人徒步奔跑逃命。

護後部隊的潰敗立即牽連到中軍近九萬人的主力部隊，他們正要回師救援，桓齮和荊俊各領一萬精騎分從左右夾擊先鋒部隊，使成蟜軍腹背受敵，陣腳大亂。

項少龍和滕翼以有如破竹之勢，由後殺來，稍一衝擊，成蟜軍立即陷進瘋狂的混亂裡。

成蟜和杜璧乃眾矢之的，和數千親衛被團團包圍起來。

項少龍手持百戰寶刀，領頭殺進敵陣，親手把杜璧斬殺。同時依小盤吩咐，當場處決成蟜，去了這條禍根。

此役項少龍方面只傷亡萬多人，可算是戰績輝煌之極。

成蟜的叛軍被殺者達四萬之眾，其餘逃不掉的八萬人全部投降。

項少龍到翌晨遣人向小盤報捷，小盤大喜，親自率人前來慰勞軍隊，當晚住進項少龍的帥帳裡。

用過飯後，小盤興致大發，與眾人登上高處，欣賞月夜下壯麗神秘的原野美景。

這未來秦始皇看得豪興大發，長笑道：「誰人替寡人把蒲鶮誅除？」

項少龍聽到這個「誅」字，登時想起昔時趙王決意誅除烏家的境況，心中一震，哪敢答話。荊俊、滕翼和桓齮惟項少龍馬首是瞻，他不說話，亦保持沉默。

王陵踏前一步，冷哼道：「此事就讓老將去辦吧！」

包括小盤在內，全體愕然。

王陵近來因悲痛王齕之死，身體極差，只是行軍之苦，恐已難以應付。而且蒲鶮在屯留的勢力龐大，絕不肯俯首就擒，兼之他又與趙人有緊密聯繫，所以此事雖表面看似容易，實際上卻大不簡單。

王陵已多年沒有出征，今次請纓，是含有為王齕報仇之意。

小盤大感後悔，但王陵話已出口，他若拒絕，就會有嫌他老邁之意，那會是對秦人最大的侮辱。

小盤只好裝作欣然道：「寡人任王上將軍爲主帥，以桓齮大將軍爲副帥，你們盡速起程好了。」

王陵和桓齮兩人忙下跪接旨。

小盤正容道：「此仗成敗，在於能否速戰速決，殺蒲鶮一個措手不及。否則若讓他憑屯留城之固，又有趙人支援，此事將艱辛之極。」

眾人點頭同意。項少龍愈發感覺到這未來秦始皇的雄才大略，料事如神。而他比自己更優勝的地方，是只計較利害，絕不理仁義感情，亦只有這種鐵石心腸的人，才能在戰爭的年代裡成爲天下霸主。

回到帥帳，小盤找來項少龍單獨說話。

小盤苦笑道：「我很擔心王陵，怕他捱不住征戰之苦。」

項少龍知他有點怪責自己沒有首先答應，歎道：「你想我怎麼辦？」

小盤歎道：「我就算怪任何人，都不敢怪責師父你。在我騎馬前來時，我曾想過回師之際，一舉把呂、嫪兩黨完全蕩平。當呂不韋回來之時，就在城門處把他當場處死，好一了百了，師父認爲此計可行嗎？」

項少龍道：「此乃險著，首先我們是師出無名，而呂、嫪兩黨牽連太廣，只兩府家將加起來便達兩萬之眾，要誅除的人絕對不少，且管中邪等領兵在外，都衛軍又在他們手上，加上仍有蒲鶮這條禍根，我們在咸陽的兵力更嫌不足，儲君三思才好。」

小盤苦惱道：「我也知道現在尚非是時機，不過難道我眞的要等到冠禮之後才動手嗎？不要說還須等兩年多，現在我兩天都覺得太長了。」

項少龍道：「成大事者必須能忍，假若呂不韋聞得風聲，憑他的影響力和手段，說不定能據巴蜀造反，那就非我大秦之福。何況他該有充分準備，好於成蟜造反成功時與他爭王位。所以我們若在此時動手，秦國必會大亂。」

小盤點頭同意，沉吟片晌後道：「怎樣方可把王翦召回來？」

項少龍道：「就是儲君行加冕禮之前吧！那時儲君快要大權在握，誰都不敢對儲君的命令有異議。到時暗下密詔，可辦成此事。」

小盤龍目寒光一閃，道：「就這麼辦，我要王翦來了，奸賊們都不曉得，那時就要教他們好看。」

項少龍沉默片晌，忽然低聲道：「小盤！我要你答應我項少龍一件事。」

小盤龍體劇震，入秦以來，項少龍還是第一趟喚自己作小盤，又自稱項少龍。

小盤眼中射出深刻的感情，點頭道：「師父請說，小盤在聽著。」

項少龍肅容道：「無論將來發生甚麼事，你仍要善待太后。」

小盤呆了一呆，垂首想了一會兒，斷然道：「師父的吩咐，小盤怎敢不從，但此承諾只限於母后一人，其他任何人都不包括在內。」

項少龍知他下了決心，要殺死朱姬爲嫪毒生的兩個孩子，他亦知很難插手這方面的事情，苦笑道：「好吧！儲君！」

小盤移近過來，探手摟著項少龍肩頭，大力擁抱他，激動地道：「師父！不要離開小盤好嗎？你難道不想目睹小盤統一天下，成就千古未之有也的不世功業嗎？」

項少龍反手把他抱緊，淒然道：「師父是必須離開的，你還要把所有關於師父的記載全部湮滅，使師父不會在史書上留下痕跡，這是註定了的命運。就算我不教你這麼做，你終也會這樣做的。」

小盤愕然離開一點，呆看著他道：「怎會是這樣的？我絕不會這麼做，沒有人該忘記師父的豐功偉業。」

項少龍平靜下來，抓著他寬厚的肩頭，道：「自趙宮初見，我項少龍便一直把你當作是我的兒子，看著你長大成人，還成爲天下最有權勢的霸主，心中的欣慰實在難以形容。但正因這種關係，所以我才一定要離開你，一方面是我已完成你母親的心願，把她兒子培育成材；另一方面是追尋我自己的生活和理想。只有在我走後，你才可以把以前的關係完全割斷，放手追求你的夢想，明白嗎？以後我們再不可因此事作討論。」

小盤一對龍目紅起來，像個孺慕父親的小孩童，伏到他寬敞的胸膛上，再沒有話說。

第十四章　肺腑之言

三天後小盤、項少龍等班師回朝，太后和嫪毐率文武百官出城迎接。

看神情，朱姬的歡容是發自內心，而嫪毐則相當勉強。

嫪毐非是蠢人，還是非常奸狡的卑鄙小人，他自然知道自己是被排擠在儲君的政治集團外的人。異日儲君登位，太后朱姬失去了輔政大權，將是他失勢的一刻。

項少龍再一次穩住咸陽，一躍而成軍方最有實力的領袖，亦使小盤的王位更為穩固，只要蕩平蒲鶮，餘下來的只有呂、嫪兩黨。

不過呂不韋在近十年間，於各地大力培植黨羽，任用私人，實力仍是不可輕侮。

咸陽雖是都城，始終在許多方面需要地方郡縣的支持。

王朝的地方軍隊，由郡尉負責。郡守只掌政事，而郡尉專責軍政。理論上軍隊全歸君主一人掌握，有事時由君主發令各郡遣派兵員。至於軍賦，則依戶按人口徵收，每一個到法定年齡的男子須為國家服役兩年：一年當正卒；一年當戍卒，守衛邊疆，謂之常備軍。

此外，另有職業軍人，是為大秦的主力。

呂不韋因著建鄭國渠之便，得到調動地方常備軍的權力，亦使他加強了對地方勢力的控制。直至黑龍出世，小盤設立三公九卿後，這由呂不韋壟斷一切的局面始被打破。

但呂不韋早趁這之前的幾年，在地方上培植出自己的班底，所以若作起亂來，比成蟜或嫪毐要難應付得多。故此，呂不韋根本不怕成蟜奪王位成功，因為他那時更可打正旗號撥亂反正，只是他造夢未想過對手是中國歷史上罕有的絕代霸主，比他更厲害的秦始皇。

回咸陽後，循例是祭祖歡宴。

翌日早朝結束，朱姬召項少龍到甘泉宮去。

項少龍別無他法，硬著頭皮去見朱姬。

這秦國聲名日壞的當權太后在內宮的偏廳接見他，遣退宮娥後，朱姬肅容道：「長信侯嫪奉常說這次平定暴亂，他半點都沒參與，連我這當太后的亦被蒙在鼓裡，究竟是甚麼一回事？累得我們平白擔心一場。」

項少龍暗忖這種事你何不去問自己的兒子，卻來向我興師問罪。但當然不會說出口來，恭敬地道：「文武分家，長信侯不知道也是正常的。」

朱姬鳳目一睜，不悅道：「那為何都衛亦不知此事？韓竭便不知道你們到了城外迎戰，完全無法配合。」

管中邪領兵出征，韓竭陞為正統領，以許商為副。

項少龍淡然道：「今趟之所以能勝，就在『出奇制勝』四個字，而之所以能成奇兵，必須有種種惑敵之計，使敵人掌握錯誤消息。由於敵人在城內耳目眾多，所以不得不採取非常手段，請太后明鑒。」

朱姬呆了半晌，幽幽一歎道：「不要對我說這種冠冕堂皇的話好嗎？你和政兒可以瞞任何人，但怎可瞞我呢？你們若不想長信侯知道的事，我是不會告訴他的。」

項少龍想不到朱姬忽然會用這種語氣、神態和自己說話，湧起深藏的舊情，道：「儲君日漸成長，再不是以前的小孩子。現在他關心的事，是如何理好國家，統一天下。凡阻在他這條路上的障礙，終有一天都會被他清除，這是所有君王成長的必經歷程，歷史早說得很清楚了。」

朱姬俏臉倏地轉白，顫聲道：「少龍你這番話是甚麼意思，難道政兒會對付我嗎？」

項少龍知她是因爲與嫪毐生下兩個孽種，故作賊心虛，苦笑道：「儲君當然不會對太后不孝，但對其他人，他卻不須有任何孝心，無論仲父或假父，一概如此。」

朱姬茫然看他一會兒後，垂首低聲道：「告訴朱姬，項少龍會對付我嗎？」

項少龍大生感觸，斬釘截鐵地道：「就算有人把劍橫加在我項少龍的脖子上，我也不會傷害太后。」

朱姬輕輕道：「長信侯呢？」

項少龍愕然片晌，以自己聽來亦覺諷刺的口氣道：「只要他忠於太后和儲君，微臣可擔保他不會有事。」

命運當然不會是這樣。

嫪毒之亂是秦始皇冠禮前的最後一場內部鬥爭，呂不韋因遭牽連而敗亡。

忽然間，他知道自己成爲能左右秦國政局舉足輕重的人物，所以朱姬亦要不恥下問，垂詢他的意向。而他更成爲小盤唯一完全信任的人，甚至義釋韓闖，小盤都不放在心上，換了別人，則若非革職，必是推出去斬頭的結局。

朱姬嬌軀輕顫，抬起頭來，欲言又止。

項少龍輕柔地道：「太后還有甚麼垂詢微臣呢？」

朱姬淒然道：「告訴我，人家該怎麼辦呢？」

項少龍捕捉到這句話背後的含意，是她對嫪毒已有點失控，故心生懼意。

說到底，小盤畢竟是她的「兒子」，雖然兩人間的關係每況愈下，但她仍不至於與姦夫蓄意謀害兒子。而嫪毒則是想保持權力，但誰都知道這是沒有可能的，當小盤大權在握時，嫪毒就只有黯然下場的結局。

項少龍沉吟片晌，知道若不趁此時機說出心中的話，以後恐怕再沒有機會，至於朱姬是否肯聽，則是她的事。

站了起來，移到朱姬席前，單膝跪地，俯頭細審她仍是保養得嬌豔欲滴的玉容，坦然道：「太后若肯聽我項少龍之言，早點把權力歸還儲君，帶奉常大人返雍都長居，那太后和儲君間的矛盾，便可迎刃而解。」

朱姬嬌軀再震，低喚道：「少龍，我……」

驀地後方足音響起。

兩人駭然望去，只見闖進來的嫪毒雙目閃著妒忌的火焰，狠狠盯著兩人。

項少龍心中暗歎，造化弄人，他終是沒有回天之力。

返回烏府途上，項少龍腦海內仍閃動著嫪毒那怨毒的眼神。冰封三尺，非是一日之寒。嫪毒對他的嫉忌，亦非今日才開始。

他是那種以爲全世界的女人均須愛上他的人，只懂爭取，不懂施予。比起上來，呂不韋的手段確比他高明多了。

在某一程度上，呂不韋這個仲父，小盤尚可接受，但卻絕不肯認嫪毒作假父。只是這一點，嫪毒已種下殺身之禍。

歷史早證明凡能成開國帝王者，必是心狠手辣之輩，小盤這秦始皇更是其中佼佼者。當年他手刃趙穆後，雙目閃亮地向自己報告，便認識到小盤的胸襟膽識，而他那時仍只是個約十五歲的孩子。

今次佈局殺死成蟜和杜璧，同時命人鏟除蒲鶮，可知小盤思慮的周到和沉狠無情的本質，這當然與他的出身背景和遭遇有關。

胡思亂想之際，與親衛馳進烏家大門。

廣場處停了輛馬車，幾個琴清的家將正和烏家府衛在閒聊，見他來到，恭敬施禮。

項少龍喜出望外，跳下馬來，大叫道：「是否琴太傅回來？」

其中一人應道：「今早回來的。」

項少龍湧起滔天愛火，奔進府內。

只見大堂內，自己朝思暮想的絕世佳人，一身素裳，正和紀嫣然等諸女談笑，此外尚有善蘭、周薇和孩子們。

見到項少龍，琴清一對秀眸立時亮起難以形容的愛火情焰，嬌軀輕顫，但神色仍是一貫的平靜，顯見她在克制自己。

烏廷芳笑道：「清姊掛念著我們其中的某個人，所以提早回來了。」

琴清立即俏臉飛紅，狠狠瞪烏廷芳一眼，神態嬌媚之極。

項少龍遏制了把她擁入懷裡的衝動，硬擠進她和趙致之間，笑道：「琴太傅清減了，但卻更動人哩！」

琴清歡喜地道：「琴清雖不在咸陽，但上將軍的聲威仍是如雷貫耳，今趟回來得眞巧哩！剛好是上將軍凱旋榮歸之時。」

善蘭笑道：「你兩人不用裝神弄鬼，這處只有自己人，偏要那麼客氣見外。」

紀嫣然爲琴清解窘，岔開話題對項少龍道：「清姊說呂不韋到了她家鄉去，還落力巴結當地大族，最無恥是減賦之議出自李斯，他卻吹噓是自己的功勞。」

周薇道：「最可恨他還多次來纏清姊，嚇得清姊避往別處去。」

項少龍微笑道：「因爲他打錯了算盤，以爲成蟜可把我們除去，所以再不用克制自己。」

湊近琴清道：「明天我們便回牧場去，琴太傅可肯去盤桓這下半輩子嗎？」

琴清小耳都紅了，大嗔道：「你的官職愈來愈大，人卻愈來愈不長進。不和你說了，人家還要去見太后和儲君哩！」

項少龍肆無忌憚的抓著她小臂，湊到她耳旁道：「不理琴太傅到哪裡去，今晚太傅定要到這裡來度夜。」

烏廷芳正留神傾聽，聞言笑道：「清姊早答應了，但卻是來和我們幾姊妹共榻夜話，嘻嘻！對不起上將軍哩！」

項少龍點頭道：「那就更理想了。」

眾女一齊笑罵，鬧成一片。

項少龍這時已把朱姬、嫪毐，至乎所有仇隙鬥爭全拋於腦後。在這一刻，生命是如斯地美好，他的神思飛越到塞外去。想起當年在二十一世紀受訓時曾到過的大草原，藍天白雲，綠草如氈，一望無際，大小湖泊猶如一面面點綴其上的明鏡，長短河流交織其中，到處草浪草香。

若能和妻婢愛兒在大自然的牧場上，安安樂樂度過奇異的一生，再不用理會人世間的鬥爭和殺戮，生命是多麼動人？

翌日，他和滕翼兩家人返回牧場，同行的當然少不了琴清。

兩人飽受相思之苦，再不理別人怎樣看待他們。

十天後，王陵和桓齮集結十萬大軍，進擊屯留，而蒲鶮亦打出為成蟜復仇的旗號，叛秦投趙。王賁和楊端和屢被李牧擊退，改採守勢，勉力穩住東方諸郡，形勢凶險異常。同時韓桓惠王病死，太子安繼位為王，韓闖一向與太子安親善，坐上丞相的位置，成為韓國最有影響力的人。而龍陽君在魏亦權力大增，兩國唇齒相依，聯手抗秦，遏止了管中邪和蒙氏兄弟兩軍的東進。

項少龍卻與滕翼在牧場過著優哉游哉的生活。離小盤的冠禮尚有兩年許的時間，但在這段說長不長、說短不短的日子裡，誰都猜不到會出現甚麼變數。

這天昌文君和李斯聯袂到牧場來探訪他們，各人相見，自是非常歡喜。

項少龍和滕翼領著兩人在黃昏時到處騎馬閒逛，昌文君道：「呂不韋剛回來，他和嫪毐的關係明顯改善，不時一起到醉風樓飲酒作樂，還把白雅雅讓給嫪毐。」

李斯冷冷道：「照我看他是想重施對成蟜的奸計，就是煽動嫪毒謀反作亂，說不定還擺明支持他和太后生的孽子登上王位，然後再把嫪毒除去，自立爲王。由於現在呂不韋在地方上很有勢力，故非是沒可能辦到的。」

昌平君接著道：「但有一事卻相當奇怪，少龍走後，太后找了儲君去說話，主動交出部分權力之後避居雍都，嫪毒現在不時往返雍都和咸陽，不過一些重大的決策或人事陞遷，仍要太后點頭才成。」

項少龍心中欣慰，朱姬總算肯聽自己的話，使她和小盤間的關係大有轉機。

滕翼道：「茅焦那方面有甚麼消息？」

昌平君冷哼道：「他說嫪毒正在雍都培植勢力，有一事你們還不知道，令齊當上雍都的城守。雍都由於是太廟所在，故爲嫪毒的職權所管轄，可以說雍都已落入他的掌握內。」

項少龍早知嫪毒必會爭到點本錢，否則也不能興兵造反。

滕翼又問起王陵和桓齮的戰況。

李斯歎道：「儲君亦心中擔憂，蒲鶮策反屯留軍民，堅守不出，王上將軍一時莫奈他何，最怕是冬季即臨，利守不利攻，何況還有李牧這不明朗的因素存在著。」

昌平君歎道：「不知呂不韋有心還是無意，藉口鄭國渠完工在即，抽調了地方大批人手去築渠，使我們更無可調之兵，我們正爲此頭痛。」

項少龍不由湧起悔意，若當日自己一口答應小盤領軍遠征屯留，便不用王陵這把年紀去勞師遠征。

可是這已成爲不能改變的事實，心中隱隱泛起不祥的感覺。

第十五章 運籌帷幄

昌平君和李斯來到牧場見項少龍的一個月後，項少龍不祥的預感終於應驗。

李牧奇兵忽至，在屯留外大敗秦軍，王陵和桓齮倉皇退走，撤往屯留西南方約百里、位於潞水之端的長子城，折損近三萬人。

王陵憂憤交集，兼之操勞過度，到長子城後兩天病發身亡。

黑龍出世時的四位上將軍，除王翦外，蒙驁、王齕和王陵先後在兩年間辭世，對秦人的打擊實是前所未有的嚴重。

現在秦國的名將只剩項少龍和王翦兩人。其他如桓齮、蒙武、蒙恬、楊端和、管中邪仍未到獨當一面的地步。至此秦國的東進大計，暫時被徹底粉碎。

若非項少龍大破五國的合縱軍，又平定了成蟜和杜璧之亂，秦室還可能要學楚人般遷都避難。

項少龍和滕翼被召返咸陽，兩人均不願妻兒奔波勞碌，力勸她們留在牧場。

紀嫣然等已開始習慣他們離家出征的生活，但由於這趟對上的可能是當代最棘手的名將李牧，千叮萬囑，才讓他們趕回咸陽。

項少龍如常直接到王宮見小盤，滕翼則去找久未見面的五弟荊俊。

小盤在書齋單獨見他，神情肅穆，迎面便道：「這趟王陵是給呂不韋害死的。」

項少龍愕然道：「竟有此事？」

小盤負手卓立，龍目寒電爍閃，看得項少龍都心生寒意，這未來的秦始皇冷哼一聲，道：「寡人早已顧慮趙人會去解屯留之圍，故命管中邪攻打趙人，牽制李牧。豈知呂不韋竟無理阻止，又得嫪毒支持，多番延誤，導致有屯留之敗。這筆帳寡人將來定要和他們算個一清二楚。」

項少龍皺眉道：「這些事能輪到他們管嗎？」

小盤怒道：「當然輪不到他們管，只恨寡人曾答應太后，凡有十萬人以上的調動，均須她蓋印同意。據茅焦說，寡人送往太后的書簡，嫪毒故意令人阻延十天才遞到太后手上，送回來時又拖了半個月，賊過興兵，甚麼軍機都給延誤了。寡人事後本要追究責任，太后又一力護著嫪毒。王上將軍死得很冤枉。」

項少龍苦笑道：「原來太后聽我相勸搬到雍都，卻會有這種弊病。」

小盤搖頭道：「不關師父的事，問題出在呂不韋和嫪毒身上，一天有這兩個人在，我們休想一統天下。自古以來，必先安內，才可攘外，現今內部不靖，怎可平定六國，成就千古大業？」

頓了頓又道：「現在我們對著李牧，幾乎每戰皆敗，此人一日不除，我們休想攻入邯鄲。」

項少龍問道：「現在趙國的權力是否仍在太后韓晶手上？」

小盤答道：「現在的趙王比之孝成王更是不如，沉迷酒色，人又多疑善妒。哼！沒有人比我更清楚他，終有一天他會死在女人的肚皮上，而且不會是很遠的事。韓晶雖精明厲害，終是個女人，只懂迷戀郭開，讓此小人把持朝政，干擾軍務，否則李牧說不定早打到這裡來了。」

項少龍訝道：「不是有傳言說龐煖乃韓晶的面首嗎？」

小盤對趙人特別痛恨，不屑道：「韓晶淫亂宮禁，找多幾個男人有啥稀奇？」

接著歎道：「我眞的不願讓師父出兵屯留，只不過再沒有更適合的人選。而這正是呂不韋和嫪毐最渴望的事。」

項少龍不解道：「儲君爲何這麼說呢？」

小盤像不敢面對他般，走到窗旁，望往正灑著雪粉的御園，背著他徐徐道：「因爲我明白師父和李牧的關係，所以除非師父答應我絕不會存有任何私情，否則我怎都不會讓師父出征。李牧非是龐煖、韓闖之流，師父你若稍有心軟，必敗無疑。」

項少龍劇震一下，說不出話來。正如他對小盤了解甚深，小盤亦同樣把他摸得一清二楚。

他最不想在戰場面對的人是李牧，只是這種心態，已使自己難以揮灑自如。

不過擺在眼前的事實，就是他必須與李牧決一死戰。否則不但桓齮不能活著回來，連王賁和楊端和也大有可能與東方諸郡一起陷落在李牧手上。

他能勝過李牧嗎？這是連王翦都沒有把握的事。

小盤的呼吸沉重起來。

項少龍猛一咬牙，斷然道：「好！我項少龍就和李牧在戰場上見個眞章，不論誰存誰亡，就當是戰士當然的結局好了。」

小盤旋風般轉過身來，大喜道：「有師父這幾句話，足夠我放心了。」

項少龍道：「儲君可給我多少人馬？」

小盤心情轉佳，思索道：「怎也要待到春天師父始能起行，近來呂不韋蓄意調動大批兵員往建鄭國渠，使能用之人並不很多，幸而師父要的只是訓練精良的戰士，唔……」

項少龍聽得眉頭大皺。李牧的趙兵在東方最是有名，旗下的二萬鐵騎，連精於騎射的匈奴人都要甘拜下風，自己的烏家精兵團現在又只剩下兩千人，我消彼長下，要勝李牧談何容易。

小盤計算了一輪，肯定地道：「我可給師父兩萬騎兵，三萬步兵，都是能征慣戰的兵伍，副將任師父挑選，再加上桓齮在長子城的部隊，總兵力可達十二萬之眾，該可與李牧估計在十萬間的部隊相抗衡。」

兩人再談一會兒，小盤召來昌平君，商量妥當，項少龍和昌平君聯袂離開。

項少龍忍不住問道：「鄭國渠的建造眞是拖累得我們這麼慘嗎？」

昌平君歎道：「鄭國渠固是耗用我們大量人力物力，但主要是呂不韋想以地方對抗中央，用另一種形式去操縱我大秦的軍政。尤其現在他與嫪毒互相利用，變成太后很多時候都要站到他們那一方去，儲君亦是無可奈何，像王陵便死得很冤枉。」

項少龍想起王齕和王陵，舊恨新仇，狂湧心頭。還有兩年，他將可手刃大仇。

昌平君與他步出殿門，低聲道：「茅焦傳來消息，在呂不韋暗中支持下，嫪毒正秘密組織死黨，此事連太后亦被瞞著。」

項少龍愕然道：「甚麼『死黨』？」

昌平君道：「那是個非常嚴密的組織，入黨者均須立下毒誓，只對嫪毒盡忠，然後嫪毒就設法把他們安插進各個軍、政職位去，俾能在將來作亂造反時，替他興波作浪。」

稍頓續道：「據儲君預料，嫪毒和呂不韋的陰謀將會在儲君進行加冕禮時發動，因爲按禮法儲君必須往雍都太廟進行加冕，而嫪毒則可以奉常的身分安排一切，由於雍都全是他們的人，造起反來比在咸陽容易上千百倍，不過我們既猜到他們有此一著，自然不會教他們得逞。」

項少龍苦笑道：「他們的陰謀早發動了，先是王齕，然後是王陵，若非桓齮亦是良將，恐怕難以倖免。呂不韋始終是謀略高手，兵不血刃地把我們的人逐一除掉，現在終於輪到小弟。」

昌平君駭然道：「少龍勿說這種不祥話，現在我大秦除少龍和王翦外，再無人是李牧對手，少龍定要振起意志，再爲儲君立功。」

項少龍想起李牧，頹然道：「盡力而爲吧！」

昌平君提議道：「不若我們去找李斯商量一下好嗎？」

項少龍搖了搖頭，告辭回到都騎官署去。

滕翼、荊俊聽他報告情況後，滕翼道：「儲君說得對，在戰場上絕沒有私情容身之地。因爲那並非兩個人間的事，而是牽涉到萬千將兵的生命。還有他們的妻子兒女，以及國家的命運榮辱。」

項少龍一震道：「我倒沒有想得那麼多。」

滕翼沉吟片晌，正容道：「我有一個提議，是立即挑選精兵，然後把他們集中到牧場，像我們的精兵團般嚴加訓練，由我們的子弟兵例如荊善、烏言著等做軍侯，每侯領兵五千，那我們就能如臂使指，發揮出最大的作戰能力。」

項少龍精神一振，想起二十一世紀特種部隊的訓練方式，大喜答應。

接著的十天，項少龍和滕翼親自在京城的駐軍中，分由速援師、都騎、都衛和禁衛內挑選四萬五千人，分成九曲，由荊善等十八鐵衛做正、副軍侯，再每三曲合成一軍，以荊俊、烏果和趙大三人任軍統領，而自己則以其餘的兩千烏家精兵團做親衛，親爲大統帥，滕翼爲副，周良當然成爲探子隊的頭領。

這批人大多曾隨項少龍兩次出征，聞得由項少龍帶軍，均士氣如虹，願效死命。

呂不韋和嫪毐出奇地合作，自是恨不得項少龍早去早死，永遠回不了咸陽。

項少龍於是請准小盤，全軍移師牧場，利用種種設施，日夜練軍，希望趁春天來臨前嚴寒的三個月內，練成另一支龐大的精兵團。

這天由於大雪，戰士都避往牧場去，項少龍與妻兒吃晚飯時，紀才女道：「說到底，兵法就是詐騙之術，故上兵伐謀，其次伐交，其次伐兵，其下攻城。又能而示之不能，用而示之不用，近而示之遠，遠而示之近。孫子更開宗明義倡言兵不厭詐，現在嫣然觀夫君大人練兵方法，無不別出心裁，教人驚異。尤其隱藏作戰的方式，天下無出其右。但卻未聞夫君大人有何制敵奇策？」

琴清溫柔情深地道：「嫣然非是無的放矢，蒲鶮在東方諸郡勢力龐大，屯留又經他多番修建，城高河闊。現在他是不愁我們去攻他，固能以逸待勞，以靜制動。觀之以王陵、桓齮之深悉兵法，又有大秦精兵在手，仍落得敗退之局，可見蒲鶮非是趙括之流，不會有長平之失。加上李牧在側虎視眈眈，少龍絕不可以只逞匹夫之勇。」

項少龍聽得汗流浹背。這次戰術既要攻堅城，更要應付李牧的突襲，若以爲可憑常規戰術取勝，實是妄想。最大問題是桓齮現在統率的是新敗之軍，自己又嫌兵力不足，根本沒有可能同時應付兩條戰線，分頭作戰。何況蒲鶮一向高深莫測，李牧則是經驗無可再豐富的用兵天才，此戰不用打幾可預知結果。

烏廷芳獻計道：「可否先派人混入屯留城內？」

紀嫣然道：「敵人怎會不防此著，兼且屯留本是趙地，秦人更難隱瞞。」

項少龍遍搜腦袋內「古往今來」二千多年的攻城戰記憶，差點想爆腦袋，一時仍想不出任何妙計，只好作罷。

膳後項少龍躺在地蓆，頭枕烏廷芳的玉腿，又再思索起來。

紀嫣然等不敢打擾他思路，默默陪在一旁。

項寶兒則隨田氏姊妹上榻去了。

四角燃著了熊熊爐火，使他們絲毫不覺外面的雪寒侵體。

項少龍想起《墨氏補遺》上卷所說的「圍城之道，圍其四面，須開一角，以示生路，引敵突圍」之語，但顯然並不適用於屯留城。因為有李牧在側，他根本沒有資格把城困死。

說到底，攻城不外乎越河壕、衝擊城門城牆、攀城和最後巷戰這四部曲。

而由於敵方得城壕保護，又有居高臨下的優勢，加上可隨時反守為攻，出城突擊劫寨，故己方若依常規，必會招致重大傷亡。如自己是李牧，更會在秦軍身疲力乏的時刻領軍來攻，那時能不全軍覆沒已可感謝蒼天。

如何改變這種被動的形勢呢？

只恨蒲鶮不愛木馬，否則大可重演希臘軍隊攻破特洛伊城的「木馬屠城記」。

忽地靈光一閃，大喜坐起來，振臂嚷道：「我想到了！」

帛圖攤開在地蓆上，滕翼、荊俊和眾人全神觀看，但仍不知項少龍葫蘆裡賣的是甚麼藥。

項少龍指著趙境一個名爲中牟的大城，道：「此城乃趙人南疆重鎭，趙都邯鄲在北面一百二十里，而屯留則在西北一百三十里處，所以無論由中牟到兩者之任何一處去，路途都差不多遠近。但中牟東面就是通往邯鄲的官道，快馬三日即可至邯鄲。如若我們能奪下此城，你們說趙國王廷會有甚麼反應呢？」

滕翼拍案叫絕，道：「當然是大驚失色，怕我們去攻都城哩！郭開是甚麼材料，我們最清楚了。」

琴清皺眉道：「中牟位於趙、魏交界，一向防守嚴密，怎會輕易被你們攻下？何況邯鄲之南還有綿延百里的護都長城，趙人長期駐軍，你們那四萬多人若孤軍深入，實在非常危險。」

紀嫣然笑道：「夫君大人必另有妙計，清姊請細聽下去。」

項少龍對琴清笑道：「且聽爲夫道來！」

琴清見他以夫君自居，又羞又喜，狠狠還他一眼。

項少龍道：「今次我們是一不做、二不休，現在管中邪枕兵趙人的泫氏城，離屯留只有八十里，到中牟則是百餘里。我們索性向儲君取得秘密詔書，到泫氏城去褫奪管中邪的兵權，把他的十三萬兵員據爲己有，那就可聲勢大壯，最妙是趙人仍會以爲我們是北上到長子城與桓齮會師，再北進攻打屯留，所以必會把兵力集中在上黨，好來應付我們。」

荊俊狠狠道：「最好順便把管中邪斬了。」

琴清道：「那等於要逼呂不韋立即造反，別忘記管中邪現在是呂不韋的愛婿哩！」

項少龍道：「到了泫氏城後，我們分明暗兩路進軍，使趙人以爲我們是要到長子城去，其實卻是渡河潛往中牟，攻其不備，以我們的烏家精兵於黑夜攀牆入城，只要能控制其中一道城門，便可把中牟劈手奪過來。」

滕翼點頭道：「最好是先使人混入邯鄲，到時製造謠言，弄得人心惶惶時，趙人只好把李牧召回來保衛京城，那屯留再非那樣無可入手了。」

紀嫣然奮然道：「同時還要教小賁和端和兩軍同作大舉反擊，牽制龐煖和司馬尚兩軍，那李牧被召離屯留，該成定局。」

項少龍道：「這事最考功夫是如何行軍百里，由泫氏城渡河往中牟而不被敵人察覺，否則只落得另一場曠日持久的攻城戰。」

紀嫣然細察地圖道：「你們可詐作先往長子城，當抵達潞水南岸，兵分兩路，由此至中牟全是無人山野，只要行軍迅速，就算給人見到，亦趕不及去通知中牟的城守，所以人數不可太多，且須全是精簡的輕騎先行，步兵隨後，周良的鷹王，該可在這種情況下發揮最大的功效。」

眾人至此無不充滿信心，恨不得立即攻入中牟。

滕翼道：「若我們派出五萬人到長子城與桓齮會師，人數將達十二萬之眾，但要攻下屯留，恐仍非一、兩個月間辦得到。最怕那時趙人摸清我們虛實，派兵來攻，腹背受敵下，我們仍是難以樂觀。」

項少龍道：「蒲鶮始終是個大商家，只是依仗趙人，又知若一旦被擒就是抄家滅族的下場，遂奮起反抗。城內的兵士都是倉卒成軍，所以我們只要成功營造恐慌流言，又故意留下生路，保證屯留城不戰自潰，難以死守。」

趙致道：「第一個恐慌自然是趙人會捨他們而去，但接著又可拿甚麼嚇唬他們？」

項少龍微笑道：「方法很簡單，是採取鄉鎮包圍城市的策略，把附近的鄉村全部佔領，移走住民，使屯留斷去糧草供應。再在屯留城外築壘設寨，建造種種攻城器具，擺出長期圍攻的格局，保證不到十天半月，蒲鶮會設法溜走。」

荊俊笑道：「如若不溜，就攻他的娘好了。」

烏廷芳責道：「小俊你口舌檢點些好嗎？」

琴清見眾人目光往自己望來，聳聳香肩道：「我早習慣了！」

眾人爲之莞爾。

項少龍道：「我們再把整個計劃想得周詳點，然後派人立即去通知小齮、小賁和端和，此事必須嚴守秘密，洩出去就不靈光了。」

此時雖已夜深，但項少龍三兄弟哪睡得著。諸女休息後，仍反覆研究，到天亮才鳴金收兵，分頭辦事去了。

第十六章　聲東擊西

有了全盤大計後，項少龍等改變訓練的方法，把大軍一分爲二，二萬騎兵專習隱蔽僞飾的行軍戰術。項少龍把二十一世紀學來的東西，活用在這隊騎兵上。

轉眼冬盡春至，小盤登壇拜將，親身送行，項少龍再次踏上征途。

大軍乘船順流而下，在武遂登岸往東北行，直抵管中邪駐軍的泫氏城。

管中邪、連蛟、趙普三人領軍出城迎接，表面上當然執足尊卑之禮。

項少龍教烏果、荊俊等紮營城外，爲了不讓管中邪生疑，只和滕翼領一千親兵入城，到達帥府，拿出小盤詔書，命管中邪立即交出兵符，同時回京述職。

管中邪看罷詔書，色變道：「這是甚麼意思，仲父爲何沒有指令？詔書亦欠太后璽印。」

項少龍故作驚奇道：「管將軍爲何如此緊張，儲君只是體念管大人勞苦功高，又屯駐外地經年，故讓管將軍回咸陽小休，這等吏換將領，何用勞煩仲父和太后？」

此時滕翼見連蛟往後移退，一聲令下，隨來的親衛立時取出摺弩，控制場面。

管中邪哪想得到項少龍有此一著，見他面含冷笑，手按百戰寶刀刀鞘，知道只要說錯一句話，立即是身首異處的結局。舉手制止手下做無謂反抗，換上笑容道：「上將軍教訓得好，事實上末將亦希望回去見娘蓉。」

項少龍笑道：「君命難違，我只是依命行事，管將軍肯合作最好。」

他是不愁管中邪不聽教聽話，除非他要立即造反，否則就只能是這等結局。

翌日，項少龍使荊俊名之爲送行，實在是把管中邪和他的三千親兵、親將押解往武遂，看著他們登上戰船，然後返回泫氏城。

此時項少龍已完成對管軍的整編，遠征軍騎兵增至五萬人，輕裝步兵五萬人，重裝甲兵八萬人，登時實力大增。

在泫氏城再苦練一個月兵，然後離開，沿河朝長子城北上。他們的行軍穩而緩，務使兵員得到充足的休息，保持體力。到了潞水南岸，十八萬大軍停軍紮營，等待晚上的來臨。

桓齮聞訊趕來，眾人相見，又悲又喜，敘述離情，與項少龍、滕翼、周良、烏果、趙大等到帥帳舉行會議。

桓齮先報告屯留的情況，分析道：「屯留城內只有千餘人是杜璧和成蟜的舊部，其他是蒲鶮的家將和本是趙人的叛民，情況有點和幾年前東郡民變相似，志氣有餘，實力卻不足。不過最大問題是有李牧的十萬趙軍駐於屯留東面四十里趙境內的潞城，互爲呼應，不但使屯留有所依恃，亦使我們不敢放手攻打屯留。」

說到李牧，他露出猶有餘悸的表情。

滕翼沉聲道：「那場仗你們是怎樣輸的？」

桓齮沉痛地道：「李牧打仗像變魔法似的，上將軍和我已全神留意趙境的動靜，廣設警哨，豈知警報才起，李牧的鐵騎已來至營寨，那晚星月無光，李牧使人先攻佔高地，再以火箭燒營，屯留的叛軍乘勢衝出，持炬擊鼓來攻，我們未捱到天明便潰退了，我領著一支萬人隊伍死命斷後，否則傷亡恐怕會更多呢！」

眾人聽得均直冒寒氣。

桓齮奮然道：「王上將軍過世後，我藉著哀兵的士氣，三次攻打潞城，都給李牧出城擊退，他的陣法變化無方，將士用命，訓練優良，難怪能名震當世。」

荊俊道：「無論李牧如何厲害，但有良將而無明主，仍是沒有用，小齮有派人去察看中牟那方面的情況嗎？」

桓齮精神一振，掏出一卷地圖攤在蓆上，道：「我趁大雪之時，才遣人探察敵情，保證敵人一點也不知情。中牟乃趙人長城外最重要的軍事重鎮，本屬魏人，四年前落入趙人之手，使他們在長城外有了個據點，故而極受重視。」

讓各人研究好一會兒後，續道：「他們在城外長期駐有兩隊趙軍，人數皆在萬許之間，分處南北，互為呼應，本意該是應付魏人。至於城內守軍約在二萬之間，在趙國的城池來說，這樣的兵力已是罕見。若有起事來，長城內的兵員還可出兵來援，因此魏人數次與趙人開戰，都破不了中牟這重要城池。」

項少龍道：「所以此戰必須以奇兵襲之，攻其不備，否則這一仗必敗無疑。」

桓齮道：「趙人在中牟外圍數處高地築起百多個烽火臺，日夜有人放哨，若大軍進襲，縱是晚上，亦會被偵知，很難瞞過對方耳目。」

荊俊拍胸保證道：「這個由我負責，包保沒有一個高地上的烽火臺有機會發出警報。」

項少龍道：「今晚我們的四萬精騎，將於入夜後分四批出發，由荊俊率百人作清除烽火臺的先頭部隊。其他十四萬人在此再留三天，然後分作兩軍，每軍七萬人，一軍往長子，一軍往中牟。當李牧回師之日，就是小齮行動的時刻。記緊擺出持久作戰的格局，絕不可冒進攻城，否則若李牧明退實進，返過頭來重演當夜之戰，就敗得很不值了。」

桓齮動容道：「難怪兩位上將軍生前如此推舉項上將軍，末將反沒有想過此點，聞之立時出了一身冷汗呢！」

烏果笑道：「吃飯時間到了。」

眾人一齊笑罵。

出帳時項少龍向桓齮道：「你攻下屯留後，立即修築防禦工事，而我們則佯攻分隔趙、魏邊境間的長城，再突然退走，教趙人難以追擊。」

桓齮心悅誠服，點頭受教。

當晚入夜，周良放出鷹王，肯定沒有敵人潛伏的探子，荊俊那隊由烏家精兵組成的突擊軍首先出發，不片晌四隊人馬先後開出，緩騎而行。

到第三天早上，大軍潛抵中牟城外四十里的密林內，在四方設置崗哨，等待黑夜的來臨。

中牟城在地平遠處，城高牆厚，果是堅固的軍事要塞，城外的林木均被夷平，要接近而不被發覺，確不容易。

項少龍和滕翼觀察良久，均感氣餒，又想不到有甚麼好辦法。眾人不敢生火造飯，只吃乾糧。

到了黃昏，忽地狂風大作，大雨灑下。項少龍等大叫天助我也，立即出動。

烏果和周良各領一軍，攻打城外的趙營。荊俊則率領一千烏家子弟，橫渡護城河，攀牆進城。

項少龍和滕翼的兩萬主力軍，潛往最接近城池的隱蔽點，準備城門打開，立即殺進城內去。

雨愈下愈大，還不時雷電交加，視野模糊不清，雷聲將馬嘶蹄音全掩蓋過去。荊俊的千人精兵團把戰馬綁在城外，用了個多時辰，才潛過護城河，開始攀城。

項少龍和滕翼則提心吊膽地苦候，此刻若給敵人發覺，荊俊等肯定無一人能倖免。

城頭的燈火給暴雨掩蓋，正焦急等待中，面西的城門敞了開來，吊橋隆隆降下。

項、滕兩人大喜如狂，一聲令下，全軍蜂擁而出，兩萬匹戰馬的奔馳聲，驚碎中牟城軍民的美夢，不過一切都遲了。

烏果和周良的軍隊同時對城外兩個趙軍的營寨進行突襲。城內城外，一時殺聲震天。暴雨雖停下來，可是戰爭卻更趨激烈。

大軍殺進城內，嚇得人人緊閉門戶，大半守軍脫甲棄械，躲入民居保命，餘下的開城逃亡，連反抗的意志都失去了。

到天明時，這趙國在南方最具戰略性的重鎮，已落入項少龍手上。

接著的十天，趙大率領的七萬步軍陸續抵達，帶來大批的攻城器械和物資糧食，並建立起由泫氏城來此的補給線。項少龍嚴令不得擾民，並善待降將、降兵，採取安定民心的政策。

滕翼在城外設營立寨，構築防禦工事，又截斷趙、魏官道的交通，擺出大舉進侵趙都邯鄲的模樣。

一個月後，趙人兩次來犯，均被擊退。

魏人生出警覺，在邊境嚴密戒備，但由於秦軍據有堅城，魏人只是採取觀望姿態。對項少龍這位秦國的名將，已沒有人敢抱輕視之心。

這天烏言著由長子城來見項少龍，帶來重要消息，據邯鄲的眼線情報，郭開果然怕得要死，力勸趙王和太后調回李牧，守衛長城內的城堡番吾。但趙王發出命令後，竟給李牧拒絕了。

項、滕兩人暗叫厲害，知道給李牧看穿他們的圖謀。兩人商量過後，決定對番吾發動一次猛攻。等一切準備充足，十天後項少龍發動八萬大軍，由官道北上番吾，在趙人長城外佈陣立寨，先日夜派人衝擊城牆，趙人數次出城劫營，均被鷹王先一步察覺，給打了個落花流水。

攻打十八天，終於破開一截城牆，但仍給敵人擊退，兩方死傷慘重。但項少龍等卻知道已完成任務，今趟不愁趙王廷不召李牧回守番吾。

說實在的，他們現在的兵力，根本沒有進攻邯鄲的資格。

只一天時間趙人便把城牆修補好。

項少龍收兵不戰，好讓戰士有回氣的機會，死者就地埋葬，傷兵送返中牟。

這時項少龍對戰場的生生死死，早心同槁木，否則根本不能當秦軍的統帥。小盤說得好，戰場上從來沒有仁慈存身的地方。每個人都是一顆棋子，吃掉人或被吃掉都是常事。不過可以做到的，他都設法做到。例如關懷下屬，善待降兵、降民等等。

趙人不知是否被打怕了，再不敢出城反擊，兩軍陷進膠著的狀態。

桓齮則依項少龍之言，虛張聲勢，且不斷派軍來援，加重趙人的危機感。

步入夏季的第二個月分，李牧終於屈服在趙王的軍令下，回師邯鄲。

項少龍忙下令加強防禦，準備應付李牧的反擊。

他最不想發生的事，終迫於眉睫之前。

這天項少龍、滕翼和荊俊三人在長達五里的木寨做例行巡視，荊俊笑道：「任他李牧三頭六臂，都難以攻下我們的營寨，最多是扯個平手吧！」

滕翼道：「魏人那邊有動靜嗎？」

荊俊道：「魏人那邊有烏果應付，不過若非攻下中牟，我們此時早被擊退。」

那晚項少龍發了個可怕的夢，夢到李牧來夜襲，營內四處是他名震天下的鐵騎，所有營帳同時起火，項少龍衝出帳外，想呼喚滕翼、荊俊，卻叫不出聲來，想拔刀，百戰寶刀卻不翼而飛，大駭醒來，天仍未亮，自己渾身冷汗、不住喘氣。

項少龍強烈地思念家中的妻婢愛兒，恨不得拋下一切，立即返回咸陽。

驚魂甫定，披上外衣，舉步出帳。值夜的親兵慌忙追隨左右。

他的帥帳位於營地最高處，環目一掃，只見星空覆蓋下燈火點點，似直延往天際的盡頭。

五里外的趙國長城亦是燈火通明，極爲壯觀。

項少龍想起當日由邯鄲出使往大梁，路經該處時還參觀過那裡的城牆，負責做介紹的城守叫甚麼名字早忘記了，想不到多年後的今日，自己竟是攻打此長城的主將。

世事之變幻難測，莫過於此。又想起當日自己護送的兩位心愛玉人兒，趙倩、趙雅先後亡故，不由神傷魂斷，差點痛哭一場，才能洩出心頭悲苦。

晚風吹來，吹散心頭鬱抑，感覺上才好了一點。

遠眺長城，想起長城後遠處的古城邯鄲，又是百感交集。

戰爭最令人畏懼的地方，就是那不可測知的因素。像此刻的他，便完全不知道連綿百里的長城之後正發生著的任何事情。只能估計，或作測度。要知彼知己，確是談何容易。

現在李牧究竟在哪裡呢？兩個曾經是肝膽相照的朋友，終要在沙場上成爲死敵，這一切究竟爲了甚麼？

到天色大明，項少龍才收拾心情，回帳休息。

日子就是在這樣的情況下過去。

一個月後，捷報傳來，蒲鶮終棄屯留城逃往趙境，途中被桓齮伏兵擒拿，押返回咸陽去。

出奇地李牧直至此刻仍沒有動靜，項、滕亦不大訝異，若李牧是奉召守衛邯鄲，自然不會到番吾來。

兩人以目的已達，經商議後，決定立即撤軍，還在晚上進行。他們照樣留下空營燈火，入夜後分批撤往中牟。

項少龍和周良負責殿後，由於有鷹王的銳目，他們並不懼敵人啣尾追來。荊俊領二千烏家精銳先行，接著是滕翼的軍隊。

項少龍待至三更，率餘下的二萬人悄悄撤走。不片刻大隊來到往南的官道上，迅快朝中牟進發。

明月高掛左方天際，在每人的右方拖出黯淡的影子。項少龍在隊伍中間，與周良並騎而馳。

周良歎道：「今次能攻下屯留，全賴上將軍的奇謀妙計，連李牧都給上將軍算了一著。」

項少龍歉然道：「李牧並沒有給我算倒，只是趙王廷給我算倒罷了！」

周良笑道：「戰爭只論成敗，沒有人理會是如何勝的，但怎樣敗卻人人會拿來當話柄。」

項少龍點頭道：「這番話很有道理。」

周良仰首望天，道：「還有個半時辰天明，那時可全速行軍，只要回到中牟，可攻、可守、可退，完全不用擔心，何況儘管被敵人圍城，也有桓齮的軍隊前來支援。」

項少龍登時輕鬆起來，有點完成此行責任的舒暢快感。希望這是最後一場對外的征戰，以後是等待小盤加冕禮的來臨。

空中傳來鷹王振翅的熟悉響音，眾兵齊齊舉頭仰望。只看牠的姿態，就知後無追兵。周良撮唇發出呼嘯，喚牠下來休息。

豈知鷹王突然發出一聲嘯叫，在頭頂兩個盤旋，再沖空而去，疾飛往右方樹林之上。周良立即色變，凝目注視鷹王的動靜。

項少龍大感不妥，極目望去。鷹王在明月下的遠空不斷打轉，飛行的路線奇怪難解。

周良劇震道：「這是沒有可能的，有大批敵人由左方衝來，速度極快。」

項少龍在電光石火間，已明白是甚麼一回事。

李牧的鐵騎終於來了，可能由於馬蹄包裹布帛，竟沒聽出任何聲息。這名不虛傳的名將，打開始就識破項少龍的戰略。雖迫於無奈放棄屯留，但卻不肯放過他們。

這兩個月來閉關不出，就是要使項少龍等誤以為他駐守邯鄲。其實他早來了，還佈下伏兵，等待他們撤退的一刻。

項少龍現正重蹈成蟜和杜璧敗亡一戰的覆轍，唯一優勝是他憑鷹王先一步知道敵人的來臨。

假若他現在立即逃走，結果亦不會與成蟜軍的敗亡有何分別，就是在到達中牟以前，便被李牧殺得全軍覆沒。

他奮力迎戰的話，那至少荊俊和滕翼可安返中牟。項少龍再不猶豫，下令全軍退往左方密林，全力阻敵。

陣勢尚未佈好，以萬計的趙兵由右方密林殺出官道，往他們衝殺過來。箭如飛蝗般往敵人射去，對方騎兵一排一排的倒下，但尚未換上另一批箭矢，敵人已殺入陣中來。剎那間前方盡是敵人。

項少龍一聲發喊，拔出百戰寶刀，帶頭衝殺出去。一時間長達十餘里的官道盡是喊殺之聲。

二萬秦兵正堪堪把敵人抵住，近趙境的一方突然大亂起來，另一隊敵人不知由哪裡衝殺出來，硬生生把項少龍的護後軍衝成兩截。

項少龍領著周良和二千多親兵，死命抵擋敵人一波又一波的進擊。後方林木忽地「噼啪」作響，火頭竄起，截斷秦軍西退之路。

項少龍知道難以倖免，拋開一切，連斬數十敵人，深深殺進敵軍陣內去。

第十七章　戰地逃龍

項少龍剛衝散一股敵人，身旁慘叫傳來，他駭然望去，見到周良翻身墜馬，給一支長矛戳穿盔甲，從背心入透胸出，可見敵人擲矛者的力道如何狂猛。

他發出一聲撕心裂肺的狂叫，要勒馬殺回去時，卻給左右隨從死命扯著他馬韁，拉他逃走。

一名敵將率著大隊人馬由後趕至，大喝道：「項少龍哪裡走！」

項少龍環目一掃，只見身旁的親衛已減至不足百人，而四周林木則全是火炬的光芒，也不知有多少敵人殺至，現在既給敵人躡上，更難倖免。

正要在死前提刀回去為周良報仇，一聲厲嘯，鷹王由天空疾衝而下，撲在那趙將臉上，鋒利的鷹喙往那趙將的眼睛狂啄。

那趙將發出使人驚心動魄的慘嘶，棄下待要擲出的另一支長矛，伸手抓著鷹王，人、鳥同時墜下馬來。追兵因主將驟遭厄運，登時亂成一團。

項少龍知道那趙將和鷹王都完了，頓覺機不可失，策馬狂竄。

才奔出七、八丈，數十名趙兵左右穿出，舉著明晃晃的長矛，厲喝連聲，往他們的坐騎狂刺。

左右親衛紛紛倒地，成了敵人屠戮的目標。

駿馬疾風在此時表現出牠的不凡能耐，竟能倏地加速，衝出重圍，忽然間，項少龍發覺自己竟成了孤零零一個人。

項少龍熱血沸騰，湧起滿胸殺機，朝左方衝來的十多名趙國騎兵奮力殺去。幸好在這林木處處的地方，不利箭矢攻擊，否則不用交手他項少龍早給射倒。

四周喊殺連天，慘烈之極。項少龍由一叢大樹後策騎疾衝入敵陣中，揮刀朝敵將猛劈。

他的目標是對方走在前頭持火炬照耀的敵人，百戰寶刀斜劈在對方肩上，那人立時鮮血飛濺，倒下馬去。

火炬落到草地上，立時熊熊燃燒起來。敵人驚呼聲中，項少龍刀勢加疾，衝入敵陣之內，揮刀砍削。

敵人忙運劍格擋，豈知百戰寶刀過處，長劍立即斷成兩截，寒芒透體，趙將翻身倒斃。

項少龍衝散敵人，自然而然朝火光最弱處衝殺過去。

此時敵人已佔了壓倒性的上風，四周雖仍有零星的廝鬥，但已不能改變當前的形勢。

項少龍泛起勢窮力竭的感覺。

目睹周良和眾多手下的慘死，他生出了不想獨活的念頭，猛一咬牙，抽過馬頭，反朝殺聲最激烈處奔去，不片刻衝出樹林，到達林外的曠野處。

疏落的林木間，一隊數百人的秦兵，正在前方被以千計的敵人圍攻，捨命死戰。

項少龍怒憤填膺，殺機大盛，決心豁了出去，見人便斬，氣勢陡盛，遇上他的敵人一時間只有捱刀送命的分兒。

秦軍見主帥來了，人人士氣大增，竟隨他一鼓作氣，突破敵人的圍困，朝著一處山丘奔去。

後方殺聲大起中，前面小丘倏地亮起以百計的火把。只見無數趙兵蜂擁由丘頂殺奔下來，人人持著遠距離格鬥的兵器，正是項少龍們這種騎兵的致命剋星。

項少龍心中暗歎，知道今牧算無遺策，早在林中設下重重圍堵，務要一舉把自己擒殺。

這時誰都知道大勢已去，不用他發令，大半人往兩旁四散逃去。

項少龍阻止不及，卻心知肚明敵人正是蓄意逼己方往兩旁逃走。忽然間，他清楚知道只要能衝上山丘，便有逃進群山中脫身的生機。

他身邊只剩下五十多人，立即狂喝道：「要逃命的隨我來！」

反手將寶刀插回背上，拔出腰間飛針，夾馬衝前，兩手連環擲出，敵人紛紛中針倒地。

危亂間，項少龍至少擲出近百枝飛針，到兩臂痠麻，飛針已擲完。後方伏滿死屍，令人不忍卒睹。他身邊只剩下十多人，不過已成功登上丘頂。

數百名敵兵如狼似虎的向他們狂攻不捨。項少龍再拔出百戰寶刀。這時他身上大小十多個傷口一起淌血，但他卻感不到任何痛楚。

寶刀揮出，慘叫起處，右邊敵人屍橫就地。項少龍看也不看，拖刀後劈，又把另一個由後側攻來的敵人砍死。前方一人徒步持矛，直刺疾風的頸項。

項少龍無奈下，脫手擲出寶刀，穿過那人胸膛，把他釘到地上。

驀地肩胛處傳來椎心劇痛，也不知給甚麼東西刺中。項少龍痛得伏倒馬背，護衛拚死衝殺過來，把他掩護。

項少龍心叫完了。

在這剎那間，他想起遠在咸陽的嬌妻愛婢，也想起妮夫人、趙雅、趙倩等無數人和事。

際此生死關頭，他感到疾風左衝右突，不斷加速奔馳。

喊殺聲逐漸被拋在後方遠處，四周盡是茫茫的黑暗。他死命摟著疾風的馬頸，感到人和馬的血肉合成一體。當意識逐漸模糊，終於失去知覺。

意識逐漸回到腦海裡，項少龍驟然醒了過來，感覺渾身疼痛欲裂，口渴得要命。不由呻吟一聲，睜開眼來。

碧空中一輪秋陽，掛在中天處。

一時間，項少龍不但不知身在何地，更不清楚曾發生過甚麼事。勉力坐起來，駭然見到駿馬疾風倒臥在丈許遠處，頭頸不自然地扭曲，口鼻間滿是凝結了的口涎污物。

項少龍渾身劇震，終記起昨晚昏迷前發生的事。

疾風揹負他逃離戰場，爲救他的命而犧牲了自己的性命。

自紀嫣然贈馬後，他和疾風在一起的時間，比之和任何一個心愛的女子相聚的時間還要多。牠對自己的忠誠，從沒有一刻改變或減少過。

項少龍再控制不了自己的情感，摟著疾風的屍體灑下英雄熱淚。

他敗了，敗給當代的不世名將李牧，那並非因他的失著，而是李牧太高明了。

現在唯一的希望是已成功把李牧拖著，不讓他在滕、荊兩人率領的大軍返抵中牟前給追上，否則他們這支佯攻邯鄲的軍隊將會全軍覆沒。

幸好這趟主事的是成熟穩重、經得起風浪的滕翼。若換過是荊俊，必回師援救，那就等若送死。

自己今次能逃出生天，只可說是個奇蹟。可以想見李牧必發散人馬來搜尋他的蹤影。

想到這裡，項少龍湧起強烈的求生慾望，先檢視自己的傷勢，不禁感謝清叔爲他打製、琴清爲他縫綴的護體甲冑，雖中了數箭，又多次被兵刃擊中，但只有三處破開缺口，傷及皮肉，其中又以在後肩胛的傷口最深，其他傷口都在手足處，乃皮外之傷，並不影響行動。

他由疾風屍身解下革囊，取出裡面的衣物，忍痛把身上的革冑武服連著凝成硬塊的血肉脫下，扯破衣服把傷處包紮妥當，換上日常穿著的武士服，又綁上攀爬的腰索，心情才好了一點。

喝乾疾風所攜帶水壺內的清泉後，他取下插在馬鞍間的後備寶刃「血浪」，想起此乃李牧送贈的名劍，不由又生一番感觸。

此時天已齊黑，他本想費點力氣安葬疾風，至少拿些泥土把牠蓋著，但遠方不知何處隨風傳來馬蹄之音，只好恭恭敬敬向疾風躬身致意，帶著令人神傷魂斷的悲哀心情，踏上逃亡之路。

對在山野疾行他早駕輕就熟，起初每登上高處，都看到追捕者的火把光芒。它們像是催命符般緊纏著他，使他無法辨認往中牟的方向。

到天明之時，他雖暫時撇下追兵，但已迷失路途，只懂朝山勢險峻處奔去。當他在一處坡頂的密林中坐下來休息時，全身骨頭像要散開似的，不但心內一片混亂，肉體更是疲憊不堪。身上多處傷口滲出血水，疼痛難耐，那種虎落平陽的感覺，確使人意志消沉。

若非他受過特種部隊的嚴格訓練，這刻便撐不下去。但他卻知目下正是逃亡的最重要關頭。

由於敵人很容易發現疾風倒斃之處，所以必會趁他徒步走得不會多遠的這段時間全力搜尋他，假若他在此刻睡去，醒來時恐已落入敵人手上。

項少龍咬緊牙關，提起精神，待恢復了一點氣力後，依墨子心法斂神靜養。

不一會兒他整個人寧靜下來，身體放鬆，迅速回復精力，如此大約半個時辰，他跳將起來，以絕強的意志驅策疲倦的身心，繼續逃亡。

他專揀人獸難越的崇山峻嶺以索鉤攀爬翻越，這一著必大大出乎敵人料外，否則若取的是平原莽野，怎快得過馬兒的四條健腿。

到入夜後，他在一道瀑布旁躺下來，全身疼痛，連指頭都欠缺移動的能耐。不片刻沉沉睡去，醒來時已是晨光熹微的時間。

耳際首先傳來瀑布飛瀉的「轟隆」聲，其中夾雜蟬鳴鳥唱，四周一片寧謐。

項少龍睜眼坐起來，只見左方瀑布由高崖上奔瀉如銀，旁邊的水潭受瀑布沖擊，白浪翻滾如雪，由此而下，崖壁陡然而降，再傾瀉而下，迴旋激濺，壯觀異常。環目四顧，群山環伺，奇岩異石，數之不盡，野樹盤根錯節，奇景層出不窮。

項少龍不禁嘖嘖稱奇，爲何昨天一點不覺得這裡的景色有甚麼特別呢？

在這充滿生機的環境刺激下，他湧起強大的鬥志，誓要活著回去與深愛和關心自己的人相聚。

他當日因遇馬賊與陶方在趙境失散後，曾有過一段在山野遊蕩的日子，這時自能熟門熟路地採集野果充飢。想起自己可能是首次踏足這窮山僻地的人類，心中更泛起滿足的感覺。

他被李牧偷襲的地點是趙國南方長城外趙、魏兩國邊界處，所以目下以身在魏境的可能性大一點。只要登上附近的高峰，居高一望，那時倘能找到最易辨認的德水黃河，又或當年由趙往魏的路途，便可擬定潛返中牟的大計。

想到這裡，心情豁然開朗，認定附近一座最高的山峰，咬緊牙關朝上攀去。不由慶幸這一年來每天都勤力練武，否則此刻體力已捱不下去。

當見到峰頂山鷹盤旋時，又忍不住想起戰死的周良和爲主人盡忠的鷹王，熱淚奪眶而出。人是否天生自私的動物？爲了種種利益，打著捍衛國家民族的旗號，殘殺不休，這一切是何苦來由，最可恨自己亦是殺戮戰爭中的　分子。

戰爭裡根本是沒有眞正全贏的人，即使是戰勝者亦須付出慘痛的代價。這情況自古已然，誰都不能改變，但戰爭仍是永無休止的繼續下去。即使在一個統一的政權中，鬥爭仇殺亦從未息止。

黃昏前，他再登上其中一座高峰，大地盡收眼簾。

一看下立時呆了眼，在夕陽淒豔的餘暉裡，山原草野無窮無盡地在下方延展往地平極處。後面則是陡崖峭壁，險秀雄奇。雖見有河道繞山穿谷而過，卻肯定那並非黃河。

左方遠處隱見一處山坡有梯田疊疊，際此秋收時節，金黃片片，在翠綠的山野襯托下，分外迷人。

山坡後炊煙裊裊而起，看來該是村落一類的處所。

項少龍心中躊躇，肯定自己從未來過這裡，唯一方法只有問道一途，但那說不定會暴露自己的行蹤。

當晚就在一塊巨石的隙縫內瑟縮一晚，次晨覓路下山，才明白甚麼叫作上山容易下山難。

幾經艱辛折騰，午後抵達山腳的丘原處。他終決定到那村莊去看個究竟，連夜趕路，這時他的衣服勾破了多處，兼之多天未刮鬍子，一副落魄的流浪漢模樣。

雖說是逃亡，但在山野之中，不時見溪流縈繞，兼之秋林黃紅交雜，景致極美，倒稍減孤清寂寞之感。

那炊煙升起處，在山峰上看來很近，但走了半天，村子仍在可見不可即的距離。他趁天黑前摘了些野果充飢，就在一個小湖旁過夜。

睡到深夜，忽有犬吠人聲傳來。

項少龍驚醒過來，知道不妙，連忙就近削了一節竹筒，躲進湖內水草茂密處，通過竹筒呼吸。

躲好後不久，一隊百多人組成的隊伍扯著獵犬來到湖旁，眾犬於他睡覺處狂吠猛嗅。

只聽有人道：「項少龍定曾到過這裡，聞得犬吠聲再逃之夭夭，今次若我們能將他擒拿，只是賞金便夠我們一世無憂。」

項少龍聽他們口帶韓音，心中一震，才知疾風一輪疾奔，竟把他送入韓境，所以只要往西續行，遲早可回到秦境去。

但回心一想，韓人既肯定他在境內，自然把往秦國之路重重封鎖，這麼往西行，只會自投羅網。

唯一方法是先避風頭，待敵人鬆懈下來，再設法潛返秦境。

此時有人來到小湖旁，高舉火炬，照得湖面一片通紅。

其中一人笑道：「若你是他，還不趕快溜之大吉嗎？」

又有人道：「但犬兒仍是吠個不休，或許他仍躲在附近。不若放狗兒去追趕，我們不是更省氣力嗎？」

此議立得眾人同意。繫索一解，五、六頭獵犬立時箭般撲進湖旁的樹林去，接著傳來狼嗥犬吠爭逐廝鬥的混亂聲音，逐漸遠去。

追兵們這才知道誤中副車，獵人追的是附近的一隻野狼，而非項少龍，一齊呼嘯尋犬去也。

項少龍濕漉漉的爬回岸上，知道自己已成東方六國懸賞通緝的頭號戰犯，除非回到秦國，否則天下雖大，再無容身之所。哪敢停留，打消到村莊問路的念頭，轉身朝東而去，離秦國更是愈來愈遠。

這晚他逃回山區去，重施故技攀山越嶺，猶幸韓國境內大部分是山地，否則早給敵人追上。

既知道身在韓境之內，留心觀察下，逐漸認出其中一些高山河流的形勢，心中大喜，遂朝荊俊出身的荊家村奔去。

三天後，荊家村親切的景象出現眼前。此時他已瘦得不成人形，體弱氣虛，心中放鬆下來，再也支持不住，倒在地上，昏睡過去。

第十八章　兵行險著

項少龍醒過來的時候，發覺自己躺在村屋內的木榻上，身上的傷口均已敷上傷藥，換過清潔的麻布衣服，那種舒服的感覺，確是難以形容。

在榻旁伺候的村婦見他醒來，忙奔出房去喚人。

不一會兒，村長荊年和村中的幾個長老來了，人人對他敬若天神，待聽他說清楚情況後，荊年道：「我們曾派人出外探聽風聲，官兵仍在搜索項爺，聽說若能擒得項爺，可得百塊黃金，所以非常賣力。」

項少龍坐起來，一邊吃著遞上的食物，一邊沉吟道：「我來到這裡的事，是否全村的人都知道呢？」

荊年道：「我們怎會那麼沒有分寸，人心難測，幸好發現項爺昏倒村外的是小人的兒子，所以項爺的事只限於我們幾個人知曉。」

另一長老荊雄道：「項爺放心在這裡養好身體，待風聲過後，我們再派人把你送回秦國好了。」

項少龍搖頭道：「由這裡回秦國是難比登天，而且這裡更不宜久留，否則會為你們惹來彌天大禍。」

荊雄道：「那我們索性全族人陪項爺回秦好了。」

眾長老熱烈點頭。

項少龍道：「你們要到秦國去，我自然無任歡迎，但現在卻非是時候，要待我回秦後再進行，那才不會出事。」

另一長老問道：「現在該怎辦呢？」

項少龍苦思半晌，道：「煩你們先派出身手敏捷，又可完全信賴的人，先往中牟通知滕翼和荊俊，說我安然無恙，但須一段時日方可回去，囑他們統率好軍隊，耐心等候。」

荊雄道：「這個容易，我們村裡常有人到中牟附近採藥，不但熟悉路途，還與那處的人打慣交道，絕不會惹人懷疑。」

項少龍放下一件心事，道：「官兵遲早會搜索到這裡來，追蹤我的人中不乏高手，你們可用我的衣服等物，製造出我已逃往別處的幌子，如此可拖延兩、三天的時間，而我亦該復元過來，能動身逃跑。」

再商量了一會兒，荊雄和眾長老退出房去。

項少龍倒頭大睡，醒來時已是夜深人靜，聽著外面的風聲和犬吠聲，心中不禁思潮起伏。

他第一次來此時正值寒冬，當時同行的還有金枝玉葉的趙國三公主趙倩，那晚恩愛纏綿，怎想得到兩人的緣分會因趙倩的慘死而結束。

不由心中湧起對呂不韋深刻的仇恨，心內狂喊無論如何我項少龍也要活著回咸陽去，看著小盤登上王位，並要親眼目睹呂不韋的慘淡收場！

天明時，荊午來了，帶來令他欣悅的消息。

原來他的二萬護後軍雖全軍覆沒，但卻犧牲得很有價值，使大部分的秦軍均能安返中牟，現在李牧的大軍正圍攻中牟，聽說死傷不輕。

項少龍鬆了一口氣，當日他們曾預估過趙人會對中牟反攻，故早儲下大批糧草，加固城廓，何況有桓齮的大軍支援，縱是李牧也休想輕易取回中牟。以李牧的精明，最後也只能退返長城。

荊年又道：「昨天我派人到中牟去，此事不會有問題，唉……」

項少龍知他心中有事，微笑道：「年公有話直說無礙。」

荊年道：「項爺說得沒錯，五十里外的尙家村昨天來了一隊兵馬，又搜又搶，還打傷了幾個人，尙家村的人見他們人多，都敢怒不敢言。」

項少龍歎道：「由那處到這裡來要多少時間？」

荊年道：「至少要兩天，項爺可待至明早才動身。」

頓了頓續道：「據說韓王安由都城新鄭派出一隊精擅荒野追蹤的人來搜捕項爺。我們剛有人從新鄭回來，說趙、韓兩國已有密議，怎都要把你拿著。」

再由懷裡掏出一卷地圖，遞給項少龍道：「這是我爲項爺親手繪成的地圖，雖是粗陋，但敢說大致上不會出錯。」

項少龍大喜，穿衣下榻，發覺體力已回復大半，若再有一天的休息，更有把握逃走。兩人來到一角席地坐下，攤開地圖研究。

荊年指著地圖中間的十字標誌道：「這是我們的荊家村，右上角東北方百許里處是韓都新鄭，再往東北二百里，就是魏人的都城大梁。」

項少龍道：「我看完這地圖會立即燒掉，否則若讓人拿到帛圖，便會知是你們包庇我。」

荊年臉色微變，因他倒沒想過此點。

項少龍讓荊年詳細解釋地圖上河流山川的形勢，把地圖收起來，道：「我的逃走路線，最好連年公都不曉得，那就不會有洩露之虞，致惹起別人異心。」

荊年欣然點頭。

那天項少龍盡量爭取休息，醒來後苦記地圖，經過反覆思量，終決定兵行險著，往魏境逃去，再潛返自己最熟悉的趙國，然後西行往屯留與桓齮會合，便可完成這千里逃亡的壯舉。

待肯定自己已熟記地圖上所有細節後，才把地圖燒掉。

吃過晚飯，項少龍決定趁黑趕路，荊年早爲他預備好乾糧、食水、衣物和籌集得來的少許盤纏。最妙的是荊雄送了一隻兔子給他，用竹筐載著，解釋道：「這是對付獵犬的簡單手法，由於獵犬對兔子的氣味最敏感，故可以蓋過人體發出的氣味，若獵犬聞兔追來，只要放掉兔子任牠竄走，保證可引得獵犬追錯方向。」

荊年道：「我們商量過了，項爺走後，我們將棄村到山中避禍，小俊等到秦國一事，多多少少都有風聲漏出去。官兵既到過尙家村，說不定會查悉此事，那就算項爺沒有來過，他們也會拿我們來洩憤。」

項少龍歉然道：「你們準備何時走呢？」

荊年道：「事不宜遲，項爺走後，我們立即收拾離開。」

依依惜別後，項少龍揹著可能成爲代罪羔羊的兔子，再次踏上逃亡之路。

項少龍策著荊年送贈的健馬，朝東北大梁的方向急趕一程後，不想馬兒太過勞累，停了下來，讓馬兒休息。

後方的荊家村仍隱見燈火。

馬兒很有靈性，靜靜在草原上憩息，沒有嘶叫作聲。

他只打算和此馬相處三天，穿過平原後，他將徒步進入山區，那將會安全多了。

說眞的，他並不相信有人可在山區跟蹤他。但若非有荊家村這能令他緩一口氣的避難所，又得到食物、馬匹和弓箭一類必需品的補給，他說不定已給韓人追上，人的能力始終有個極限。

心情不由開朗起來，馳想著與滕、荊等人重聚的情景，至乎安返咸陽，受到妻婢愛兒的歡迎。

蹄音忽在前方響起，項少龍大吃一驚，飛身上馬，先馳往附近一處坡頂，好看清楚形勢。

只見遠方五里許外，一條由火炬形成的火龍正蜿蜒而來，目的地該是荊家村。

項少龍立時手足冰冷。荊年的擔心沒錯，敵人果然從尙家村處聽到消息，知荊家村有人到了咸陽去。

這時代荊姓的人並不多，很容易可猜到荊俊、荊善這條線上，否則敵人怎會連夜全速趕來。

若項少龍是個自私自利的人，此刻就會不顧一切立即逃走，有多遠逃多遠，但他項少龍怎能獨自逃生呢？

正方寸大亂間，靈機一觸，覷準形勢，策馬馳向敵人往荊家村必經的一處密林，取出火熠子，燃起多處火頭。

若在春夏之際，此計必不可行。但現在風高物燥，星星之火，可以燎原，不片晌火勢擴大，烈焰沖天而起。

這場火不但可阻截敵人前進，還可向荊家村的人發出最有力的警告，催促他們早點離去。

項少龍還怕對方不追蹤自己，故意發出急遽蹄音，在草原上朝東北方急馳而去。

他寧願自己送命，也不願荊家村有半個人受到傷害。

到翌日天明時，項少龍仍在一望無際的草原山野中策騎而馳，但已放慢速度。

這趟他是故意暴露行蹤，好引敵人因追他而無暇對付荊家村的人，若對方有追蹤的高手，他此一著確是非常危險。

路上不時遇上河溪擋路，這些平時能令人樂於觀賞的美景，此時對他反成障礙。

幸好直至此刻仍未見有敵人追來，只要保持這情況，他可安抵韓、魏邊境的無人山區。魏人哪會想得到他不朝西返秦，反而東去魏境，所以該沒有防範之心，那時他可取道魏境繞往屯留。

馬兒此時口吐白沫，項少龍無奈停下來，守在一處高地，讓馬兒在坡下的小溪喝水吃草。

他並沒有吃東西的胃口，但為了保持體力，只好逼自己吞掉兩塊乾肉，味道竟然相當不錯。

這些年來，他已少有獨自一人，且是在荒野流竄，不禁又思索著自己這顛倒時空的奇遇。

轉眼十多年了。

這些年來，即使親密如紀嫣然和滕翼等人，他也只能把自己乃來自二十一世紀的人這天大秘密藏在心底。至於小盤的秘密，卻還有滕翼和烏廷芳兩人知曉。

他最清楚小盤的命運，因為小盤就是建設起大一統中國的秦始皇。

但他最不清楚卻是自己的命運，連能否活著返回咸陽，到此刻仍屬未知之數。

左思右想時，蹄聲又在遠方響起。項少龍大吃一驚，極目望去，立時色變。

只見三里許外的疏林處塵頭大起，五十多匹健馬全速奔馳，其中只有一半坐著人，其他都是無鞍的空馬。從這批空馬不用牽引，竟懂跟在大隊之後疾跑，兼且隊形整齊，可知這批馬兒不但是千中選一的良駒，還是訓練有素的戰馬。

經過多年經驗，他已培養出觀人策馬的眼光，二十七個騎士在崎嶇陌生的環境中仍可策騎左穿右突，縱躍自如，便可知均是第一流的騎手。

最要命是自己的騎射乃最弱的一環，在這種平原之地，對方又有後備健馬替換，若給追上，將只餘待宰的分兒。

敵人能這麼快追上來，自是追蹤的能手，說不定正是荊年聽回來的那批特別奉了韓王安之命來追捕自己的高手。

項少龍環目四顧，猛一咬牙，衝下斜坡，跳上馬背，暗叫一聲「馬兒對不起」，驅馬繞過小丘，亡命奔逃。

目的地是地平盡處的一片密林，只要能捱到那裡，就利用那處的環境和敵人決一生死。他絕不肯束手待斃，斷喪二十一世紀最精銳特種戰士的威名。

項少龍由馬兒身上卸下裝備，又用布包了兩塊等若他重量的石頭，掛在馬鞍處，再以利刃刺入馬股。馬兒慘嘶一聲，負著石頭奔進密林去。

這時追騎追近至半里之內，若非項少龍踏著溪流走近半里路，使敵人失去有跡可尋的蹄印，恐怕此刻已被追上。

不過敵人仍能跟來，可見對方確是出類拔萃的追蹤能手。哪敢遲疑，忙揹起行囊，朝樹林深處竄去。

走了約一炷香的時間，蹄聲由後方掠過，迅速去遠。

項少龍鬆了一口氣，加速朝心目中林內一個高起的山坡奔去，縱是遇上樹藤阻路，他也不敢拔劍劈開，恐怕會留下線索。

豈知走了不過百丈的距離，蹄聲忽又像催命符般從消失的方向折返回來，直朝自己的位置趕來。

項少龍這時反冷靜下來，身為精銳特種部隊，在危險來臨時保持鎮靜乃必要的守則和鐵律。

他冷靜地分析，從敵人發覺有許所需的時間，可知他們不是只靠足跡、蹄印追蹤自己，正大惑不解，狗吠聲傳來，由遠而近。而聽聲音，則只得一頭。

項少龍恍然大悟，不驚反喜，藏入一個茂密的樹叢處，蹲坐地上，取下背上裝著兔兒的大竹筐，耐心等候。

此時天色逐漸暗黑下來，項少龍取出匕首，透過枝葉全神貫注外面林木間的動靜。

犬吠聲靜止下來，只聞急驟的足音自遠而近，敵人棄馬徒步而至。

不片刻十多道黑影分散由前方三十多丈外的林木間逼近過來，其中一人牽著一條纖巧的小犬，對著自己藏身處狂吠而至。

項少龍悄悄打開筐了。

兔兒早給狗吠聲嚇破了膽，這時見有路可逃，箭般竄出來，向左方溜去。

那頭犬兒果然如響斯應，轉向那方向狂吠奔撲。拉狗的人大叫道：「快！點子朝那裡去了！」

敵人立即群起追去。

項少龍聽清楚敵人全體去後，跳了起來，躡著敵人的尾巴趕去，暗忖莫要怪我心狠手辣，在這種情況下，再沒有甚麼仁慈可說了。

第十九章　四面楚歌

項少龍手執血浪寶劍，追上落後的其中一名敵人，從後一手捂著他的嘴巴，血浪由頸側刺入，那人掙扎兩下，立即氣絕身亡，項少龍順手取了他的弩箭。

前方的敵人注意力全集中到那頭犬兒追趕的方向，兼且天色暗至僅可辨路，毫不覺察死神正從後方逼至。

當他以同樣手法解決另一名敵人時，其他敵人停了下來，扇形散開包圍著一處草叢密樹，再前方處則是一堆高及丈餘的巉巖亂石，阻堵去路。兔兒顯是躲在其中，累得犬兒不住撲跳狂吠。

有人喝道：「點火把！」

這時項少龍已藉樹木的掩護，潛到其中一人背後，把他拖了過來，送他歸西，又奪過他手持的弩箭。

五把火炬熊熊燃起，把密林染得血紅一片。四周古木參天，由於高樹長年阻擋陽光，林內的地上只能長些蔓生的草本植物，惟有靠亂石處一堆廣被十多丈的矮樹叢，目標特別明顯。

此時餘下的二十四名敵人掣出弩弓、利劍等武器，正蓄勢待發。

敵方帶頭者對草叢大喝道：「項少龍你今天休想逃掉，乖乖的給我們出來，否則我們就一把火將你燒個屍骨不全。」

那犬兒被主人低喝一聲，停止吠叫，還伏下來，非常聽話。

項少龍審度形勢，見那些人靠得很近，又有火光映照，知難再重施從後逐一襲殺的故技，取出鉤索，在火炬燃點發出的「噼啪獵獵」聲掩護下，射出鉤子，掛到身旁樹上一個橫杈處。

草樹叢裡的兔兒當然不會有任何反應，但那些人對放火顯是投鼠忌器，不敢貿然展開行動，喝罵一會兒後，其中一人環目四顧，「咦」了一聲道：「莫成到哪裡去了？」

項少龍由樹後移了出來，答道：「我在這裡！」

敵人愕然朝他望來，他左右手分持的弩箭機發出使他們魂飛魄散的響聲，兩名持火把的敵人被弩箭貫入胸膛，拋跌開去，火炬掉往地上。

到敵人倉卒發箭還擊時，他早移往大樹後，攀索而上，藏在茂密的枝葉裡。

眾人以爲他還躲在樹後，紛紛散開，也躲往樹後去。落地的火炬燃起兩處火頭，迅速蔓延，放出大量濃煙。

項少龍先收回索子，射往兩丈許外另一棵大樹的橫杈上，固定好後，居高臨下，等待敵人的反應。

咳嗽聲大作，犬兒則發出陣陣低嗚。四名敵人被煙火所迫，閃了出來，正要往他原先藏身的樹後攻去，弩箭由項少龍手中射出，兩敵立時中箭倒地。

此時火勢大盛，濃煙處處，連項少龍的視線也受到影響，等再射倒另一名敵人時，忙凌空憑索子橫移到另一棵大樹去。

敵人此時亦藉濃煙來到他原先藏身的樹下，赫然發覺沒有人蹤，又給他射倒三個。

二十七個敵人，被他以出其不意的戰術，放倒九個，其他人則被嚇破了膽，四散躲避，再沒有先前的銳氣。

項少龍知目的已達，凌空翻到更遠的樹上，敏捷的回到地上，迅速朝早先敵人馬蹄聲歇止的方向奔去。

只兩刻多的時間，他終抵達林外，近五十多頭戰馬繫在林外倘徉。這時已是夜半，明月高掛，大地瀰漫著森幽神秘的氣氛。項少龍揀取其中一匹健馬，斬斷其他馬兒的繫索，再將馬兒一匹匹的繫在一起，以血浪寶劍輕插馬股，馬兒痛嘶聲中，你牽我扯的整群走了。

項少龍跳上挑選的戰馬，好一會兒才控制了牠受驚的情緒，放蹄而去。

三天後他無驚無險的越過草原，棄馬進入魏、韓交界的邊區，心情至此大是不同，竟然頗有點遊山玩水的味道。

此時中牟只在正北百里許外處，項少龍須有很大的自制力，才遏止直接投奔中牟的強烈慾望，那當然是最不智的魯莽行為。

天氣漸轉寒冷，幸荊年為他備有冬衣，使他不用捱冷受苦。

走了五天，他抵達毗連山區的外緣區域。旭日初昇中，陽光灑在山區外的原野上，在草樹間點染金黃，呈現一片生機無窮的景象。

不遠處有座大湖，當寒風吹過，水紋盪漾，岸旁樹木的倒影變化出五彩繽紛和扭曲了的圖案，看得項少龍更是心曠神怡，渾然忘了逃亡之苦。

叢莽的原始森林和茂密的灌木、延展無盡的草地和沼澤中的野生植物，把如若一面明鏡的大湖圍在其中，實是人間勝景。湖旁的草地上豎起十多個帳幕，還有成群的馬、羊正在草原間悠閒地吃草，氣氛寧洽。

項少龍觀看好一會兒後，收拾心情，朝大梁的方向進發。

他當然不會自投羅網的往大梁奔去，而是準備到達大梁的郊野後，循以前由趙往大梁的舊路返回趙境。雖然要繞個大圈，卻是他能想出來最安全的路線。

一個時辰後，他已深入魏境的草原。想起當晚遇伏，由疾風揹著他落荒逃走，最少跑近三百里的路程，從他現在的位置沿此奔至趙、魏兩國交界處，再繞到邇近荊家村山區內的山野，才力竭倒斃。目下他可說是重回舊地。

往東北走近三個時辰，蹄聲在前方響起，項少龍忙躲起來，不片刻一隊約二十人的魏兵直馳而至，到了附近一處高丘上，竟紮營放哨。

項少龍看得頭皮發麻，心叫不妙。魏人顯是收到風聲，知他或已逃來此處。要知由這裡無論朝中牟或大梁的方向走去，都是平原之地，所以熟悉自己國境的魏人，只要在地勢較高處設置哨崗，他若稍一疏忽，便顯露行藏，難逃被發現的後患。

敵人顯然仍在著手佈置的初期階段，一俟設妥哨崗，會對整個平原展開水銀瀉地式的搜索，在快馬加上獵犬搜尋下，自己休想有逃生的機會。

最要命是抵達大梁之前有幾條擋路的大河，魏人只要配備獵犬，沿河放哨，縱是晚上，自己恐仍未可偷偷潛過河道。

想歸這麼想，除非掉頭回到山區，否則只好繼續前進。現時無論折返韓境，又或南下楚域，危險性並不會因而減少。

問題是應否把心一橫，直接北上中牟，那至多兩天時間便可回去與滕、荊兩人會合。

這想法比早前有更驚人的誘惑力，而那亦是最危險的路線。

直至太陽西下，項少龍仍在該往何處去的問題上進行著激烈的內心鬥爭。最後終於把心一橫，決定先往中牟的道路試探，假設確沒有方法通過敵人的封鎖線，再改爲東行折往大梁，依原定的計劃入趙返秦。

下了決定，反輕鬆起來，多費了半個時辰繞過敵人的哨崗北上中牟。在到達中牟之前，尚要經魏國另一大城「焦城」。他當然不會有入城的打算，還得格外留神，免給魏人在那裡的守軍發現。

以特種部隊的敏捷身手，天明前他走了近三十里路，跑得腿都瘦了，最後躲到一處密林內休息。他還不放心，費了點工夫爬到一棵大樹枝葉濃密處，半臥在橫杈上，閉目假寐。

這棵大樹長在地勢較高和密林的邊緣，可俯瞰外面的平野和通往焦城的大道，不半晌便睡著了。

不知過了多久，蹄音和人聲把他吵醒過來。

項少龍睜眼一看，大吃一驚，只見林內、林外俱是魏兵，少說也有千人之眾，正展開對這一帶的搜索。立時汗流浹背，知自己因過度疲勞，直至敵人來到身下方才醒覺，若非睡處是在三條粗樹幹形成的凹位處，說不定早在酣睡中掉到樹下去。

他連指頭都不敢動半下，直到魏兵在樹下經過，始敢探頭觀察形勢。

林外的官道先後馳過兩隊騎兵，更遠處一座高丘上另有人馬，似乎是這趟搜索行動的指揮部。

只看敵人這種規模，便知自己曾對他有恩的魏王增已下了不惜一切也要把他擒殺的命令。這批至少有二千人的部隊，很大可能是來自焦城的駐軍，且只是整個搜索隊伍的一部分。以這樣的兵力和魏人對自己國土的熟悉，他如今確是寸步難行。不禁頗感後悔，假若不是因歸心似箭想偷往中牟，而是繞道往大梁，便不致陷身如此危險境地。

眼下最明智的做法，莫如折返韓境內的山區，躲他十天半月，待風頭過後，那時無論逃往何處，都會容易多了。

犬吠聲此時在林內某處響起，項少龍更是頭皮發麻，只能聽天由命。

這一刻由於人多氣雜，他還不大擔心會給獵犬靈敏的鼻子發現，但若在晚間單獨奔走，又是夜深人靜，便難以保證能否避過犬兒的耳目。

見到敵人的陣仗，他哪還敢往焦城去，待邏卒過盡，由北上改為東行，朝大梁南方潛去。施盡渾身解數，避過重重追兵，這晚來到著名大河「賈魯河」的西岸。

驟眼看去，兩岸一片平靜，不見人蹤，但項少龍可以肯定必有敵人的暗哨設置在某處密林之內，監視河道的動靜。

他細心地觀察，假設了十多個敵人可能藏身的地方後，又躲往樹上去，靜待黑夜的來臨。疲累下很快就睡了過去，醒來時天地化作一個純美的白色世界，臉上身上雖沾有雪花，卻並不感到寒冷。

初雪終於降臨。

項少龍撥掉身上的雪粉，心情怔忡的看著仍灑個不休的雪花。

風雪雖可掩蔽行藏，卻不宜逃亡，若此時跳進水中，又濕漉漉的由河裡爬出來，說不定可把他活生生凍僵。而且雪停時留下的足跡，更難瞞過敵人的追躡。

目下他只有三個選擇，首先是砍木做筏，好橫渡大河。不過此法既費時失事，又非常危險，除非他肯定敵人崗哨的位置不在附近，否則若驚動敵人，那時身在河心處連動手頑抗的機會都沒有。

其次是沿河往上游奔去，依荊午的地圖，此河源頭起自中牟西南方的山區，不過若這樣做，繞過河源時已非常接近中牟南郊這極度危險的區域。且若要再往大梁去，路程將比早先定下的路線遠了近五百里，實在划不來。

剩下的方法是朝下游走，那樣雖離大梁愈來愈遠，卻較易離開險境。若到達下游位於數條大河交匯處的安陵，既可找尋機會乘船渡河，甚或可改道南下楚境，那時就算給楚人逮著，說不定李嫣嫣和李園肯念點舊情把他釋放。

下了決定後，遂匆匆上路，沿河南下。

走到天明，大雪終於停下。項少龍回頭一看，只見足跡像長長的尾巴般拖在後方的雪原上，不由暗暗叫苦。

再走一段路後，知道這樣下去遲早會給追兵發現，靈機一觸，停了下來，先視察形勢，定下計劃，忙朝附近一片樹林趕去。

入林後拔出血浪寶劍，劈下了一株精選的榴樹，再以匕首削成兩條長達五尺的滑雪板，板頭處依足規矩翹起少許，中間偏往板尾處亦前後高起少許，剛好可把自己連靴的腳板踏進去，成為固定的裝置。

又鑽出四個小孔，把鉤索割下兩截，穿孔而過，可把鞋頭和樹板綁束穩妥。

最妙是在板底處刮出一道貫通頭尾的導向槽，一切似模似樣。到黃昏時，中國的第一對滑雪板終於面世。

項少龍在二十一世紀當特種部隊時曾受過精良的滑雪訓練，此時自可駕輕就熟。完成滑雪板後，接著是製造滑雪杖。滑雪杖頭寬尾尖，近尖端三寸許處，綑綁一根橫枝，充作「雪輪」。

一切妥當，已是夜深。由於砍削堅硬如鐵的榴木花了他大量氣力，休息了一會兒，才再展開行動。他把滑雪板、滑雪杖掛到背上，徒步朝河岸跑去。雖仍是舉步維艱，但心情和先前已有天淵之別。

近天明時，他走了足有三里路，至大河岸邊而止。還故意攀到水緣處，留下清晰的足跡，才倒後踏著原先的足印，回到河岸上去。然後穿上滑雪板，綁紮妥當，一聲呼嘯，開始滑雪壯舉。

他利用起伏不平的地勢形成的斜坡，不住加速，由緩而快，繞了個大圈子，兩耳生風的回到剛才的密林，然後藏在一棵高出附近林木的大樹頂。

只覺精神無比亢奮，要經好一段時間，才能靜下心來閉目假寐。

到了正午時分，敵人終於來了。

項少龍聞聲睜目一看，嚇了一跳，只見漫山遍野全是魏國騎兵，少說也有過千之眾。他們沿著他留下的清晰足跡，朝樹林全速奔來。

項少龍看著他們穿過樹林，往河岸追去，到了他的足跡盡處，倏然停下來商議。不一會兒魏兵紛紛下馬，伐木造筏，忙個不休。

這時又下起雪來，比上一回更大。一球球的雪團似緩似快的由灰黯的天空降下來，只片晌就掩蓋了原先留下的蹄印足跡。

項少龍暗叫天助我也，如此一來，當敵人在對岸再發現不到他的足跡時，只能分散搜索，愈追便離他愈遠。

大雪本對他最是不利，現在反成爲他的護身符。

正心中欣然，犬吠聲在遠方響起。一隊百多人的徒步魏兵，拖著十多頭獵犬沿河而至。

項少龍心中恍然，知道這隊伍與正在岸旁造筏的騎兵隊本是一隊，但因馬快，又發現他留在雪地上的足印，匆匆趕過去，所以獵犬隊伍落後近一個時辰。

不禁暗叫好險，若剛才先到的是這隊獵犬隊，自己的妙計便可能不靈光，現在只憑大雪已足可沖掉自己的所有氣味。

直待至黃昏，魏人全體渡過大河。項少龍又耐心靜待兩個時辰，才爬下樹來，趁著月黑風高、雪花漫天的良機，掣起雪杖，鳥兒般在漫無止境的雪地飛翔，掉頭朝賈魯河馳去。

有了「雪地飛行」的工具，他決定冒點險偷往中牟，逃亡至今，他首次對前途充滿希望。

第二十章　暗室春潮

項少龍伏在草叢，細察敵人的營帳。

只兩天工夫，他便完成平常最少要走十天的路程，直抵中牟南方十里許處的趙軍軍營。

他原本頗有信心偷過敵人的防線潛往中牟，可是當見到實際的情況，這美夢已像泡沫般抵不住現實的陽光而破滅。

最頭痛是李牧把附近一帶能提供遮掩的密林全砍掉了，又在向著他這方面的平原挖掘長長的陷坑，通道處均有人把守。

就算他可通過陷坑，還須經過三重柵寨，方可進入趙營。何況縱能潛過連綿數十里的營帳，還有中牟外一片全無掩蔽的廣闊平原。

以李牧的佈置，是絕不容許任何人往來中牟。現在的他，像餓得半瘋的貓兒，見到美味可口近在咫尺的魚兒，偏是吃不進肚子內去，那種痛苦，實難以形容。

唯一令他感到欣慰的是李牧雖把中牟圍得水洩不通，顯然仍對中牟這堅城毫無攻破的良方。他最清楚中牟的情況，守上個一年半載絕非難事。

現在他有兩個選擇，一是照原定計劃回到大梁去，再潛往趙境，由那裡返屯留與桓齮會合。另一方法是繞越中牟，再偷過趙人的邊防，逕回秦國去。

後一選擇當然危險多了，以李牧的算無遺策，必在邊境廣設哨站，防止秦國援軍東來。若他沒有滑雪板，這樣做只等於自投羅網，但現下卻非沒有成功的機會。

慾望像烈焰般燃燒著他的心時，一陣蹄音、犬吠聲由西南方傳來。項少龍的心直沉下去，就在此刻，他放棄誘人的想法，爬了起來，朝大梁的方向逃去。

翌日黃昏，他到達魏都大梁城的郊野處。重回舊地，想起已作古人的信陵君魏無忌，不禁百感交集。

此時他早吃盡乾糧，既飢且累。而大梁城的防禦明顯地加強，所有制高點均設有崗哨，最令他洩氣的是攔路的幾條大河和人工鑿成的河溝。

觀察一會兒後，他知道必須先渡河到大梁，然後再越過大梁另一邊的河溝方能奔赴趙境。這樣便得先購買足夠的糧食帶在身邊，因際此大寒地凍之時，再不能像以前般可摘取野果充飢。

他目前最大的優勢，是魏人並不知他到了這裡來，所以要越過大梁奔赴趙境，並非不可能辦到的事。

打定了主意，他先把滑雪板、滑雪杖、弩弓等物找一處地點埋下，立了標誌記認，才爬上一棵大樹，掃掉積雪，在樹杈處瑟縮一團，苦候天明的來臨。

到午夜時分，雨雪紛紛的從天而降，冷得他直發抖。飢寒交迫下，他只好咬牙苦忍。

自遇襲逃亡後，他一直靠堅強的意志屢次從敵人的羅網中脫身，但現在沒有了敵人步步進逼的威脅，反而胡思亂想起來。

例如荊年派出的人，是否能通知滕翼等有關他的消息？又假如遠在咸陽的愛妻美婢們，知道他的情況會有甚麼反應？

種種憂慮，似如千斤重擔般緊壓著他的心頭，令他完全沒法放鬆下來。肉體的痛苦，實遠及不上心靈的負擔。

忽地打兩個寒顫，腦際昏昏沉沉，意識逐漸模糊。

再醒來時，渾身痠痛，發覺自己已由樹上掉下來，身上堆滿雪。冬陽早出來了，軟弱無力的陽光由樹頂灑進林內。

他好不容易爬起來，只覺臉額火辣辣般燒著，意志接近崩潰的邊緣。他竟在這要命的時刻病倒了。

項少龍只覺無論心靈、肉體均是無比的軟弱，但又知若不繼續行程，到寒夜來臨時，他休想有命再見明天的太陽。

想起嬌妻愛兒，他勉力站起身來，趺趺撞撞，倒下又爬起來的往密林邊緣踉蹌而去。勉強來到林木稀疏的邊緣處，終支持不住，倒了下來。

也不知昏迷了多久，醒過來時，車輪磨擦雪地的噪音傳入耳際。他睜目一看，只見林外往大梁的官道處有一隊騾車隊經過。陽光早消失了，天空烏雲密佈，正醞釀另一場大雪。

項少龍知道此刻正值生死關頭，覷準無人注意，勉力竄了出去，趕到其中一輛騾車後，爬上車子，鑽入布帳緊蓋的拖車去，倒在軟綿綿似是麥子一類的東西裡，然後失去一切意識。

車外的人聲把項少龍驚醒過來，雖仍是陣寒陣熱，身體痠痛，頭重如鉛，但感覺已比先前好上一點，不過喉嚨卻像火般灼熱，亟需喝大量冰涼的茶水消解。

項少龍掀開覆蓋拖車的帳篷一看，只見大雪漫天，兩旁屋舍林立。就像在一個噩夢中，忽然到了大梁城內。

騾車緩緩而行，朝某一個目的地進發。項少龍正拿不定主意該否溜下車去，騾馬隊轉入一條橫巷，進入一座宅院。

項少龍運集所餘無幾的鬥志和力量，等候機會。騾車隊最後停在宅後一列倉庫前。

這時天已齊黑，運貨者顯然並不打算立即卸貨，只解下騾子便各自散去。

項少龍暗叫僥倖，待了一會兒，費盡九牛二虎之力，讓自己由車上掉到積雪的地上。他伏在地上提起精神觀察周遭的形勢，見到倉庫這邊黑沉沉的，但前院的方向卻是燈火通明。

以他的角度看去，亦知宅院必是魏國某一權貴的大宅，被高牆團團圍住。目下置身處是個長方形的廣闊露天後院，除了停下來載著貨的十多輛車子外，再無他物。

院子的一邊是馬、騾的廄子，另一邊看來是僕役住宿的房舍，緊貼院牆。

一聲犬吠，在前院某處響起來，項少龍立時魂飛魄散。

這時代權貴之家大多飼養惡犬，睡覺時放出來巡邏莊院。以項少龍現在的體能，要攀牆而去，根本是不可能的事，唯一的方法是找個地方躲起來，待明天再設法離開。

不知哪裡來的氣力，項少龍爬了起來，往倉庫那邊摸過去。在這刻他似感到自己的體力正在回復的當兒，精神亦好多了。

到了其中一個倉庫前，發覺重門深鎖，無法進入。

項少龍心焦如焚，逐道倉門摸過去，直至尾端的一座倉庫，發覺惟有這個倉門是沒有上鎖的，大喜下推門而入。

才關上門，隔斷前院映過來的燈光，一個火辣辣的女體突然投進懷裡來，低聲怨道：「還以爲你不來了。少奶奶不是要你駕車送她回娘家嗎？竟這麼快回來了。」

項少龍心中叫苦，原來竟撞上婢僕間的偷情韻事，正不知該否說明時，那春情勃發的女人一對纖手纏上他的脖子，獻上香吻。卻之不恭下，項少龍只好帶病消受。

女子離開他的唇，身子顫抖，低聲道：「你不是史齡，你是劉傑，休想騙我。」

項少龍含糊的應了一聲，怕她叫嚷，反手把她摟緊，主動吻上她豐潤的櫻唇。這女子顯在動情時刻，只象徵式掙扎兩下，便熱烈地反應著。

不知是否肉慾上的刺激，項少龍原先頭重腳輕的感覺竟大幅減低，更妙是再不覺得那麼寒冷。最令他感到這飛來豔福的特別刺激之處，是他連對方是何等模樣都不知道，只能憑觸覺知道對方身材豐滿，而且對男女間事很有經驗。

項少龍對女人雖頗有定力，卻絕非拘謹守禮的人，此刻給激起了的慾火亦一發不可收拾，更兼若不滿足她，就須把她制伏或殺死，權衡輕重之下，自取前者，希望可蒙混過去。

一對手隨著在她身上摸索起來，展開挑情手段。女子登時呼吸急速，身子變得又軟又熱，若有光線，定可看出她霞燒玉頰的風姿。

在指尖的探索下，他感到她外衣裡的衣服出奇地單薄，溫暖滑膩的大腿更是結實豐滿，使他知道她非常年輕，不會超過二十歲。

她的動作反應像火焰般熾烈，身體不住在他懷裡蠕動揉纏，不斷撫摸他的項背，口中發出使人魂銷魄蕩的嬌吟聲，誰都知道她渴求的是甚麼。

尤其她明知他非是正在等待的情郎，仍表現得如此放浪，可見她對男女間事相當隨便，所以他項少龍亦不須有負上任何責任之感。

有了這想法後，項少龍不再客氣，放心享受與她抵死纏綿的樂趣。

那女子忽地離開他，拉著他的手往倉庫的暗黑處摸索而行。沒有了她灼熱的身體，他又感到身體虛寒軟弱，不禁心中好笑，想不到女人竟可成爲醫治自己疾病的特效藥。

片刻後兩人倒在一堆厚軟的麥桿子處，上面還鋪上一張薄被子，可知此女曾在這倉庫內多次和人偷情，故而準備完善。

臥倒在這麼舒服的「床」上，項少龍再不願爬起來。女子站起來，「窸窸窣窣」地迅快脫掉衣服，撲下來時已成了一個光滑溫暖的胴體。她替他脫衣服時，項少龍出奇地發覺自己有著強烈的反應。

正暗笑自己人窮而色心未窮，女子在他耳邊催道：「你這死人，平時已色迷迷地打量人家，也不知你給了史齡甚麼好處，竟讓你代他到這裡來欺負人家，還不快來。」

項少龍一個翻身，半抱半壓的把她摟著。

女子道：「喜歡我嗎？」

項少龍「咕噥」應了一聲，集中精神去享受男女間肉體接觸的歡樂。倉庫內一時春色無邊。項少龍努力片晌後，感到體力難繼，改爲由那女子做主動。

到那女子頹然伏在他身上，項少龍先把她摟緊，才湊在她耳旁低聲道：「我也不是劉傑！」

女子劇震道：「你是誰？」

項少龍早擬好答案，輕柔地道：「我叫陳武，是隨騾車隊送糧來的人，想進倉內看看情況，卻遇上大姊你，老天爺對我太好了。大姊你叫甚麼名字？」

女子猶豫片晌，忽地「咭咭」的浪笑連連，好一會兒才道：「你這死人呢！竟佔了人家的大便宜。我叫秋琳，是大少爺的小婢。唉！你這人哩！不過你比大少爺和史齡都好多了，劉傑看來也沒你那麼壯健。」

項少龍放下心來，問道：「有沒有辦法弄點吃喝的東西來，千萬不要讓人曉得。」

女子坐了起來，愛不釋手的撫著他寬闊的胸膛，柔聲道：「放心吧！若讓人知道這事，我也要沒命呢！」言罷穿衣去了。

項少龍忙穿回衣服，再躺下時怎抵受得住一再勞累，沉沉睡了過去。

不知多久後，他給秋琳弄醒過來。她點燃了一盞小油燈，正目瞪口呆的看著他。項少龍坐了起來，同時打量對方。

這秋琳的姿色當然遠及不上咸陽的妻婢，但亦屬樣貌姣好，最引人是她飽滿玲瓏的肉體，正散發動人的青春活力，難怪史齡拚死都要勾搭上她。無論在哪一方面，這豔女可當得上惹火尤物的讚語。

秋琳伸手摸上他長滿鬍子的面頰，喘著氣道：「我從未見過像你那麼威武英俊的人呢！只是瘦了點。」

項少龍把她摟過來，再纏綿一翻後，才道：「有甚麼吃的好東西帶來？」

秋琳打開攜來的包裹，取出一壺茶和十多個饅頭。

項少龍看得饞涎欲滴，狼吞虎嚥一番，秋琳問道：「你這個連著腰帶的鉤子是做甚麼用的？」

項少龍胡謅道：「是用來搬貨的。」

秋琳顯然非是思慮精密之輩，深信不疑道：「你這樣溜進來，趕糧的謝老大不會怪你嗎？」

項少龍道：「我告訴他去找朋友，該不會有問題的。」

秋琳吃吃笑道：「哪是找甚麼朋友，你想去嫖才眞，只是碰巧嫖上人家。」

項少龍見她淫蕩風騷，心中一熱，差點又要把她拉過來大快朵頤，同時大喜，知道經此一「鬧」，出了一身大汗，病情竟大有轉機，早先哪能料想得到。

秋琳做出幽怨之色，瞟他一眼道：「以後我不理史齡，只盼能永遠和你相好！」

項少龍笑道：「你不想和我好也不成。」

接著隨口套問，很快弄清楚宅院的主人是魏國的一個大官，還有他家中大概的情況等等。

秋琳歎道：「大少爺快回來了，我要走了呢！你……」

項少龍把她摟入懷裡，柔聲道：「甚麼時候你可再來？」

秋琳意亂情迷道：「要看情況才行，但怎樣告訴你呢？」

項少龍心中一動，道：「爲了秋琳姊，我陳武甚麼都肯幹，橫豎沒事，我就在這裡等你，有機會秋琳姊便來找我。但記緊要帶些吃喝的東西來，若有衣服更好。」

秋琳正戀姦情熱，哪會想及其他，吻如雨下般落在他臉上，不斷點頭答應。

項少龍還怕她向人查問自己，吩咐她不要這麼做，才放她離開。

把這臨時的安樂窩藉燈光搬到倉庫一角的隱蔽處，才躺下來休息。倉內放的均是木柴一類的東西，這在嚴冬是不可缺少的必需品。

暫時可說鬆一口氣，不但有女爲伴，還不虞會給魏兵尋到。只待養好身體，立即可趁夜憑鉤索攀牆離開。

不過人的體能始終有限，際此天寒地凍的時刻，假如日夜都要在冰雪的世界中度過，恐怕捱不了多少天就要給活活凍死。

趙國在魏國北方，天氣更寒冷。自己當時急於回返中牟，想錯一著，捨南取北，實屬不智。若往南方的楚國去，就不用陷身於眼前進退維谷的境況。

不知不覺睡了過去。次日有人來搬走幾綑柴枝，一點也沒注意到他的存在。

黃昏前，秋琳送來食物，歉然道：「武郎你將就一點吧！大少爺的衣服又不合你穿，像你那麼高大的人很少有呢！」

項少龍早心滿意足，與她溫存一番，才讓她離去。

這時他的體力回復大半，暗忖不宜久留，遂趁惡犬放出來前，偷偷攀牆離開，來到街上。天上雪花飄舞，街上行人稀少，縱有路人亦是匆匆而行。

項少龍把從薄被撕下的一截布塊蓋著頭臉，依記憶朝北門趕去。

當城牆在望，深慶得計，驀地大吃一驚，原來城牆結滿厚冰，滑不溜手，縱使在巔峰狀態，亦休想可以攀越。他還心有不甘，找到一截城牆，試了十多次仍沒法鉤緊牆頭，這才廢然而返。

至此明白爲何很少有人在冬天打仗攻城，這時縱想回到倉庫，亦因巡犬而有所不能。無奈下只好找了一條橫巷，瑟縮一晚，到天明試探地往城門的方向走去。

雪在午夜時分停下，天亮時陽光又從天際灑下來。

項少龍走在街上，生出無遮無掩的赤裸感覺。自己一向引以爲傲的體型，此時恰好成爲最大的負擔。

他專揀橫街窄巷以避人耳日，來到一處空地，一群小孩正在踢毽子爲樂。

其中一個小孩瞥見他，忽地臉色大變，高呼道：「強盜來了！」

其他孩子見到他，驚惶四散。

項少龍心中苦笑，難道自己長得像強盜嗎？忽地虎軀劇震，明白到問題出在甚麼地方了。

第二十一章　預留後著

項少龍再顧不得洩露身分，匆匆朝北門趕去。

假若他猜得不錯，那些小孩之所以喚他作「強盜」，皆因曾見過張貼在某處的懸賞榜文，認得他的圖像，故有此反應。

現在他已成為魏人的公敵，如果那些小孩回家告訴父母曾見過他，那不用片刻會驚動整個大梁城。所以現在他若不立刻離城，錯失良機後便插翼難飛。

這時他已無暇責怪自己疏忽，猶幸老天又開始烏雲蓋日，城門在望之時，雪花漫天飛舞，為他提供了點掩護。

當到達可清楚觀察城門的位置時，他躲到路旁一棵大樹後，靜候出城的機會。

城門處眼見到大約有近三十個守軍，對進出的人、車做例行的檢查，並不似特別謹慎嚴格。項少龍放下心來，找尋機會。若遇上像上次進城來那樣的騾馬隊，他便可輕易離城。

只恨待了近半個時辰，不但沒有出城的車馬隊，商旅也只得幾起人。

際此天寒地凍的時刻，實在不適合出門。旅人稀疏，是最合理的事。

就在此時，急驟的蹄聲轟然響起。一隊過百人的魏國騎兵全速馳來，到了城門處紛紛下馬，一副如臨大敵的模樣。

風雪中，項少龍隱隱聽到有人提及自己的名字。一顆心直沉下去，他最不希望發生的事終於發生。

魏人已知他人在城內，而他卻不能及時離開。

雪愈下愈大。

項少龍在一間銅鐵舖買了一些小工具，再潛回倉庫躲起來，然後在鞋底做手腳，將一把尖利的小鋸和兩枝細鐵枝藏在挖空的鞋底處，才再將底層黏回去，除非被人脫掉鞋子仔細研究，否則休想發現內有乾坤。

他現在還不知這些小玩意會有甚麼用途，只是作爲未雨綢繆的措施。

弄好一切時，秋琳又來了。項少龍躲起來，硬著心腸不理她的呼喚。

秋琳失望離開後，他靜心等待，到了黃昏時分，他離開倉庫，回到風雪漫天的街道。

路上不時有魏軍馳過，通衢處還設有關卡，盤問經過的路人。

項少龍知道魏人已展開嚴格徹底的搜查，於是憑著鉤索攀牆越屋，幾經辛苦，才到了魏國獨有的御道處。

只見兩旁排列得似若士兵站崗的青槐樹，均已枝殘葉落，代之是晶瑩的樹掛。項少龍耳內仍像響著信陵君介紹御道的說話，腦海泛起他的音容笑貌，想起槐樹依然，人事全非，不禁湧起神傷魂斷的感覺。

只不知平原夫人是否安好？

一陣蹄聲，驚破他深情的回憶。項少龍收拾心情，藉風雪夜色的掩護，朝公卿大臣府第集中的王宮區潛去。由於這裡住的人非富則貴，反不見往來巡邏搜索的魏兵。

項少龍以特種部隊的身手，忽停忽跑、時緩時快地在街巷左穿右轉，最後在一所宏偉的府第前停下來。

門匾上雕有「龍陽君府」四個大字。

項少龍深吸一口氣，沿牆往後宅的方向奔去。到了後院，踰牆而上，肯定沒有巡邏的惡犬，才落到地上去。

他並不急於去找尋龍陽君，看清院子的形勢，才揀取一棵靠牆的大樹，徒手攀上去，射出鉤索，掛到外牆頂上。佈置妥當後，把血浪、匕首等物全放在樹杈處，接著回到地上，一口氣潛過數重屋宇，來到後宅的大花園裡。

由於大雪的關係，宅內的人都躲進屋子裡，提供他無比的方便。

他穿過花園，沿著一條石板路，步過一道石橋，來到一座高樓之前。只看這三層高樓位於後院屋舍的正中間和其逼人的氣勢，便知是龍陽君起居的地方。

這時已是午夜時分，但三層樓均透出燈光，還隱有人聲傳出來。

項少龍躡足掩到樓側的一扇窗旁，悄悄望進去。

裡面是個大廳，兩名僮僕坐在門旁打呵欠。他見此情景，知龍陽君尚未回來，所以兩個可憐的僮僕才要撐著眼皮苦候主人回府。

他項少龍來到大梁的消息，龍陽君自然知曉，刻下說不定正在王宮與魏王增議論此事。

項少龍沉吟半晌，猛下決心，徒手往上攀去，到達最高一層，推窗入內，來到他認爲該是龍陽君的臥室。

這間房的佈置非常女性化，秀榻帷帳低垂，還以香料薰過，弄得滿室春意。在靠窗几上一盞油燈的映照下，室內陳設高雅，其中一個櫥架擺滿小玩意，惟只牆上掛的寶劍顯示出主人尚武的精神。

項少龍毫不客氣揭帳躺到榻上去，倒頭便睡。

不知過了多久，足音把他驚醒過來。項少龍坐起來，凝神瞪著正敞開來的房門。

龍陽君像腳下拖著千斤重擔似的舉步走進房來，道：「你們去睡吧！」

後面的僮子應了一聲，自行去了。

龍陽君茫然的走進來，「幽幽」歎了一口氣。

項少龍低喚道：「君上！」

龍陽君「嬌軀」劇震，駭然朝帳內望過來。

項少龍揭帳而出，低笑道：「君上別來無恙！」

龍陽君「花容失色」道：「少龍！你眞的來了！」

項少龍做了個噤聲的手勢，低聲道：「千萬不要驚動任何人。」

龍陽君回過神來，凄然道：「少龍你爲何會到大梁來，還暴露行藏，現在大王從城外調來一師二萬人的精兵，正要逐屋逐巷去搜索你的蹤跡。」

項少龍微笑道：「你大王好像忘掉他之能夠有今天，又娶得心愛玉人爲后，全因有我項少龍哩！」

龍陽君「秀目」閃過複雜無比的神色，苦笑道：「爲了保住他現在所有的一切，大王連父母都可犧牲，何況是你。」

又歎道：「少龍你太厲害，亦把我們打怕了。現在六國的人都認識到有項少龍在的一天，我們就有難保國土的威脅。在國破家亡的陰影下，設身處地，少龍請說我們該怎麼辦呢？」

項少龍深深望進他眼內，淡然道：「那龍陽君你呢？」

龍陽君微顫一下，垂首道：「就算我要賠上一命，對少龍仍是義無反顧。」

項少龍道：「君上果然沒有令我項少龍失望，現在我在大梁可說舉目無親，只君上有辦法神不知鬼不覺地送我出城。」

龍陽君道：「你要到哪裡去？」

項少龍沉吟片晌，答道：「我想到趙國去，那處環境我熟悉多了，要回秦國也將容易得多。嘿！有沒有辦法先弄點吃喝的東西來。」

龍陽君道：「這個容易，我吩咐下人弄些吃的來，就當是我肚子餓好了！」

項少龍道：「不要驚動任何人，只要有些清水和糕點便成。」

龍陽君一震道：「你難道連奴家都不信任嗎？」

項少龍歉然道：「不要多心，小心點總是好的。現在樓內有沒有其他人？」

龍陽君答道：「只有兩個僮子，該在二樓睡覺。你在這裡待一會兒，我到樓下取糕點來給你。」言罷推門而去。

項少龍見他步出房門時兩手微顫，心中暗歎，知道今次可能是來錯了。

沒有龍陽君的幫助，他完全想不到逃離大梁城的辦法。刻下還要提防龍陽君找人來逮捕他，幸好他早預定這些可能性，留下迅速逃走的後路。

心中一動，又推窗攀出去，來到樓下，龍陽君剛好回到樓內。透過窗戶，只見龍陽君在廳中默默流著苦淚，不知由哪裡取來一個小瓶，從瓶子傾瀉出一些粉末，倒進茶杯裡。

項少龍目睹「好友」的行動，手足都冰涼起來，深深後悔此行。不過他是別無選擇，才會來找龍陽君。而直至此刻，他仍沒有半點怪責龍陽君出賣他。

片刻後，項少龍重回三樓龍陽君的閨房內，裝作若無其事的靜待他回來。

拭乾淚痕的龍陽君推門而入，捧著的托盤放著那杯加了料的清茶，還有幾件精美的糕點。

兩人在一角的長几坐下，項少龍狼吞虎嚥的掃清糕點，忽地裝出傾聽的神色，沉聲道：「好像有人來了！」

龍陽君皺眉道：「怎會有人來呢？」

項少龍道：「我剛才好像聽到窗外有人聲，你去看看是否我聽錯了。」

龍陽君不疑有他，起身移往窗門處。

項少龍趁機把杯內的茶潑往几下地蓆和牆腳間處，然後放回几上去。

龍陽君探頭左看右瞧，自然毫無發現，返回蓆上，坐下道：「沒有人啊！」

項少龍歎道：「這叫杯弓蛇影，現在我聽到風吹草動，都覺得是追兵來了。」

言罷取起茶杯，裝模作樣的一飲而盡。

龍陽君眼中射出哀怨之色，默然無語。

項少龍拍拍肚皮道：「李牧反攻中牟的戰況如何？」

龍陽君苦笑道：「你該比我更清楚，除了你外，誰能像反掌般容容易易地一舉攻陷中牟。聽說李牧爲你折損大批兵員，現在天降大雪，秦人援兵難以東來，等到春暖花開，秦軍一至，李牧便只能退返長城內去。」

項少龍放下心事，摸了摸額頭，奇道：「不知是否太過疲累，我有點昏昏欲睡哩！」

龍陽君低聲道：「那就睡一會兒吧！明天我會設法把你送往城外。」

項少龍裝作舉步維艱的站起來，由龍陽君扶到榻上睡好。他呻吟兩聲，扮作昏迷過去。

龍陽君喚他兩聲後，伏在他身上悲泣道：「少龍莫要怪我，爲了大魏，我再無其他選擇。」

到龍陽君推門去後，項少龍跳了起來，迅速逸去。

翻過牆頭，落往地上時，項少龍感到無比的孤獨和無助。

現在最佳的躲藏地點莫如王宮，因宮禁森嚴，地大人多，更沒有人敢去搜查，不過王宮特高的城牆和護城河卻使他望而卻步。

想到這裡，心中一動，記起自己熟悉的那所信陵君生前居住的大宅和下面的地道。魏無忌雖被安釐王拉了去陪葬，可是府第仍在。假若換了主人就更理想，說不定新主人根本對下面的地道毫不知情。

哪敢猶豫，忙趁大雪未歇的當兒，朝不遠處的信陵君府狂奔而去。

若他是龍陽君，見項少龍失蹤，絕不會張揚開來，只能啞子吃黃連的把整件事吞進肚內去。否則魏王增說不定會治龍陽君以失職之罪。

半個時辰後，他來到信陵君府南牆外的密林，找到地道的入口。

想起當日背負著美麗的趙國三公主趙倩由這裡逃出來，更想起她溫婉的性情，一點沒有沾染趙宮的齷齪氣，百般感覺頓時湧上心頭。

神傷魂斷下，他摸著地道入口鐵蓋的邊沿，試探的往上掀開。鐵蓋應手而起，項少龍不由呆在當場。

他只是存著姑且一試的心，並不以爲眞箇可拉開地道的封蓋。所有地道的設計，均是供人在危急時逃生的，故只能由內開啓。

現在的情況，顯是有人曾從這裡逃出來，而事後沒有人從內將出口鎖上。只從這點推斷，可知現時人宅該已換過新主人，並且不知道地道的存在。

項少龍心中大喜，鑽了進去，關上入口，從囊中取出火石，燃著火熠子。在閃動的火焰光線照射下，地道無盡地延展開去。

項少龍記起那枝貫通地道和信陵君臥室的銅管，遂放輕腳步，躡手躡足的往另一端摸去。這次特別留心，發覺除了通往少原君當日居住小樓的出口外，另外還有三個出口，當然是通往府第內不同的屋舍。

走了十多丈，忽有所覺，朝地上瞧去。兩塊黃澄澄的金子正反映著火光。項少龍俯身撿了起來，放在手中，心中恍然。

當日信陵君被賜毒酒，自知難逃大難，於是下令愛妾、親信等人從地道的寶庫各取珍寶逃亡，由靠石山密林一端的出口溜走。可想像當時人人心亂如麻，倉皇逃命，遺下了金子仍懵然不覺。

他項少龍現正懷內欠金，有了兩塊金子，自然大是不同，至少可輕易買一匹馬兒來代步。把金子納入囊裡，繼續前進，最後來到敞開的寶庫大門處。

裡面一片凌亂，金銀珠寶一類可攜帶的物品半件不留，剩下的是玉馬、寶鼎、兵器一類的大型珍玩，其數量足可在二十一世紀做一個重量級的古物展覽。室內四壁裝設油燈，一角還放置裝著燃油的大瓶子。

項少龍心中欣然，吹熄火熠子，在伸手不見五指的室內靠壁坐下來。

至少在這刻他是絕對安全的，但怎樣才能逃出魏國的都城呢？尚有兩個多月嚴冬才會過去，他難道在這暗無天日的地方躲他兩個多月的時光嗎？若每天都要出外去偷取食物，上得山多終遇虎，遲早會給人發覺。

不過他現在已沒閒暇去想種種令人困苦的問題。只有在夢鄉中，他才可與遠在千里之外的嬌妻愛兒們聚首共歡。

爲了他們，他定要奮鬥到底，好好的活著回去與他們相會。

第二十二章　寸步難行

項少龍睜開眼來，眼前仍是漆黑一片，不辨晝夜，頭腦則昏昏沉沉，還想繼續睡下去。

他是被別人說話的聲音驚醒過來的，初時大吃一驚，以爲有人來搜捕他。及見地道毫無異樣，聲音只來自密室一角，才恍然大悟，聲音是由銅管傳下來。

那枝銅管既可監聽密室的動靜，那上面的聲息自可由銅管傳下來。

項少龍打著了所餘無幾的火熠了，點燃其中一盞油燈，銅管赫然入目。它被裝在入口側，閃閃生輝。

項少龍提起精神，小心翼翼的移到銅管旁，把耳朵貼上去，冰涼的感覺和人聲同時傳入耳內。

只聽一陣男聲淫笑道：「你的身材愈來愈豐滿，難怪昨晚大王都目不轉睛地打量你。」

一名女子的聲音不依道：「若君上你把人家送給大王，奴家情願自盡好了。」

項少龍心中叫絕，此女深明男人心理，就算明知並接受主子要把自己送予別人，仍要表現得一副不情願的樣子。果然上面房內傳來親嘴纏綿的聲音。

女子撒嬌道：「君上不是得去赴晚宴嗎？竟偏要在這時刻逗人家。」

項少龍一聽下大吃一驚。假若現在是晚宴的時刻，那自己豈非睡了半夜加整個白天，少說也有十個時辰亦即是二十個小時。怎會這樣渴睡？

一時間他忘記去聽上邊男女的對話，逕自苦思。旋即醒悟過來，知道地道雖有通氣口，但始終是空氣不流通，自己若非給驚醒過來，說不定會因缺氧在睡夢中茫然死去。

忽聞「項少龍」三字傳入耳內，忙又傾神細聽。

那君上道：「現在滿城風雨，甚麼大宴小宴都給項少龍鬧得取消了。大王有令，凡窩藏項少龍或知情不報者，均要抄家滅族，哈！沒有一條死屍比項少龍更値錢了，只屍首就可得賞五百塊金子，累得人人在找尋這傢伙。」

女子道：「奴家看他早已離城遠去，否則爲何整個大梁給翻轉過來，仍找不到他半根寒毛？」又歎道：「這人眞了得，要來便來，要去便去，誰都莫奈他何。」

那君上陪她歎一口氣，道：「他走得輕鬆容易，卻累死城守范大人，這趟抓不到項少龍，所有罪責都落到他的身上去。剛才他還來央我向大王說情，現在大王在氣頭上，我才不會笨得爲他惹禍上身。」

旋又道：「項少龍來得眞不是時候，害我錯失欣賞鳳菲精采表演的機會，明天她便要起程到齊國去，不知何時才會回來。我明天定要去送行。」

項少龍這才知道三大名姬之首的鳳菲刻下正在大梁，心中一動，再無心聽下去，離開寶庫，溜出地道，藏到宅後的山林內，好呼吸一點新鮮空氣。

外面果然是日暮時分，還下著綿綿細雪。吸入大量新鮮的空氣後，項少龍腦筋回復靈活，仔細思量。

現時大梁唯一安全的地方，就是這條地道，但若再給人發現，便休想脫身。

龍陽君顯然仍未將見到他的事洩露出來，否則剛才那君上不會不提。不過儘管如此，對他仍沒有甚麼幫助。

他又想起鳳菲。這位風格獨特的美女若肯幫忙，說不定可帶他離城。但由於他們只有一面之緣，交情淺薄，她會否冒生命之險來救他呢？

最頭痛是自己根本不知她住在何處。縱是知道，要偷到她閨房去亦非易事。

一時想得心亂如麻，突有犬吠聲自後院處傳來。

項少龍嚇了一跳，急忙鑽回地道去，憑記憶猜度上面屋舍的形勢，由其中一個出口闖上去，來到一座四合院中間的花園裡。

這座四合院只前堂亮起燈光，東、西、後三廂黑沉沉的。項少龍估計巡宅的惡犬這時仍關在後院未放出來，遂安心活動。

憑著鉤索和敏捷的身手，他一口氣越過數重房舍，避過幾起婢僕，先到膳房趁沒有人時偷取足夠的食物，又倒了一壺熱茶，才溜回地道裡，醫好肚子後，鬥志回復旺盛。

無論地道或大梁，都是不宜久留，問題在他仍沒想出可安全離開的辦法。當魏人在城內、城外遍尋他而不獲，定會猜到他是在某一隱蔽處躲起來。

魏國不乏才智之士，龍陽君本身便是非常精明的人，遲早會想到這幢他項少龍曾逗留過的信陵君故宅，亦會想到宅下會有未曾被發現的地道。自己偶爾潛出來偷一餐半餐菜餚或點心果腹，該不會出問題，但長此下去，定會惹起懷疑。

有了這兩個顧慮，他下了決定，必須在兩日內離開大梁，否則可能永遠都不用走。

肯定寶庫上的臥室無人後，他又偷了上去，翻開箱子，取了一套禦寒的斗篷及厚袍衣物，正要離去，房外面足音傳來，接著是有人在廳中坐下談笑的聲音。

項少龍心中一動，移到門旁，拉開少許，透過隙縫往外望去，一看下不由大吃一驚。

外面坐了三個人，另有近十名似是親隨一類的人物，人人隱透緊張神色。

其中一人赫然是龍陽君，他臉色蒼白，驟然間似若老了幾年的樣子，形神憔悴，再不像以前般「嬌豔欲滴」；另兩人一是身穿武服的將軍，一爲大夫服飾的中年男子。

那將軍首先發言道：「今次我們來找平丘君，是爲了搜捕項少龍的事。」

項少龍心中一寒，知道龍陽君已猜到自己躲到這裡來。

平丘君大訝道：「范將軍找項少龍，爲何竟會找到我這裡來呢？」

他一開腔，項少龍認出他是早先在臥室和姬妾胡混的男人。他們不在大廳見面，反避入內廳，不用說是怕洩露風聲，那等若說他們推斷到自己藏在地道裡。

可以想像這位大梁城守范將軍，必已派人把整個信陵君府重重包圍起來。不過他仍不大擔心，因爲地道的出口在後山的密林裡，遠離信陵君府，絕不容易被發覺。

龍陽君歎道：「范將軍敢以人頭擔保，項少龍尚未離城，假如他仍躲在城內，那最有可能是藏在這裡了。」

項少龍聽他說得有神沒氣的，知他因爲要逮捕自己這個「老朋友」而飽受折磨，不禁心中也陪他歎氣。

平丘君色變道：「沒有可能的。我曾著人把府內每寸的地方都徹底搜查過，若他在這裡，絕瞞不過我們，更瞞不過狗兒靈敏的鼻子。」

范將軍道：「我們問過信陵君以前的手下，證實項少龍當日該是由地道一類的通道逃出這裡，不過卻沒人知道地道的出入口在何處。」

龍陽君接口道：「平丘君可詢問府內各人，看看有沒有忽然少了食物、衣服一類的事，便可知項少龍是否藏在下面的地道。」

項少龍暗叫厲害，哪還敢再偷聽下去，忙退回入口，關好蓋子，拉過原先的草蓆子遮好，回到地道去。然後毫不猶豫從後山的出口溜出去。

茫茫雪夜中，只見魏兵點起火把，把原信陵君府圍得水洩不通，幸好出口處剛好在重圍之外，否則今次就是插翼也難飛。

不過他並非已脫離險境，而是剛陷進險境內。一隊魏兵正朝他藏身處趕來，火把光和狗吠聲，確令人心膽俱戰。

項少龍把偷來的衣物結成一個大包袱，掛在背上，依以前帶趙倩離開的舊路，朝鄰近的房舍潛去。

邊行邊看，不由暗暗叫苦。原來附近的街道全有魏兵設下關卡，最要命是屋頂都設置崗哨，監視信陵君故居附近街道的情況。

項少龍生出寸步難行的無奈感覺，伏在路旁的草叢內。不過他很快便知此亦非安全之計。

一隊五十多人的魏兵，正沿街而來，以長矛插入草叢，進行水銀瀉地式的徹底搜索。

項少龍無可選擇下，趁火光還未照到身上的時刻，爬往對街，攀上對面一間房舍的簷頭處。這所房舍由於比附近的房子矮上一截，所以並沒有敵人放哨。

魏兵過後，他正猶豫應否藏入屋內時，馬蹄聲響，一輛華麗的馬車從魏兵遠去的那邊駛來，前後均有騎兵護送。

項少龍觀察形勢，落回地上，閃到路旁一棵大樹處，迅速攀到其中一枝橫伸出路面的粗幹上，手足緊纏結了冰的幹身。

假若現在不是正下著大雪，他絕不敢冒這個險。

這是一場賭博。只要那十多名護從有一人抬頭上望，保證可發現他的存在。但大雪照面打下來的時刻，誰都只會低頭看路面。

當他的心跳到咽喉頂的緊張關頭，馬車駛到下方。

項少龍先卸下背上包袱，垂手輕拋到尚差少許才來到正下方的馬車頂上，然後放開雙腳，足尖點在包袱上，鬆手落了下去。

因隔著包袱的關係，他點地無聲的踏足車頂，再伏下身來，完成在一般情況下幾乎難以完成的行動。

馬車在這變成了雪白世界的古都城緩緩而行，朝某一目的地進發。他完全不知道馬車會帶他到哪裡去，但卻知暫時離開險地。

經過一處關卡時，魏兵不但沒有問話，還肅然致敬，任由馬車通過。

車內那人的身分必是非同小可，否則怎能受到這種優待？現在連他都很想知道裡面坐的是甚麼達官貴人。

馬車內似有一聲歎息響起。

項少龍生出好奇心，把耳朵貼到廂頂處，結積的冰雪凍得他立即放棄，改而略撐起身體，往外望去，一看下立時呆了眼睛。

我的天！原來馬車正轉入御道，朝王宮的正門駛去。

馬車在護衛前後簇擁下，從放下的吊橋越過護城河，進入主宮門。

在這時代裡，王宮無論規模、設施，均等若一座內城。爲君者無不竭盡心思，投入大量人力物力，使王宮在各方面成爲一個超級的軍事據點，城堡中的城堡。既是要防範外敵的攻擊，更重要是防止內奸叛上造反。

項少龍今次糊裡糊塗來到王城，要離開就更頭痛了。

他又驚又喜的進入宮門，依然躺在車頂一動不動，任由雪花把他覆蓋，若非如此，城牆或哨樓上的守軍居高臨下瞧來時，他就要無所遁形，但這恰是他最擔心的問題。

這麼大的雪並不常有，異日他要重施故技離開王宮，肯定行不通。

他藏在雪底下，頭臉貼在壓扁的包袱上，那可說是目下唯一稍有溫暖的地方。

眼雖不能見物，耳朵仍可聽到聲音，輪聲和馬蹄聲響中，他感到車子在宮內左彎右曲，該是朝內宮的方向駛去。

馬車終於停下來，隨扈紛紛甩鐙下馬，四周足音紛起，只聽內侍宮娥齊聲叫道：「王后萬安！」

項少龍差點驚呼出來，忍不住略翹起頭顱，偷望下去。

車門被拉了開來。大雪飄飛下，單美美熟悉的動人背影，穿上華麗的袍服，頭戴鳳冠，像一個夢般出現在他眼底下。

內侍一手打起羅傘，一手曲肘橫舉，讓她扶著，緩緩往一座宮殿的臺階走去，前後簇擁著十多名宮娥內侍，禁衛則林立兩旁。那種氣勢派頭，教人無法想像她以前只是在咸陽任憑權貴採摘的妓女。

項少龍呆看著她的背影盈盈消失在臺階之上，心中百感交集。縱是假設單美美不會出賣他，他也難以和現時這貴爲王后的美女接觸。

太危險了！而且說不定單美美會像龍陽君般出賣他。

馬鞭揚起，項少龍再繼續免費的旅程。

刻下馬車不用說是朝馬廄駛去，那時拖車的四匹健馬解入馬廄，車子則會送入倉庫，立即洗刷冰雪，如不在這之前脫身，自己便要暴露行藏。

項少龍正苦無下車之計時，馬車來到一條兩邊大樹林立的路上。

項少龍暗叫天助我也，小心翼翼蹲起來，夾好包袱。趁駕車的御者注意力全集中到前方，他站了起來。

身上的冰雪似沙石般灑下時，他已探手抓著一枝橫斜伸出來的樹幹，離開既把他帶出險境，但又送入另一險境的車子。

第二十三章　禁宮暢敍

項少龍憑鉤索和大雪的掩護，翻過兩重殿宇，落到一座院落內的草叢中。這是單美美剛才進入那座宮殿後方的房舍，該是宮娥內侍一類人物居住的地方。他並不擔心會遇上侍衛或巡犬，那只會佈在內宮的外圍區域。

無論趙宮、秦宮或楚宮，君主和王后的寢宮都是各自獨立的殿宇群，除非魏王要來寵幸單美美，否則他不會撞上魏王。

眼前當務之急，是要找個藏身之所，再趁機找尋食物和想辦法脫身。現在他認爲最佳的辦法，莫過先躲藏個十天半月，待風聲稍緩再偷離王宮。不過正如龍陽君所言，假若他長時期偷吃偷喝，遲早會惹人起疑。

最理想當然是可冒充宮內某一內侍，但他那比任何人都要高挺俊拔的體型，要冒充體態陰柔的內侍，等如癡人說夢而已。

項少龍環目四顧，風雪中四周寂然無聲，但各廂房卻透出燈光。

剛才他翻過重重殿宇時，已對環境了然於胸。這以后宮爲主的建築群，被外牆團團圍起來，自成一個獨立的天地。除了圍牆的四角設有哨樓外，就只有前後入口處有守衛，其他地方均是不設防的。

單美美當然有一定數目的親衛，但他們卻是不會亦不容許進入她起居處。所以若他能夠潛入這美女的寢宮，該會是最安全的地方。

刻下置身的方形露天花園裡，西首和南首各有一道門戶，全是緊閉著。

擬定好行動的方針，他再不猶豫，再次翻上屋脊。

這些內宮屋宇，雖是結滿冰雪，卻不似城牆般高了至少三倍以上，且有可供鉤子掛搭的簷篷、脊頂一類的東西，故雖不容易攀騰上落，仍難不倒他。

再落下來時，已到達后宮後方的園林裡。

這時代各國王宮的建設，大多是參考周室在鎬京和雒邑兩地的都城制度而成。魏王宮基本上是依中軸線排列的建築組群，大致可分前、中、後三個區域，呈長方形，坐北朝南，北區共有十五組建築物，乃王室的居住區，並以帝后的寢宮為主，位於此區正中。

中區是三朝所在。三朝是大朝、外朝、內朝。名稱雖不同，但其實都是君主和朝臣處理政務的地方。南區是王宮的正門和校兵場所在，以五層門戶把它和正中的主殿群分隔開來。

項少龍之所以會如此留神於王宮的佈局，皆因他想起凡王宮必有秘密的地道，此為古代權貴必備的逃生捷徑。可以推想魏王寢宮下定有這麼一條逃生地道，若能找到，可神不知鬼不覺地離開王城。

單美美的寢宮可能亦有這麼一條地道，且至少該有九成的機會。憑他鞋底的「開鎖工具」和曾受過的開鎖訓練，這時代的鎖頭機關絕不能把他難倒。

想到這裡，等若在絕對的黑暗中看到一線希望的曙光，一顆心登時活躍起來。只要尋到單美美的寢宮，他便有可能安然離去。

他靜心地藏在一堆草叢內，留心觀察后宮的情況。單美美回來不久，自應先沐浴更衣，然後返寢室休息。現時后宮只前進處燈火通明，可推知單美美仍未返回寢室。

大雪逐漸稀疏，項少龍心叫不妙，決意立即潛進宮裡，先一步摸入單美美的繡房去。遂從藏身處竄出來，移到一所似是儲物房子的窗下，肯定內裡無人後，取出鞋底的細鐵枝，探入窗扇間的隙縫，挑起窗門。

跨入屋內，把窗門關好。

習慣了房內的光線後，只見房門外有燈光透入，移身過去，貼耳門邊查聽外面動靜。

門外沒有一點聲息，他正想推門外看，足音由左方傳來。項少龍嚇了一跳，暗叫好險，往後急退，躲在一個大櫃之側。

足音過後，項少龍又走出來，推門試探看去。

外面是一道長廊，兩旁各有三道門戶，看來該是專責伺候單美美那組內侍、宮娥的居室。

項少龍心中叫苦，若這麼硬闖出去，撞上人時將避無可避。但假若現在不冒點險，待會服侍單美美的人要收拾或拿取甚麼東西時，他碰上人的機會便大得多了。

項少龍猛一咬牙，闖了出去。

后宮共分前、後兩進，中間是個露天花園，現在他置身後進處，而最大的問題是他不知單美美的寢室究竟是前房還是後室，否則就不用現在似瞎子般亂衝亂撞。

他迅速來到右方一個廊道交接的岔路處，正要往前院的方向搶去，兩名宮娥朝他走來，離他只有丈許的近距離。項少龍縮身回去，順手推開最近的一扇門，不理是否有人，躲了進去。

尚未有機會看清楚形勢，門再被人推開，兩名宮娥走進來。無奈下項少龍急忙躲在敞開的門扇後，祈禱她們千萬不要把門關上。

燈火亮起，這才知道躲到后宮的膳房裡來。兩女顯是來取食物去伺候單美美，逕自在櫥櫃灶籠間搬弄備餐，一點沒有注意到他這不速之客的存在。

其中一名宮娥道：「她的心情定是非常不好，我還是首次見她罵人罵得這麼凶哩！」

另一宮娥膽小多了，低責道：「不要亂說話，給那些愛搬弄是非的小人聽到就糟糕了。」

不一會兒兩女托著香茗、糕點等物離去。

項少龍撲了出來，順手牽羊取去餘下的糕點，躡手躡足追著兩女去了。

項少龍施展渾身解數，蛇行鼠竄，忽快忽慢，避過幾起內侍，來到前進一座大廳。前頭兩名宮娥由大廳的後門進入該是內廳的地方去。

他肯定單美美寢宮的位置後，連忙翻上屋頂，直抵簷沿處，再以鉤索降下，弄開窗門，閃了進去。

那是座較小的側廳，佈置華麗，呈長方形，鋪著厚厚的地氈，踏足其上，頗感舒服。

由於廳角的火爐沒有燃點，所以他可放心單美美不會到這裡來。

向南處有道大門，照方向該是通往內廳去。

現在他對后宮的佈局已大致掌握。北面大門入口處是正堂，接著是兩重的廳子，又有東、西二廂。而單美美的寢宮該在南面靠近露天花園的那座大院子，兩側則是下人居住的地方。

他把耳朵貼到門旁，留神傾聽，隱有聲息傳來，卻聽不到有人說話。

若要找尋地道，這是最好的機會，否則如讓單美美回到寢室，將要錯失良機。項少龍於是又從側廳溜了出來，片刻後他終於來到單美美的寢室裡。

這是間寬大而陳設華麗的房間，一角處燃起爐火，室內溫暖如春，正中靠牆處放置一張特別巨大的繡榻，地上鋪著厚氈。

與爐子相對的另一角擺放一面人屏風，不用說是解衣方便的地方。其他梳妝檯、銅鏡、小几等物自是一應俱全，佈置有序。

項少龍大感頭痛，要在這麼一個地方找條地道出來，非是辦不到，卻休想瞞過別人。

首先他要把地氈全揭起來，甚至把榻子或家具移開，那和搬屋怕沒有多大分別，怎能瞞過別人的耳朵？縱是所有人都聾了，但單美美隨時會進來寢息，自己哪有時間把搬亂了的東西還原？最頭痛還是即使自己發現地道，但進入地道後將無法整理上面的凌亂局面，使人覺察不到有人移動過東西，那等若向魏人公告他是從地道離開的。

正叫苦不已，房門敞開。

魂飛魄散下，項少龍再沒有時間穿窗而去，只好閃到屏風之後，蹲了下來，伴著他的正如所料是個精美的銅製夜壺，幸好壺子極其巧飾清潔，不會發出異味。

他從隙縫往外望去，見到來的果然是貴爲魏后的單美美，後面跟著一位宮娥，有點眼熟，這才記起是她以前在醉風樓時的貼身俏婢。

單美美出落得更標緻了，在華冠麗服的襯托下，透出以前所欠的富貴氣質。她盈盈立在銅鏡之前，讓婢子爲她卸下盛裝。

女婢低聲道：「娘娘！不要擔心吧！項爺吉人天相，他又那麼本事，自有脫身之法。」

項少龍先是聽聞自己之名大吃一驚，接著是心頭一陣感動。想不到一位風塵女子，與自己又一向不大和睦，只因自己舉手之勞般幫了她那麼一回，反比龍陽君更是情深義重。

在燈火下，單美美秀麗的玉容不見半點喜怒哀樂之色，淡淡道：「擔心有甚麼用？秀菊，我不要房間這麼光亮。」

秀菊吹熄四盞燈後，室內的燈火暗下來，另有一種柔和氣氛。

項少龍心念電轉，最後終放棄向單美美求助的強烈衝動，因為他不想破壞單美美目前所擁有的一切。待會她登榻睡覺後，他便溜出去找個地方躲它一晚，明天再返來找尋地道的入口。

打定主意，他又從屏風後往外瞧去。單美美只剩下單薄的貼身衣服，把她玲瓏飽滿的曲線顯露無遺。

項少龍暗道難怪會有這麼多見慣世面的男人迷戀她，因為她確是有充足天賦本錢的尤物。

單美美幽幽歎一口氣，打破室內那似若凝成實質的沉寂。

秀菊陪她歎道：「大王今晚怕不會來了。」

單美美輕輕道：「現在他只想得到項少龍的人頭，怎還有閒心到這裡來，夜了！你回去睡吧！」

秀菊施禮後推門去了。

單美美轉身朝屏風走來。項少龍頭皮驟感發麻時，單美美已和他來了個兩臉相對，四目交投。

單美美低呼一聲，忙以手掩著自己檀口，不能置信地瞠目搖頭。

項少龍苦笑道：「美美可是受驚了？」

單美美驚魂甫定後，伸出玉手，拉起他的大手，往榻子走去。

片晌後兩人在溫暖的繡被內擁個結實。

單美美獻上熱烈的香吻，低聲道：「你要人家怎樣幫你呢？唉！項爺眞是神通廣大，竟有辦法來到這裡找人家。」

項少龍本意並不是想來找她的，有點尷尬道：「美美到屏風後去不是要……嘿……」

單美美俏臉一紅，橫他一眼，摟緊他的腰，夢囈般道：「好了，終可以和你睡在一塊兒。」

項少龍訝道：「美美眞的垂青於我嗎？」

單美美不好意思地道：「我是很易鍾情於有本領的男人，不過很快又會厭倦，但對你確有些不同。你該知在目前的情況下，我再不必口不對心。初時我很恨你，你這人哩！總不肯把人放在眼裡，想不到楊豫姊眞沒說錯，你這人是外冷內熱，只有你才肯那樣幫我的大忙。人家尚未有機會親口謝你哩！」

項少龍笑道：「你剛才不是『親口』謝了我嗎？」

單美美霞燒玉頰，又主動和他熱吻一番，然後神色微黯道：「你對我沒有興趣嗎？爲何毫無反應呢？」

項少龍知她對男人經驗豐富，察覺自己對她沒有正常的生理反應，故而自苦自憐。歉然道：「一來我覺得美美你已是有主名花，不該侵犯。最重要是現在身陷險境，正憂心如何離開，所以難以放開懷抱，和美美你享受魚水之歡。」

單美美釋然，旋又蹙起秀眉道：「你既能來，自然也有本事離開吧？」

項少龍苦笑著把來此的經過和盤奉上。

單美美聽罷咬著下唇道：「你既然找到我門上來，我自然也要把你安全送走。」

項少龍享受著那「夜半無人私語時」的溫馨感覺，一顆心像融化了般，咬著她小耳道：「這樣你可太危險了，而且有太多不可測知的變數在內，我絕不能讓你冒這個險。」

單美美一陣感動，歎道：「世上恐怕只有項少龍肯這麼為人設想。項少龍啊！快想想辦法吧！只要我單美美辦得到的，我就肯去為你辦。」

項少龍將她摟個結實，把臉埋到她秀髮裡，嗅吸著她的香氣，整個人鬆弛下來，柔聲道：「你大王有沒有告訴你后宮內有逃離王城的地道？」

單美美嬌軀劇顫，嬌呼道：「我差點忘了！確有這麼一條地道，就在寢室內。」旋又苦惱道：「但開鎖的鑰匙卻掌管在內侍長手上，我打不開來哩！」

項少龍大喜道：「那就更好，就算我走後給人發覺，你也可推個一乾二淨。」

單美美奇道：「你懂得開鎖嗎？」

項少龍挪開一點，細審她在柔和燈光下的如花玉容，微笑點頭，又輕吻她香唇，才道：「你知否地道的出口在哪裡呢？」

他心情轉佳，開始感受到在被窩裡廝磨的引誘力，生出肉慾的衝動。

單美美顯是感受到他的壓迫，春意盎然地瞅他兩眼，再赧然埋入他寬闊的胸膛道：「大王說地道的出口在離東城城門不遠一個養馬廄的天井處。」

項少龍心中叫妙，如此就可憑快馬逃生。不過仍有東門那一個關口，心中一動，又問起她剛才到哪裡去。

單美美用力抱緊他，閉目呻吟道：「我是去看一位姊妹，明天她要到齊國去。唉！項少龍啊！你不用這麼快走吧！王宮的生活太刻板苦悶了，可以活活把人悶死的。」

項少龍苦笑道：「後悔嗎？」

單美美睜開美目，神色茫然道：「我不知道！眞的不知道！昨晚我夢見醉風樓，和豫姊像往常般在花園裡玩拋球，唉！她們怎樣了？」

項少龍聽得心中一酸，問道：「他對你好嗎？」

單美美呆了半晌，低聲道：「我眞的弄不清楚，自登上王位後，他變得很厲害，有時夢中也會叫著要殺某個開罪了他的大臣的名字。若非人家有身孕，說不定會央你帶我走呢！」

項少龍的慾火立時退得一點不剩，清醒過來。暗忖在這等時刻，怎也得保留體力，自己前幾天曾大病一場，更不適宜和單美美顛鸞倒鳳。岔開話題道：「你剛才去見的姊妹，是否三大名姬之首的鳳菲？」

單美美點頭道：「是的！我們還曾說起你來，她很欣賞你哩！」接著興奮起來道：「不若求她掩護你出城好嗎？她是很有辦法的人。」

項少龍斷然搖頭道：「不！我不想牽累任何人，她爲何要到齊國去？」

單美美答道：「是爲了齊王的五十大壽，聽說石素芳和蘭宮媛都應邀到那裡去。包括秦國在內，各國均會派代表去賀壽。」

項少龍聽得糊塗起來，訝道：「燕、趙兩國不是和齊國交戰嗎？爲何忽然和好起來？」

單美美搖頭道：「對這種事我不大清楚。聽大王說，好像齊王到現在仍決定不了誰當太子，其中牽涉到田單的權力，所以大王很熱中於齊國太子策立的問題。」

項少龍現在自顧不暇，哪有心情去理會齊人的內政，低聲道：「乖美美！快告訴我地道的入口在哪裡？」

單美美駭然道：「不要那麼快走好嗎？我有辦法把你藏上幾天哩！待風頭火勢過後再走，不是更安全嗎？」

項少龍斷然道：「不！我定要趁現在大雪時走，雪停後更走不了。」

單美美不捨地把他摟緊，淒然道：「摟著你，就像把往昔最可貴的全擁有了，你卻那麼不停嚷著要走，項少龍啊！不要對人家那麼無情好嗎？」

項少龍心中一陣感觸，知道單美美並不是眞的愛上自己，那是一種混雜了感激和懷念的複雜心情，加上深宮寂寞，所以才渴望自己留下來陪她。

他心中也不無憐惜之意，在她溫軟香滑的紅唇上輕輕啜了一下，柔聲道：「我怎捨得無情待你呢？不過我現在須保留體力，以應付艱苦的逃亡生涯。」

單美美回吻他一口，臉泛紅霞道：「我不再逼你了，但你總該有點表示，例如摸摸人家的身體，那將來就不致會輕易忘掉美美。」

項少龍聽得心中一蕩。說眞的，這麼摟著一個豐滿而充滿青春活力的動人胴體，兼之陣陣幽香隨著被窩的溫熱送入鼻中，若說不血脈賁張，就是騙人的。

不由探手在她背臀間來回愛撫，單美美登時呼吸急促起來，水蛇般在他懷裡蠕動揉貼，更挑起項少龍的情焰慾火。

項少龍的手擴大了活動的範圍，由她的大腿上移至俏臉，其中不可對人言的過程，令這對男女生出既銷魂又刺激的偷情滋味。

項少龍此時如箭在弦，不得不發，正要翻身把她壓著，單美美推開他，嬌喘細細道：「地道入口在大衣櫃裡，下面是塊活板，揭起它可見到鎖死了的地道入口。」

項少龍驚醒過來，心中感激，知她是怕影響自己體力，所以強自克制。和她來了個熾烈得可把兩人融掉的熱吻後，他跳下榻來，正要拉開櫃門時，想起一事道：「究竟有沒有別的入口？」

單美美道：「御園內有兩個入口，宮內的人都知道。」

項少龍摟她一下，道：「那就更好，因入口既多，我走後縱使給人發覺，仍不會懷疑到你頭上來。」

再纏綿一番，才又踏上逃亡之路。

第二十四章　歌舞姬團

項少龍無驚無險從地道鑽出來，那是個養馬廄旁的大水井，出口在井壁中間，離開水面有七、八尺，還有石隙供踏足登上井口。

他由井口探頭出來時，雪已停下，天際微現曙光，一列馬廄排列左方處，還有幾間養馬人起居的房舍。這類養馬廄非常普遍，有公營的，也有私營的。馬匹多來自城外的牧場，供權貴和付得起錢的人購馬、租馬。

項少龍摸到馬廄裡，正猶豫該不該順手牽羊偷他一匹，但又怕目標過於明顯。忽然有人聲傳來，嚇得他忙躲到一角，以餵馬的禾草掩蓋自己。

來的是兩個人。

其中一人道：「張爺放心，上頭早有關照，要小人揀最好的四匹馬給你們。唉！現在我們大梁誰不仰慕你們小姐稱絕天下的歌舞？小人能爲她盡點心力，是莫大的榮幸。」

姓張的漢子顯然很會擺架子，只是悶哼一聲，來到項少龍藏身附近的馬柵處，道：「這匹看來不錯，牙齒整齊雪白，是甚麼種的馬？」

管馬房的道：「這是來自北方鹿原的純種馬，既好看又耐勞，張爺眞有眼光。」

張姓漢子沉吟片晌，道：「我著你們找的御者找到了嗎？這一趟我們眞是多事，好好一個人竟會忽然病死，害得我要四處找人。」

馬房的頭兒道：「為小姐和張爺做事，小人怎會不竭盡全力，我已找得個叫沈良的人，曾為無忌公子駕過車，又精通武技，樣子還相當不錯，絕對吻合張爺的條件。」

接著低聲道：「他是小人的老朋友，張爺該明白，現在大梁沒有人敢起用無忌公子的舊人，否則憑沈良那種技術，怎會賦閒了整整兩年。」

張姓漢子冷哼道：「他在哪裡？」

馬房頭兒陪笑道：「他不知張爺會這麼早來，此刻怕仍在睡覺，張爺先到屋內喝口熱茶，小人這就去喚他來叩見張爺。」

張姓漢子道：「我哪有時間喝茶，你先給我拉馬出來，我立即給你付錢，然後你再召那傢伙來，來遲了休怪我不等他，要知我們並非沒有其他御者可用。」

接著是牽馬的聲音，兩人到另一馬廄去了。

項少龍暗叫天助我也，連忙取出偷來的衣服換上。這套衣服在那平丘君的箱子裡是最不起眼的，很適合沈良這種落難豪門御者的身分穿用。

把舊衣藏到密處，那馬房頭兒已離開馬廄，朝房舍那邊走去，顯是要把沈良弄醒。

項少龍閃了出去，見張爺正審視四匹健馬，乾咳一聲，迎上去一揖到地道：「小人沈良，請張爺恕過遲來之罪。」

張爺想不到他來得這麼快，上下打量他幾眼，閃過滿意的神色，目光落到他的血浪劍處，淡淡道：「我叫張泉，是鳳小姐的正管事，你曾當過魏無忌的御者，當然知道規矩。每月五串銅錢，若鳳小姐滿意的話，你還可以長期做下去。」

張泉年在三十許間，一臉精明，樣子卻頗爲庸俗，唇上留了兩撇濃鬍，一副酒色過度的模樣。

項少龍忙不迭答應。

張泉道：「時間無多，我們走吧，快下雪了。」

項少龍暗叫謝天謝地，戴上斗篷，牽馬隨他離開。

離城的過程出奇地順利。

最諷刺是來送行的達官貴人多不勝數，而項少龍這大逃犯正置身在他們中間。

尚未抵達城門，大雪從天而降，披上斗篷，戴上擋風口罩的他低垂著頭，兼且這恰是御者的慣常裝束，自然誰都不生懷疑。最妙是因他坐在御者的位置，使人察覺不到他雄偉的身形。

本來他還怕鳳菲會把他認出來，卻幸好他根本沒有和鳳菲打照面的機會。此時的他滿面鬍鬚，鳳菲若非留神看他，也絕不會輕易識破他就是項少龍。

說來好笑，他本不想驚動單美美，但終是仰賴她的幫助逃離王宮。他更不欲牽連上無甚交情的鳳菲，但最後仍是靠她闖過東城大門這一難關。

今次可謂絕處逢生，希望自此一帆風順，安然歸秦。

他當然不是想到齊國去，只要覷準時機，會立即開小差溜掉。魏人對鳳菲非常禮遇，派出一隊五百人的輕騎兵沿途護送，由一名叫敖向的偏將領隊。

鳳菲的歌舞姬團人多勢眾，坐滿十多輛馬車。舞姬、樂師加上婢僕，數達二百人，只是支付每人的薪酬便不得了，可見鳳菲的收入是多麼豐厚。

心中不由想起在他身後車廂內的絕色美女，更記起當日和她在小樓內喁喁私語的動人情景。她等若二十一世紀歌壇的超級巨星，不過能欣賞到她歌舞的卻是權貴的專利，一般平民百姓均無此福緣。

車馬隊離開大梁，渡過大溝，朝北直走，到達濟水時，早有五艘雙桅巨船在等候。

項少龍這才知道爲何要趁早起程，因爲此時已近黃昏。

當他見到魏兵陪同登船時，不禁心中叫苦。倘若就是如此這般被逼著到齊國去，那眞是糟透了。這麼順流而下，只四、五天便要進入齊境，那時想折返趙境，又要費一番手腳。

不過他再無其他選擇，硬著頭皮登上船去。

五艘大船，魏人佔三艘，鳳菲這邊佔兩艘，使項少龍因不須朝夕對著魏兵而鬆一口氣。

他乘的是鳳菲起居那艘船，這時他的身分在這歌舞姬團裡屬最低下的階層，被分配到底艙只有一個小窗的艙房裡，還要與其他御者、僕役擠在一起，六個人共用一房。其他御者不知是否因他搶去爲鳳菲駕車的榮耀，聯手起來排擠他，並且他們進房後立即開賭，卻沒有邀他加入。

項少龍樂得如此，晚飯後鑽到一角蓆子上的被窩裡，蒙頭大睡。

那些人還故意說些風言風語，其中有些辱及他的前「主子」信陵君，指桑罵槐，項少龍心中好笑，又確實事不關己，很快睡得不省人事。

也不知睡了多久，忽地大腿處一陣劇痛，睜眼一看，原來是其中一個叫谷明的御者重重踢了他一腳。

項少龍大怒坐起來，喝道：「甚麼事？」

另一名御者富嚴抱著雙膝，一副流氓無賴的樣兒般靠壁坐在一角笑道：「沈良你是哪年出生的，是否肖豬，否則怎會睡得像條死豬般？」

其他人一起附和哄笑，充滿鄙屑嘲諷的味道。

另一個叫房生的，他是唯一沒有取笑項少龍的人，低喝道：「不要耍人了。沈良！天亮了，隨我來吧！」

項少龍按下心頭怒火，隨他出房去了。

來到艙板上，天空放晴，兩岸一片雪白，心情豁然開朗，把剛才不愉快的事拋諸腦後。眾僕役正在排隊輪候煮好的飯菜，另有一群人在一邊取水梳洗，鬧哄哄一片，別有一番生活的感受。

一名頗有點秀色的美婢，在兩名健婦的陪伴下，正與張泉說話，見到項少龍比別人雄偉的身材，露出注意的神色，仔細打量他幾眼。

項少龍心中有鬼，給她看得渾身不自然起來，房生的聲音在耳旁響起道：「她是二小姐董淑貞的婢子小玲姊，恃著得二小姐愛寵，最喜作威作福，沒有甚麼事最好不要招惹她。」

項少龍心中苦笑，自己一向高高在上，想不到婢僕間亦有階級派系之分。

隨房生洗過臉，輪得兩缽飯菜，蹲在一角吃起來。

房生道：「你還在為剛才的事生氣嗎？其實他們惱的是張泉，谷明是副管事沙立的人。大管事要殺他們的氣焰，故意聘你這外人回來頂替這個人人爭奪的職位。若非他們怕太過分會惹怒大管事，還有你好受的呢！」

項少龍這才明白爲何放著有這麼多人，偏要僱用他，心中暗呼幸運。

房生見他默然無語，再不說話。

項少龍心中過意不去，道：「房兄跟隨小姐有多久？」

房生道：「三年了。」

項少龍很想問他鳳菲的底細，終感不適合，改而問道：「房兄有家室嗎？」

房生嘴角抹過一絲苦笑，道：「亡國之奴，哪談得到成家立室，若非小姐見憐，我房生可能早冷死街頭。」

項少龍呆了半晌，低頭把飯吃完，同時有一句沒一句地向房生套問歌舞姬團的情況。

這時一名壯健的男僕來到項少龍旁，冷冷道：「你是沈良嗎？」

項少龍記起自己的身分，忙站起來道：「這位大哥有甚麼吩咐？」

壯僕傲然道：「我叫昆山，是張爺的副手，叫我山哥便成。聽說你懂得使劍，把劍給我看看！」

項少龍雖不願意，無奈下只好拔劍交到他手上去。

豈知昆山臉色一變道：「你另一隻手廢了嗎？」

項少龍差點要一拳把他轟下濟水去，只好改爲雙手奉上。

鳳菲這些男僕大多佩有長劍，昆山當然不例外，但比起血浪無疑是差遠了。昆山捧劍一看，眼睛立時亮起來。

項少龍知他動了貪念，先發制人道：「這是故主送我的寶劍，劍在人在，劍亡人亡。」先一步堵住他的口。

昆山一臉羨慕之色，把玩良久，才肯歸還項少龍，板起臉孔道：「張爺要見你，隨我來！」

項少龍暗忖眞正做大官的，都沒這些人般擺足架子。心中苦笑，隨他登往上層的平臺。

這艘船長約三十丈，比秦國最大的「大翼」戰船長了近一倍，這是由於船隻是用來運載人貨，不求靈活快捷，只求能載重。

船身修長，寬約兩丈餘，首尾翹起，兩座帆桅一設於船首，一在船尾。兩組帆桅中間處是船艙，分作三層，上兩層建在甲板上，底層在甲板下。

鳳菲和一眾有身分的歌舞姬，自然居於舒適的最上層，次一級的管事、婢女住下一層，像項少龍這類身分低下的，就擠在環境最惡劣的底層。連船伕在內，這艘船載了近百人，鬧哄哄的，自有一番熱鬧境況。

水運的發展，在這時期已非常發達，致有「不能一日而廢舟楫之用」的說法。尤其江河密佈的南方水網地區，一向以水運為主要交通方式，當戰事頻繁之際，建立水軍乃必然之舉，連帶民用船隻亦大行其道。

項少龍以前每趟坐船，都是「高高在上」，只這次嘗到「屈居人下」的滋味。

張泉在平臺倚欄眺望，身旁還有兩名保鏢模樣的劍手，看來非常神氣。

項少龍舉步來到他身前施禮，張泉像不知道他已來到般，仍迎著寒風，沒有瞧他。

項少龍心中好笑，張泉自己如此，難怪下面的人個個要擺架子立威。剛才和房生閒聊中，他已對歌舞姬團有了大致的認識。

高高在上的，當然是三大名姬之首的鳳菲，接著是伴舞、伴唱的十二位歌舞姬，都是第一流的美女，其中又以被稱爲二小姐的董淑貞居首。

這董淑貞之所以能身分超然，皆因她是鳳菲外唯一懂得作曲編樂的人。

正管事張泉和副管事沙立，亦屬這個級數，兩人專責團內所有大小事務。後者專管御者、腳伕等僕役，今次張泉插手親自聘用爲鳳菲駕車的御者，明顯是干預沙立的職權範圍，進行著小圈子內的權力鬥爭。

歌姬、管事以下，輪到資深的樂師和歌舞姬的貼身侍婢。由於她們都是接近鳳菲和眾歌舞姬的人，所以雖無實職，事實上卻有頗大的權力。

資深樂師裡以雲娘居首，像樂隊的領班。她是退休了的歌舞姬，還負責訓練新人，甚得鳳菲器重，故無人敢去惹她。

婢女中以鳳菲那名項少龍見過、給鳳菲叫她作小妹的俏婢小屏兒，和適才見到董淑貞的婢子小玲姊兩人最有地位，甚至張泉等亦要仰她們的鼻息辦事。

自周室立邦，禮樂一向受到重視，這類歌舞姬團遂應運而生，著名者周遊列國，巡迴表演，處處均受到歡迎，像鳳菲這種出類拔萃者，更是貴比王侯，基本上不受戰爭的影響。

張泉讓項少龍苦候片時，沉聲道：「聽說谷明那些人多次挑惹你，是嗎？」

項少龍不知他葫蘆裡所賣何藥，應道：『他們確不大友善，不過小人可忍受得了。」

張泉旋風般轉過身來，不屑道：「你不是精通武藝嗎？照理亦該見過很多場面，給人踢了屁股，竟不敢還手，算甚麼漢子？」

其他兩名保鏢和立在後側的昆山均討好兼附和地冷笑連聲。

項少龍摸不著頭腦道：「我是怕因剛到便鬧出事來，會被張爺責怪，故不敢還手。假若張爺認爲還手不會有問題，下次我懂得怎麼做的了。」

其實他是有苦自己知，最怕是事情鬧到鳳菲那裡，給她認出自己來，否則這將是脫身妙計。最好是沙立立刻把他革職，便可在船泊岸時揚長去了。

單美美雖說鳳菲很欣賞他，但人心難測，始終是未可知的變數。他千辛萬苦由追捕網內逃出來，絕不想再墜進追捕網內去。

張泉聽他這麼說，容色稍緩。

他左方那名高個子的保鏢道：「張爺看得起你，給你佔了這肥缺，你自然該有點表現，不能削了張爺的威風。」

項少龍來到了這時代後，打從跟隨陶方開始，每一天都在權力鬥爭中度過，此刻聽他們你一言我一語，登時明白過來，暗呼張泉厲害，這招確是殺人不見血的妙招。

自己之所以會被聘用，是張泉故意惹怒副管事沙立那個派系的人的妙招，最好鬧出事來，讓上頭知道沙立在排擠欺壓新人，張泉便可乘機編派沙立的不是。而沙立現在正乘坐另一艘船，連辯白的機會都欠缺，這一招不可謂不絕。

只憑張泉聘用他的行動，便可大殺沙立的威風，向一眾下人顯示只他張泉才是最話得事的人。誰想得到這麼一件事，竟牽涉到歌舞姬團內的權力鬥爭呢？

歌舞姬團的壽命絕不會太長，一旦鳳菲倦勤又或嫁人，立須結束。

當然歌舞姬團上下人等都可獲得豐厚的遣散費，而那正是房生告訴他對歌舞姬團最大的期待。

身後的昆山這時插言道：「就算弄出人命來，只要不是你先惹事，張爺也可幫你頂著的，明白嗎？」

項少龍還有甚麼話好說，無奈點頭。

張泉語氣溫和了點，道：「只要你對我忠心，我張泉絕不會薄待你。看你皮黃骨瘦的樣子，這兩年必吃了很多苦頭，用心辦事吧！你既曾服侍過魏無忌，自然明白我在說甚麼。」

項少龍聽得心中一動，自己的樣子的確改變了很多，除多出一臉鬍鬚外，還瘦了不少。所以即使面對鳳菲和小屏兒，恐怕她們都不會認得自己。

那晚在小樓見面，燈光昏暗，兼之大部分時間又是坐下交談，現在形象全改，確有瞞過她們的可能。想到這裡，心懷大放。

張泉揮退他後，項少龍回到次層的甲板處，房生卻不知到哪裡去了。正要往船頭找他，經過艙側窄小的走道，有人攔路喝道：「張管事沒告訴你規矩嗎？下人不准到船頭來。驚擾了小姐們，就有你好受。」

項少龍嚇了一跳，往前望去，只見一名亭亭玉立的俏婢杏目圓瞪的狠狠盯著他，兩手扠腰，就像頭雌老虎。

他忙賠不是，退了回去，索性返到底艙倒頭大睡。

醒來時上方隱有樂聲傳來，該是鳳菲等在排練歌舞。

午後的陽光從小窗透射入來，房內只得他一個人。

項少龍擁被坐起來，靠在艙壁，正想著自己恐怕錯過了午飯時刻，房生捧著一碗堆滿菜餚的米飯推門而入，遞到他手上道：「我見你睡得這麼好，不忍吵醒你，留下一碗給你。」

項少龍心中一陣感動，接過後扒了兩口，咀嚼道：「房兄有別的親人嗎？」

房生在他旁坐下，默然片晌，淡淡道：「都在戰亂中死了！」

聽他的語氣，項少龍便知事情不會如此簡單。這房生談吐不俗，顯是出身良好的人家。說不定是某小國的宗室之後，國破家亡時逃了出來，輾轉加入了鳳菲的歌舞姬團，當了御者。

房生又道：「我現在別無他望，只想多賺幾個子兒，然後找個清靜的地方建一間屋子，買幾畝田地耕作，以後再不用看那些小人的嘴臉。」

項少龍見他滿臉風霜，年紀雖與自己相若，卻是一副飽歷憂患的樣子，心中淒然，衝動下差點把懷裡兩塊金子掏出來送給他，使他可以完成夢想。但卻知這樣做非常不智，壓下這誘人的想法，繼續吃飯。

房生道：「黃昏時船將抵達谷城，明天才再起航，我們作個伴兒，到岸上尋兩個妞兒作樂，沈兄若沒錢，我可先借給你。」

項少龍訝道：「你不是要儲錢買屋置田嗎？」

房生道：「儲錢歸儲錢，我們這群低三下四的人，又不像張泉他們般可打那些大姊的主意，有需要時只好忍痛花點錢。不過得小心點避開谷明那班人，剛才我見他們和幾個家將交頭接耳的，又提到你的名字，怕是要對付你呢！」

項少龍聽得無名火起，冷哼一聲，再不說話。暗忖若不給他們點顏色瞧瞧，以後的日子怎樣過？旋又暗罵自己糊塗，有此良機，還不乘機開溜，就是大笨蛋。

第二十五章　權力鬥爭

船抵谷城城外的碼頭，大仍未黑。

房生興高采烈的扯著項少龍要下船去胡混，給張泉叫著項少龍道：「鳳小姐要用車，你去準備一下。」

項少龍愕然道：「車在哪裡？」

張泉不悅道：「你的眼睛長出來是用來瞧屁股嗎？碼頭上不見停著輛馬車嗎？」

項少龍話才出口，便知要挨罵。馬車雖在另一艘船上，這時該已駛下來，只不過他心中焦急難以逃遁，遂胡亂說話。

房生暗地扯他一把，他識趣的隨房生由踏板走下船去。方寸大亂間，忽地有人在背後向他猛力一推，他失驚無神下，失去平衡，往前跌去，撞到房生背上。兩人踉蹌滾下跳板，直跌到碼頭的地上，若非跳板兩邊有扶手圍欄，說不定會掉進河裡去。

項少龍爬了起來，房生捧著左腳，痛得冷汗直冒，面容扭曲。

船上響起哄然大笑。只見谷明等一眾御者，擁著個矮橫力士型的壯漢，正向他們捧腹嘲笑。

有人叫道：「看沈良你個子高大結實，原來是銀樣蠟槍頭，中看不中用。給我們巫循大哥無意輕碰一下便跌個四腳朝天，還說甚麼精通武技。」

項少龍認得說話的人叫富嚴，乃谷明那一黨御者的中堅分子，同時暗暗記著那叫巫循的家將。

張泉出現在船欄處，向谷明他們怒喝道：「甚麼事？」

谷明好整以暇道：「他兩人連走路都不會，怪得誰來。」

接著爭先恐後奔下碼頭，呼嘯去了。

張泉怒瞪跌了灰頭土臉的項少龍一眼，罵了聲「沒用的傢伙」，轉身去了。

項少龍動了真怒，默默扶起房生，房生仍慘叫連連，道：「我的腿斷了！」

項少龍恨不得立即去追谷明等人，把他們殺得一個不留，歉然道：「是我害了你！」

房生苦笑道：「他們原是要弄傷你，教你不能駕車，唉！今晚我和你都不用去尋樂子了。」

有幾名御者奔下來，協助項少龍把房生扶上船去。

快到甲板時，有女聲嬌喝道：「你們在弄甚麼鬼，竟敢阻著鳳小姐的路。」

項少龍心叫不妙，低頭躬身，扶房生移往一旁。

偷眼一瞥，戴了面紗的鳳菲盈盈俏立眼前，旁邊是那仍穿男裝的小屏兒和另四名俏婢，在十多名家將簇擁下，美女們正打量自己。

小屏兒顯然認不出他來，一臉怒容道：「發生甚麼事？」

張泉和另一人不知由甚麼地方鑽出來，待要說話，旁邊那長相頗英俊的中年人搶著道：「只是發生無意的碰撞。」

接著向項少龍喝道：「你就是那新來的傢伙嗎？真沒用！還不快滾下去，難道要大小姐等你嗎？」

張泉聽他指桑罵槐，臉色大變。

鳳菲那妙比仙樂天籟的聲音在面紗內響起道：「沙副管事！」

聽來隱帶責怪的口氣。

沙立目的已達，得意洋洋的閉口不語。

鳳菲瞧項少龍一眼，淡淡道：「以後小心點，扶房生回房後，再下來給我套車吧！」

項少龍抹過一把冷汗，知道她們主僕果然認不出自己來。

看著她在前呼後擁中步下跳板，心中只能苦笑。

這麼一來，他休想開溜。何況房生一天腿傷未癒，自己也該留下來照顧房生，這是他項少龍做人的原則。

不知何時，雪粉又開始降下來。在黃昏的朦朧光線下，細雪輕柔無力地飄舞，似很不情願才落到地上，結束了那短暫而動人的旅程。

一切都放緩了，被淨化了。

項少龍策著健馬，載美而行。前方四名家將開路，後面還隨著八名家將。

魏兵的指揮偏將敖向帶同十多名親隨，伴侍兩旁，益發顯出鳳菲備受各國權貴尊重的身分。

她就像二十一世紀色藝雙絕的藝人，譜出的曲詞均盛行一時，不是一般出賣色相的歌伎所能相比。在這種前呼後擁的情況下，項少龍縱沒有房生的負擔，亦溜不了。

非是沒有可能，而是會教敖向生疑。最妙是敖向自然以為項少龍是已替鳳菲辦事多年的御者，故對他半點都不起疑心。

他完全不知目的地在哪裡，只知追在前方家將的馬後。蹄聲「啲嗒」中，車馬隊暢通無阻的開入陷在一片白茫茫的古城裡。大多店舖均已關門，但仍可從招牌看出此城以木工、繡工、織工和縫工等工藝爲主。

項少龍雖非對文化有深厚認識的人，但因觀察力強，感覺此城比之以前到過任何這時代的城市，都多了幾分書香和古色的氣氛。

此時敖向策馬來到馬車旁，垂頭向鳳菲說話，道：「昔年舊晉韓宣子來到魯國，看到魯太史所藏典籍，大歎『周禮盡在魯矣』，鳳小姐故地重遊，當有所感。」

項少龍心中一動，暗忖此城原屬魯國，魯亡後不知何時落入魏人之手。連孔夫子都是在這土地上出生，難怪會有一種他國沒有的文化氣息。

鳳菲幽幽一歎道：「也正因此壞事，若非我們魯人頑固守舊，抱著典籍禮樂不放，也不致始受制於齊，繼受制於吳、越；雖得君子之邦的稱譽，還不是空餘亡國之恨。敖大人過譽了。」

項少龍聽她語氣蕭瑟，心中一陣感慨。原來她不是宋國公主，而是魯國公主。不過魯、宋相鄰，說不定兩國都和她有點關係。

敖向這回馬屁拍錯地方，尷尬地東拉西扯兩句後，見鳳菲全無說話的興趣，知機地退回原處。

車馬隊左曲右轉，逐漸離開大道，朝城西偏僻處走去。於風燈的光芒中，淒風苦雪之下，就像在一個永無休止的夢境中前進。

項少龍感受到身後美女重回故國的黯然神傷，想像著將來小盤統一天下，敖向等都會變成像她般的亡國之人，禁不住又是另一番感慨。

夕陽無限好，只是近黃昏！這或許可作現時東方六國的寫照。

車馬隊穿過一片疏林後，在一處陵寢停下來。

項少龍心中恍然，原來鳳菲到這裡來是要祭祀某位先祖故人。

鳳菲等魚貫下車，由敖向陪伴朝陵墓走去，沒在林木後。項少龍和一眾家將、魏兵留在原地，不一會兒隱有哭聲傳來。

當她們回來時，除鳳菲被面紗遮掩看不見臉容，小屏兒等都哭腫了秀眸。

回到船上，已是夜深。谷明等全溜到岸上花天酒地，剩下一臉憤慨的房生。

項少龍見他的左腳胡亂紮了些布帛，問道：「怎樣了？」

房生兩眼一紅道：「若我的腳好不了，就要找他們拚命。」

項少龍曾受過一般接筋駁骨的跌打醫術訓練，將紮著的布帛解開來，摸捏研究一番，鬆了一口氣，道：「只是腳踝移了位，來！忍點痛。」

房生慘叫一聲，淚水奪眶而出，項少龍亦完成壯舉。

房生站起來試著走了兩步，大訝道：「沈兄確有一手。」

項少龍拍拍身旁的蓆子，笑道：「坐下來，我有些話想和房兄說。」

房生這時的心情和剛才已是天淵之別，欣然坐下道：「沈兄請說！」

項少龍由懷裡掏出那兩塊黃金，用手掌托著，送到他眼皮子下。

房生的眼睛立時瞪大至極限，呼出一口涼氣道：「天！這是黃金。」

只這麼兩塊金子，足夠普通人一世無憂。

項少龍把金子塞入他手裡，低聲道：「這是你的了。」

房生猶豫一下，搖頭道：「我怎可受沈兄的金子呢？」

項少龍騙他道：「我共有十塊這樣的黃金，是無忌公子自知大難難逃的時候分贈給我的，房兄儘管要了它們，然後詐作跌斷了腿，離開這小人當道的歌舞姬團，追求自己的理想生活。」

房生抓緊金子，訝道：「沈兄身家如此豐厚，何用來到我們這裡混日子？」

項少龍胡謅道：「實不相瞞，我今次是藉機離開大梁，自無忌公子死後，我們這些舊人無人敢用，我又不甘於平淡，遂乘機到齊國去碰碰運氣的。」

房生感激涕零道：「大恩不言謝，有了這兩塊金子，加上兩年來的積蓄，明早我立即向小姐請辭。」

想了一想又道：「不若我們一起走吧！沙立那人心胸狹窄，定不肯放過你，張泉則只是利用你，就算沈兄死了，他也不會掉半滴眼淚。」

項少龍微笑道：「房兄走了，我再無後顧之憂，我們那一跤絕不會是白摔的。」

房生呆望著他，就在這刻，他感到項少龍活像變成另一個人似的。

當晚，房生已迫不及待向張泉表示了因腿傷而要離團，張泉毫無挽留他的意思，藉口是他自己離職，隨便給他微不足道的十來個銅錢，便著他明早離船。

房生憤然告訴項少龍，本該有一筆可觀的安休費給他，不用說已落入張泉的私囊裡。當然他不會眞的把此事放在心上，因爲那兩塊金子已令他心滿意足。

翌晨項少龍送他下船，正猶豫好不好隨他一同失蹤時，谷明等人回來了，經過時對兩人冷嘲熱諷一番，然後登船。

項少龍又見碼頭問滿佈魏兵，船上的張泉則是虎視眈眈，被迫與房生道別，壓下心中的衝動，返回船上去。

船隊開出。

項少龍見其他僕人、御者如避瘟神般不敢與他交談，張泉那批人又當他是廢物般不再理睬他，心中好笑，取過早飯，躲到甲板一角吃起來。

心裡卻在盤算如何狠狠鬧他一場，好逼鳳菲把自己辭退，便可大搖大擺地離開，誰都不會對他生疑。不過時間須拿捏恰當，最好是在下一站補充食物用水之前生事，那便可順理成章於泊碼頭時給趕下船去。

初時他還對搶了人家的飯碗有點內疚，現在卻知是幫那人擋了一場災禍。谷明那些人顯是奉了副管事沙立之命，誓要把他逼走。

那沙立賣相不俗，可能正是憑此天賦條件勾搭上某一個頗有權力的婢子，實力增加後就來謀奪張泉可賺錢的大肥缺。

左思右想之際，眼前出現一對小靴子。項少龍愕然上望，剛好給人家姑娘胸前的插雲雙峰擋著視線，看不到她的模樣兒，吃了一驚下長身而起，原來是二小姐董淑貞的近身寵婢小玲姊。

她似笑非笑地瞅他兩眼，冷哼一聲，道：「你就是那愛鬧事的沈良？」

項少龍已決定了在卜一站離船，哪還須賣她的帳，回復以前叱吒風雲的氣概，微笑道：「小玲姊過獎，沒有人起鬨，哪鬧得出甚麼事來呢？」

小玲姊怎想得到項少龍敢如此針鋒相對，一愕下變臉道：「好大膽！你知不知道在和誰說話？」

項少龍雙手環抱胸前，淡然自若道：「國有國法，家有家規，萬事都逃不過一個理字，我現在孤身一人，人家卻是成群成黨，小玲姊給我來評評看，誰才有鬧事的資格？」

小玲姊登時語塞，說到雄辯滔滔，她怎是見慣大場面的項少龍的對手，氣得臉都漲紅了，狠狠盯了他幾眼，扠腰嬌叱道：「你是否不想幹了！」

項少龍好整以暇道：「這怕該由張管事或鳳小姐決定吧？」

小玲姊一向只有她罵人，何曾給項少龍這種身分的下人頂撞過，氣得七竅生煙，跺足走了。

項少龍看著她走到另一邊谷明那群人處，把谷明召了入艙，心知肚明好戲正在後頭，暗覺好笑，掉頭欣賞雪停後兩岸的美景。

他幾乎可肯定沙立勾上的人是這個頗有姿色的婢女小玲姊，背後可能更得到歌舞姬團內第二號人物董淑貞的支持，才敢挑戰張泉的權力。

當他正思索逃回秦境的路線時，肩頭給人拍了一記。項少龍別頭看去，入目是一名家將，也是昨晚護送鳳菲到城內祭祀的其中一人。

那家將道：「張爺要見你！」

項少龍見他說話時雙目不敢直視自己，哪還不知是甚麼一回事，微笑道：「這位大哥怎麼稱呼？」

那人道：「我叫許然，隨我來吧！」

項少龍心中一熱，手腳同時發癢，隨他進艙去。

第二十六章　事與願違

項少龍跟著許然，舉步進入船艙，來到一道門前。

許然停下來，把門向內推開少許，示意道：「張爺在裡面，你自己進去吧！」

廊道上出奇地沒有人，上層卻傳來曼妙的樂聲歌聲，安排在這種情況下對付他項少龍，就算打得他殺豬般慘叫，也不虞有人聽到。

項少龍微微一笑，猛地以肩頭用力撞在許然肩上。許然猝不及防下，驚呼一聲，踉蹌跌進艙房裡。

一個黑布袋蓋了下來，把許然的頭臉罩個結實，接著許然被拖入房內，谷明、富嚴等四、五名御者，加上巫循等三名家將，撲了過去，毫不留情地拳打腳踢。

項少龍閃入艙內，順手把門關上，許然已頹然蜷臥地上，痛得曲成似一隻熟蝦般的可憐樣兒。

這些人也太性急緊張，竟然分辨不出無論衣服、體型，許然和項少龍都有很大的分別。

谷明首先瞥見站在入門處的不是許然而是項少龍，駭然張口，指著他卻說不出話來，其他人始發覺打錯了人。

項少龍搖頭歎道：「你們真不知自己做了甚麼錯事嗎？」

驀地飆前，欺到巫循矮壯的身側，一記膝撞，頂在他腹下。

早在二十一世紀，項少龍便是鬧事打架的高手，深明「射人先射馬，擒賊先擒王」之道。巫循那種體型，肩寬脖粗，最具勇力，否則也不能推得下盤穩扎的項少龍滾下跳板去，所以他一出手，就以巫循為第一個目標，且命中他的要害。

他勝在速度，教巫循不及招架。下一刻他已到了另兩名家將中間，左右開肘，狠撞在兩人肋下處。

這種近身戰術，最適合在狹窄的環境施展，亦教對方摸不著他的位置，並以敵人的身體做掩護。兩名家將痛得慘叫側跌，項少龍這時已撲到富嚴身前，側頭避開他照面打來的一拳，兩手箍上他的脖子，連續兩下膝撞，頂在他腹下。又側飛一腳，把另一名御者踢得飛跌開去，「砰」的一聲撞上艙壁。

上層的樂聲恰巧奏至高潮澎湃的激昂處，似在為項少龍助威。

不知誰人從後箍著項少龍，項少龍放開富嚴，任他跪倒地上，再使了一下柔道的身法，扭身把後面的人摔過頭頂，擲往窗門的方向。

「砰」的一聲，那人背脊狂撞在窗門旁的艙壁上，滾倒牆角。

谷明和另兩名御者撲上來，項少龍施展擒拿手法，一把扭著其中一名御者的手腕，曲膝連續在他腰眼處凌空以腳側掃了兩記，痛得那人整個彎曲起來。

項少龍用力一扯，被制的御者踉蹌與另一名御者撞作一團。

谷明撲到項少龍前，先前中招的兩名家將才剛爬起來，卻呆若木雞，變成一對一的局面。谷明面容扭曲，雙目凶光四射，由懷裡拔出匕首，當胸搠至。

項少龍使了一下假動作，避過匕首，撮手成刀，狠狠劈在他手腕。

谷明匕首墜地，失勢前跌，項少龍乘機一拳轟在他背心。這橫行霸道的御者登時跌了個四腳朝天，狼狽之極。

「鏘！鏘！」兩名回過神來的家將激起凶性，拔劍撲到。

血浪寶劍離鞘而出，化作漫天劍影。

那兩人怎想得到世上竟有人使劍使得如此神乎其技，驚呼聲中，手中長劍甩手丟地，腕口鮮血飆出。

項少龍還劍入鞘，逼了上去，鐵拳左右開弓。

骨折聲和慘叫合奏般響起，只三數拳，兩人再爬不起來。

谷明掙扎起來時，給項少龍壓到艙壁去，重重在小腹打了四拳，立時口溢鮮血，貼著艙壁滑坐地上，痛不成聲。

艙門倏地推開來，接著是小玲姊的尖叫聲。

此時艙內除項少龍外，已再沒有人能以自己的氣力站起來。

項少龍好整以暇的拍拍雙手，微笑道：「小玲姊你好！還不去告小人一狀，好革掉小人的御者之職？」

小玲姊俏臉血色褪盡，不能置信地看著眼前的一切，嘴唇顫震，卻是說不出話來。

其中一名家將勉力跪起來，旋又咯出一口血，再倒回地上去。

項少龍一對虎目射出冷酷無情的光芒，向小玲姊逼去。

小玲姊尖叫一聲，亡命逃了。

項少龍伸個懶腰，暗忖離船的時間怕該到了吧！

寬大的艙廳裡，項少龍昂然立在廳心處。

鳳菲仍戴著輕紗，女扮男裝的小屏兒肅立其後。歌舞姬團的第二號人物董淑貞首次亮相，坐在鳳菲之側，旁邊是猶有餘悸的小玲姊。

董淑貞年在二十許間，生得美貌異常，眼如點漆，非常靈活，一副精明厲害的樣子。樂師之首雲娘亦在場，坐在鳳菲另一邊，半老徐娘，但姿色仍在，反多了幾分年輕女子所欠的成熟風情，性感迷人。

張泉側坐一旁，神情興奮。沙立亦被從另一艘船召過來參與這場「審判」，坐在張泉對面，雙目凶光閃爍，一副要擇人而噬的模樣。

兩男三女的座位，像一面張開的扇子般對著卓然而立的項少龍。

至於昆山等一眾家將，則排在兩旁和入門處，二十多人肅靜無聲，使氣氛更是沉重。谷明、富嚴、巫循、許然等人包紮妥當，虛弱無力地頹然坐在一旁，像一群鬥敗了的公雞，可憐亦復可笑。

董淑貞首先發言道：「沈良！這是甚麼一回事，自你來後，屢生事端，可知我團嚴禁私鬥？」她的聲音清越嘹亮，餘音鏗鏘，唱起歌來必是非常動聽。

項少龍環視全場，見所有人的目光全集中在自己身上，惟只鳳菲有點莫測高深。他淡淡一笑，故意沉下嗓子道：「若想知道是怎樣一回事，何不問問小玲姊，她是策劃的人，自然知道得比我更清楚。」

沙立插言怒喝道：「沈良你是甚麼身分，竟沒上沒下的，還不給我跪下。」

項少龍雙目寒芒亮起，冷冷瞪著沙立，卻不說話。

家將中屬沙立派系的立時群情洶湧，怒喝連聲。

鳳菲嬌喝道：「給我住嘴！」

眾人這才靜下來。

項少龍手按劍柄，仰天大笑道：「士可殺，不可辱，男兒膝下有黃金，若要我爲沙立這種卑鄙小人折腰，那可要殺了我才辦得到。」

沙立霍地起立，手按劍把，怒喝道：「讓我來取你這大膽奴才的狗命。」

項少龍悠然笑道：「你若是我十招之敵，我便向你叩十個響頭。」

沙立氣得一張俊臉陣紅陣白，只是不敢拔劍。

張泉推波助瀾道：「沙副管事若有眞本領，我張泉樂於一開眼界。」

一直沒作聲的雲娘歎道：「這麼吵吵鬧鬧的，成甚麼體統，更不能解決事情。」

沙立乘機下臺，氣鼓鼓的坐回席位去。

鳳菲柔聲道：「好了！讓我們平心靜氣來把事情弄清楚，巫循你乃家將之首，告訴我這是甚麼一回事？」

巫循顯是個頭腦簡單的人，不善言詞，愣了片晌，漲紅了臉，卻無辭以對。

谷明搶著道：「這事是由沈良惹起，我們一眾兄弟在艙內耍樂，沈良卻……」

小屏兒嬌叱一聲，打斷谷明，怒道：「小姐問的是巫循，怎到你這奴才插嘴？」

谷明委屈地把餘下的話吞回肚子裡。

巫循醒覺過來，顫聲道：「是的，沈良闖進來沒頭沒腦的對我們拳打腳踢，就是這樣子。」

張泉失笑道：「他怎會知你們躲在哪個艙房內耍樂呢？」

巫循再次語塞。

沙立大怒道：「大管事是否要縱容凶徒？現在擺明是沈良行凶傷人，只看他如此大膽無禮的樣子，當知此人的狂妄。」

董淑貞正用神打量項少龍，皺眉道：「你們給我先靜下來。」轉向項少龍道：「沈良你有甚麼話說？」

項少龍哪會作啥解釋，瀟灑地攤手道：「我沒有話好說，只要二小姐一句話，我便自行離去，把事情了結。」

張泉色變道：「你怎可全不辯白而退出？」

項少龍冷冷瞅他一眼，悶哼道：「張爺肯聘用我，亦是出自私心，現在我沈良醒悟了，再不會被你利用，還留在這裡幹啥？」

張泉勃然大怒，額角青筋跳現，一時氣得說不出話來。

小玲姊冷笑道：「你這以下犯上的奴才，打傷了人，走得那麼容易嗎？」

董淑貞打斷她道：「小玲住嘴！」

小玲姊一向得董淑貞愛寵，少有給她這麼當眾責罵，嚇得噤若寒蟬，再不敢說話。

項少龍本心中好笑，悠然靜待被趕離歌舞姬團的判決。他故意將決定權送到董淑貞手上，是看準她要維護自己的丫頭，現在聽他喝止小玲姊，立時暗叫不妙。

艙廳內鴉雀無聲，只有張泉和沙立沉重的呼吸聲。

董淑貞先望了出奇沉默的鳳菲一眼，再環顧諸人，最後目光來到項少龍臉上，輕蹙秀眉道：「現在已非誰動手傷人的問題，而是沈良你目無尊卑的態度。」

頓了一頓續道：「你顯然並非平凡之輩，但這只是一個歌舞姬團，容納不下你這種人，所以……」

項少龍正心叫謝天謝地時，鳳菲打斷董淑貞的話道：「且慢！」

眾人愕然朝她望去。

項少龍心中叫苦，若鳳菲認出了他來，那就糟糕之極。自己已故意改變聲音、神態，樣子又變得厲害，她對自己更是只有一面之緣，理該可把她瞞過的。

鳳菲在眾人目光中，幽幽歎道：「想不到我們小小一個歌舞姬團，竟也會生出這麼多事端。這事罪不在沈良，而在於管事的人。一向以來，我都忍著不出聲，豈知現在你們變本加厲，我再不能不說話。」

項少龍放下心來，但又知道不妙，若不被趕走，豈非要隨團到齊國去？

張泉、沙立和小玲姊同時色變。董淑貞也感到不大自然，鳳菲這麼說，顯也有怪責自己的意思。

鳳菲淡然道：「沈良你放心為我駕車，以後若有任何人敢惹你，可以直接向我報告。」

項少龍愕在當場，恨不得痛哭一番，以表示心中失望。

若他堅持離開，就是於理不合。

以爲他是沈良的張泉現正恨他入骨，說不定更會生出疑心或壞心，只好施禮謝恩。

鳳菲接著朝張泉和沙立兩人望去，緩緩揭開面紗，露出可比擬紀嫣然和琴清的絕世玉容。不過此時她鳳目生寒，神情不悅。

張泉嚇得跪下來，叩頭道：「小人知罪！小人知罪！」

沙立不知是否有恃無恐，竟仍硬撐道：「大小姐，事發時小人並不在船上……」

小玲姊尖叫道：「你竟敢說這種話？」

董淑貞怒喝道：「小玲跪下，由今天起，我再不用你伺候！」

小玲姊嬌軀劇顫，哭倒地上。沙立知道不妙，這時才跪下來，不迭叩頭。

鳳菲淡淡道：「待會船泊碼頭，沙立你立即給我滾得遠遠的，否則休怪我辣手無情。」

轉向張泉道：「念在你跟了我這麼多年，亦肯知機認錯，便讓你降級爲副管事，有關錢銀往來的事，暫改由雲娘負責。至於谷明等犯事者，一律扣起這個月的工錢，異議者立即逐走。」

言罷不理沙立的哀求，起身離去，包括董淑貞在內，都嚇得跪伏地上。

項少龍無奈跪下，心中卻在盤算應否和沙立一起「有那麼遠就滾那麼遠」。

鳳菲如此精明果斷，確大大出乎他意料之外。

第二十七章　河上監牢

經此一事，項少龍的身分大是不同，首先被安排搬離底層，到中層與四名家將同房，不用對著谷明那幾個御者。

更重要是誰都不敢再來惹他，又或言語上敢對他不客氣。這並非因有鳳菲的警告在前，而是因為有巫循等前車之鑑，誰都不敢再開罪他。

在某一程度上，他成了團內的英雄，使一向受慣張泉、沙立和小玲姊三人的氣焰者均大感痛快。在團內的鬥爭裡，他反客為主，成為勝利者；但在逃亡大計上，他卻是失敗者。

他當然不甘心就這麼到齊國去，又總不能在這種天寒地凍的時刻跳河逃走。但對於應否在下次登岸時溜走，則仍有點舉棋難定。

吃晚飯時，仍沒有人敢主動和他說話，但已有人肯和他點頭為禮，神態較為友善。項少龍樂得清靜靜。

當大多數人都因避風回到了艙內時，他獨自一人坐在船尾一堆雜物上，呆看星夜下大河兩岸的景致。後方緊隨另三艘大船。

他想起離咸陽的嬌妻愛兒愈來愈遠，又想起周良和鷹王的慘死，以及戰士一個接一個在他身旁倒下去的慘烈情景，一陣淒酸湧上心頭，難過得想放聲大叫。

李牧使他嘗到戰敗的苦果，但他卻不能恨他，亦生不出報復的心態。

李牧說過的「將來在戰場上相見，必不留情」之語，就像是昨天說的。言猶在耳，他們已在戰場上拚個你死我活。

小盤對他的失蹤，是否既感失落但又暗中稱慶呢？

說到底，項少龍代表的是小盤的過去，沒有了項少龍，小盤才眞眞正正不用有任何顧忌的去當他的秦始皇，這想法使項少龍深感戰慄。

小盤每天都在改變。在中國歷史上，所有功高震主的人從來沒有好下場，除非搶了帝王來做。於此事上他已非常小心，從不敢居功自滿。但自然而然地他成了一個權力中心，可以左右小盤這未來秦始皇的決定。他和小盤自幼建立的關係，能否逃過這條功高震主的定律？

正深深思索時，一陣溫柔的女聲在耳旁響起道：「你在想甚麼呢？」

項少龍從沉思中驚醒過來，別頭一看，原來是權力大增的樂師之首雲娘，忙跳起身施禮。

雲娘移到他身旁，和他並肩而立，歎道：「是否因爲船上的人都怕了你，所以你只好孤零零一個人在這裡看河景？大小姐和我在上艙看到你在這裡，她著我來問問你呢！」

項少龍瞥了她一眼，這女人的年紀怕也有二十七、八歲吧！但保養得很好，皮膚像少女般滑嫩，臉上輪廓極美，只是多了點歲月刻上的風霜，但也使她更有女人的味道，一時不由看得癡了。

雲娘見他目光灼灼盯著自己，微笑道：「看你剛才侃侃而談的神態，便知你以前在信陵君府時有過一番風光。想信陵君府食客三千，能爲他駕車，該已是莫大的榮譽，現在誰都不敢小覷你了。」

項少龍想起信陵君和自己間的恩恩怨怨，虎目射出傷感的神色，看得雲娘多年來平靜無波的芳心劇烈顫動一下，感到這男人對她生出強大的吸引力。

項少龍見雲娘忽地避開自己的目光，暗忖難道連她都怕了我嗎？歎道：「人見人愛，又或是人見人怕，兩者究竟哪種較好呢？」

雲娘發覺自己很難把這個男人當作下人對待，而他的說話亦引起她的興趣，撥好被風吹亂的秀髮，想都不想道：「還用說嗎？當然是人見人愛好了。」說完不由俏臉微紅。

項少龍搖頭道：「這只是少年人少不更事的想法，最好是既教人怕，又教人愛。但誰都知道這是不可能的，所以寧可被人怕，至少那會比較安全。」

雲娘聽得呆起來，好一會兒道：「你的想法很特別，但不能說沒有道理。很多時傷害我的人，都是愛我的人。唉！以你這等人才，怎甘於只當一個御手呢？」

連她自己都不明白，爲何肯和一個下人談起心事來。

項少龍當然沒有「自卑」的問題。對一個二十一世紀的人來說，世上每個人基本上都是平等的。聽她這樣問，苦笑道：「這或者就叫『人有三衰六旺』了。」

雲娘怎會明白他眞正的含意，好一會兒始把握到他的意思，動容道：「這句話形容一個人的時運際遇，確是非常貼切。」

接著有點依依不捨道：「我來走了，要回去向小姐報告哩！」

項少龍乘機問道：「船還會泊岸嗎？」

雲娘應道：「你想學他們般到岸上散心嗎？但這趟可不行。明天到達歷下時只會停留一個時辰，除上岸辦貨的人外，其他人一律不准離船。我走了！」

看著她搖曳生姿的背影，項少龍報以苦笑，只好寄望在再下一站有逃走的機會。

次日船泊碼頭，項少龍來到甲板上，只見碼頭上滿佈從城中來想一睹鳳菲風采的齊國官民，城守大人更親自上船來向三大名姬之首請安，使項少龍更是毫無逃走的機會。

他已開始生出不耐煩之心，這艘船對他來說只是個開放式的河上監獄。唯一安慰的是經過這一段優悠的日子，他的精神體力完全恢復過來，人也比逃亡時好看多了，不再予人皮黃骨瘦的感覺。

回房時在艙廊與張泉碰個正著，對後者怨毒的眼光，他只是一笑置之。他這時已和同房的三名家將級團友混熟，遂問起他們下一站船停處。

一個叫費淳的笑道：「沈兄在想娘兒們了。」

費淳中等身材，比項少龍要矮上整個頭，相貌平凡，但性格隨和，使人感到和他在一起很輕鬆。四名家將中以他年紀最大，剛好三十歲出頭。

另一名家將馮亮道：「大後天的翟城是到臨淄前最後一站，要耍樂得把握時機。因聽說臨淄物價高漲，要玩都輪不到我們哩！」

馮亮是個二十來歲的小伙子，長得高大精壯，只比項少龍矮上兩、三寸，四人中數他最有識見。

另一名家將叫雷允兒，比馮亮還少上兩歲，手長腳長，形如猿猴，頗有型格，與上層的一個俏婢相好，頗爲自負，對項少龍雖友善但亦帶點妒意。悶哼道：「泡妞兒不一定要用錢吧？到時看我的手段好了。」

費淳和馮亮立時起鬨，三人鬧作一團。

項少龍想起二十一世紀時自己和隊友小張、蠻牛、犀豹等人的情景，心中洋溢著一片溫暖，男人的話題總離不開女人和金錢。

翟城可說是他最後一個溜走的機會，若到了齊都臨淄，便危險多了。只是田單的手下，認識他的大有人在。

最糟是他身為鳳菲的御手，若整天載著她往來於權貴的府第，暴露身分的機會大增，其中險況，可想而知。所以縱是跳水逃走，亦絕不可到臨淄去。

快要席地就寢時，敲門聲響，一名婢女來找項少龍，說鳳菲要見他。

項少龍頗感受寵若驚，又是心中打鼓，不知鳳菲因何要紆尊降貴的見他。

領路的俏婢有點眼熟，旋即想起正是那天喝止自己到船頭去的刁蠻惡婢，遂道：「這位大姊怎麼稱呼？」

婢子冷哼一聲，道：「問東問西的，這麼多話？待會見到大小姐，你最好守規矩，惹怒了她，你就要吃不完兜著走。」

項少龍給她一輪搶白，推測她或許是小玲姊那邊的人，又或是好朋友之類，所以對自己充滿敵意，豈會和她計較，微笑不語，隨她登往上層去。

鳳菲沒有戴上面紗，神色安然的坐在艙廳中特為她設的席位裡。

項少龍施過晉見之禮，依她指示在離她半丈許處的軟墊坐下。那惡婢退了出去，廳內只剩下他們兩個人。

男女間的吸引，乃與生俱來的天性。項少龍忍不住暗地飽餐秀色。

只是她的坐姿已非常動人，高雅素淨的絲袍寬大的下襬把她下肢完全掩蓋，裙腳拖往地蓆左旁，雖是坐著，她的腰肢仍挺得筆直，使她酥胸的曲線更爲突出，既驕傲又嫺雅。只要是正常男人，都會泛起若能摸上一把，必似如登仙界的醉人感覺。

她的秀髮在頭上結成雙環髻，絕世玉容平靜無波，教項少龍不由憶起圖先對她「內外俱美」的讚語。

她身旁放置一張五弦琴，木色沉鬱，襯托起她淺白底淡黃鳳紋的寬大袍服，顯得她更是綽約多姿。這確是幅動人的美女端坐圖，如詩如畫般益顯秘不可測的美麗。

廳裡火爐內柴炭在燃燒著，偶爾送來「嗶啪」之聲，配合河水撞上船身的響音，交織成有若仙籟的交響曲。

以項少龍這麼有自制力的人，一顆心亦不由被這美女強大的感染力融化。

不愧是三大名姬之首！難怪這麼多公卿大臣、王侯將相，要傾倒在她的裙下。不要說能一親芳澤，只要她肯回眸一顧，已是天大恩寵。

心弦震動時，鳳菲淡淡道：「無忌公子是怎樣死的？」

項少龍立時提高警覺，垂首黯然道：「若大小姐這句話是在大梁問我，小人定不敢如實給出答案。」

接著如若目睹般勾畫出當時情景，又感同身受地道：「安釐那昏君當時病得快要死了，龍陽君和太子增帶了大批禁衛來到我府，送來一杯酒。接著君上逐批的找我們去吩咐後事，然後喝掉毒酒，唉！」

他知道若說得不夠詳細，必會啓蕙質蘭心的美女之疑，索性編小說般詳細道出經過，免得她追問細節詳情。

鳳菲果然不啓疑心，幽幽歎了一口氣，沉吟不語。

項少龍心念電轉，知她對自己已動疑心，甚至可能懷疑自己是項少龍，故來盤問他。

但他卻頗有過關的自信，先不說她對自己的模樣只是在某一環境匆匆留下的印象；且當時燈光既暗，自己的服飾、神態又與今日大異，再加上他項少龍此時滿臉鬍髯，人又至少瘦了十多斤。而最重要的是張泉是通過魏國的官家馬廏把他聘回來的，誰想到其中竟有如此轉折。

鳳菲的目光又再落在他臉上，柔聲道：「沈良你眞的只是無忌公子的御手嗎？」

項少龍微一愕然，已想出另一套釋疑之法，頹然道：「大小姐的眼光眞厲害，小人本是趙國廉頗大將軍的手下，隨廉大將軍離梢往投無忌公子，被無忌公子看中收爲客卿，還以爲可再有一番作爲，豈知人算不如天算，最後落魄大梁。經此兩次變故，小人對功名已淡若止水，只希望賺一筆錢，找個窮鄉僻壤，以清茶淡飯安度餘生算了。」

鳳菲動容道：「『人算不如天算』，這句話說得眞好，其中包含了多少無奈和失意。沈兄的遭遇令人感慨惋惜，若不怕大材小用，可安心爲我管理這歌舞姬團。」

項少龍裝出汗顏之色，垂首道：「怎當得大小姐沈兄之稱，況且我只是初來甫到的新丁，難以服眾，大小姐千萬不要抬舉小人。」

鳳菲微笑道：「我周遊列國，閱人無數，只看你亢而不屈，在大庭廣眾從容自若的神態，便知道你不是慣爲奴僕的人。唉！你使我想起在咸陽遇到的一個人，若非張泉肯定你的身分，我就會認錯你是他。」

項少龍吃了一驚，裝出大感興趣樣兒，問道：「我是否長得很像他呢？」

鳳菲定神打量他一會兒，眼中射出茫然之色，夢囈般道：「確有點相似，尤其是你的眼神。不過現在就算沒有張泉的肯定，也知你不會是他，因爲中牟傳來消息，他已安然回去。可笑魏人差點把大梁翻轉過來，原來竟是一場誤會，當然拿不到人啦！」

項少龍醒悟過來，知道滕、荊兩人接到荊家村送去的消息，清楚了他的處境，故意放出煙幕，說他已安返中牟，好教敵人放棄追捕他的行動。

這一著高明之極，只要找例如烏果那類身形酷肖他的人，加點易容術，遠看去確可以瞞過人。而唯一知道他到過大梁的龍陽君，則是有口難言，不敢把眞相說出來。

說到底，龍陽君的心仍是向著他。在這種順水推舟的情況下，只好閉口不言，幫他一把。

至於王宮秘道的破綻，該至今仍未被發現，又或發現了亦不會懷疑到他身上去，因爲事情實在太超乎一般人的想像。

想到這裡，立時陰霾盡去，頗有再世爲人的感覺，口中卻道：「原來大小姐指的是秦國的項少龍。」

鳳菲深深望他一眼，秀眸射出緬懷之色，卻沒有說話。在這一刻，項少龍知道鳳菲對另一個自己生出微妙的感情，大感榮幸。

鳳菲柔聲道：「今次到臨淄，完成我遍遊各國都城的宏願，之後我打算把歌舞姬團解散，返回南方，過點平淡的生活。」

項少龍一震道：「原來大小姐要榮休了。」

鳳菲露出一絲笑意，輕柔地道：「或者我是不甘寂寞的人，既不能以力服人，便改而以歌舞去打天下，把先賢傳下來的詩歌舞樂發揚光大。不過此趟臨淄之行確不容易應付，不知何人把我要解散歌舞姬團的消息洩露出去，現在人人均對我的去向虎視眈眈，沈兄該明白我的意思。」

項少龍不解道：「既是如此，大小姐索性不去臨淄，豈非一切可迎刃而解嗎？」

鳳菲淡淡道：「漏了臨淄，我又不甘心，何況人生總要面對各種挑戰的，若我臨陣退縮，下半生難免深抱遺憾。」

頓了頓再道：「像你這種人才，可遇而不可求，不若我以自己的願望和你的願望來做個公平的交易。假若沈兄可保我鳳菲安然離齊，不致淪爲別人姬妾，我便予沈兄二十塊黃金，使沈兄可安享下半生。」

項少龍頭皮發麻，先不說他絕不肯到臨淄去，就算鬼使神差令他到了那裡，亦只會惟恐不夠低調。假若成爲歌舞姬團的「公關經理」，終日面對面應付田單一類齊國權貴，還要用盡手段周旋其間，好保鳳菲的清白，那等若要他把脖子送上去給人宰割。

同時他亦明白到鳳菲的處境，一天歌舞姬團在巡迴表演，她仍可保著超然不可侵犯的地位。但若捨下這身分，那人人都希望她這朵鮮花可落往自己的榻上去。

這是一種微妙的心態，鳳菲若能與所有人保持距離，才可以孤芳自賞的姿態傲然獨立；一旦息演，那人人都猜她是身有所屬，自然群起爭奪。她的憂慮不是沒有道理的。

只好苦笑道：「大小姐太抬舉在下。」

這是絕不能應承的事，問題是拒絕更不合理，看來只好狠下心腸騙她一次好了，心中矛盾至極。

鳳菲平靜地道：「你若做不來，張泉做得來嗎？至少你是那種不易被收買的人，對張泉我則半分信心都沒有。」

又歎道：「我們終是婦道人家，要應付那些像蝗蟲般的男人，只能倚靠你們男人。」

項少龍皺眉道：「大小姐若能把解散歌舞姬團的事保持秘密，不是可免去諸般煩惱嗎？」

鳳菲露出傷感神色，淒然道：「我是故意透露給一個親近的人知道，但又令她以爲尙有其他人知道，好試探她對我的眞誠。現在終於清楚，故雖身陷險境，仍覺値得。」

項少龍一震道：「是二小姐嗎？」

鳳菲回復平靜，點頭應是，道：「她一直想取我之位而代之，在這男人當權的情況下，我們女子很難建立自己的事業，歌舞姬團可算是個異數，她一向屈居我下，自然想去我而後快。」

項少龍道：「那不若把歌舞姬團送給她算了。」

鳳菲道：「那牽涉到很多問題，我曾答應跟隨我的人，當歌舞姬團解散之時，每人贈予一筆豐厚的遣散費。唉！誰都知道以色藝示人的活是幹不長久的，有了錢後還不乘機引退？所以董淑貞她只有設法在正式遣散前，與人合謀把我從歌舞姬團攆走。」

頓了頓續道：「事實上你已幫了我一個大忙，使我可以逐走沙立，但現在董淑貞又拉攏張泉，沈兄該明白我的處境。」

項少龍是有苦自己知，但又不能不睜著眼說謊的答應她。那種矛盾和痛苦，實非任何筆墨所能形容。

他怎忍心這麼一個才華橫溢、色藝雙全的美女，受奸人所害，落到她不喜歡的人的魔爪內呢！

第二十八章　他鄉遇故

翌晨，鳳菲召集眾歌舞姬和團內像張泉那種管事級人員，當眾宣佈破格提陞沈良爲正管事，負責團內大小事宜。

董淑貞和張泉均大爲錯愕，偏又不敢反對。

首先恭賀他的是雲娘，還在他耳邊道：「今次你該好好謝我。」使項少龍知道雲娘乃鳳菲心腹，暗中向鳳菲舉薦他，眞是哭笑不得。

他尚是首次見到董淑貞之外的十一位歌舞姬，無不國色天香，體態撩人，看得他眼花撩亂。不過她們大多對鳳菲重用沈良不以爲然，神情冷淡。其中一位叫祝秀眞的長腿美姬，更露出不屑之色。

歌舞姬團上下共有一百八十人。鳳菲當然是高高在上，接著是歌舞姬和樂師，兩者分以董淑貞和雲娘居首，由一群婢女、僕婦伺候。

除樂師有小部分是男性外，其他清一色是女兒家。

總管整個團對外、對內事務的就是他這位大管事和降爲二管事的張泉。家將、御者、男僕、腳伕歸他二人管治，儼然一個團體的統率者。

家將、御者等各有頭子，前者是張泉的心腹昆山，後者則是谷明。只是這兩個人，加上含恨在心的張泉，項少龍便要頭大如斗。

最糟是他立即便要逃跑，現在肩負重責和鳳菲的期望，弄得他進退兩難，苦得差點要痛哭一場。

最大的好處則是張泉給調到另一艘船去和他可獨佔第二層的一個房間，但當雲娘來找他時，便知有其利亦必有其弊。

雲娘是打著移交職務的旗號來找他，令他欲拒無從。

交代一切後，雲娘充滿挑逗性的目光大膽地瞅著他道：「好了！現在沈管事該怎麼樣答謝人家哩！」

她的目光令他想起朱姬和莊夫人的眼神，像她們這類飽經男女之事的成熟女性，一旦對異性動情，幾乎立即是肉慾的追求，不會拐彎抹角。一方面是生理上的需要，另一方面亦是因年紀大了，少去少男少女的幻想和憧憬，而趨向於取得實質的收穫。

站在男人的立場，項少龍絕不介意和風韻迷人的成熟美女親熱一回，那定會是一次令人醉心傾倒的美麗經驗。可是在目前的情況下，又溜走在即，實則不宜惹上感情上的牽累。

他自己知自己事，一旦和女人發生肉體的關係，很難沒有感情上的負擔。若那麼的飽食遠颺，定會心生歉疚。除非她是明賣明買的妓女，那又自當別論。

眼前若斷然拒絕，他又辦不到，只好採拖延戰術，一邊遏制被她挑起的慾念，一邊岔開話題微笑道：「自然是心中感激，不過我仍有一個問題，須請教雲大姊！」

雲娘欣然道：「說吧！只要人家知道的，都會告訴你。」

看她神態，聽她語氣，擺明一副任君大嚼的姿態。項少龍更感頭痛，亦有些把持不住，暗暗警告自己後，正容道：「歌舞姬團所到處，自然會惹來狂蜂浪蝶。鳳小姐不會是問題，因爲人人都知道她不會陪侍人，但假若有人看中其他歌姬，那我該如何應付呢？」

雲娘橫他別有意思的一記媚眼，道：「你所說的事常有發生。不過我們的小姐們非是妓女，那些男人若想一親香澤，便要下點功夫，例如先邀她們參加宴會，討得她們歡心後，再設法試探她們的心意，這種事大小姐一向不管，你更管不到。」

項少龍道：「那有沒有中途離團嫁人的呢？」

雲娘點頭道：「有！但卻不多。嫁給那些公卿大臣有甚麼好，未得手前當你如珠如寶，得手後便似再不值一顧，回到家裡還要給其他眾多妻妾視作敵人，怎及待在歌舞姬團的愜意。將來賺足了錢，回到鄉下要嫁誰都可以啦！」

項少龍點頭道：「一入侯門深似海，你們懂得這麼想確是聰明極了。」

雲娘雙目亮起來，讚歎道：「『一入侯門深似海』這句話棒極了，定要告訴小姐，她正編寫一首深閨怨婦的舞曲，說不定可加這一句進去。」

項少龍惟有報以苦笑。

雲娘興奮起來，移到長裙碰上他膝頭的親近處，低聲道：「今次到臨淄去，還有與其他兩個名姬較量之意，所以大小姐非常緊張，絕不希望分別在桓公臺和稷下學宮的兩場歌舞，會給蘭宮媛和石素芳比下去。」

項少龍想起這兩個與自己有過瓜葛的美女亦會到臨淄去，稷下學宮不用說是「稷下劍聖」忘憂先生曹秋道的大本營，但桓公臺卻不知是甚麼地方，遂請教雲娘。

雲娘吐氣如蘭道：「桓公臺又稱環臺，是齊宮內一座壯麗的大殿，當年桓公最愛在此宴會賓客、聚召群臣，遂以他爲名。未曾到過桓公臺表演的歌姬，便不算有身分。」

項少龍聽得悠然神往，齊國乃春秋戰國時代的超級大國，文化源遠流長，自己過門不入實在可惜。不過小命要緊，哪還有旅遊的閒情，只好不去多作遐想。

雲娘上身俯過來，柔聲道：「今次齊王的出手很大方哩！兩場歌舞共二百塊黃金，到時由你去收錢。」

項少龍嚇了一跳，二百塊金子是這時代的天文數字，可見齊人的窮奢極侈。若把這些錢用往軍隊去，足可支付一隊五百人的兵將一年的糧餉。

雲娘微嗔道：「人家甚麼都告訴你，你還未說會怎樣酬謝人家？」

項少龍暗忖既是避無可避，惟有拋開一切好好享受飛來的豔福。伸手摟著她蠻腰，正要擁入懷裡，船身微顫，緩慢下來。

兩人大訝，明天才可抵達翟城，為何船卻像要停下來的樣子？

燈火由前方映照過來。項少龍乘機跳起來，移往窗旁，探頭外望，見到前方有一艘大船正在減緩船速，好讓他的船隊趕上。

此時雲娘擠到他旁，嬌軀緊貼著他俯前張望。

項少龍道：「那是誰的舟駕？」

雲娘細看對方插在船尾的旗幟，忽地叫道：「談先生來了！他乘的是韓國上大夫的船。」

項少龍見她的俏臉興奮得發亮，猜到談先生與她的關係非比尋常，否則她不會興奮得像頭發情的叫春貓。

男人就是這樣，他本以雲娘的癡纏為苦，對她只有好感而無愛意。這時見有了「情敵」，不由掠過些微嫉忌之意，有點酸溜溜的問道：「談先生是何方神聖？」

雲娘歡喜得甚麼都不再有理會的興趣，雀躍道：「談先生是南梁君府中最懂詩歌音律的人，更是守信的人，說過會到臨淄看我們的歌舞，現在果然來了。我要告訴鳳姊！」言罷置項少龍於不顧，旋風般出門去了。

項少龍只好對「砰」一聲關上的房門報以苦笑，同時心中升起一種奇異的感覺。南梁君的名字為何有點耳熟，究竟曾聽誰人提起過呢？

兩艘大船緩緩靠近。

鳳菲和一眾歌姬到了甲板上來，欣然靜候，顯示這同道中人的談先生，在她們心中有很重要的地位。雲娘更是不停的與其他歌姬頻頻揮手。

在燈火和月照下，對方的船靠近這邊的船舷處，站了十多人，也在不斷揮手回應，氣氛熱烈。

連著鉤子的繩索拋了過來，項少龍忙指揮船伕接著，把對方的船緩緩拉近，船速更慢下來。

到能清楚看到對方面容的距離時，項少龍虎軀一震，他見到一位闊別多年的朋友。

那人亦遊目到項少龍處，呆了半晌，才以劇震回應。

赫然是肖月潭。

項少龍終於記起「南梁君」之名，是聽自圖先。肖月潭到了韓國，投靠南梁君府當客卿，此人多才多藝，難怪如此得歌舞姬團眾姬的歡心。

「隆」的一聲，兩船因輕微的碰撞抖顫了一下，連在一塊兒。

對方船上伸出跳板，搭到這邊船上，肖月潭一馬當先，帶頭領著幾個隨人舉步走過來，先朝項少龍打了個眼色，才呵呵笑著來到鳳菲身前，施禮道：「去春一別，至今竟年，鳳小姐妙絕天下的歌舞，仍縈繞夢域，想不到今夕竟能相逢河上，談某眞的要感激老天爺的恩賜。」

鳳菲領著眾姬還禮，微笑道：「昔日在韓，暢談竟夜的美事我們仍是回味無窮，更感獲益良多，今夜再巧遇先生，怎能不竭誠以待，請談先生和貴介們到艙廳用茶。」

肖月潭打出手勢，教他船上的手下收回繩索跳板，這才領著隨人與鳳菲進艙去了。

恨不得立即與肖月潭詳談的項少龍只好壓下心中的衝動，同時心中欣慰。只看肖月潭的架勢，便知他在南梁君府內非常得意，否則怎能如此乘船應約，到臨淄來看三大名姬同場較藝的盛事。

心中的些許妒忌之心更是不翼而飛，看來老小子風流如故，不知他除雲娘外，還弄了哪個歌姬上手？

兩船分開來時，項少龍也鑽入大艙去，好看看肖月潭的情況。

到艙廳正門處，肖月潭正向鳳菲等介紹隨來的三人，都是南梁君府的重要客卿，只看他們模樣，便知是學富五車的人。

鳳菲與眾姬和雲娘坐在左邊的席位，肖月潭等則坐在另一邊，氣氣熱烈。雲娘更親自向四人奉茶，還不斷向肖月潭拋媚眼。

肖月潭瞥見項少龍，當然要裝出不大留神的樣子。

項少龍感到自己與廳內的氣氛格格不入，正躊躇應否進去時，一名本站在祝秀眞身後的婢子移過來，厭惡地道：「小姐說這裡沒有你的事，管事去打點其他事情吧！」

項少龍聽得無名火起，向祝秀貞望去，只見她眼尾都不望向自己，只是嘴角露出不屑的神色，不由向那婢子低聲冷喝道：「滾開！」

婢子怒極朝他瞧來，看到他雙日射出森寒的電光，花容失色，退了兩步。

項少龍心想這就是寧要人怕、不要人愛的效果，大步走進廳內。

鳳菲見他進來，亦覺有點不合他的身分，蹙起黛眉介紹道：「沈良是我們歌舞姬團的新任管事，快來見過談先生。」

肖月潭長身而起，與項少龍同行見面之禮，笑道：「沈兄長相非凡，以後我們要多多親近。」

三個隨他來的客卿均感奇怪，肖月潭一向恃才傲物，少有對人這麼親熱，何況對方只是歌舞姬團區區一個管事。就算是創辦「三絕女」石素芳那歌舞姬團的金老大金成就，地位仍難和石素芳相媲，在權貴眼中也只是一個較有地位的奴才而已。

董淑貞、雲娘、祝秀貞等亦心中奇怪，不明白肖月潭爲何如此禮待沈良。

肖、項兩人則是心知肚明，難掩異地重逢的狂喜。

肖月潭請項少龍在身旁的席位坐下後，爲避人嫌疑，不敢交談，與鳳菲等暢聊起來，話題自離不開音律詩歌的題材。項少龍對此一竅不通，想插言說上一句都辦不到。

只聽其中一名叫幸月，生得嬌小玲瓏，姿色比得上祝秀貞的美姬道：「聽說談先生常到民間采風，收集民謠，而《齊風》在《詩經．國風》裡乃精采的部分，想這趟先生必不會空手而回。」

陪肖月潭過船來的一名叫仲孫何忌的英俊儒生正和其他兩人神魂顛倒地瞧著鳳菲，聞言笑道：「談先生近數年曾經兩度到齊國，早滿載而歸了。」

項少龍聽得有悟於心，知肖月潭因厭倦骯髒的政治遊戲，故縱情詩歌文藝，反贏得超然的地位。

董淑貞欣然道：「那更要向談先生請益。」

肖月潭一捋垂鬚，神態瀟灑，令項少龍想起在邯鄲初會他時的情景。這麼多年了，他怕該有四十歲左右，但看來仍是年輕而有活力，難怪雲娘這麼迷戀他。

只聽他謙讓兩句後，油然道：「來自民間里巷的采風，不外描寫風土民情，表現民間的悲歡離合，但數最感人的，仍是描寫戰爭和男歡女愛的詩歌。所謂『家貧則思良妻，國亂則思良相』，苦難中每見眞情，誠不爽也。」

雲娘微笑道：「民間的情歌率直大膽，齊人居於大海之濱，思想一向奇詭開放，齊歌當更加精采，談先生可否唱兩首出來讓我們見識見識。」

肖月潭在眾女渴求的目光下，拍几唱道：「雞既鳴矣，朝既盈矣！匪雞則鳴，蒼蠅之聲。東方明矣，朝既昌矣。匪東方則明，月出之光。蟲飛薨薨，甘與子同夢。會且歸矣，無庶予子憎。」

這首詩歌描述的是在靜謐的夜色裡，幽室內一對戀人密會的動人情景，抱怨是那可恨的公雞因日出鳴叫吵醒他們的甜夢。女的催促男子離去時，男的卻說那只是蒼蠅在叫。女子又說東方亮了，男的卻指那仍是月亮的光芒。女的沒法，惟有說若那是蒼蠅的嗡嗡聲，我願陪你再共諧好夢，但若你應該歸去而仍不走，會惹其他人說你不是。

此詩歌旋律樸素自然，內容熱烈眞摯，描寫生動，充滿生活氣息。由肖月潭那帶點嘶啞又充滿磁性的嗓子唱出來，誰不動容？

項少龍心迷神醉之時，天籟般的動人聲音由鳳菲的檀口吐出來，接下去唱道：「東方之日兮，彼姝者子，在我室兮。在我室兮，履我即兮。東方之月兮，彼姝者子，在我闥兮。在我闥兮，履我發兮。」

此詩歌描寫的是另一對男女幽會的情景，以男方作第一人稱自述，說的是當東方的太陽初昇時，一位美女溜到我的屋內，輕輕伴隨我的腳步。她爲何來呢？或者只是偶然來到，見我正沉吟躑躅，故才伴我同行吧！

項少龍尚是首次親聆鳳菲的歌聲，只覺風格奇特，與蘭宮媛和石素芳兩人大不相類，其他以前聽過的歌姬更是絕不能與之媲美。

她不但唱得極好，還有種不守成規、離經叛道的意境。就像在彩虹般色澤的流雲似水中，浮載著沉鬱而濃得化不開的深情。歌聲變化萬千，抑揚頓挫，呼氣吸氣與歌聲結爲一體，無限地加強了詩歌的感染力。她一字一句輕柔地把整個情景安置在音樂的空間裡，奇異的篤定更使人感懾得不敢不全神靜聽。

唱罷，項少龍跟著肖月潭等轟然叫好。

肖月潭一點沒因自己的光采被鳳菲完全掩蓋而不悅，誠切問道：「此曲從未得聞，不知是否鳳小姐新作？」

鳳菲淡淡道：「正是鳳菲新作，讓四位先生見笑了。」

肖月潭等人讚歎不已。

肖月潭方面另一叫游吉的壯漢歎道：「得聞鳳小姐天籟之音，頓起『朝聞道，夕死可矣』之慨。」

鳳菲謙讓道：「游先生過譽。」

至此項少龍方明白鳳菲能得享盛名，備受各國王侯尊崇，確有道理。對這麼一位多才多藝的美女，誰能不愛惜？當然，假若她要引退，則是另一回事了。

在她的光芒下，董淑貞等只能算作陪襯明月的小亮星。

肖月潭的聲音響起道：「我們四人無不羡慕沈兄，若你的管事之位可以讓出來，保證我們要爭得頭破血流。」

項少龍從沉思驚醒過來，苦笑道：「談先生眞會說笑，小弟還是首次聽到大小姐的歌聲哩！」

四人大訝，肖月潭的驚訝當然是裝出來的。

雲娘爲他們解釋清楚。

仲孫何忌乘機試探項少龍的深淺道：「沈管事有何評語呢？」

項少龍隨口應道：「此曲只應天上有，人間哪得幾回聞。」

今趟連鳳菲都爲之動容。

項少龍心叫慚愧，赧然道：「小弟對音律是門外漢，但大小姐的歌聲確教小弟顚倒迷醉。」

游吉大訝道：「難怪精通相人之道的談先生要對沈兄刮目相看。沈兄用詞運語之妙，是游某生平罕遇，甚麼『門外漢』、『顚倒迷醉』，無不刻劃得入木三分，更不要說『此曲只應天上有，人間哪得幾回聞』這可傳誦於世的絕句。」

項少龍知道不宜鋒芒太露，不敢再說話，更不敢接觸包括鳳菲在內許多正向自己灼灼而視的目光。

董淑貞道：「談先生剛才隨手拈來的齊曲非常迷人，難怪孔丘當年到齊，耳聞目睹韶樂的演奏盛況，有『三月不知肉味』，又有『盡善盡美』的讚語。」

肖月潭笑道：「上次看完董小姐的九韶妙舞，談某到現在仍不知肉味如何哩！」

眾人都笑了起來。董淑貞更是神情歡暢，大感爭回不少面子。

項少龍暗忖原來董淑貞擅舞，怪不得能坐上歌舞姬團第二把交椅的位置。

不知不覺已是三更時分，肖月潭等仍是依依不捨。

雲娘更是捨不得他走，歎道：「若這艘船大一點就好了，那樣在到臨淄的幾天途程中，可和談先生暢論古今曲樂。」

游吉熱切地道：「只要有一角之地，我們於願足矣。」

董淑貞道：「怎可委屈四位先生，大可教人讓出幾間房來，四位若不嫌棄……」

仲孫何忌等喜出望外，連聲答應。

項少龍心中一動，道：「我那間房只得小弟一人，若……」

肖月潭乃跑慣碼頭的老狐狸，哪還不會意，大笑道：「就讓談某和沈兄同居一室，好多聽點沈兄的絕妙言詞，明早再教人送來我們的衣物用品好了。」

回到房裡，吹熄油燈，兩人坐在地蓆一角暢敘離情。

肖月潭聽畢他逃亡以來的遭遇，讚歎道：「少龍率領著千軍萬馬之時，固然把東方諸國弄得人仰馬翻，人人驚懼；想不到其後單槍匹馬，亦到處搞得天翻地覆。現時韓、趙、魏三國在少龍西返之路上重重佈防，如若貿然回去，風險實在太大，你更不值得冒這個險。」

項少龍道：「楚人有甚麼反應？」

肖月潭道：「完全沒有反應。但人心難測，楚境亦非絕對安全。照我看，少龍該先避避風頭，使三晉深信不疑你確已回到中牟，再從容由我掩護你回秦好了。」

頓了頓又道：「我會使心腹回報咸陽圖管家，再由他向嫣然等報平安，你便可放心到齊國盤桓一段時間。」

項少龍苦笑道：「你可認出我來，別人難道不可以嗎？」

肖月潭細看他一會兒，道：「你留了鬚後加上消瘦不少，樣子確變得很厲害。我也因你呆瞪著我，兼之我兩個月來一直擔心你的事，才認了你出來。別忘了我精通易容之術，只要做點手腳，修飾一下你現在雜亂無章的鬍子，又改變你的髮型，加上頂冠，保證田單與你面對面都認不出你來。說到底，誰像我般認識你那麼深呢？」

旋即笑道：「讓我傳你口吃之技，那就更沒有破綻。以你現在的身分，接觸的頂多是田單下面的人，何須擔心。」

項少龍一顆心登時活躍起來。說眞的，他實在有點捨不得離開鳳菲，那非是有甚麼不軌企圖，而是很想看看她的歌舞，並盡保護她平安離齊之責。

忽又頹然道：「你若改變我的形貌，歌舞姬團的人又會怎麼想？」

肖月潭輕鬆地道：「我可以漸漸改變你的樣子，那就誰都不會覺察，還以爲你因髮鬚的改變而看似有點怪異，放心吧！少龍該知道我肖月潭的本領。」

項少龍心懷大放，笑道：『我怎敢不信任你的本領，對你的風流本領更是佩服得五體投地。」

肖月潭道：「你是說雲娘和淑貞嗎？兩個女人都是騷媚入骨，不信你可試試看。」

項少龍失聲道：「連董淑貞都給你弄上手？」

肖月潭道：「董淑貞和很多人都有一手，此事有何出奇？不過她的陪夜費是她們中最昂貴的，和她溫存一趟夠你肉疼。」

項少龍皺眉道：「那她們和妓女有何分別？」

肖月潭道：「當然有分別，你要先哄得她們歡心，還要千求萬請方可一親芳澤。嘿！以前搭線的是張泉那小人，現在豈非換了你嗎？」

項少龍愕然道：「那我不就變成扯皮條的龜公？」

肖月潭不解道：「甚麼是『扯皮條』？甚麼叫『龜公』？」

項少龍苦笑道：「不要談這些沒趣的問題，今次究竟還有些甚麼人會到齊國去賀壽？」

肖月潭冷笑道：「呂不韋正是其中一人，你知該不會有甚麼好事吧！」

項少龍心中一震，想起單美美說過齊國未定太子人選的話。在這瞬間，他已知道瑰異的命運，正以最奇妙的方式，把他捲進這個漩渦裡。

秦國不是正和東方五國交戰嗎？爲何呂不韋可大搖大擺地出使來齊？

同時想起久無音訊的善柔。他會在臨淄遇上她嗎？

第二十九章　歷史之謎

項少龍盤膝坐在蓆上，讓半跪於身後的肖月潭在他頭上弄手腳。

老朋友低笑道：「我雖精通裝神扮鬼的易容術，但自己眞正用上的機會卻不多，反而是在你身上發揮得淋漓盡致，眞是異數。」

稍頓續道：「我改變你束髮的方式後，再把你的鬚鬢分多次染得變成有少許花白，使你的年紀看上去大一點。」

項少龍擔心道：「豈非不能用水洗髮？」

肖月潭傲然道：「我調出來的染料，哪有這麼容易沖洗掉，若能不時加染，更不會有問題。」又笑道：「還有幾天才到達淄水，你最辛苦是要改掉說話的習慣，以前扮董馬癡時的故技當然不可再用。就改爲帶點口吃，包保沒有人可聽出破綻。」

項少龍苦笑道：「說不擔心可是騙人的，最怕就是給見過我的人由身形識破眞相。」

肖月潭哈哈笑道：「齊國原屬東夷，大多人身形雄偉，高大如少龍者雖不多，卻非是沒有。少龍只要裝得傴僂、猥瑣一點，走起路來時不要昂首闊步，保證不會出漏子。」

項少龍想起齊人是二十一世紀的山東人，出名強悍高大，也就釋然。

肖月潭瞥了窗外天色一眼，低聲道：「快天亮了，我們談足整晚，卻是愈說愈精神，很少這麼暢快的。自被呂不韋遣人偷襲後，我……」

見項少龍沉默下來，歉然道：「我不該提起這件事的。唉！想起那事，我便睡不安寢。」

項少龍斷然道：「政儲君登位之日，就是呂不韋敗亡之時，誰都不能改變這命運。」

肖月潭當然不會明白他的說話內具有歷史宿命的含意，提醒道：「少龍千萬勿要輕敵，呂不韋在秦掌權這麼久，絕不會眼睜睜看著自己掙來的權位化作烏有。」

又壓低聲音道：「我今次來齊，本是要找機會把他刺殺，好為三公主和自己報仇，現在有了少龍，就更有把握。」

項少龍心中叫苦，因為歷史書上寫明呂不韋是死於小盤登基之後的秦國，若要趁呂不韋來臨淄的機會行刺他，註定必敗無疑。

這想法當然不可說出來，只好道：「這事須得從長計議，而且這樣幹不夠痛快。我要親眼看到他辛苦建立和得來的一切被我一點一點的毀掉，等若逐塊削掉他的肉，如此方能消我心頭之恨。」

肖月潭點頭道：「我明白你的意思，哈！完成了。你看來更不像項少龍！待會我弄方銅鏡來給你照照看。趁還有點時間，我們還是睡上一會兒吧！」

睡了不到半個時辰，項少龍給開門聲驚醒過來，偷眼一看，在昏暗日出前的光線中，雲娘躡手躡足摸了進來，嚇得連忙裝睡。

雲娘認清誰是誰後，鑽到肖月潭的被窩裡，接著響起肖月潭被弄醒的抗議咕噥，旋又被親嘴的聲音代替。

項少龍心中苦笑，若不是肖月潭來了，現在享受與雲娘親熱的該是自己。同時醒覺到身分地位的重要，自己以前有身分、有地位，加上出眾的外表，在情場上自然無往而不利，奪得多位美人芳心。但現在一派落魄模樣，又只是個當奴僕的下人，吸引力自然大減。

聽著另一邊傳來相互調笑的挑逗聲音，他卻心如止水，不片刻重返夢鄉，與遠在咸陽的妻兒相會。

出奇地竟是肖月潭把他喚醒。

此時天色大明，項少龍因近來睡得很多，所以昨晚雖少睡兩個時辰並不覺得辛苦。但見肖月潭仍是精神翼翼，禁不住大奇道：「我還以爲你會爬不起來。」

肖月潭尷尬道：「這女人眞飢渴，幸好我是愈多女人愈有精神的那種人。船快要泊碼頭了，我會安排手下持密函到咸陽交給圖總管。你放心吧！我和總管有一套秘密的暗語，就算密函落到別人手上，亦看不懂的。」

項少龍由溫暖的被窩鑽出來，笑道：「你辦事，我怎會不放心。」

兩人穿衣後分頭行事。

不久船泊碼頭，項少龍首次執行管事之職。幸好鳳菲派出愛扮男裝的俏婢小屏兒幫忙指點，一起到岸上採購所需。

除食用之物外，其他是絲緞和胭脂水粉等物。忙了大半天，到黃昏才返回船上去。

小屏兒對他頗爲傲慢，項少龍暗忖自己在她眼中只是個較有身分的下人，遂不以爲意。

策馬回程時，走在前頭的小屏兒忽然墮後少許，與他並騎而馳，神色平和的道：「小姐教我提醒你，雖然陞爲管事，卻更須檢點行爲，不要像張泉和沙立般破壞團內的良好風氣。」

項少龍愕然道：「小人不明白小姐的話意何所指？」

小屛兒嘟起小嘴冷哼一聲，道：「你自己知自己事，昨晚有人見到雲娘到你房內去。談先生是君子，當然與他無關。哼！勾上人還要抵賴。」

項少龍啞口無言。他自然不會出賣肖月潭，破壞他在鳳菲眼中的君子形象，只好把這暗虧一口呑掉。

小屛兒露出鄙屑神色，不再理他，策馬領先去了。

晚飯後，項少龍回到房中，肖月潭坐在席上，憑几專心研磨染料，笑道：「奔走半天，才張羅到這些東西。我準備把你臉上的皮膚弄得黑一點，那看起來更粗獷。」

項少龍在他旁坐下，笑道：「知否我給你頂了黑鍋。」

肖月潭訝道：「甚麼事？」

項少龍遂把小屛兒的話複述出來。

肖月潭沉吟片晌，啞然失笑道：「這高傲的妮子在嫉忌呢！少龍確有魅力，竟能令她著緊。」

項少龍苦笑道：「肖兄莫要說笑了。」

肖月潭欣然道：「少龍智計過人，想不到卻會在陰溝裡翻船，中了這個小妮子的狡計。想想吧！這幾天天氣這麼冷，誰會在人人睡熟時四處走動，親眼看到雲娘摸到我們房裡來？定是給雲娘的貼身小婢發覺主子離開房間，遂告訴這愛穿男裝的漂亮丫頭。於是她猜到雲娘找你偷情，豈知一試就試出來，只不過弄錯了對象。」

項少龍爲之啞口無言。

肖月潭捧腹道：「除了鳳菲外，歌舞姬團有何良好風氣可言。你當鳳菲不知道我和雲娘有一手嗎？我是出名風流的人。只是小屏兒那丫頭心生妒意，故意藉鳳菲來壓制你吧！」

項少龍恨得牙癢癢道：「我遲早要整治這丫頭。」

肖月潭笑道：「最好在被窩內整治她，讓她在你胯下稱臣。」

項少龍苦笑道：「現在我哪還有拈花惹草的閒情，不過是想有機會時作弄她一下來消氣罷了！而且我認爲她根本看不起我。」

肖月潭道：「若她不著緊，只會來個不聞不問。你也是箇中能手，當知女人的心最不可理喻。愈是針對你，愈是對你有意。」

項少龍不想討論下去，改變話題道：「爲何不見你那幾位同伴回來呢？」

肖月潭道：「你指仲孫何忌他們嗎？我使了點手段，教他們留在我那艘船上，免得他們對我兩人過於親近而起疑心，用的自是小屏兒那招假傳旨意的手法。」

兩人對視而笑。

肖月潭把磨好的染料藏入剛帶來的衣物箱裡，拍拍手道：「鳳菲今晚排演歌舞，囑我去給點意見，要一道去看看嗎？」

項少龍躺了下去，道：「若我今晚起來時不見你，是否可在雲娘房中找到你呢？」

肖月潭搖頭苦笑的去了。

不一會兒上層傳來舞樂之音，項少龍卻是思潮起伏。想不到重重轉折後，終仍是要到齊國去，眞不知是禍還是福。

戰國七雄的齊、楚、燕、趙、魏、韓、秦中，除燕、韓兩國首都未到過外，其餘都在他的時空旅程之內。回程時，很大可能會隨肖月潭到韓京去，卻該與燕國無緣。

從燕國聯想起太子丹與其他人，最後龍陽君的「嬌容」浮現，不禁睡意大減。明早船會繼續航程，會否在臨淄又遇上曾是患難與共的「叛反」呢？

在這戰爭的時代，每個人都為自己效忠的國家或人盡力謀取利益，自己何嘗不是如此。某一程度上，他項少龍其實是為歷史盡忠。一切早給命運之手安排好，而他只是一個忠實的執行者。

問題來了！假設沒有他，歷史仍會如此嗎？

照道理當然是完全兩回事。至少小盤便當不上秦始皇。

沒有秦始皇，可能便沒有大一統的中國。像秦始皇這種雄才大略的人，即使在中國歷史上也不常見。

或說秦國發展到這時刻，誰當上秦王都可統一中國，他卻絕不同意。事實上，他由於此時身歷其境，更明白那只是事後孔明的說法。

勝敗往往只是一線之隔。假若秦國沒有王翦、李斯，嘿！沒有自己這個關鍵人物，要征服六國只是癡人說夢吧！

既是如此，為何歷史上卻沒有寫下自己這號人物？

想到這裡，立時渾身出冷汗。

以前想到這問題時，總是一閃即逝。惟有此刻沒有人令他分神，又閒得要命，故能對此作出進一步深思。

他曾向小盤提出過要他把一切有關自己的事徹底抹掉，是基於一個可怕的想法。假若不是出於自己主動提議，而是由小盤主動地做，那就大為不妙。

說到底，現在唯一能影響小盤當日後始皇帝的漏洞，就是他那不可告人的身世。呂不韋精明厲害，又是知道「內情」的人，見到小盤完全不把他當作父親，難保不會生疑。

當日圖先便對自己膽敢讓鹿公等對小盤和呂不韋進行滴血認親而驚駭欲絕，所以小盤身世的保密功夫，非是全無破綻。

想到這裡，更是汗流浹背。

現在只有朱姬和他兩個人知道收養眞正嬴政的那家人所在，如若朱姬把這秘密洩露給嫪毐知道，小盤立即陷身在很大危機中。

以小盤的性格，絕不會讓任何人來動搖他的寶座。

他或者不會殺自己。但朱姬呢？

「咯！咯！」

敲門聲響。

項少龍訝然坐起來，道：「誰？」

「咿呀！」

門開。

一位小婢溜了進來，笑臉如花道：「沈管事好！」

項少龍認得她是美歌姬祝秀眞的隨身小婢小寧，昨天還想把自己趕離艙廳，現在卻是眉目含情，春意盎然，不解道：「小寧姊有甚麼事？」

小寧眼角含春地移到他旁坐下，微笑道：「人家是賠罪來呢！噢！沈管事這麼早睡覺嗎？」

項少龍見她神態親暱，生出戒心，正容道：「小寧姊不是要伺候秀眞小姐嗎？」

小寧湊近了點，吐氣如蘭地低聲道：「人家正是奉小姐之命來見你，唉！旅途寂寞，小寧都想找個人聊聊啊！」

項少龍皺眉道：「你小姐找我有甚麼事？」

小寧蹙起黛眉道：「不要將人家當作仇人般好嗎？嘻！不過你發怒時的樣子很有霸氣，看得人心都動了，好想任由你懲罰處置。」

項少龍終是男人，不中心中一蕩，仔細打量起這俏婢來。

她年紀絕不超過十八歲，雖只中人之姿，但眉梢眼角洋溢春情，胸脯脹鼓鼓的，腰細腿長，皮膚滑嫩，要說不對她動心就是騙自己。

正思量該否拖她入懷，旋又大感不妥，心中矛盾時，小寧低聲道：「不過現在可是小姐想你，小寧只好耐心苦候。」

項小龍嚇了一跳，失聲道：「你小姐……」

小寧點頭道：「你該知小姐在哪間房吧！今晚初更過後，小姐在房裡等你，只要推門進去便可以。嘻！事後莫忘謝我這穿針引線的人呢！」

說完一溜煙的走了。

項少龍目瞪口呆的坐著，這祝秀眞在眾歌舞姬中姿色僅次於鳳菲和董淑貞，以前擺出一副憎厭自己的高傲樣子，原來卻是對自己暗動芳心。

這種飛來豔福，自己是否應該消受？若給鳳菲知道，又會如何評量自己這個人？

自離開咸陽後，除了在大梁時和秋琳有過一手，一直過著苦行僧式的獨身生活，此刻鬆懈下來，又給雲娘那蕩婦挑起綺念，突然有這麼送上門來的風流豔姬，自然有點心動。

這時更是睡意全消，不用說風情頗佳的小寧是和祝秀眞共居一室，今晚若去偷香，很可能會一矢雙鵰。

忽又湧起羞愧之心。家中的紀才女等正爲自己擔心，而他卻在這裡風流快活，怎對得住自己的良心。

秋琳還可說是逼不得已，但要惹祝秀眞卻沒有任何藉口。

猛地下了決心，躺回臥蓆去，拉被蓋個結實。

肖月潭此時哼著小調回來，神情欣然。

項少龍奇道：「雲娘怎肯放你回來？」

肖月潭神色迷醉的手舞足蹈，應道：「這是我的養生之道，色不可無，但不可濫。告訴你，董淑貞很想和我再續前緣，還暗示我可做她好姊妹祝秀眞的入幕之賓，看來她們是有事求我。」

項少龍聞語默然，大感沒趣。原來祝秀眞只是這麼一個女人。

肖月潭見他神態有異，打量片晌，奇道：「你睡不著嗎？」

項少龍歎道：「本要睡的！卻給人吵醒！」

肖月潭坐下，訝問其故。

項少龍把事情說出來後，肖月潭沉吟片晌，忽然道：「好險！這定是個陷阱！」

第三十章　將計就計

項少龍一震道：「何有此言？」

肖月潭微笑道：「若論玩權謀手段，沒有多少個可及得上你老哥我。早在你告訴我如何坐上管事之位時，我便知不妥，所以暗下留心，發覺不但張泉對你嫉恨極深，以董淑貞為首的一派歌姬也恨不得去你而後快。在這種情況下，祝秀貞竟送上門來，不是陷阱才怪。」

項少龍清醒過來，暗罵自己疏忽，點頭道：「這或者就叫便宜莫貪，幸好我根本不打算去。」

肖月潭一呆道：「項少龍何時變得這麼好相與了。所謂『先安內才可攘外』，若不趁此機會狠狠挫折對方氣焰，這種女子、小人聯合想出來的毒計，只會教你防不勝防。更何況你曾答應鳳菲助她應付對她有野心的男人，不在這種時刻顯點手段，如何建立她對你的信心？」

項少龍尷尬道：「我不大習慣對付女人，總是狠不下心來。而且更不知怎樣利用這脂粉陷阱反過來對付她們。」

肖月潭胸有成竹地道：「首先讓我分析形勢，昨晚我由雲娘處早探清楚各人關係，原來董淑貞暗裡和張泉有一手，沙立則是祝秀貞的面首。不要以為他們間真的是郎情妾意，其實只是一種利益和色慾的結合。現在沙立給鳳菲趕走，張泉又因而降職失勢。你可說同時開罪董、祝兩女，面對的惡劣情況可想而知。」

項少龍擁被苦笑道：「原來這只是鳳菲利用我來重整歌舞姬團的形勢，否則怎會忽然信任起我這麼一個陌生人來呢？」

肖月潭同意道：「鳳菲是個很有手段的美人兒，比狐狸還要狡猾，你確變成她一著棋子。不過她仍不想太過開罪董淑貞，否則就會連張泉都掃了出去。哈！究竟祝秀眞擺下的是甚麼陷阱呢？諒她沒有殺人的膽量。看來只會誣你偷入她房裡圖謀不軌，使鳳菲不得不逐你出團。」

項少龍喜道：「那倒非常划算，若我可以離團，便可改爲由你聘我做御者諸如此類等下役，那時將不用擔心會給人識破。」

肖月潭失笑道：「到我那裡反更危險。我船上的人大多看過你的畫像，相處久了，難保不會有人起疑。這也是我遣走仲孫何忌等人的原因，待我改好你的容貌，你方可以和他們接觸。」

項少龍歎道：「現在該怎辦？」

肖月潭搖頭笑道：「祝秀眞來來去去不過是喊賊捉賊的招數，少龍有沒有興趣眞的去玩這個女人？保證滋味極佳，不會令你失望。」

項少龍湧起刺激的衝動，旋又壓下衝動，拒絕道：「我不習慣與沒有感情的女人歡好，更不想用這種手段征服她。而且若讓鳳菲知道我和她有關係，更不知她會怎麼看我，所以此計萬萬不行。」

肖月潭點頭道：「我忘了你是正人君子，既是如此，就採取威嚇手段，給這個蕩婦來個下馬威好了。」

接著低聲說出計劃。

河風呼呼中，項少龍由艙窗鑽出去，利用鉤索攀往上層，踏著船身突出的橫木，壁虎般往祝秀眞的房間遊過去。

幸好船壁結的冰因近兩天氣候回暖融掉，否則縱有鉤索之助，仍是非常危險。

船上、岸上均靜悄悄的，在這種天氣下，誰都要躲進被窩裡去。

每逢經過代表一間房子的艙窗時，他都須俯身而過。這邊十多間艙房只有兩、三個窗子仍透出昏暗的燈火，祝秀眞的閨房當然不在其中。

最接近船頭的三間艙房，分別住了鳳菲、董淑貞和祝秀眞這團內最有地位的三位女性，而雲娘則在另一邊的艙房。

由於項少龍的房間靠近船尾，所以要攀爬好一段船身，才可到達祝秀眞那扇窗子。房內和船艙外壁絕對是兩個不同世界，那不單是冷暖的分別，而是感覺的兩樣。

項少龍心中好笑，自己好像成了武俠小說中描寫能飛簷走壁的高手，只不過不是去行俠仗義，而是爲自己的命運掙扎求存。

肖月潭對鳳菲的評語，使他對這美女生出戒心。所謂防人之心不可無，自己實在太容易相信別人說的話，尤其是漂亮的女人，心中早有定見她們內在與外表同樣美麗。最難測是婦人心，祝秀眞正是眼前活生生的例子。

他收回鉤索，再次射出，掛到上方艙頂更遠處，借力橫移，如是重複幾趟後，移到祝秀眞的艙房外。

房內悄無聲息，正要拔出匕首，挑開窗門鑽進去時，前方董淑貞房間處隱隱傳來女子的嬌呼聲。

項少龍一陣心跳，大感好奇，不由移了過去，來到那扇窗外，貼耳細聽。究竟誰會在董淑貞房內呢？

一聽之下，立時呆在當場。

房中翻雲覆雨者竟都是女人，可能正在最要命的時刻，兩女叫得聲嘶力竭，極盡挑逗之能事。原來董淑貞不但愛男人，也愛女人。

正要離開，董淑貞沙啞的聲音響起道：「秀眞你眞好。」

項少龍大吃一驚，怎麼祝秀眞竟會到了董淑貞的房間去，那在祝秀眞房中的又是誰？

雲娘不是告訴肖月潭董淑貞和祝秀眞分別與張泉和沙立搭上嗎？那董淑貞該與祝秀眞處於對立的位置，爲何兩女竟成爲同性戀人呢？

茫然不解之時，祝秀眞的聲音喘息著道：「這時刻還要逗人家，那傢伙該快來了，這樣搞法連門響都聽不到。」

董淑貞嬌笑道：「只要聽到幸月的尖叫就行。」

祝秀眞道：「今天我和幸月調換房間，立即出事，大小姐會否生疑？」

董淑貞笑道：「精采處正在這裡，就算鳳菲懷疑我們在弄鬼，卻也知道沈良只是個好色的奴才。當管事沒兩天已搞三搞四，哪能委以重任。而對我們更是無可奈何，沒有我們，她怎能和蘭宮媛她們爭一日之短長。」

祝秀眞默然片晌，低聲道：「我不明白以談先生那種身分地位和有眞材實學的人，對沈良這奴才竟會這麼另眼相看？」

項少龍本想離開，聞言留下續聽。

董淑貞歎道：「這個傢伙確有點特別，身手又厲害得教人吃驚，若非覺得他難以收買，給他佔點便宜都是值得的。」

項少龍仍弄不清楚董淑貞要弄出這麼多事來究竟爲了甚麼？很想她自己說出來。但兩人沉默下去，不片刻再傳出祝秀眞輕輕的呻吟聲。

項少龍沒興趣聽下去，返回自己的艙房，並將過程告訴肖月潭。

肖月潭聽畢，也覺好笑，沉吟片晌後拍腿道：「我有一將計就計之法，不但可反過來害祝秀眞，還可增添你的光采。」

項少龍連忙問計。

肖月潭壓低聲音道：「你可揮筆寫下一信，內容當然是表示你多謝祝秀眞垂青於你，可是你卻不能接受，請她見諒諸如此類，再放入那換了是幸月的房間內。如此不但可拆穿她們的詭計，還可以表現出你並非易受引誘的人。」

項少龍苦笑道：「此計絕對行不通，舞刀弄棒是我本行，賣文弄墨卻是另一回事。」

肖月潭呆了一呆，失笑道：「我倒沒想過這方面的問題，不過只要你畫個押就成，其他由我代勞，但千萬不要錯手寫了項少龍上去。」

項少龍如釋重負，陪他笑起來。

次日清晨，船隊繼續航程。

兩人在房內用過早膳，肖月潭往船頭與眾姬湊興欣賞兩岸景色，項少龍則忙個不休，學習處理團內的事務。

小屏兒照例從旁指點。

不知是否心理作用，小屏兒態度友善了點，陪他到底艙清點沿途買來的東西，忽然道：「你為何要代人揹罪？」

項少龍摸不著頭腦道：「揹甚麼罪？」

小屏兒俏臉微紅道：「昨天我聽人說原來雲娘找的是談先生，才知誤會了你，但為何你不辯白呢？」

項少龍故意氣她道：「你不是說談先生是不欺暗室的正人君子嗎？而且小屏姊根本不給我說話的機會。幸好清者自清，小屏姊不會再鄙視我了吧？」

小屏兒大窘，岔開話題道：「為何近兩天你像是忽然老了點，鬚髮都有些花白了。」

項少龍暗吃一驚，表面裝作若無其事的笑道：「有人一夜白髮，我只是白了少許，已算幸運。」

小屏兒還以為他意指因自己誤會他，為此而苦惱得白了髮鬢鬚髭，嗔喜交集的橫他一眼，又裝出一本正經的樣兒，指點他做該打理的事。

項少龍暗喜過關，又覺得這樣逗逗俏妞兒，也是人生樂事。

午膳時，鳳菲破例召他去陪席，幸月也有參與。

項少龍心知肚明是甚麼一回事，當然扮作毫不知情。

鳳菲隨口問他接手張泉工作的情況後，開門見山道：「沈管事是否知道差點給人陷害？」

項少龍故作愕然道：「小人不明白大小姐的話。」

對面的幸月笑道：「我昨天因秀眞小姐的請求與她對調房間，所以沈管事那封情詞並茂的信來到我手上，這樣說沈管事明白了嗎？」

項少龍裝出吃驚的樣子，憤然道：「原來她是佈局來害我。」

鳳菲露出一絲溫和的笑意，道：「幸好你沒有令我失望。以往無論我聘用任何人，最終都被她們勾引過去，沈管事是唯一的例外。」

幸月讚道：「想不到沈管事還寫得一手好字。」

項少龍坦然道：「那是我央談先生代筆的。我除了可勉強畫押外，其他的都見不得人。」

鳳菲點頭道：「你肯坦白說出來，更是難能可貴。可是聽沈管事出口成文，妙句橫生，怎會是不通文墨的人？」

項少龍暗想哪能告訴你眞相。只好道：「書我倒看過幾本，卻疏於練字。」

幸月奇道：「沈管事必是出身於官宦之家，一般人哪有機會碰到書籍哩？」

項少龍面對前所未有的「身分挑戰」，要知這時印刷術尙未發明，流行的只有人手寫的帛書和竹簡，罕有珍貴。若非以前有專爲權貴效力的儒者流落到民間，設館授徒，連識字都只屬權貴的專利。所以假若兩女問起他看過哪本書，只要追問兩句，立時可拆穿自己的西洋鏡。

惟有胡謅道：「以前我跟隨廉大將軍時，曾接觸過幾本書而已！」

鳳菲倒沒有生疑，含笑道：「祝秀眞今回做的只是小事一件，以後就算有人在我面前說你是非，我也不會相信。」

幸月似乎對他頗有好感，道：「我們排演歌舞時，沈管事最好在場，好清楚人手的編排以及我們須準備的東西，好嗎？」

項少龍連聲應是。

鳳菲忽然歎氣，蹙起靈秀的黛眉。

項少龍雖見慣美女，仍不得不承認她的一對秀眉非常好看。就像老天爺妙手偶得的畫上去般，形如彎月，絕無半點瑕疵。

幸月也陪她歎一口氣，低聲道：「又勾起大小姐的心事哩，今趟臨淄之行，怎都不能給三絕女和柔骨娘比下去的。」

項少龍無話可說。

要他和人比劍還可以，但這方面他卻完全幫不上忙來。

看鳳菲的表情，便知她在歌舞編排上遇到難題。像鳳菲這種搞創作的人，自然希望能有突破，那代表著向過去的自己挑戰，自然非常困難。

鳳菲有點意興索然，再沒有說話。反是幸月談興甚濃，還特別囑他今晚記得看她們排演。

告退後，正想返房去找肖月潭「串口供」，後面有人叫道：「沈良！」

項少龍轉過身來，原來是「穿針引線」害他的騷婢小寧。

她由長廊另一端趕過來，大嗔道：「昨晚爲何不見你來，累得小姐白等一晚。」

項少龍笑道：「昨晚我累得睡著了，請小寧姊見諒。」

小寧忍著怒火道：「你這人眞是，現在小姐惱了你呢！」

項少龍瀟灑地聳聳肩，裝出個無奈的表情，看得小寧呆了一呆時，他轉身往下層的木梯走去。

小寧追上來一把扯著他衣袖道：「你怎可以這樣就溜了，還不想想有甚麼方法可將功贖罪？」

項少龍爲免她糾纏，索性道：「其實我歡喜的是小寧姊你，不若你來陪我吧！」

小寧顯早諳男女之事，白他一眼道：「想我給小姐趕走嗎？唉！見你這人還不錯，讓我替你想個辦法補救吧！」

項少龍不耐煩起來，低聲道：「男女間的事哪能勉強，小寧姊不用爲此煩惱，不若你今晚來我處吧！」

小寧見計不得售，急道：「怎行嘛？你房內還有談先生。」

項少龍伸手往她臉蛋捏了一把，笑道：「談先生是明白人，怎會介意。」

言罷心中好笑的揚長而去。

回到房中，與肖月潭說了情況，兩人均感好笑。

肖月潭又爲他染鬚、染髮，正忙個不停，有人來喚肖月潭去見鳳菲，嚇得他們手忙腳亂地把東西收好。

項少龍正要睡午覺，出奇地張泉竟來找他，還和顏悅色，與以前判若兩人。

坐好後，張泉正容道：「沈兄以前跟過無忌公子，不外求利求財。所以希望與沈兄做個商量，看看有沒有法子談得攏。」

項少龍早知他此來是另有目的，淡淡道：「張兄請說！」

張泉歎道：「當初我聘沈兄當御者，確是另有居心。事實上很難以此怪我，這個職位你以爲容易擔當嗎？到了臨淄沈兄就會知道其中的滋味。那些公卿大臣根本只把我們這種人視作奴僕，一不小心立要惹禍。他們在大小姐處受了氣後，往往遷怒於我們。但假若沈兄肯合作，我會像兄弟般的在旁照拂，說到底我都當了近兩年的正管事。」

項少龍心中暗笑，道：「張兄有話直說。」

張泉眼睛轉了幾轉，湊近道：「沈兄與我合作還有一大好處，是可享盡豔福，除了幾個碰不得外，連二小姐我都可為你穿針引線。」

項少龍故作驚奇道：「張兄莫要逗我了。」

張泉忙信誓旦旦保證沒有吹牛皮，然後道：「只要沈兄肯依我之言，我可以先給你五塊金子，事成後再給你十塊。」

項少龍心中一震，十五塊金子可不是小數目，足夠揮霍數年，張泉何來這等財力？

想到這裡，已猜到他是被對鳳菲有野心又財雄勢大的人收買了。

第三十一章　古代歌劇

項少龍見他說話兜兜轉轉，卻仍未入正題，知他是想自己先表態，始肯把來意說出來，歎道：「我的確很想賺這筆錢，更不想與張兄成爲仇敵，可是大小姐對我有知遇之恩，我怎能反過來害她？」

這番話說得很婉轉，卻擺明車馬不會與張泉同流合污。

張泉奸笑道：「沈兄誤會了！我怎會害大小姐？雖然因給她降職煩惱了一陣子，但想想終是自己行差踏錯在先，沒有可抱怨的。」

項少龍大訝道：「那張兄究竟要我幹甚麼呢？照計若我做得來的，張兄你不也可辦到嗎？哪用將黃澄澄的金子硬塞進我的私囊裡？」

張泉湊近低聲道：「你可知小屏兒曾暗中對人說歡喜上你。」

項少龍皺眉道：「那有甚麼關係？不過我才不相信她會這麼對人說。」

張泉笑道：「她當然不會直接說出來，卻愛和人談論你，以她的性格，這已表明她對你很有意思。」

項少龍大感頭痛，在現今的情況下，他絕不能沾惹感情上的事。而自己對女孩子又特別容易心軟，糾纏不清只是自招煩惱。

心中暗自警惕，口上應道：「張兄不用說下去，若是要利用小屏姊來達到目的，我更不會幹。這樣好嗎？我設法求大小姐把你陞回原職，而我則退居副手之位。大家和和氣氣，豈非勝過終日爭爭鬥鬥。」

張泉見他神情決絕，露出不悅神色道：「沈兄太天眞了，你以爲大小姐給你坐上我的位子是因爲看得起你嗎？她只是拿你做替死鬼吧！其實她暗裡已有意中人，臨淄之行後會與他退隱，雙宿雙棲。若我估計不錯，她會裝作看上你，好轉移其他人的注意。那時你死了都要做隻糊塗鬼呢！」

項少龍愕然道：「那人是誰？」

張泉歎道：「若我知那人是誰，就不用來求你，除小屛兒外，沒有人知道鳳菲的事。」

項少龍對鳳菲的好感又再打了個折扣，因爲張泉這番話合情合理。鳳菲乃絕頂聰明的人，怎會認爲自己有能力將她安然帶離臨淄？卻偏要這麼說，分明是要激起自己男性保護女性的英雄氣概。事實上，她暗中已定下退隱的計劃。

而張泉卻是被某人收買，要來破壞她的大計，好讓那人暗下把她收進私房。就算得不到她的心，也要得到她的人。

像鳳菲這種絕色尤物，乃人人爭奪的對象，雖誰都不敢明刀明槍來強佔，暗裡卻使盡法寶。

形勢確是非常微妙，而不幸地自己卻給捲進漩渦裡去。

張泉還以爲他意動，從懷裡掏出錢袋，傾出五塊黃金，伸手搭上他肩頭親切地道：「我背後的人在齊國無論身分地位均非同小可，沈兄只要爲他好好辦事，說不定可獲一官半職。而且他對大小姐一片癡心，只會令她享盡榮華富貴，說起來我們還是爲大小姐做好事呢！」

項少龍怎會信他。不過換過他自己是張泉，亦會謊稱後面的靠山是齊國的權貴，因爲那才有威懾之力。

項少龍淡淡道：「讓我弄清楚情況才作決定，這些金子張兄先收起來。唉！你怎都該給我一點考慮的時間嘛！」

張泉見他神情堅決，點頭道：「好吧！抵達臨淄時，你必須給我一個肯定的答覆。」

張泉離開後，項少龍仍在發怔。

鳳菲眞的只是拿自己來做替死鬼嗎？看她那高貴嫺雅的美麗外表，實很難使人相信暗裡她是那麼卑鄙。

起始時他還以爲張泉只是董淑貞的走狗，但剛才聽他的語氣卻又不似是如此。否則沒有理由一邊千方百計的要趕走他，而另一方面卻收買他。

想得糊塗時，肖月潭回來了。

聽項少龍說畢張泉的事後，肖月潭皺眉道：「我倒沒想到鳳菲的退隱會生出這麼大的問題，還好像有人不惜巧取豪奪也要獨得美人歸。不過張泉的話並非沒有道理，因爲鳳菲備受各國王侯公卿尊重，只要她肯開口，保證願做護花者大不乏人。但偏要這麼神秘兮兮的，可見她該是另有見不得光的意中人，而此人更是身分卑微，若給人知道他得到鳳菲，立生橫禍。」

項少龍知他比自己更清楚權貴的心態，問道：「鳳菲是否眞的那麼卑鄙，要用我做替死鬼？」

肖月潭笑道：「靜觀其變甚麼都可以弄個一清二楚。少龍你也非是好欺負的人，誰要玩手段，我們便陪他們玩一次如何？」

項少龍啞然失笑。

事前哪想得到一個小小的歌舞姬團中，竟牽涉到如此般複雜的鬥爭？

見到歌舞姬團的排演，項少龍才明白到詩、歌、樂、舞是渾成一體的。以往他看歌舞，不是漫不經心，就是注意力只集中到最美麗的臺柱身上，少有像這刻般身歷其境的全神欣賞。只是雲娘率領那隊近三十人的樂師隊便夠好看。

雲娘負責的編鐘由大至小共八件，代表原始的八音，掛起來佔去艙廳五分之一的空間，而她敲鐘的姿勢更充滿令人眩迷的曼妙姿態和舞蹈的感覺，難怪如此得鳳菲器重。

不由想到鳳菲會否私下告訴她歌舞姬團解散的事，因爲看她對肖月潭投懷送抱的情況，可能正是她在替自己找尋好歸宿。人的年紀大了，總會變得更實際。換了自己是她，也會挑「有成就」的肖月潭而不會揀「落魄」的自己。

大廳充盈著由石磬、編鐘、陶塤、鏞、鐃、鈴、銅鼓等組成的和諧樂聲，溫柔敦厚，絕不會使人生出嘈吵的感覺。

幸月、祝秀眞等十個歌姬隨樂起舞。鳳菲和董淑貞則立在一旁，觀看眾姬舞姿，不時交頭接耳的研究，從外表看絕不知兩者正勾心鬥角。

其他婢子負責爲各女換衣遞茶，各有各忙，平添不少熱鬧。

今次鳳菲並沒有邀肖月潭來給意見，所以項少龍只好獨自做個旁觀者，幸好只是眾姬已足可使他飽餐秀色，目不暇給。

尤其幸月常常不忘向他拋來兩記媚眼，使他並不覺得被冷落一邊。

祝秀貞卻擺出仍在惱他的樣子，只狠狠瞪他一眼，沒有再看他。

忽地一把冷冰冰的聲音在旁響起道：「你在看誰？」

項少龍愕然望去，只見仍是一身男裝的小屏兒繃緊粉臉瞪著自己，神色不善。呆了一呆，才懂得答道：「當然是在看排舞！」

小屏兒哂道：「我看你只是在瞪著幸月小姐吧！」

項少龍暗忖關你鳥事，表面只好忍氣吞聲道：「小屏姊不覺她的舞姿特別好看嗎？」

小屏兒跺足道：「你分明對她別有居心，才會看得那麼入神。」

項少龍聽她口氣妒意十足，而自己卻仍是與她沒有半點感情關係，不禁心生反感，故意氣她道：「見色起心，人之常情。若幸月小姐在大庭廣眾前表演，小屏姊豈非要把數百人逐個去罵嗎？」

小屏兒俏臉倏地漲紅，負氣走了。

項少龍頗有如釋重負的感覺，此女天性善妒，橫蠻無理，還是不惹她為妙。

此時鳳菲招手喚他過去，問道：「沈管事覺得這首新編的舞樂還可以嗎？」

董淑貞的目光落到他臉上，灼灼注視。

雖明知此女非善類，但既知她是可採摘的花朵，又聽過她放浪時的呼叫聲，現在於觸手可及的距離看她的隆胸細腰，不由泛起非常刺激的感覺。

項少龍乾咳一聲，道：「我對音律毫不在行，不過仍覺非常悅耳。雲娘的編鐘更是清脆嘹亮，像統帥般駕馭全軍。」

董淑貞媚笑道：「沈管事還說不懂音律，只這兩句便點出樂隊的重心，編鐘的金石之聲是固定的清音，負起音準和校音的重要任務。無論引序、收曲，均少不了它們。而在琴、瑟、管、簫等絲竹之樂演奏主旋律為歌者伴奏時，鐘音更有點睛之效，渲染出整個氣氛來。」

項少龍見她對自己眉目傳情，雖明知她弄虛作假，仍有點受寵若驚，只好唯唯諾諾的作洗耳恭聽狀。

嗅著兩女迷人的幽香，置身於鶯燕滿堂的脂粉國，於這艘古代的大船上，漫航於冬夜的長河中，誰能不感動心。

鳳菲出奇溫柔地道：「詩言其志，舞動其容，歌詠其聲，三者渾為一體，組成此特為齊王賀壽的『仙鳳來朝』，可惜我的主曲遇上點困難，只希望可趕在壽宴前完成，否則將大為遜色。」

董淑貞的美眸掠過奇怪的神色，項少龍雖心中訝異，卻無從把握她心中所想。

項少龍目光回到正在歌舞中幸月等諸女身上，隨口道：「是否每節舞蹈配以不同的曲詞，表達不同的情節，最後以主曲帶起高潮，合成一個完整的故事？」

鳳菲和董淑貞不能控制地嬌軀劇顫，兩對美眸異采漣漣，不能相信地杏目圓睜的看他。

項少龍感到有異，回頭看到她們的表情，大感尷尬道：「小人只是隨口亂說，兩位小姐萬勿放在心上。」

兩人仍未能作聲。

今趟輪到項少龍心中一震，恍然而悟。

對二十一世紀的人來說，以歌舞表達某一情節或故事，是所有歌劇的慣常手法，沒啥半點稀奇。但在這古戰國時代裡，從韶樂脫胎出來的樂舞，仍保留在原始祭舞的形式，並不著重「劇情」，那要到宋、元時代才漸趨成熟，所以這番話對鳳菲自然可說是石破天驚之語了。

鳳菲動人的酥胸急劇地起伏幾下，吁出一口氣道：「你的想法非常特別，唉！沈良你本身眞是個很特別的人。」

董淑貞道：「這想法不但特別，還非常新鮮，大小姐可用作考慮。」

鳳菲那對能勾人魂魄的美眸閃爍動人的光采，目光在項少龍臉上流連片刻，香唇輕吐道：「淑貞你也想想看，我要回房休息一會兒。」

言罷逕自去了。

項少龍不知所措中，董淑貞靠近的酥胸差點碰上他的手臂，低聲道：「從沒有人能令鳳菲如此動容的，沈良你是第一人。」

項少龍不好意思地道：「二小姐不要損我了。」

董淑貞笑臉如花，以腳尖輕鬆地撐高嬌體，湊到他耳旁道：「人家也爲你動心呢！」說完還吹了一口氣到他耳內去。

項少龍明知她在色誘自己，以遂其某一不可告人的目的，但仍泛起想碰碰她的衝動，忙壓下誘人的想法，苦笑道：「二小姐勿要如此，給人看到不大好的！」

董淑貞嫣然一笑，挪開少許，白他一眼道：「有空可到人家房中來，那時只有我們兩個人，不是可放心交談嗎？」

項少龍心想那豈不是「送羊入虎口」，要墜進你的色慾陷阱。口上答道：「小人不敢，更恐大小姐怪責。」

董淑貞甜笑道：「你的拳頭那麼硬，想不到膽子這麼小，大小姐怎會管我的事？唔！你不是對大小姐生出妄想吧！」

項少龍一怔道：「二小姐說笑了，小人是下人身分，怎敢生出癩蝦蟆想吃天鵝肉這種非分之想。」

董淑貞嬌軀一顫道：「『癩蝦蟆想吃天鵝肉』，這種形容的語句你是怎麼想出來的？」

項少龍又知此句俚語仍未被創作出來，尷尬道：「只是隨口說說吧！」

董淑貞像首次認識他般用神打量他，好一會兒道：「你每有驚人之語，又是發人深省，這般人才，埋沒了實在可惜，沈良你究竟有沒有爲自己將來的前途著想過？」

此時樂聲倏止，眾姬停下來嬉笑，等候董淑貞的指示。

只有幸月立在一旁，帶點妒意的在瞧兩人親密地交談。

小屏兒則不知到哪裡去了。

項少龍只好道：「小人當上管事之職，已心滿意足，啊！她們在等候二小姐的指示呢！」

董淑貞低聲道：「告訴你一個秘密，這歌舞姬團很快便要遣散，知情者無不在爲自己找尋後路歸宿，像我這種不想淪爲貴族姬妾的更是煩惱。沈良你若有志向，便來找人家談談吧！」

又伸手捏他的手臂，輕笑道：「你眞壯健。」這才含笑走到眾姬處。

項少龍不敢看幸月的反應，匆匆離去。

回房途中，他首次對董淑貞生出同情之心。她或者只是忠於藝術的人，不希望這麼年輕就失去了這時代女性唯一可享有的事業。

在某一程度上，鳳菲是相當自私，她只爲自己打算。若她如張泉所說是找自己做替死鬼好轉移其他人的視線，就更不可原諒。

假若有個方法可使董淑貞成爲鳳菲的接班人，而鳳菲則可安然做她的歸家娘，那豈非皆大歡喜？這是很難辦到，卻非不可能辦到，問題仍在鳳菲處。

回到房中，肖月潭配了新的染料，爲他動手易容。

項少龍告訴他小屛兒差點看破他改裝的事，後者笑道：「保證沒人可看出破綻，最妙是你瘦了至少十斤，連眼形都改變了，所以你最好不要吃那麼多東西，若養胖了反爲不好。」

項少龍苦笑道：「我已很有節制了，現在頭痛的是小屛兒和幸月都似看上我，董淑貞更對我擠眉弄眼，你說該怎辦？」

肖月潭笑道：「項少龍畢竟是項少龍，你既能使紀才女爲你傾心，其他鶯鶯燕燕不爲你顚倒才怪。嘿！給你看一樣東西。」

項少龍朝他撐開的手掌看去，見到一顆似是某種果實堅硬的核心，大小如指頭，奇道：「這是甚麼？」

肖月潭道：「這是甚麼不打緊，只要你放到舌底下說話，便可把語氣聲調改變過來，完全不似項少龍。」

項少龍皺眉道：「若讓鳳菲她們聽到，豈不非常古怪？」

肖月潭道：「你還以爲自己是以前的身分嗎？當鳳菲和外人交談時，你在場的機會是絕無僅有，縱然在場亦沒有插言的資格。當遇上熟人，先把果核往口一塞，保證可瞞過任何人。」

對肖月潭的周身法寶，項少龍早見怪不怪，接過果核依指示放在舌底，在肖月潭指點下「牙牙學語」起來，果然聲音改變了少許。

肖月潭聽得連連失笑時，敲門聲響，忙去開門。

項少龍見肖月潭似給人扯出門外，正大惑不解，肖月潭回到他身旁低聲道：「今晚我到雲娘房裡風流一晚，你若要解寂寞，可把幸月等其中一人弄來。幸月的功夫如何我不曉得，卻可保證董淑貞在榻上精采絕倫。好自爲之吧！」

房門關上後，項少龍只有苦笑。

旅途寂寞，有美陪寢自是人生樂事，不過他卻過不了自己這一關。

呆坐一會兒，收拾心情，鑽入被窩睡覺。

現在他最大的樂趣，是到夢裡去會嬌妻愛兒。

快要睡著時，驀地驚醒過來。耳內響起關門的輕響。

項少龍探手到枕旁握上血浪寶劍的把手。

香風隨來，一個火辣辣的動人胴體鑽進他被內，八爪魚般將他纏個結實。

第三十二章　泥足深陷

由於項少龍休息了頗一會兒，神經鬆弛過來，感官特別敏銳，更加上連對方是董淑貞、幸月、祝秀眞，甚至較小可能的小屏兒都弄不清楚，那種刺激確是難以抗拒。

費了很大的定力才閃脫對方的香唇，湊到她耳旁道：「你是誰？」

那女子嬌喘細細道：「有很多女兒家這樣來找你嗎？」

項少龍仍認不出她蓄意改變了的聲音，笑道：「恰恰相反，假若以前有女孩子這麼來過，我會誤把你當作是她，何用問你是誰？」

女子用力摟緊他的腰，把俏臉埋到他胸膛上，以蚊蚋般聲音道：「也可以是因你有很多女人，所以一時弄不清楚是誰來相就。」

項少龍已可肯定此女絕非小屏兒或幸月，因爲前者正生自己的氣，而後者則該知自己「守身如玉」，不受引誘。

順手在她身上摸幾把，低笑道：「若是如此，我應在你鑽入被內時立即以手認人，何用問你？」

女子「咿唔」作聲，頗爲情動。

項少龍按捺不住，一個翻身，半抱半壓地把她摟個結實，同時探手到一旁的小几上拿火摺。

女子嬌吟一聲，把他的手扯回來，嗔道：「你難道不怕人難堪嗎？現在哪是點燈的時候？來吧！」

只要有點星光，項少龍也可勉強看到她的面貌輪廓，偏在這寒冬之夜，又在船艙被窩之內，使他睜目如盲。也偏是這種情況，特別使他容易燃起情慾之火。

尤其想到她是董淑貞、祝秀眞又或小寧兒三女之一，無不是煙視媚行的惹火尤物，一顰一笑，皆使人欲醉，這種至爲刺激的感覺，更使他難抵肉慾的誘惑。幸而隔著幾重衣物，否則可能已把持不住。

項少龍隱隱覺得假若這樣佔有對方，只代表自己與其他好色的男人毫無分別，是某一種形式的投降。所以對方在懷內的扭動廝磨雖帶來強烈的誘惑，而自己亦起了生理上的反應，仍強壓下狂升的慾火，上身仰起一點，故意騙她道：「我知道你是誰。」

體下的女人嬌軀微顫，道：「我是誰呢？」

憑她震驚的微妙反應，便知她以爲自己沒法猜中她是誰。這麼說她便不該是董淑貞又或祝秀眞，因爲兩女對他早有撩逗，一再暗示以身相就，不該有此信心。

一個令他大吃一驚的想法湧上心頭，駭然道：「大小姐？」

女子頓時靜下來，噓氣如蘭地柔聲道：「正是鳳菲，你不歡喜嗎？」

項少龍一陣傷心，慾火消退，暗忖張泉說得不錯，她只是找自己做替死鬼，所以紆尊降貴的來獻身給他這個下人。若非如此，又怎能騙得他自以爲是她的情郎呢？

一向以來，他心目中的鳳菲高不可攀，這麼一來，自然在他心中大爲貶值。

項少龍冷然道：「大小姐爲何要這樣做？」

女子以帶點哀求的語氣輕輕道：「不要問這問那好嗎？好好的疼人家吧！」

項少龍忽然鬆一口氣，如釋重負道：「原來你並非大小姐，而是小屏姊。」

若非她仍不敢以平常的聲音說話，他可能會繼續猜錯下去。

小屏兒回復正常的聲音語調，嬌吟一聲，香唇再湊上來，熱烈地吻他。

項少龍以一半的心神駕輕就熟的應付著，另一半的心神卻在盤算思量。

照理小屏兒應該與主子鳳菲共進退，換句話說她無須像幸月等有急尋歸宿的要求。那她現在把自尊拋到一旁，向自己投懷送抱，一是她真的對自己情不自禁，而更有可能是奉鳳菲之命而來犧牲色相，好控制和駕馭他沈良。

這想法不是沒有根據，雖然他仍把握不到鳳菲的退隱大計，更弄不清楚爲甚麼定要使自己變成替死鬼，但可肯定的一點是鳳菲一直以謊言騙他，鳳菲沒有理由將她的前途幸福擺到他這陌生人手上去。

「啪！」油燈燃亮起來。

小屏兒抗議地「嗯」了兩聲，星眸半閉，不堪燈火的刺激，好一會兒才睜開美目。

項少龍仰起上身，仔細打量換回女裝，秀髮披散枕上的美女，驚覺她的豔色實不遜於董淑貞等諸女，只是平時被她的男裝和不假辭色的模樣瞞過。

兩人目光相觸，小屏兒泛起既羞且喜的表情，灼熱的眼神裡隱含某種令人難解的迷惘。

項少龍心中暗歎，更堅定自己的懷疑。

低頭吻了她兩片朱唇，柔聲道：「你是否第一次和男人親嘴？」

小屏兒赧然點頭。

項少龍咬牙苦忍肉體緊貼廝磨所帶來的高度刺激，冷冷道：「是大小姐要你這麼做的嗎？」

小屏兒立時杏目圓睜，吃了一驚，好一會兒方寸大亂的答道：「你怎會這麼想的？」

只從她的反應，項少龍立知自己的猜測雖不中亦不遠矣。

若她因自己情不自禁來向他投懷送抱，聽他這麼說，自然大受傷害，不是大怒而去，就是一副含冤受屈的可憐樣兒。像現在般的反應，只表示她確心中有鬼，故出言反駁，希望能瞞過他。

項少龍數年來差不多每天都在鬥爭中度過，一個年輕的女孩自遠不是他的對手。

項少龍沒有說話，只是冷冷的看著小屏兒。

一滴清淚由她眼角瀉下，沿著嬌嫩粉白的臉蛋滑到枕上去。

小屏兒別過俏臉，避開他無情的目光，神志崩潰的默默灑淚抽泣，悲切道：「你不歡喜我？」

項少龍睡到她側旁，舉袖為她拭淚，淡淡道：「其實我該早猜到是小屏姊，換過是其他人，在鑽入我的被窩前，該懂得先脫掉衣服的。」

小屏兒停止抽泣，無助地道：「你這人真厲害，人家投降了，好嗎？」

項少龍心中一軟。自己是否太殘忍呢？竟以這樣的手段對付一個如此嬌癡可愛的少女，而她只不過是盡忠於主子。

為緩和她的情緒，項少龍遂道：「你這樣很好看啊！為何整天要以男裝示人呢？」

小屏兒淒然道：「若我常以色相示人，現在你懷內的不會是完璧之軀了。」

項少龍感到兩句話內所包含的無限辛酸，心中暗歎，道：「那你惡兮兮的樣子也是裝出來唬人的哩！」

小屏兒露出一絲笑意，秀目閃亮道：「開頭是裝的，但慢慢就習慣了。唉！你有點像另一個人。」

項少龍生出輕微妒意，道：「是你的情郎嗎？」

小屏兒有點不滿地嗔道：「你想到哪裡去！那人我只見過一面，不過也像你般最懂咄咄逼人，眼睛似是可看進人心內去那樣。小姐對那人印象也很深呢！」

這回輪到項少龍吃驚，知她說的正是自己，哪敢再問下去。

小屏兒赧然道：「剛才你抱得人家很舒服，原來男女間的滋味是這樣的，難怪雲娘要找談先生到她房內去。」

項少龍失笑道：「小屏姊今年貴庚？」

小屏兒含羞道：「足十七哩！十三歲時鬻身給大小姐。」

項少龍硬著心腸緊逼道：「大小姐爲何要你這麼做？」

小屏兒淒然道：「不要逼人家好嗎？小屏兒現在矛盾死了。唉！我該怎麼辦才好呢？」

項少龍半扶半抱的讓她坐起來，咬著她耳珠柔聲道：「可以怎麼樣呢？老實的回去告訴大小姐，她的計謀已給我識破，這個他奶奶的甚麼正管事我不想幹了。」

說到最後一句話，他像放下心頭大石。這確是他難以勝任的工作，而且風險太大。

小屏兒駭然道：「那怎麼行？」

項少龍溫柔的愛撫她動人的玉背粉頸，微笑道：「你把這番話回去向大小姐直說就可以，其他都不用你來煩心。」

小屏兒顯是非常沉醉於他的撫摸，夢囈般顫聲道：「你怎能猜到是小姐差使我來的呢？」

項少龍坦然道：「因為那根本不像你一向的作風。」

小屏兒像變成另外一個人似的，不依道：「人家的確有些兒喜歡上你嘛！」

項少龍失笑道：「你也懂說只是有些兒歡喜。來！乖乖的回去，我不想在你奉命的情況下得到你。」

小屏兒「嚶嚀」一聲，投入他懷裡，心顫神迷的道：「小姐說得不錯，你是個很特別的人，與其他男人都不同。」

項少龍軟玉溫香滿懷，不禁又激起慾焰，吃了一驚，暗知絕不可神迷失守，否則不能辭去管事之職，半強迫地把她抱起來，送到門口。

小屏兒忽然大膽地伸展雙臂，摟著他脖子，獻上熱吻。

纏綿一番後，小屏兒帶著幽怨得可把他的心絞碎的眼神，依依不捨的離開。

項少龍下了門閂，強迫自己甚麼都不想，倒頭大睡。

天明時，肖月潭神態舒暢的回來，聽到他昨晚的豔遇，大訝小屏兒的行為，點頭道：「給鳳菲辭退不失為明智之舉。這叫『多一事，不如少一事』，但我始終不明白她為何這樣做。咦！」

項少龍見他一臉驚容，嚇了一跳道：「甚麼事？」

肖月潭變色道：「你說雲娘昨夜來找我，是否也是出於鳳菲的指示，否則小屏兒怎知我到了雲娘處。」

項少龍舒了一口氣，道：「不要嚇小弟好嗎？現在我是驚弓之鳥，即使如此，也不值得大驚小怪。」

肖月潭啞然失笑道：「因爲倘若如此，雲娘的話就不很可靠，我從她處得到的大有可能是假消息。」

項少龍憑窗外望，道：「管得他是眞是假，總之我是不幹的了。」

「咯咯！」

肖月潭道：「誰？」

小屛兒的聲音在門外應道：「談先生早安，大小姐召見沈管事。」

項少龍與肖月潭交換個眼色，推門出去。

小屛兒避開他的目光，領路朝長廊一端走去。她不但回復男裝，且緊繃俏臉，似乎昨晚的事從來沒有發生過。

項少龍很想逗她兩句，卻知只是自尋煩惱，遂壓下衝動。

項少龍尙是首次踏足鳳菲在船上的閨房，那比項少龍的房間大上一倍，分前、後兩進，被一道垂簾分隔，外面是個小廳的擺設。

鳳菲當然不會在秀榻上等他，這時她側臥在一張鋪著獸皮的臥几，上身斜倚軟墊，頭髮有點剛醒來的凌亂，玉臉朱唇，透出一股誘人的嬌慵美態，看得項少龍怔了半晌，始懂施禮。

暗忖難怪美女可傾國傾城，像她這種絕色，以女人爲私產的權貴誰不想據爲己有，不你爭我奪方爲怪事。

小屏兒關上門退出房外。

鳳菲容色平靜，指指身旁一張小蓆道：「請坐！」

項少龍見她毫無慍色，摸不著頭腦的坐下來，鼻內立時充盈由她身體傳來的雅淡幽香。

鳳菲微微一笑道：「小屏兒絕非你的對手，否則怎會被你幾句詐語就露出破綻？」

項少龍想不到她如此坦白直接，立感不易招架，乾咳兩聲道：「我可否說句眞心話呢？」

鳳菲淡淡道：「若是要辭職不幹，就最好不要說！」

項少龍有點手足無措，又大惑不解道：「小姐留我還有甚麼意思？」

鳳菲眸子一轉，道：「昨天張泉找你說話，是否想收買你？」

項少龍苦笑道：「不用我說，你也該知他想的是甚麼。我不明白爲何要把他留下，將他和沙立一起逐走，不是更乾淨俐落嗎？」

鳳菲嫣然一笑，鳳目生輝的柔聲道：「讓我們一宗一宗的來說，現在我只有兩個願望，你想聽嗎？」

項少龍收攝心神，沉聲道：「若是小姐的秘密，最好不要說出來。」

鳳菲不以爲忤，笑意盈盈道：「你不但是個特別的人，還是個非常古怪的人。我所認識的人中，儘管是所謂淡薄名利的高士，他所以能自鳴清高，皆有本身的條件，例如不愁衣食、生活豐足等；可是你這人連御者的微薄酬勞都不肯放過，但偏又擺出毫不在乎、不怕餓死的樣子。沈良你來告訴我是甚麼一回事好嗎？」

項少龍暗暗心驚，知道自己因心切離開，露出破綻，惹起狡猾美女的疑心，忙補救道：「唉！正是我的性格使然，既不肯低聲下氣求人，更不願被人像呆子般牽著鼻子走。哈！大不了餓死街頭，我並不在乎呢！」

鳳菲細看他好半晌，似乎要從他的神色觀察他說話的眞假，片刻後道：「看你現在的坐姿神態，便知你不是慣於屈居人下的人，不如你坦白告訴我，你究竟是甚麼人好了？」

項少龍心中狂顫，知她可能疑心自己是「項少龍」，但又未敢肯定，最主要原因是張泉確是透過魏人的官辦馬廄聘他回來的，這可是鐵般的「事實」。

他知道此刻絕不可露出絲毫猶豫之態，皺眉道：「小人不是早告訴大小姐嗎？坦白說，我之所以生出去意，是怕小命不保。以前我還以爲大小姐會在背後撐我的腰，到昨晚才知大小姐是同一個模樣，像其他人般對我暗使手段。小人能不心寒？」

鳳菲不悅道：「誰對你使手段？人家只因你達成鳳菲第一個願望，可編出壓倒兩個大對頭的歌舞，才差使小屛兒去陪你一晚，解你寂寞，同時更怕你受不住董淑貞引誘，對我倒戈相向。但你卻不識好人心。」

項少龍怕愈說愈露出自己是項少龍的破綻，不敢辯駁，苦笑道：「那我是誤會了！」

鳳菲柔聲道：「當然是誤會。何況我不會強迫小屛兒去做不甘願的事，我也希望替她尋個好的歸宿。」

項少龍記起自己的下人身分，還有甚麼好說的。

鳳菲淡淡道：「只要你助我安離臨淄，我不但可予你一世無憂的豐厚報酬，還可把小屛兒許配你。」

項少龍不解道：「你以後不用她伺候嗎？」

鳳菲美目掠過淒迷之色，輕輕道：「誰想一世當婢僕奴才呢？唉！你好像對小屏兒看不上眼，我眞不明白你。」

項少龍道：「像小屏姊這般標緻的女孩子，沒有男人會不動心。不過我追求的是男兒的功業，暫不願有家室的牽累，望大小姐體諒。」

鳳菲白他一眼道：「又是個不知戰爭可怕的人。這樣吧！事成後我就給你一封薦書，你要在哪裡得到個晉升的機會都沒有問題。至於將來能否立得功業，就要看你的本領和造化了。」

項少龍還有甚麼好說的，只好裝出千恩萬謝的樣子走了。

離去時靈機一觸，想起當年肖月潭的詐死脫身，心想說不定肖月潭可調配出像《殉情記》裡茱麗葉所吞服能令人假死之藥，自己便可以脫身。

想到這裡，登時燃起希望，腳步輕鬆起來。

第三十三章　欲離難去

走不了兩步，前方一扇門「咿呀」聲中張開，祝秀眞以舞蹈的曼妙姿態，蓮步輕搖的走出來，攔住項少龍的去路，眼神幽怨又似乞憐的道：「沈管事有空嗎？」

項少龍當然不會蠢得相信這些歌姬的任何表情，蓋因她們無不是演戲的第一流專家。

不過縱使董淑貞和祝秀眞曾佈局害他，現在比較清楚是怎麼一回事後，他對她們不但沒有怨懟，還大感憐惜。

說到底，她們都是在男權當道的社會裡爲追求自己理想掙扎求存的女子，雖然手段過分，但也是逼不得已。只恨自己身爲東方各國的頭號公敵，自顧不暇，縱想幫她們亦是有心無力。

此刻他想到的只是如何脫身，不用捲入牽涉到多方面的漩渦裡。他尙未來得及回答，祝秀眞已扯著他衣袖，硬把他拉進房內去。

忽然間，項少龍清楚感到自己成爲歌舞姬團內，分別以鳳菲和董淑貞爲首的兩大派系間鬥爭的關鍵。

無論鳳菲想脫身退隱，又或董淑貞要繼承鳳菲的位置，均須通過他這掌管一切的「下人」去部署安排，而他更是對外接觸的橋樑。

他現時的角色有點像二十一世紀超級巨星的經理人，又或劇團的經理。若沒有他的合作，鳳菲和董淑貞均變得無牙無爪，甚麼花樣都變不出。

以前張泉和沙立得以一親董淑貞和祝秀眞的香澤，原因正在於此。豈知給鳳菲利用張泉和沙立間的鬥爭，連消帶打地一下子粉碎了董淑貞和祝秀眞的優勢，把最重要的職位交到他項少龍的手上去。

這時他更有點明白爲何鳳菲容許張泉留下來，此乃非常厲害的一著棋。因爲張泉與董淑貞既有曖昧關係，使董淑貞很難當著張泉的眼前明目張膽的來勾引沈良。唯一方法只有聯合張泉來迫害他，那自然會逼得沈良更靠攏鳳菲。

假設董淑貞眞的撇掉張泉，後者走投無路下，說不定反會向鳳菲投降，出賣董淑貞的計劃和秘密。

至於祝秀眞本是倚仗沙立，沙立一去，遂變得孤立無援，只好投向董淑貞，任她擺佈。可是只要她再有憑恃，可能又會與董淑貞爭奪繼承者的位置。

不過可能鳳菲、董淑貞和祝秀眞皆不知道的是張泉早被人收買，正密謀不軌。

目下的形勢是鳳菲籠絡不了他，董淑貞試圖陷害他又告失敗，張泉當然更不能打動他，一時成膠著之局。最可笑是他一心只想脫身。

如此錯綜複雜的關係，電光般掠過他腦際時，祝秀眞關上房門，轉身把他摟個結實，俏臉埋入他胸膛裡，情深款款的道：「你怎可對秀眞如此無情？」

項少龍清楚感覺到她動人肉體高度的誘惑力，心中泛起憐意。雖明知她是虛情假意，不由生出同情之心。

他沒有反擁她，也沒有把她推開，昂然站立，淡淡道：「秀眞小姐不須如此，有甚麼吩咐，儘管說好了。」

祝秀眞仰起俏臉，竟已梨花帶雨，淒然道：「我很害怕！」

項少龍想不到她有此一招，心中一軟道：「秀眞小姐！」

祝秀眞把俏臉埋在他比一般人寬闊得多的胸膛上，悲切地哭起來，把他襟頭全染濕了。

項少龍慌了手腳的連哄帶勸，扶著她到軟蓆坐下，任她摟緊脖子坐入懷中，又爲她拭掉熱淚，她才止泣收聲，只偶爾香肩抽搐。

他幾可肯定她是戲假情眞。情當然不是愛他之情，而是對己身命運茫然不知的驚恐之情。

祝秀眞淒然道：「你該清楚大小姐已準備解散歌舞姬團，且準備把我們送人套交情，好使自己可以安然脫身。」

項少龍愕然道：「竟有此事？」

祝秀眞道：「此事絕對不假，以前團內有好幾位姊妹，離團嫁入豪門後，遭遇都很悽慘，有人活生生給大娘打死，有人因主子丟官抄家成爲官妓，遭受冷落已是天大幸運。秀眞情願死去好了，這樣的活罪太難受。」

項少龍皺眉道：「你們都是大小姐買回來的嗎？」

祝秀眞淒然點頭，悲切道：「不要看她表面待我們這麼好，只因我們尙有利用的價値，可助她博得天下第一名伎的美名。事實上她只會爲自己打算，而我們則是她的工具。」

項少龍知她六神無主，才會如此傾訴心內的恐懼。心中暗歎這時代女性的悲慘地位，又大感有心無力，道：「你這麼坦白，不怕我向大小姐出賣你嗎？」

祝秀眞苦笑道：「甚麼男人我沒見過，你是那種天生正義的人，開始時人家看錯你，現在再不會犯同一錯誤，所以只好厚顏求你。」

又歎道：「我們小女子對團外的事一無所知，離團後寸步難行，只能任人擺佈。」

項少龍道：「可是你終要嫁人啊！」

祝秀貞在他懷裡仰起猶帶淚痕的俏臉，輕輕道：「最好當然是不用嫁人，我們人人有豐厚積蓄，足可一世衣食無憂，但卻須有人為我們做妥善安排，現在沙立給大小姐趕走，只好求你。」旋即垂頭赧然道：「就算要嫁人，誰希望被對方知道自己當過歌舞姬？秀貞寧做窮家子的正室，死不做豪門的媵妾、賤婢。」

項少龍心中恍然，此正是關鍵所在。

歌舞姬團內有野心者如董淑貞，目的是要取鳳菲而代之；沒野心的如祝秀貞，則希望憑這些年來的床頭金，過點自己選擇的理想生活。無論何種目的，都是想獨立自主，把命運盡量掌握在自己手中。

他首次認真考慮縱使可輕易脫身，是否狠得下心腸離開，置她們於不顧？

最佳選擇是安排她們到秦國安身立命，一來那處不會直接受到戰爭的蹂躪，更重要是他只要說一句話便沒人敢欺負她們。

這群姿色出眾的美女，若願意的話，他還可為她們安排好歸宿。問題是他眼前自身難保，團內又明爭暗鬥，加上張泉這內鬼，在困難重重的情況下，他是否仍有相助之力？

他決意先試探祝秀貞的真誠，輕輕道：「沙立是因我而被逐走，你沒有想過為他向我報復嗎？」

祝秀貞嬌軀微顫道：「原來給你看穿，難怪不肯來哩！秀貞謹此賠罪，任憑處罰。」

項少龍當然不會「處罰」她。還下了決心不可與團中任何女子發生肉體關係，以免惹上情孽。就在此刻，他決心盡力令這歌舞姬團的可憐女子，都能各自達到心頭的願望，當是爲這時代的男人補贖少許罪過好了。

他好言婉拒祝秀真的獻身，回房把事情向肖月潭說出來。

肖月潭點頭道：「雖要冒點風險，但大丈夫立身處世，自該有不畏艱難的膽識胸懷。事實上我對她們都很同情，可是自問又力不足以保護她們。假若能安排她們安全地到咸陽去，不但你可以回家與家人團聚，她們亦可獲得安身之所，確是兩全其美的事。」

項少龍皺眉苦思道：「鳳非顯然有她的打算，她是不會告訴我們的。」

肖月潭笑道：「她這麼倚仗你，自然在她的計劃裡你是其中重要的一環。只須看她吩咐你做甚麼事，該可尋出蛛絲馬跡。現在首要之務，是要與團中所有人混熟，像你指揮軍隊般如臂使指，做起事來便容易應付多了。」

項少龍歎道：「現在沙立的人都投向張泉，大部分人視我如仇敵，表面尊敬，暗裡恨不得我塌臺。此爲眼前最大的煩惱，沒有一段時間，怎贏得他們的信任？」

肖月潭哂道：「張泉這種小角色，拿甚麼來和我們鬥？只要我一句話，可教他永遠消失。不過最好先找出他爲誰辦事，知彼知己，才能取勝。」

項少龍道：「除非用刑，否則他怎肯招供？」

肖月潭失笑道：「若說陰謀手段，還是老哥我比你在行。用刑乃下下之策，況且他胡亂拿個人出來搪塞，我們亦難辨眞僞。哈！我卻有個精采的方法，不但可去掉張泉，還可收買人心。」

接著附耳對項少龍說出一番話。

項少龍聽畢歎道：「幸好打一開始你便是我的好朋友，否則我可能已輸給呂不韋。」

午後大雪從天而降。船隊此時離臨淄只有十個時辰的水程，明早便可抵達齊國文化薈萃的大都會。

項少龍改變主意，設法掌握歌舞姬團的運作，連過往的帳簿也不放過，始知原來歌舞姬團不但收入豐厚，只是各國權貴的禮物竟裝滿四十多個箱子。誰能娶得鳳菲，等若平添一筆幾達天文數字的財富，名副其實的財色兼收。

張泉雖說鳳菲有秘密情郎，可是他卻不大相信，或許是張泉的想當然吧！

晚飯後趁鳳菲排舞的時刻，項少龍主動去找張泉說話。

張泉見他來，喜出望外道：「我正要去找你。」

坐好後，項少龍接過他遞來的茶杯，低聲道：「今早大小姐找我去，許以百塊黃金的報酬，又說可推薦我到齊國做事。坦白說！人不外求名求利，加上大小姐又對小弟有提拔之恩，換了張兄是我，肯拒絕嗎？」

張泉臉色微變，好一會兒才道：「我背後的人是出得起資財的人，其身家更非鳳菲能比，不過我要向他先做請示，才可以肯定報酬的數目是多少，保證不會少於一百五十塊黃金。」

項少龍暗忖這麼說，此人若非齊人，必是來臨淄賀壽的某國使臣，否則張泉怎能向他報告此事。

他當然不會滿足於這個情報，搖頭道：「張兄不用多此一舉！錢財雖重要，但功名更是我夢寐以求的東西。大小姐交遊廣闊，誰都要賣點面子給她……」

張泉打斷他道：「沈兄是明白人，當知現時若論強大，莫過於秦，我這主子正是秦國舉足輕重的人物，沈兄若要謀得一官半職，只有隨我去投靠他，否則恐怕位子未坐穩已成亡國之奴。」

項少龍心兒劇跳，幾可肯定此人是呂不韋。

以呂不韋的好色和佔有慾，鳳菲又曾到過咸陽，這傢伙不見色起心才怪。憑他的財勢，要收買張泉這種小人物還不是手到拿來。而呂不韋剛好要到臨淄去，各方面情況吻合下，故可斷定此人必是呂不韋無疑。

巧取豪奪，不擇手段，正是他的本色。

不過他有田單照顧，應付起來確不容易。

裝作大訝道：「此人究竟是何方神聖？」

張泉歎道：「若可以說出來，我早說出來。但若我張泉有半字虛言，教我不得好死，如此沈兄可放心吧！」

項少龍道：「『鳥盡弓藏』，若他得到大小姐後反口食言，我和張兄豈非不但一無所有，還要賠上小命兩條。」

張泉歎道：「你的形容非常生動傳神，不過卻大可放心。此人出名滿門食客，比你的舊主無忌公子還愛招羅各方名士豪傑，怎會沒有容人之量，沈兄大可放心。」

項少龍道：「此事張兄只能以空言保證，這樣吧！先教他下一半訂金，收妥後，我才放心和張兄合作。」

張泉如釋重負道：「該不會有問題。不過莫說我沒有警告在先，若沈兄收了金子卻沒有為他辦事，保證不能生離臨淄。」

項少龍笑道：「大丈夫一諾千金，幸好我仍未答應大小姐，只是在敷衍著。」

張泉欣然道：「這樣最好。現在沈兄不妨與大小姐虛與委蛇，弄清楚誰會幫她，又或誰是她的姘頭，那我見到那人，好有點交代，向他索財都容易一些。」

項少龍笑道：「收到錢，我自然把得來的消息奉上，張兄是明白人，當知交易的規矩是一手收錢，一手交貨。」

張泉拿他沒法，只好答應。

項少龍心中好笑，想不到來到齊國後，還要暗裡和呂不韋鬥上一場，此事保證可令肖月潭非常興奮。

他們是深悉呂不韋性格和手段的人，已有了《孫子兵法》所說「知彼知己」的有利條件。反是呂不韋對他們這對敵手卻一無所知，故雖有田單幫手，仍未必可佔上風。

更精采是田單本身正陷於本國的鬥爭中，加上鳳菲乃人人爭奪的目標，若他和肖月潭好好利用這種形勢，說不定可大玩一場，勝他漂亮的一仗。

想到這裡，哪還有興趣和張泉糾纏下去，告辭離開。

踏出房門，走不了兩步，給人在背後喚他，原來是繃著冷臉的小屏兒。

項少龍停下步來，小屏兒來到他身前，冷冷道：「你是否由張泉處出來？」

項少龍只好點頭。

小屏兒不悅道：「你究竟在弄甚麼鬼，是否想出賣大小姐？」

項少龍看她神情，知鳳菲已把今早自己的表態告訴了她，使她大受傷害。不過長痛不如短痛，只好任她如此好了。低聲下氣道：「我怎會是這種人？這處不宜說話，小屏姊是否有事找我？」

小屏兒雙目一紅，跺足道：「誰要找你這狠心的人？是小姐找你。」

項少龍心中一軟，柔聲道：「聽我解說好嗎？我……」

小屏兒掩耳道：「我不要聽。」

話尚未完，情淚奪眶而出，哭著去了。

項少龍只好搖頭苦笑，就算狠心亦要來一次，他實在不想再有感情上的牽纏負擔。

鳳菲不是在排舞嗎？爲何要見他呢？

第三十四章　周旋到底

鳳菲這齣「仙鳳來朝」做出很大的改動，表現出清楚動人的故事性，歌舞連場中更是變化萬千，不過鳳菲只作好眾姬和唱的序曲，內容說的是諸仙在天界上，喜聞得凡間正有盛事的情景。

鳳菲在歌樂舞上的天分是不容置疑的，只是欠缺啓發刺激，現在給項少龍略一提點，靈感立時像沖破了河堤的洪水，一發不可收拾。

項少龍和其他婢女鼓掌叫好，鳳菲雙目發亮的來到他旁，興奮地道：「沈良！現在是否好多了？」

項少龍衷誠地道：「大小姐的樂舞就像古代一個神秘的咒語，織錦帛般把主旋律反覆織入樂舞的每一個片段裡，鋪陳出一種旖旎纏綿的氣氛，倘再加上大小姐的歌聲，必令頑石也要點頭。」

鳳菲秀目掠過難以形容的彩芒，破天荒首次牽著他的袖角，扯他到了遠離其他人的一隅，先打手勢吩咐董淑貞她們繼續排演，帶著前所未有的感情道：「鳳菲從來沒聽過比你的讚美更動聽的話。唉！頑石會因動心而點頭嗎？那眞是歌者最大的榮耀。沈良啊！我該怎麼對待你這個人呢？」

項少龍暗忖自己「不檢點」，刻下又重蹈當年以「絕對的權力，使人絕對腐化」一語挑起紀才女的情絲般敲動鳳菲的芳心。不過亦證明張泉的猜測大概不假，鳳菲實是暗中有個情郎，否則何用唉聲歎氣，心中矛盾。

他當然不屑橫刀奪愛，更不想惹上這個連他都無法不承認能使他頗爲心動的美女，謙虛道：「我是給大小姐的樂舞引發出來，有感而言吧！」

鳳菲狠狠看著他的眼睛，香肩輕觸他的臂膀，像小女孩般雀躍道：「我的主曲已大致擬好，只還差一點修飾。老天待我眞的不薄，竟在我退隱前遇上你這個知音人。」

項少龍乘機道：「大小姐若能完全的信任我，甚麼都不隱瞞，我沈良可用性命擔保，必教大小姐達成願望。」

鳳菲一震道：「你以爲我有很多事瞞著你嗎？」

項少龍深知若不顯點手段，絕不能使她聽教聽話，眼中射出森厲的寒芒，直瞧進她秀氣得已達至令人驚心動魄的美目裡，冷然道：「大小姐可知張泉背後的主子是誰？」

鳳菲不敵他的目光，垂下眼簾道：「不是淑貞嗎？」

項少龍冷笑道：「二小姐不過是個受害的可憐女子，爲自己的命運而奮戰。」

鳳菲愕然不悅道：「你在說甚麼？」

日光與項少龍一交觸，又垂了下去，以帶點哀求的語氣道：「不要這樣瞪著人家好嗎？」

項少龍大感滿意，知道她再難把自己當作一只任意擺佈的棋子，步步進逼道：「張泉已成爲呂不韋的走狗。」

鳳菲色變道：「甚麼？」

項少龍重複一次，道：「大小姐正身陷險境，呂不韋一向與齊人關係密切，而因秦國勢大，誰都不敢眞的開罪他，他若想得到大小姐，絕非是沒有可能的事。」

鳳菲顯已因聞呂不韋的惡名而失去方寸，伸手抓住項少龍臂膀道：「那怎麼辦呢？不若我立即把張泉趕走。」

給她的小手揑著，項少龍差點連心都融化，忙壓下綺念，正容道：「大小姐必須作出選擇，一是全心全意信任我，一是不再用我。假若仍是舉棋不定，則後果難料。如呂不韋派人來把大小姐強行擄走，又對外宣稱大小姐榮休後嫁入他呂家，恐怕沒有多少人敢公然干預和反對。大小姐該知只是一晚光景，情況將完全改變。」

鳳菲六神無主道：「你有甚麼辦法應付他？」

項少龍微笑道：「當然還是利用張泉，只要讓他告訴呂不韋大小姐的情郎是一個在目下的形勢中連他也惹不起的人，那他只能待你偷偷離開時才出手擄奪，我們就有緩衝的時間了。」

鳳菲呼出一口涼氣，凝神打量他半晌，幽幽道：「你的膽子很大，竟一點不怕呂不韋，又像對他的爲人非常熟悉的樣子。唉！現在人家不倚靠你，還有誰可倚賴呢？」

項少龍知她回復冷靜，淡淡道：「大小姐是倚賴我而非信任我，既不能得到大小姐的推心置腹，我沈良只好於明天抵臨淄時離開，免致死得不明不白。」

鳳菲怔怔瞧他好一會兒後，歎氣道：「愈與你相處，愈發覺你這人不簡單，好吧！到我房中再說。」

項少龍心中暗喜，在連番軟硬兼施下，美女終於肯做出讓步。

鳳菲坐在他旁，神情溫婉，柔聲道：「你想我告訴你甚麼呢？」

項少龍道：「大小姐敢到臨淄去，必有照顧的人，請問此人是誰？」

鳳菲道：「確有這麼一個人，可否到適當的時刻，我才告訴你呢？」

項少龍不想逼人太甚，點頭道：「這也無妨。但歌舞姬團解散後，大小姐準備怎樣安置其他歌姬，而大小姐又何去何從？」

鳳菲猶豫片刻，輕歎道：「我已安排好她們的去處，沈管事不要理這方面的事好嗎？」

項少龍不悅道：「怎能不理？眼前之所以會弄出這種不安局面，正因她們在擔心將來的命運。我沈良雖是山窮水盡，但仍有幾分骨氣剩下來，絕不肯助大小姐出賣她們的幸福。」

鳳菲秀目掠過怒色，旋又軟化下來。淒然道：「大家都是逼不得已，有很多事更不得不妥協。但若非淑貞這丫頭把我要退隱的事洩露，也不會出現令人進退兩難的情況。」

項少龍道：「你或者錯怪二小姐了，照我看是張泉透露給呂不韋知道，再由呂不韋傳揚開去，那他就可公然來掠奪你這美人兒回家了。」

鳳菲露出深思的表情，不一會兒神情堅決地道：「但我已答應別人有關淑貞她們歸宿的問題，此事再難改變，而這個更是我開罪不起的人。」

項少龍不以爲然道：「世上有甚麼事是不能改變的，不過此事暫且擱置一旁，大小姐尙有一個問題未答我。」

鳳菲微嗔道：「這個問題定要回答嗎？只要你能把我神不知鬼不覺地送離臨淄，自有人會把我接走。你不單可以回復自由，又得到一筆夠你終身受用不盡的酬金。」

項少龍拂袖而起道：「說到底，你仍不是肯信任我，現在只因知道田單牽涉在內，而你那所謂肯幫你的人，恰正是田單，故此害怕起來，才對我稍假辭色！算了！由現在開始，休想我再爲你賣命。」

鳳菲大吃一驚，情急下一把抱著他，淒然道：「眞的甚麼都瞞不過你哪！天啊！你究竟是怎樣的一個人？再坐下來細談好嗎？」

項少龍冷笑道：「這只是簡單的推理，若臨淄那人眞能助你，要我沈良來有何作用？」

鳳菲把俏臉貼著他寬壯的胸膛，有點意亂情迷地道：「若非你清楚呂不韋和田單的關係，怎做得出這樣的猜測。唉！今次如非呂不韋親口保證田單會照顧我，人家亦不會到臨淄來。怎想得到呂不韋竟是包藏禍心？」

項少龍笑道：「莫忘記我曾追隨過廉大將軍和無忌公子，怎會不清楚呂不韋與田單的關係。兩人均是好色之徒，而你們歌舞姬團內人人都是罕見的絕色，誰能不起覬覦之心？甚至那另一個肯接你走的人，除非眞是你的情郎，否則說不定亦在騙你。」

鳳菲顯已六神無主，死命抱緊他，淒然道：「我怎辦才好呢？」

自知張泉後面的主使者是呂不韋後，她平時的信心和冷靜早已不翼而飛。

項少龍把她扶起來，淡淡道：「先告訴我，除呂不韋外，還有誰想得到你這美人兒？」

鳳菲不好意思地在他面前站直嬌軀，情緒複雜的白他一眼，苦笑道：「當然是些有來頭的人，我們到了齊國，最令人擔心的就是仲孫龍，他雖無官位，但在齊國勢力卻不下於田單，手下能人異士無數，一直支持二王子田建，與擁戴大王子田生的田單是死對頭。我在大梁時，他曾特別遠道來找我，給我嚴詞拒絕後悻悻然離去，聲言若得不到我，其他人亦休想得到我。」

項少龍皺眉道：「是否那個專放高利貸的仲孫龍？」

鳳菲對他的消息靈通、見多識廣已不以爲怪，點頭道：「正是此人，據傳他現在的身家比以前的烏氏倮還要豐厚。各國都有他的耳目、爪牙和欠他錢財的人，所以我才會那麼驚惶不安。」

項少龍道：「那個敢得罪仲孫龍的人又是誰？」

鳳菲低聲道：「這人叫韓闖，你該聽過他吧！」

項少龍失聲道：「韓闖？」

鳳菲大訝道：「你認識他嗎？」

項少龍掩飾道：「我只聽過他名字，但想不到是他，此人出名好色，你怎可以信任他？」

鳳菲道：「他雖貪色，但人本身卻不錯，索性一併告訴你吧！我說好把淑貞她們送給他，以酬謝他的相助，現在人家甚麼事都沒有瞞你哩！」

項少龍道：「尚有一件事，大小姐究竟花落誰家呢？」

鳳菲沉吟半晌，忽然伏入他懷裡抱著他的肩腰柔聲道：「我可以告訴你，但你卻須立誓不可告訴任何人。」

項少龍心中一蕩，強壓下想反擁她的強烈慾望，立下誓言。

鳳菲夢囈般道：「這人非常有名，最近鬧得東方六國亂成一團。」

項少龍聽得頭皮發麻。難道鳳菲暗中心儀自己，離團後要赴秦找他嗎？

鳳菲續道：「他就是項少龍，東方六國最驚懼的人。」

雖明知她會說出自己的名字來，項少龍仍忍不住心中一震，道：「他愛你嗎？」

鳳菲仰起俏臉訝道：「你爲何問得這麼奇怪？」

項少龍心中湧起明悟，知道她仍緊守著最後一關，故意拿個人出來搪塞敷衍。心念電轉，已知她的意中人絕不會是項少龍，否則單美美不會不告訴他。這人極可能是秦人，那只要沈良把她送回咸陽，她便可與情郎相會。

微笑道：「那我豈非該把你送到中牟？」

心中同時明白她不得不保密的理由，因爲若洩露出去，說不定她的情郎會被呂不韋害死。

她當日表示奉某人之命來刺殺自己，忽又改變主意，也許正因鍾情於此新歡而動了退隱嫁人之心。

果然鳳菲道：「不！他著我到咸陽等他，只要你把人家送到咸陽就成。」

項少龍心中有氣，一把將她擁個結實，發洩的狂吻在她香唇上。

鳳菲猛地掙扎，不旋踵軟化在他的熱吻中，雖不致熱烈反應，但總是接受了。

離開她的香唇，看著她霞生玉頰嬌豔無倫的玉容，項少龍歎道：「這是對大小姐仍不肯完全坦白的懲罰。不理你是如何恨我，但目下只有我沈良有能力助你不致成爲仲孫龍的禁臠，其他的人均是別有居心。」

鳳菲嬌體發軟倒在他懷內道：「你不也是存心不良嗎？」

項少龍見她沒有否認說謊，心中略生好感。擁著她香肩道：「若我是存心不良，現在就該揮軍直進，得到大小姐尊貴的身體。好好的想想吧！」

言罷揚長而去。

項少龍出奇地暢快，自被李牧打得落荒而逃，甚麼悶氣都在這長長的一吻中消掉。

他回復以前扮董馬癡往邯鄲擒拿趙穆的豪情壯氣。只不過這趟除了肖月潭外，他就只有腰間的劍，而這劍還不可帶在身旁，否則給認出來就不得了。

在這一刻，他決定再跟呂不韋和田單玩上一場。無論如何，他要令這些受盡男人欺壓的女子，達成各自的理想。

這樣才能活得有意義。

第三十五章　古都臨淄

齊國的開國君主是呂尚。周武王滅紂後建立西周，封呂尚於齊，是為姜太公，建都營丘，後名臨淄。歷經西周、東周時期，齊國均為大國，興工商之業，便漁鹽之利，國勢興盛。

不過齊國之所以能成為春秋霸主，最關鍵處是齊桓公立，任管仲為相，進行只有秦國商鞅始能媲美的改革，國力驟增，一躍而成首屈一指的大國。

另一關鍵是兼併鄰國萊國。早在齊立國之初，即與萊國發生爭奪營丘之戰。春秋時代，齊實力強大，建立霸業，萊國則日漸衰弱。齊多次發動伐萊戰爭，齊靈公十五年，大夫晏弱率兵滅萊，兼併其地，使國土增加一半以上；而且真正成為臨海之國，不像以前般只擁有萊州灣的一半。

齊人向以強橫著稱，不但欺壓鄰近的魯國，還不斷兼併周遭的小國，更牽制著南方的強楚，遂有召陵之盟，迫楚人從鄭國縮手。

楚人因有齊人攔路，不得志於北方，轉為往東南擴展，齊人方無可奈何。

召陵之盟，標誌著齊人霸業的極峰，也是齊桓公和管仲的事業頂峰。兩人死後，五公子爭位，齊國失了重心，才輪到其他大國登場。

到戰國時代，齊人起用孫臏，依他計謀圍魏救趙，直搗魏都大梁。次年，魏軍被齊大敗於馬陵，使齊代魏而成東方領袖，三晉君主都向齊國來朝。

齊人野心再起，趁燕人內亂起兵入侵，佔據燕都達三年之久才肯退兵。用齊宣王自鳴得意的話

「以萬乘之國伐萬乘之國，五旬而舉之」，這樣的武功，連秦人都沒有試過。及楚由盛轉衰，三晉分裂，齊、秦遂在列國中成了東、西突起的兩大勢力。

正當齊人威風八面，東征西討，國力損耗之際，與齊仇深似海的燕人，覷準機會，聯合秦、楚和三晉伐齊。

燕將樂毅攻入臨淄，把三十年前齊軍在燕京的暴行照搬一遍。珠玉財寶、車甲珍器等掠劫一空，若非有田單扭轉乾坤，逐走燕軍，齊國怕早亡了。不過齊國已被蹂躪得體無完膚，由極盛而驟衰。

當項少龍來到臨淄的一刻，這已是三十多年前的舊事，田單亦由極盛踏進權力被挑戰的暮年。

臨淄城建築於淄河西岸，西依時水，由大、小兩城巧相銜接而成，總面積達六十多平方里。城內建築宏偉，交通大道以小城北的宮殿為中心，宗廟、官署和各級官吏的住宅均集中在宮殿附近，城內街道兩旁古樹參天，不過這時都結滿晶瑩的樹掛。

雖說曾受戰火，可是此刻的臨淄仍是一片興旺，人口眾多，經濟繁榮。

船隊在城東泊岸，臨淄的達官貴人幾空巢而出，來歡迎鳳菲這名聞天下的名姬。

恭候一旁的儀仗隊奏起歡迎的樂曲，鳳菲在小屏兒的攙扶下，儀態萬千的步下岸來，其風姿、儀態和容貌的優美，看得齊人歎為觀止。接著是董淑貞等十二名歌姬，無不使人目不暇給。

項少龍早看到歡迎者中赫然有田單在，慌忙雜在家將之中，免得被田單驟眼間認出來。不過可能性卻不大，在肖月潭的指示下，他穿上一般侍從的褐衣，外加犬羊之毛雜織而成的羊皮襖，在衣內腰間處緊束布帶，不但掩蓋他的熊腰，還使他像多了個鼓然大腹似的。

碼頭上田單等一眾權貴，穿的無不是以鹿皮、貂皮等縫製的皮裘，外加褐衣，不使獸毛外露，影響美觀。

人重衣裝，只是衣飾的轉變，便使項少龍不起眼多了。且經過肖月潭的妙手，他的臉上肌膚變得較為粗黑，年紀至少大上十年，當項少龍看到銅鏡的影像，亦很難聯想起自己以前的英俊模樣。

肖月潭和鳳菲是第一批下船的人，與歡迎者自有一番客套寒暄。

由於天空仍在下著細雪，所以鳳菲旋即登上馬車，在齊兵開路下，立即進城。

項少龍不敢乘馬，鑽入肖月潭的馬車去，笑道：「看來你在這裡相當受尊重。」

肖月潭謙虛兩句，然後道：「這叫『有心算無心』，剛才我很留意田單，這傢伙除鳳菲外，像看不到其他人的樣子。唉！他的樣貌比上回見面時蒼老很多。」

馬車隨大隊開出，緩緩進城。

肖月潭道：「大城共有八座城門，橫貫東西的兩條大街是東大街和西大街，縱貫南北的大道也有兩條，就叫南大街和北大街，非常易記。」

項少龍望出窗外，暗忖終於來到臨淄，希望可活著離開吧！

風雪中，行人不多，都是匆匆而過，對車隊投以好奇的目光。

肖月潭道：「東西向兩條大道和南北向兩條大道交叉的區域，有『小臨淄』之稱，最是熱鬧繁榮，是來此者必遊之地，今晚我帶你去湊湊熱鬧。」

項少龍苦笑道：「我不該這麼拋頭露面吧！」

肖月潭道：「你愈是閃縮，愈惹人生疑，就算外人不覺，張泉和他的手下總會有人生疑。」

項少龍只好道：「那就依你之言吧！」

肖月潭自從知道呂不韋是張泉背後的指使者後，心情興奮，此刻更是興致昂揚，指著沿途的大宅院道：「這些是富民的宅第，院落數重，瓦頂白牆，單層院落，與街巷聯排的普通民居有很大的分別。」

項少龍留心觀看，見到剛下行走的東大街，寬達兩丈，可通行四輛馬車，兩邊盡爲店鋪。巷裡則是次一級的道路，爲居民的住宅地段，只供人行。整個城市街衢整齊，入目多是高牆大宅，門面非常講究，不愧大國之都的氣象。

忽然間，他有不虛此行的感覺。

肖月潭指點道：「小臨淄店鋪林立，你能想出來的買賣在此應有盡有，該處的卜命師更是天下聞名。」

項少龍因「天下聞名」而想起「稷下劍聖」曹秋道，問道：「稷下學宮在哪裡？」

肖月潭欣然道：「在城西稷門外，是座令人歎爲觀止的宏偉建築，到這裡來講學、顯揚學問的被尊爲『稷下先生』，門徒則被稱爲『稷下學士』，人數達數千之多。」

頓了頓續道：「我也曾被請到那裡傳授曲樂、醫藥之學，所以才備受尊敬。」

項少龍低聲道：「鄒衍是否到了那裡？」

肖月潭皺眉道：「這個我就不大清楚了。」

項少龍忽又想起善柔，若找到她就好了。

肖月潭道：「能成稷下先生，都非同小可，其特出者均被奉爲上大夫，可不治而論政，鄒衍正是其中一人，我只要問問便可告訴你答案。」

項少龍問道：「曹秋道又是怎樣的人？」

肖月潭露出尊敬的神色，卻壓低聲音道：「此人在齊國地位超然，是齊王的師父，公卿大臣見到他都要叩頭請安。他獨自居於稷下學宮外的一間小屋裡，清茶淡飯。今年怕都該有五十歲了，但望之只像三十許的人，一般人想見到他都不容易。」

項少龍本想從他處打聽善柔的行蹤，現在聽到這情況，只好打消念頭。

肖月潭續道：「此人的劍術已到了出神入化的境界，近年來少有與人動手，皆因根本沒有膽敢挑戰他的人。」

項少龍道：「以前常有人向他挑戰嗎？」

肖月潭道：「誰能擊敗他，可登上稷下劍聖的寶座，立即名震天下。不過此人的劍從來不講人情，戰敗者非死即傷，所以現在再沒有人肯去比試。」

項少龍暗忖若有百戰寶刀在手，又不怕洩露身分的話，倒要試試他的劍法了得至何等程度。當然他抱的只是切磋之心，而非生死相拚。

馬車隊駛進東大街專爲接待貴賓而建的十六座賓館之一的「聽松別館」，紛紛停下。

項少龍知道是自己辦事的時候，慌忙下車，在張泉的陪伴下，與主理別館的管事接頭，安排上下人等入住，忙了半天，到一切安頓妥當，已是鳳菲赴王宮晚宴的時刻。

田單親自來接鳳菲，肖月潭亦爲陪客。

項少龍故意出來打點，昂然與田單及他的兩大保鏢劉中夏、劉中石兄弟打個照面，不過三人都對他這個「下人」不以爲意。

送走鳳菲後，項少龍心懷大放。假若連田單這般精明厲害的人都認不出他來，其他人更是不用擔心。

吃過晚飯，董淑貞等諸女依鳳菲的吩咐在大廳排演歌舞，他則往東院找張泉。

關上房門，項少龍道：「我已套取珍貴的消息，假若張兄肯付訂金，小弟可如實相告。」

張泉喜道：「那就最好。不過我們的主子仍未抵此處，訂金一事要稍遲兩天，沈兄可否先透露少許？」

項少龍故作神秘道：「原來答應助她的人，竟就是剛才來接她去赴宴的相國田單，此人權傾齊國，很不好惹。」

張泉其實早知答案，只是拿此來試探他的忠誠。聽他如此說來，自然不會當作是一回事，淡淡應道：「我自有分寸，不用怕他。」

項少龍見他擺足款子，心中好笑，道：「不過我們主人的對手除田單外，還有個非同小可的人，叫仲孫龍，張兄聽過沒有？」

張泉色變道：「甚麼？」

項少龍加鹽添醋道：「這是大小姐親口告訴我的。張兄該知在大梁時，仲孫龍曾來找過她，逼她下嫁，被拒後聲言不惜一切也要把她弄到手。」

張泉當然知道此事，再不敢懷疑項少龍的情報，眉頭大皺道：「這消息非常重要，必須盡早通知主子，否則恐怕會橫生枝節。」

又吁出一口涼氣，道：「此人是專放高利貸的吸血鬼，心狠手辣，公卿大臣都不敢開罪他。最頭痛是他手下能人無數，非常難應付。」

項少龍想起的卻是昨晚半強迫下得到鳳菲珍貴的香吻，不知如何竟慾念微動，忙收攝心神。

張泉逕自沉吟，好一會兒道：「沈良兄你非常能幹，得到這麼多有用的消息，不知是否已查得大小姐的情人是誰？」

項少龍微笑道：「我是信任張兄方肯透露一二，至於其他，張兄是明白人，請恕我要賣個關子。」

張泉拿他沒法，歎道：「我們最好衷誠合作，否則一個不好，不但完成不了主子吩咐的任務，還要死無全屍。唉！我寧願開罪齊王，也不願得罪仲孫龍。」

忽地敲門聲響。

張泉啓門一看，門外站了十多名家將、御手，說要找沈管事。

項少龍走出房門，帶頭的是曾與他同房、形相似猿猴的後生小子雷允兒，他道：「我們閒著無事，想到街上逛逛，請管事賜准。」

項少龍見到眾人期待的目光，知道若不批准，立即激起不滿，微笑道：「我怎會阻各位去找樂子，記緊莫要生事，且天明前定要回來。」

眾人大喜，哄然去了。

旁邊的張泉道：「你怎可答應他們，仲孫龍正虎視眈眈，說不定會拿他們來出氣。」

項少龍歎道：「時刻提心吊膽終不是辦法，不過在大小姐演的兩臺歌舞之前，仲孫龍應不會生事。他怎都該給齊王和田單一點面子吧！」

張泉道：「齊襄王已老得糊塗，明明立了大王子田生爲太子，卻因小事把他廢掉，弄得人心惶惶，現在仲孫龍正竭力舉薦二王子田建爲太子，與田單鬥個不亦樂乎。今趟請來包括大小姐在內的三大名姬爲齊王賀壽，是田單討好襄王的手段，所以說不定仲孫龍會蓄意破壞。」

項少龍還是首次聽到此事，登時感到不妥，告罪一聲，匆匆去了。

走到大門處，問清楚守衛家將雷允兒等人離開的方向，急步追去。

雨雪紛飛下，踏足華燈初上的臨淄街頭，他清楚感覺自己在某種奇異的形式下，深深的被捲進了齊國王位之爭的漩渦裡。

第三十六章　地頭惡龍

項少龍沿街疾走，愈接近廓城中心區的小臨淄，行人愈多，燈火輝煌中，落下的飄雪像天上精靈灑往人間的仙粉，疑幻似眞。

行人大多三五成群，各操不同口音，看來都是仰慕三大名姬而來的各國或外鄉人士，本城居民反而只佔少數。

據肖月潭說臨淄人口達七萬戶三十多萬人，比之咸陽的人口，少了一大截。

正焦急追不著雷允兒等人時，有人在對街向他招手，原來是另一家將費淳和五個御手。

項少龍待兩輛馬車馳過，橫過車道，到了六人身前，道：「其他人呢？」

費淳道：「逛窰子去了！我們正要找地方喝酒，沈管事一起來吧！」

項少龍道：「知否他們到哪間窰子去？」

另一人笑道：「昂貴的當然沒他們分兒，沈管事只要看哪一間門面最簡陋，保證可找到他們。」

費淳等均哄然發笑。

項少龍見他們正在興頭上，又見四周沒有可疑的人，不忍掃他們興，著他們移到一角，以免阻塞交通，道：「事情有變，張副管事告訴我大小姐開罪了這處一個有勢力的人，怕他雖不敢碰大小姐，卻拿我們這些下人開刀，所以你們略微遣興之後，得立即回去。」

費淳等爲之色變，點頭答應。

項少龍匆匆繼續尋找雷允兒等人，走了一段路，只見無論青樓酒館，都是門面講究，暗忖這等若二十一世紀北京的王府井，沒有點斤兩都難以在這種地王區設肆營生，除非改到橫街窄巷去，否則休想找到廉價的窰子。

不由心中後悔，他終是欠缺管理下人的經驗，因爲他從沒有把任何人看作是可呼來喝去的下人，所以只希望能盡量讓他們自由高興。但在眼前不明朗的形勢下，實不宜放人出來亂闖。

他的擔心並非無的放矢，惱羞成怒的仲孫龍必不會放過令鳳菲難堪的機會。假設剛抵臨淄立即鬧出事來，誰還對他這新任管事有信心？而他身上除了一把匕首外，再無任何兵器，萬一要動起手來將大大吃虧。

正心急如焚，只見一所青樓外聚了一群人，正交頭接耳的對青樓指點說話。

項少龍的心直沉下去，舉步走前，湊到其中一群人當中，問道：「發生甚麼事？」

其中一人語帶嘲諷道：「欠了仲孫爺錢財還膽敢來逛窰子，怕是不知道『死』字是怎樣寫的。唉！像一群狗兒般被人拖走，眞是羞人。」

項少龍暗叫完了，問清楚被押走的人的衣著、外貌，肯定是雷允兒等人後，道：「那些人是我的朋友，現在只好拿錢爲他們贖身，請問仲孫爺的府第在哪裡？」

豈知眾人齊齊色變，不但沒有回答他，還一鬨而散，累得他呆立當場。

剛好有一人閃閃縮縮由窰了走出來，項少龍一把扯住他，道：「兄臺……」

那人大吃一驚，道：「千萬不要告訴我夫人……」

項少龍哪有心情發笑，道：「兄臺誤會，我只是要問路。」

那人定神一看，知不是熟人，撫著胸口道：「差點給你嚇死，問路也不用拉著人的衣衫嘛！」

項少龍見他年在二十五、六歲左右，衣飾華麗，相貌不俗，顯是官宦子弟，偏是這麼懼內，沒好氣道：「我只是心切找仲孫龍大爺的府第，小弟是他的遠房親戚，特來向他問好。」

那人吁出一口氣，道：「仲孫府在南大街，剛好是我家的斜對面，讓我送你一程吧！唉！我也要快點回家。」

項少龍暗喜竟會遇上這麼友善的人，對他好感大增，隨他走過對街。在一座酒館外，停了一輛馬車，兩人舉步而行，一名御者由車廂鑽出來，坐到前面御手的位置去。

那人得意道：「我特意要馬車停在這裡，好使沒人知道我逛青樓去。嘿！還未請教兄臺高姓大名。」

項少龍道：「我叫沈良，兄臺呢？」

那人道：「我叫解子元，來！上車吧！」

馬車開出，解子元舒適的挨在座位裡，讚歎道：「媛媛的皮膚嬌嫩得像錦緞，又順得人意，只恨不能留在那裡度宿。」

項少龍冷靜下來，一邊盤算如何向仲孫龍討人，隨口應道：「貴夫人長得很醜嗎？」

解子元像受了冤屈般抗辯道：「當然不是！媛媛雖有點姿色，但比起她來仍差遠了。」

項少龍好奇心大起，道：「那解兄為何還要到外邊拈花惹草？」

解子元頹然道：「不要以為我對她日久生厭，事實上我對她是愈看愈愛，也愈是怕她。而若有起口角爭執，娘總是幫她不幫我，皆因她替娘生下兩個白白胖胖的孫兒。」

項少龍同情道：「解兄之所以要到外邊偷偷胡混，怕是要嘗嘗貴夫人所欠奉的柔順滋味吧！」

解子元拍腿道：「還是沈兄明白我，哈！沈兄可否幫我一個大忙？」

項少龍奇道：「我可以怎樣助你？」

解子元湊到他耳邊，惟恐給人知道般低聲道：「你能否扮作是我不見多時的朋友，遠道前來探我？那我自然要竭誠招待，如此我就可溜出來久一點了。嘿！我自然不會薄待你，沈兄的花費全包在小弟身上。」

項少龍不知好氣還是好笑，道：「這兩天我很忙，怕不能到貴府拜訪。」

解子元哀求道：「只要花一點時間就成，明晚好嗎？申時後我在舍下等待沈兄的大駕。」

項少龍無奈道：「我盡量抽時間來吧！」

解子元大喜道：「沈兄眞夠朋友。唉！說出來恐怕你不肯相信，我解子元怎麼說都是位居司庫大夫的官兒，可是卻無人敢陪我到青樓去，縱然有美相伴，但獨酌無友，總令人掃興，現在有沈兄相陪就好哩！」

項少龍心叫「有眼不識泰山」，原來此子竟是齊國的重臣，難得全無架子，又語氣坦誠，教人打從心底歡喜他。

笑道：「你的朋友是否給尊夫人罵怕了？」

解子元低聲道：「是打怕了。」

項少龍大感愕然時，駕車的大漢轉身喚道：「大少爺！快到仲孫爺的府第了。」

解子元又低聲道：「解權現在是唯一仍忠心於我的人。」

說罷回應解權道：「先送沈爺進去，然後我們才回家。」

執著項少龍的手歉然道：「恕小弟雖把沈兄送到這裡，卻不能久候，因我必須於亥時前回去，惹怒了她，小弟就有禍哩！」

馬車在一座院落重重的巨宅前停下，接著解權向把門的武士報上解子元之名，立即中門大開，任他們長驅直進。

項少龍看得目瞪口呆，忍不住問道：「解兄似和仲孫大爺非常稔熟？」

解子元笑道：「算是有點關係吧！」

又歎道：「人與人間是要講點機緣的，不知如何我一見沈兄便心中歡喜，更曉得沈兄是交得過的朋友。嘿！明晚記得來啊！」又指點他府宅的位置地點。

馬車此時在院內主建築物的臺階前停下，幾名大漢迎上來，帶頭者拉開車門，恭敬道：「小人鮑光，請解大人下車。」

解子元道：「本官只是送仲……」

項少龍忙在他耳旁道：「我不是他的親戚。」

解子元呆了一呆，接下去道：「是送本官的一位好友沈良來拜見仲孫大爺，仲孫大爺在家嗎？」

鮑光微感愕然，道：「原來是沈爺，大爺正在接見楚國來的貴客。小人這就進去通傳，不知沈爺想小人如何向大爺報上？」

項少龍不想解子元知道他這麼多事故，先轉向他道：「不耽阻解兄，明晚我定會來的。」

言罷逕自下車目送解子元離去。

解子元離去時，還不住揮手，一點不介意項少龍曾向他說謊。

仲孫府內的主建築物是座豪華的四合院，建於白石臺階之上，正門處有磚雕裝飾的門樓和照壁。門樓上方有書著「仲孫府」三字的門第牌匾，氣派萬千，顯示出主人高貴的身分地位。

主宅兩旁有左、右別院，宅後則是大花園，至於裡面還有多少院落，就非是項少龍所處的角度能察見。

項少龍環目一掃，見到整個院落組群均被高牆圍起，剛才進來處是個古城堡式的門樓。在雨雪飄飛中，數十盞八角形宮燈照得主宅前的廣場明如白晝，一邊還停了一輛馬車，馬兒卻已給人牽走，大概這就是楚國來客的座駕。

鮑光見他神態從容，自具氣勢，不敢怠慢，道：「沈爺請進去先避風雪再說吧！」

項少龍點頭隨他登上臺階。

仲孫龍不愧富甲天下的大豪，主宅用料之講究，令人歎爲觀止，檐樑用的是整條的楠木，斗栱飛檐，石刻磚雕，精采紛呈。

到了外進處坐下後，項少龍道：「鮑兄請通知仲孫大爺，說我是爲鳳菲的事來見他的。」

鮑光大感錯愕，欲言又止，猶豫了好一會兒，才到廳內報告去。

項少龍靜心等待，假若仲孫龍不肯見他，該怎辦好呢？

用武只是白白送命。不過他卻頗有把握，因爲仲孫龍若真是對鳳菲一片癡心，不到黃河不肯心死，便怎都要弄清楚他來此所爲何事。

等待好一會兒，鮑光回來道：「大爺請沈兄進去。」

項少龍見這麼順利，反感訝異，不過此時無暇多想，忙起身隨鮑光入內。

鮑光低聲道：「大爺知道沈爺是解大人朋友，方肯接見沈爺。」

項少龍知他曾幫忙出力，連忙道謝。

經過一條穿越園圃的碎石徑，來到大堂的正門外，四名武士分立兩旁守衛。

鮑仲停下來，大叫道：「沈爺到！」

項少龍見這種氣派，亦有點頭皮發麻，不過豈是可臨陣退縮的事。深吸一口氣，跨過門檻，只見大廳富麗古雅，一排古樸的垂紗將廳堂分隔爲南、北兩個部分，寬敞明亮，家具用材均選上等紅木，這時在垂紗的另一邊，隱見兩人席地對坐，俏婢伺候兩旁，另有兩批武士分立兩人身後，令人覺得來客身分大不尋常。

項少龍在鮑光的指示下，穿過垂紗，首先看到是一個瘦若猴頭，年在四十歲左右的錦衣大漢，正目光灼灼的注視自己。當項少龍眼神轉往另一人，立時嚇得魂飛魄散，差點要拔足狂逃。

竟是久違了的李園。

這時他最後悔的事，是沒有把果核先放在舌底下，好使說話時不教李園認出他的聲音來。不過只看李園的神情，就知道甚麼易容裝扮都是多餘的事。在這種面對面、四目交投的情況下，李園一眼掃過來，立即虎軀微震，俊臉掠過不能掩飾的意外神色。

一來項少龍爲了要與仲孫龍談判，所以在步法、氣度上沒有掩飾，二來是沒有其他人給他做掩護混淆，三來是李園比之田單等更熟悉他，所以一眼給認了出來。

項少龍心叫我命休矣，李園竟向他打了個眼色，使他燃起一線希望。

若論品性，龍陽君該比李園「純良」多了，不過世事常會出人意表。

挨著軟墊，背後有兩名千嬌百媚的美女正爲他瘦削的肩背把捏推拿，以放高利貸致成鉅富的仲孫龍斜眼瞅著他道：「坐！」

項少龍神不守舍的施禮，在兩人對面像監犯般坐下來。心想原來仲孫龍是這副樣子，難怪鳳菲此大鵝看不上他這醜蝦蟆。

仲孫龍突高的眉棱骨下，雙目卻是精光四射，沒有多少兩皮肉的臉肌更是出奇的表情豐富，濃而長的眉毛一聳下，得意怪笑道：「李相國可知我爲何既肯立即接見這藉藉無名的人，又肯讓他對坐？」

項少龍起始時還以爲仲孫龍仕和自己說話，原來卻只是對李園說，還帶著對自己侮辱的意味，極不客氣。

李園神情古怪的道：「龍爺行事總是出人意表，我怎猜估得到。」

仲孫龍眼尾都不看項少龍，逕自道：「皆因此人是由解子元送來，所以我必須有所交代。使得將來解子元問起來，亦不會怪我沒有看他的情面。」

別過頭來瞇眼瞪著項少龍道：「報上身分來意，與解子元是何關係？若我覺得你有半句謊言，保證你永遠不能憑自己兩條腿離開這裡。」

項少龍驚魂甫定，與看來比龍陽君夠義氣的李園再交換個眼神，仰天大笑起來。

仲孫龍身後的七、八名武士人人手握劍把，目露凶光，只等仲孫龍一聲令下，立即過來動手揍人。

仲孫龍則雙目亂轉，怒喝道：「有甚麼好笑？」

項少龍倏地止笑，雙目射出森厲神色，瞪著仲孫龍道：「我笑的是原來名動天下的仲孫龍，只是個恃強凌弱的人，難怪鳳菲小姐看不入眼。」

仲孫龍尚未有機會說話，站在項少龍後方的兩名武士從左、右後側撲上來，看樣子是要把項少龍由席位揪起來，並逼他跪在地上等諸如此類的動作。

李園正露出不忍目睹的神色，項少龍已使了兩下身法，左右扭著搭上他肩頭的粗暴大手，肩身不動的把兩名壯漢借勢摔倒身前。

仲孫龍身後的武士紛紛怒喝連聲，拔劍衝出。

眼看大戰難免，李園暴喝道：「住手！」

眾武士愕然止步。

兩名倒地的武士，捧著手爬起來，痛得臉青唇白，顯然被項少龍扭斷肘骨。

仲孫龍呆了一呆，喝道：「退回去！」

眾武士返回原位，兩名受傷武士退出廳外，大廳回復平靜，氣氛卻像拉滿的弓弦。

項少龍像甚麼事都沒發生過般，冷冷與仲孫龍對視。

仲孫龍壓下怒火，對李園道：「李相國爲何阻止我教訓這個狂妄的傢伙？」

李園環目一掃他身後的武士，淡淡道：「若我是龍爺，會教這些擅作主張的奴才全體捱棍子，怎可在龍爺尚未有說話之前便邀功動手，那說不定會害了龍爺一命。」

仲孫龍吃了一驚，道：「害我一命？」

項少龍這時已可肯定李園不會出賣自己，心懷大放，回復豪氣，大笑道：「還是李相國高明，看！」

閃電拔出綁在腳上唯　的匕首，朝仲孫龍身前擺滿酒菜的長几擲去。

「卜！」

在眾人瞪目結舌和妾婢驚呼聲中，匕首深深插進堅硬的紅木裡。

仲孫龍瞧著微顫的匕首柄頭，臉色倏變，一時間竟說不出話來。

大堂鴉雀無聲，每個人的目光都集中在那匕首上，更沒有人敢移動，誰知項少龍會否發出第二柄匕首。

尤其是李園剛才指出沒有命令而行動，理該受罰，這時更沒有人再敢造次。

這麼厲害準確的手法固是駭人聽聞，但最能鎮壓住仲孫龍的是沈良所表現出來的強大信心與豪氣。

項少龍淡淡道：「現在我們可以好好一談吧！」

仲孫龍可能還是首次感到小命被操縱在別人手上，深吸一口氣，道：「好！就憑你這手玩藝，說吧！」

項少龍先對李園笑道：「李相國高明，竟看出我沈良尚有後著。」

李園微笑道：「只看沈兄神態冷若冰雪，便知你是個第一流的刺客。」

項少龍的眼神轉回仲孫龍臉上，從容道：「我沈良乃鳳菲小姐手下的管事，助她打理團內的大小事務，至於與解子元則是肝膽相照的好友，但若龍爺要動手分出生死，卻不須把這點關係放在心上。我沈良既敢來此，已抱著寧為玉碎，不作瓦全的心。」

李園一震道：「『寧為玉碎，不作瓦全』！這句話很有意思。」

仲孫龍等爲之動容，更感到項少龍視死如歸的氣概。

這是個重視人才的時代，不論貧賤富貴，只要有才有藝，就能得人尊重。

仲孫龍何曾遇過項少龍此等人物，給他在李園的合作下，連番施展手段，又感到小命受威脅，登時凶焰大減。

他等若威鎮一方的黑道霸主，見慣場面，經慣風浪，坦然道：「你確有說話的資格，不過若妄想與我仲孫龍對抗，實屬不智。」

李園插言道：「龍爺可否聽李園這中間人，說句公道話。」

仲孫龍當然不敢開罪李園這位有整個楚國在後面撐腰的權貴大臣，客氣道：「李相國請說。」

李園爲了緩和氣氛，油然道：「我想先請沈兄保證不再發暗器，大家才坦誠對話。」

項少龍知道這只是純是給仲孫龍下臺階的機會，何況自己身上根本再無可發的匕首，欣然道：「相國吩咐，我沈良怎敢不從，何況我一向仰慕龍爺，今趟只是逼不得已，萬望龍爺大人有大量，原諒則個。」

以項少龍剛才表現出的強悍不屈，現在說出這麼低聲下氣的話，這馬屁拍得分外見效，仲孫龍登時神色放緩，沉聲道：「李相國對此有何高見？」

李園和聲道：「沈兄此來，未知所因何事？」

項少龍淡淡道：「只是來向龍爺求個人情，望他高抬貴手，放回在下幾名夥伴，免致鳳菲小姐爲難。」

仲孫龍不由暗暗後悔讓這叫沈良的人進入大廳來。要知鳳菲乃天下人人尊重的名姬，他若擺明要爲難她，李園會怎樣想？

他一向強橫霸道，本是要在李園面前顯點手段整治沈良，當然不肯輕易罷手，但若硬不答應，連他自己都不知該如何收拾此事。

他最初的構想是打折沈良的兩條腿，使人把他送回去，一來可殺田單的威風，又可讓鳳菲知道他不怕任何人，好迫使鳳菲向他就範。但在眼前對方隨時可取自己之命的形勢下，怎還敢作如是想。

正沉吟間，李園笑道：「這中間怕是有誤會吧！龍爺怎會和那些奴才計較？」

項少龍和李園一拍一和，見仲孫龍臉色數變，都心中好笑。

仲孫龍無奈下，只好向手下喝道：「誰把鳳小姐的手下拿起來？究竟是否眞有此事？」

其中一名機警手下應道：「剛才確有人在青樓鬧事，還和我們的人發生衝突，故把他們拿了回來，準備明早送官，卻不知原來是沈管事的人。」

仲孫龍佯怒道：「還不立即盡數釋放，給我送回鳳小姐處。」

手下領命去了。

李園起身告辭，向項少龍道：「沈管事身手不凡，膽識過人，我李園非常欣賞，不若由我送沈兄一程，順便聊聊。」

項少龍心中感激，知道如此一來，仲孫龍將不會公然對他報復。

仲孫龍神態大改，變得非常客氣，親送兩人出門。

項少龍這才發覺仲孫龍身材極高，差不多與自己平頭。這吸血鬼站起來要比坐著有氣勢多了。

直至馬車駛出仲孫府，項少龍才鬆一口氣，但已出了一身冷汗。

第三十七章　主從難分

李園一拍項少龍的假肚腩，笑道：「若非看見你的神色也像我般驟然大吃一驚，說不定會給你的假肚皮瞞過，你的樣子變得眞厲害。」

項少龍坦然道：「我當然要吃驚，怎知你會否出賣我？」

李園不悅道：「我李園怎會是這種卑鄙小人，在戰場上分高低，死而無怨，但哪能在此時刻落井下石？」

項少龍歎了口氣，想起龍陽君，但又不能從他而聯想到卑鄙小人這形容詞。

李園訝道：「看你的神情，似乎眞有老朋友曾背叛你。」

項少龍望往車窗外的齊都大道，心中百感交集，一時說不出話來。

以前他對李園的信任，實遠及不上龍陽君。不過李園之所以仍能這麼講義氣，皆因李園的楚國尚未有三晉那種首當秦國之衝的切膚之痛。

李園伸手摟著他肩頭道：「今午我見過韓闖，他對你當日在戰場上冒殺頭之險將他釋放仍非常感激。只憾君命難違下，難對你施以援手。不過我卻不大相信他，這傢伙耽於酒色財氣，生活靡爛，說不定說的是一套，做的又是另一套。」

見項少龍神情落寞，續道：「少龍非常了得，連打敗仗都敗得那麼漂亮，還避過三晉人的重重追捕。現在人人都相信你已回到中牟去，哪猜得到你搖身一變，竟成了鳳菲的管事，還到了臨淄來。」

項少龍收攝心神，問道：「你為何會有空到這裡來呢？」

李園笑道：「你該猜到點端倪吧！兩次合縱，齊人不但沒有參加，還在扯我們後腿，所以我們五個合縱國聯合起來，希望可以捧起二王子田建當齊君，扳倒大王子田生和田單的一黨。我去見仲孫龍，正為此事。」

項少龍道：「這麼說，呂不韋則是為支持田單而來。」

李園雙目寒芒閃過，冷哼一聲，道：「呂不韋仍以為自己有以前的聲威，確是癡心妄想。現在誰都知道，秦國真正掌權的人，是少龍你而非呂不韋。哈！你知否快要可以極盡神氣地以項少龍的身分隨處走動呢？」

項少龍愕然道：「此話怎說？」

李園歎道：「現在我們五個合縱國，在少龍手上敗得一塌糊塗，無力再戰。不能戰只好求和，所以各國分遣密使入秦說項，希望不會被你們選作第一個攻擊的目標，少龍須在此事上幫小弟一個忙。」

項少龍道：「這個不用你說我也會幫你。說真的，就算殺了我，我也不會領兵攻打你們。」

李園歎道：「少龍便是這樣一個人，否則就不會放過韓闖！」

項少龍苦笑道：「就算談成和議，但想要我小命的人仍有很多。」

李園笑道：「和議若成，那時只要你大大方方的出來亮相，讓所有人知道項少龍在此，保證沒有人敢動你。你是嬴政最尊敬的人，誰敢開罪你致招來報復？」

頓了頓續道：「前些時因你生死未卜，嬴政大發雷霆，下令全力攻趙，命桓齮、楊端和、蒙武、蒙恬四人趁李牧被牽制在中牟的時機，大舉侵趙，每戰均不留降卒，殺得趙人叫苦連天，還損失大片土地，偏是韓、魏袖手不理，韓晶、郭開等不知多麼後悔曾支持蒲鶮，弄至這等田地。」

項少龍大生歉疚，卻又感無能爲力。

李園忽又興奮道：「照少龍看，可否讓呂不韋永遠回不了咸陽呢？齊人雖會保護他，但我們卻可在途中伏擊，殺他個全師覆沒。」

項少龍雖大爲心動，卻知呂不韋仍是死期未至，沉聲道：「呂不韋已時日無多，我們不用多此一舉。而且誰都不希望呂不韋死在自己的國境裡，還是集中精神弄倒田單吧！」

提起田單，李園便心頭火發，怒哼道：「田單當日聯同春申君來害我，此仇此恨我定然要跟他算帳。」

旋又壓低聲音得意地道：「今次襄王廢去田生的太子身分，皆因愛妃寧夫人指田生對她有不軌企圖。哈！少龍可知寧夫人是何人，她就是清秀夫人的親妹子。」

項少龍暗忖原來如此，看來應是誣陷居多，李園連這麼秘密的事都告訴自己，可知他是絕對地信任他項少龍。

李園又道：「你該沒有忘記清秀夫人吧？她到咸陽時還見過你，今趟也特地來了，現在住到王宮去，我則住在你隔鄰的別館。」

項少龍當然不會忘記這個像對包括自己在內的所有男人沒有絲毫興趣的美女，沒料到忽然間大家又共處在同一座城市裡。

李園笑道：「鳳菲該是少龍的囊中之物吧！」

項少龍失笑道：「不要胡猜，我和她絕無男女之私，不過此事或要請李兄幫忙，因爲除了仲孫龍外，呂不韋亦對她有所圖謀。」

李園欣然道：「這個容易，只要我們一道回楚，誰敢來動我。」

項少龍正容道：「李兄千萬莫要輕敵，呂不韋和田單不是可任人擺佈的，說不定會發動陰謀，讓出生登上王位。」

李園露出凝重神色，點頭道：「少龍說得對，我確有點失於輕狂。」

項少龍見聽松別館在望，道：「最好讓我在此下車，因我不欲太過張揚。」

李園依依不捨道：「可否約個時間明大敘敘，我還未知道你爲何會來到這裡，更成了鳳菲的管事。」

項少龍道：「明天怕不行，我看情況吧！」

兩人約好聯絡之法，項少龍溜下車去。

項少龍踏入聽松別館，守門的眾家將均肅然起敬，神態與以往截然不同。

項少龍心知肚明是甚麼一回事，其中一人道：「雷允兒等剛被送回來，只受了點皮肉之傷。沈爺眞行，竟可使仲孫龍乖乖地聽你的話放人。」

項少龍道：「大小姐回來了嗎？」

另一家將躬身道：「回來了有小半個時辰，還命沈爺立即去見她。」

項少龍順口問道：「談先生有沒有一道過來？」

家將答道：「談先生到了他下榻的聽梅別館去，怕明天才會過來。」

項少龍知肖月潭去爲他打聽消息。點了點頭，逕自往內院找鳳菲。

跨入鳳菲所居內院主樓的門檻，小屏兒迎上來，冰冷的俏臉掩不住驚喜神色，道：「你終於回來了。」

項少龍生出憐意，低聲道：「多謝小屏姊關心。」

小屏兒故意沉下臉去，垂頭道：「誰關心你？不過小姐正等得心焦。」

項少龍很想把她摟入懷裡，好言安慰。可是心中實再容不下其他女人，只好不發一言，依她指示登往樓上。

鳳菲鉛華盛裝盡去，換上便服，坐在小廳一角，見他到來，不知是否想起昨晚被他強吻一事，俏臉微紅，但又欣然道：「你回來了！教人擔心死哩！快坐下！」

項少龍規規矩矩地在她對面席地坐下，微笑道：「大小姐定把齊國王室迷得神魂顛倒了。」

鳳菲狠狠白他一眼，令他心中一蕩，俏佳人道：「你究竟憑甚麼手段，竟可令存心惹事的仲孫龍放人？」

項少龍淡淡道：「憑的當然是三寸不爛之舌，大小姐可滿意這答案？」

本是無心之言，然聽在鳳菲耳內卻完全變成另一回事。粉臉刷地飛紅，大嗔道：「人家尚未和你算昨晚的帳，你竟……我……」

項少龍才知道犯了語病，尷尬地道：「我眞沒有那個含意……嘿……」

鳳菲更羞得無地自容，垂下連耳根都紅透的螓首，不知所措，一副六神無主的誘人樣兒。

項少龍不知該如何應付這個場面，鳳菲的誘惑力絕不在紀嫣然或琴清之下，若非知她心有所屬，項少龍自己實在沒有把握按捺得住。

好一會兒鳳菲才稍復常態，幽幽歎道：「我實在不該這樣和你獨處一室的，偏是我們說的話不可讓別的人聽到。」

又橫他一眼道：「你定須恪守規矩。」

項少龍心中苦笑，若她再以這種神態和自己說下去，天曉得自己的定力可以支撐多久。吁出一口氣，道：「田單對大小姐態度如何？」

鳳菲俏臉仍紅霞未褪，怔了半晌，才懂答道：「表面當然是客客氣氣的，但卻知他在探我口風。我哪能像從前般信任他呢？自然不會告訴他實話。唉！現在鳳菲已弄不清楚和你的主從關係，都是你害人不淺。」

言罷垂下頭去。

項少龍不由後悔昨晚一時衝動強索她的香吻，弄得雙方關係曖昧，氣氛尷尬，又充滿強烈的挑逗意味。假若她昨晚不是謊稱自己是她的秘密戀人，無論她說出何人，他都不會有異常之舉。

兩人一時不知說甚麼話好。

鳳菲終打破沉默，輕輕道：「你這人真教人莫測高深，以仲孫龍一向在臨淄的目中無人、橫行無忌，怎會賣你的帳？但你卻不肯告訴人家，鳳菲應否懷疑你與他達成甚麼秘密協議，出賣鳳菲？」

項少龍不悅道：「你不信任我？」

鳳菲別有含意地瞅他一眼，嬌柔的垂下眼簾，出奇地溫柔道：「剛才赴廷宴時，鳳菲曾誠心向談先生詢問和你相處多天後，覺得你的人品如何。談先生精擅相人之道，言出必中，以前便曾警告我說呂不韋絕不可信，所以鳳菲對他的看法非常重視。」

項少龍心中好笑，肖月潭是否精於相法他仍不大了解，但他對呂不韋的看法自是不會出錯。淡然道：「他怎麼說？」

鳳菲秀眸閃過奇異的神色，低聲道：「他說了兩句話，第一句我不敢苟同，第二句卻令我生出非常古怪的感覺。」

項少龍再不像從前般怕給人發現自己的身分，大不了可託庇於李園，這裡又是齊人作主，誰敢冒開罪秦、楚兩國之險來對付他項少龍？即使是呂不韋，在表面上都要維護他，否則小盤必不會讓他脫罪。故此聞言好奇心大起，道：「願聞其詳！」

鳳菲幽幽的白他一眼，道：「談先生說你是個守正不阿的君子，可以絕對的信任你。」

項少龍失聲道：「正人君子就不可和美人兒親嘴嗎？若我是正人君子，你自可毫無保留的予以信任，有甚麼好奇怪的？」

鳳菲本在緊繃著俏臉，旋已忍不住「噗哧」嬌笑，又像怪他引她發笑般盯他一眼，微嗔道：「正人君子自可以親女兒家的嘴，但強迫女兒家親嘴的卻絕非正人君子，既然非是正人君子，我為何不能懷疑你與仲孫龍秘密勾結？」

項少龍不懷好意的笑起來，瞧著她玲瓏浮凸的上身，油然道：「若我不是正人君子，鳳小姐昨晚勢要貞操不保。」

鳳菲本回復正常的如花玉容又再飛起紅霞，大嗔道：「你愈來愈放肆了！」

項少龍灑然聳肩道：「正因我是這樣一個人，才弄到窮途末路。對我來說，每一個人都是平等的，本身均可享有相同的權利，所謂尊卑上下，只是職位和責任不同吧！大小姐如不喜歡，小人佯裝回未吻過你前的樣子好了。」

鳳菲大發嬌嗔的道：「你可否不再提這件事呢？」

項少龍深深享受兩人間糾纏不清的樂趣，攤手道：「這可是你先提起的，不要說過了又拿來責怪我。」

鳳菲拿他沒法，歎道：「算我做主子的怕了你這惡管事，當是人家求你，快說明仲孫龍究竟爲甚麼肯放人？否則鳳菲今晚豈能安寢？」

項少龍遂把整件事和盤托出，只瞞過李園認出自己是誰，使鳳菲聽起來就像他仗義幫忙般。

鳳菲杏目圓睜道：「你知否解子元是甚麼人？」

項少龍不以爲意道：「當然知道，他的官職看來不低。」

鳳菲責怪的道：「怎止如此，他不但是一品大官，還是著名的才子。蘭宮媛的歌舞大部分是他編的，此人更是二王子田建的陪讀侍郎，所以仲孫龍亦不得不給他面子。」

項少龍露出原來如此的神色，當然不會大感震驚。

鳳菲訝然瞧他道：「爲何你好像一點不以爲意的樣子，你求財之外不是也求功名嗎？李園或解子元任何一人都可令你飛黃騰達，而你卻一點不放在心上似的。」

項少龍心中叫糟，知道已露出不可彌補的馬腳，乾咳一聲，道：「當時我只想救人，倒沒想得這麼遠。」

鳳菲神色回復往昔的清冷，秀目生輝道：「沈管事可想知道談先生說我可絕對信任你時，爲何我心中會生出非常怪異的感覺呢？」

項少龍知她對自己的疑心已像黃河氾濫般一發不可收拾，苦笑道：「大小姐最好不要說。」

鳳菲嗔道：「我偏要說，你這人最沒上沒下的，告訴你吧！當談先生說這話時，就像認識了你十多年般，不經半點思索，更沒有絲毫猶豫。」

項少龍心中叫苦，男人始終不及女性心細。大處尙可穩守，小處則破綻百出，肖月潭這老江湖仍不例外。

鳳菲狠狠盯著他道：「昨晚鳳菲更親身體會到你可恨的風流手段，明白你非是不愛女色的人，而你卻偏能對屛兒、淑貞、秀眞她們不屑一顧，這是怎麼一回事？」

項少龍心慌意亂的招架道：「怕是大小姐對男女之事經驗尙淺，把我的九流招數當作是天下無敵的神功吧！」

鳳菲羞不可抑大嗔道：「還要胡言亂語！」

項少龍舉手投降道：「我們曾有君子協定，不再提親嘴這件事的，你偏又要提起來。」

鳳菲紅得像喝醉了酒的俏臉現出似嗔似怨、嬌豔無倫的神態，佯怒道：「不准你再胡扯，告訴人家為何今天你忽然會多了個小肚腩出來，又長出這麼多花白的鬚髮？」

項少龍豁了出去，訝道：「你昨晚感覺不到這陪伴我多年的肚腩嗎？我的白髮是因知道大小姐另有情郎，深歎無望而一夜白頭的。」

鳳菲忽然垂首，默然無語。

項少龍則不知所措的靜待著。

像過了整個世紀的漫長時間，鳳菲回復平靜，輕輕道：「爲何鳳菲不早點遇上你呢？我活了二十一年，從未試過像剛才般投入忘憂的境界。」

項少龍歎了一口氣，無言以對。剛才自己亦忘掉遠在咸陽的妻兒。

鳳菲吁出一口仙氣，淡淡道：「你確是個正人君子，否則此刻就會乘虛而入，得到人家的身體。現在人家的命運已和你連繫在一起，可以坦白告訴我你是想瞞過甚麼人嗎？」

項少龍暗鬆一口氣，知她仍未猜到自己是項少龍，道：「自然是要瞞過趙人，若被他們知道我在這裡，定會不擇手段來對付我。至於談先生，則是在邯鄲時便是素識，大小姐現在該明白小人的苦衷了。」

鳳菲哂道：「不要再在我面前裝作『下人』的神態好嗎？鳳菲甚麼人未見過，但卻沒有人比你更有自制力，見色不亂。唉！夜了！你也辛勞整天，回去休息吧！」

項少龍如獲皇恩大赦，連忙施禮起身，急著離去。

鳳菲大嗔道：「你好像很急於離開的樣子。」

項少龍知她心情矛盾，不過她的嬌媚神態確令他再難以像鳳菲所稱道的那麼有自制能力，移了過去，半蹲下來，伸手逗起她下頷道：「大小姐可知這句話會帶來甚麼後果？」

鳳菲像失去反抗意志般任他完成輕薄的動作，星眸半閉道：「你不會的。是嗎？」

項少龍重重吻下去，痛快地享受她熱烈反應的一吻後，以最堅強的意志悄悄離開。

到樓下時，小屏兒背著他坐在一角。

項少龍暗歎一口氣，終硬著心腸走了。

《尋秦記》卷七終

國家圖書館出版品預行編目資料

尋秦記／ 黃易著. --初版.--台北市 ：
蓋亞文化，2017.08－
冊; 公分. --

ISBN 978-986-319-294-7 (卷7 : 平裝)

857.83 106009654

尋秦記

卷07

新編完整版

作者／黃易
封面插圖／劉建文
封面題字／練任
裝幀設計／克里斯
出版／蓋亞文化有限公司
地址◎台北市103赤峰街41巷7號1樓
電話◎（02）25585438　傳眞◎（02）25585439
部落格◎gaeabooks.pixnet.net/blog
服務信箱◎gaea@gaeabooks.com.tw
投稿信箱◎editor@gaeabooks.com.tw
郵撥帳號◎19769541　戶名：蓋亞文化有限公司
法律顧問／宇達經貿法律事務所
總經銷／聯合發行股份有限公司
地址◎新北市新店區寶橋路二三五巷六弄六號二樓
電話◎（02）29178022　傳眞◎（02）29156275
初版一刷／2017年08月
定價／新台幣 370 元
Printed in Taiwan

ISBN／978-986-319-294-7